KB001726

나의 아이들 1

나의 아이들 1

구젤 야히나

승주연 옮김

은행나무세계문학 에세 · 14

은행나무

시골 학교
독일어 선생님이셨던
할아버지께 바칩니다.

이야기 속으로

"이렇게 섬세하고 사실적인 묘사는 도대체 어디에서 영감을 얻은 건가? 너무 정확해서 소름이 돋을 지경이야. 나는 이 모든 것을 두 눈으로 똑똑히 봤단 말일세, 이 미친 자야! 자넨 머리카락이 헝클 어진 셰익스피어야! 더벅머리 실러라고! 그 덥수룩한 머릿속에는 도대체 뭐가 들어 있는 건가? 어? 악마라도 들어가 있는 건가?" 호프만은 언제나처럼 예쁜 얼굴을 바흐에게 바짝 대고 콧구멍을 벌렁거리며 속눈썹을 움직였다.

사실 이 말은 소설을 읽으면서 우리가 구젤 야히나에게 큰 소 리로 전하고 싶은 말이기도 하다. 이 책은 한번 손에 들었다 하면 다 읽을 때까지는 내려놓을 수 없다. 읽으면 읽을수록 우리의 놀 라움은 더욱더 커져갈 뿐이다.

구젤 야히나는 등단한 지 1년 만에 첫 번째 소설《줄레이하 눈 을 뜨다》를 베스트셀러로 만들어놓으며 러시아 문학계뿐만 아니라 세계문학계에 한 획을 그었다. 이 소설은 전 세계 30개국 언어로 번역 및 출간되었고 전 세계적으로 유명한 문학상들을 휩쓸었으며, 우리를 시베리아로 보내서 자신 안에 있는, 러시아 안에 있는, 혹은 우리 모두의 피 속에 흐르는, 몽골족이 러시아를 지배하던 시대를 우리 앞에 펼쳐서 보여주었다.

이제 이 작품 《나의 아이들》은 우리를 차가운 볼가강*으로, 축축한 이끼와 토탄(土炭)으로, 잔물결과 점액 속으로, 불같은 여성의 몸속으로 이끈다. 작가가 보여주고자 하는 '민족정신'은 볼가강처럼 깊이가 있다. 작가는 이 소설에서 자기 자신이 가진 정서, 러시아 즉 우리 모두의 잠재의식 속에 남아 있는 독일적 정서를 섬세하게 어루만진다.

얼핏 봤을 때 이 책은 사랑, 죽음, 출산, 가족, 역사, 정치, 전쟁, 그리고 주인공의 집필 활동에 대한 것처럼 보인다. 볼가강 유역에 사는 인물들의 삶은 그들의 삶을 짓밟는 폭군, 미처 태어나지 못한 송아지들을 도축한 자들, 불완전한 트랙터들의 삶과 맞물려서 얽히며, 때로는 우리를 기쁘게 하고 때로는 우리를 공포의 도가니로 몰아넣기도 한다. 그뿐만 아니라 작가는 이 안에 엄청난 상상력을 녹여냈다. 따라서 이 책을 읽는 독자는 자기 자신도 모르는 사이에 소설 속으로 들어가서 상상의 나래를 펼치고 싶어지

*　유럽에서 가장 긴, 러시아 서부의 강.

는 것이다.

마르케스의 소설처럼 환상적 이야기일까? 바흐의 이야기는 왜 현실에서 일어날까? 스탈린이 '형제와 자매들이여'라고 민중에게 호소한 것은 예카테리나 2세가 자신이 러시아 식민지로 데려온 독일인들에게 '나의 아이들이여'라고 했던 것과 연관이 있는 것일까? 이 소설의 제목도 여기에서 모티브를 따온 것일까?

한때 예카테리나 대제의 동상은 표트르 대제의 청동 기마상처럼 우뚝 섰었다. 하지만 그녀 자신이 '나의 아이들'에게 한 약속은 러시아 역사에서 끝내 지켜지지 못했고, 그녀의 동상은 땅에 질질 끌리고 무게가 달리고 페치카** 안에 던져져서 라이히트트락터***의 부품으로 재탄생하기에 이른다. 당시 거인처럼 커진 폭군은 도시를 돌아다니면서 짓밟고 2층 창문들 안을 들여다보는 한편 황금색 부시****라는 초라한 부품으로 전락한 예카테리나 대제 청동상의 일부를 손에 넣어 이리저리 굴리고는 볼가강 쪽으로 던져버렸다.

두 번째 장편소설은 구성적으로 좀 더 탄탄하다. 첫 번째 소설보다 오히려 더 강렬하고 흥미진진하고 정직하다. 사실 이런 경

** 러시아식 난방 기구.
*** 1차 세계대전 이후 독일의 실험적인 군용 장갑차.
**** 원통형 베어링 메탈.

우는 흔치 않은 일이다. 어찌 되었든 이번에도 야히나는 우리를 놀라게 만드는 데 성공했다.

옐레나 코스튜코비치
(러시아계 이탈리아 작가, 번역가)

차례

1권

2권

아내

1

볼가강을 기준으로 세계는 둘로 나뉜다. 볼가강의 왼쪽 강가는 낮고 노랗고 평평하게 펼쳐져 스텝 지역과 맞닿아 있었는데, 스텝 지역 뒤편에서 매일 해가 뜨고 졌다. 흙은 씁쓸했고 땅다람쥐들이 파헤쳤다. 풀이 무성하게 많이 자랐고 키 작은 나무들이 드문드문 보였다. 지평선 너머 멀리 들판과 수박밭이 보였는데, 형형색색 화려한 색감이 꼭 바시키르인*들의 이불과 닮아 있었다.

반대편 강가의 모습이 어떤지는 아무도 알지 못했다. 강 오른쪽은 높은 산들이 우뚝 솟아 있었고, 그 끝은 마치 칼로 자른 듯이 반듯하게 수직으로 뻗어서 물속으로 사라졌다. 바위 사이사이에 깎아지른 듯한 단면으로 모래가 흘러내렸지만 산은 낮아지지 않

---

* 러시아의 남서 우랄 지역 튀르크계 소수민족.

고 해를 거듭할수록 더 험하게 가팔라졌다. 여름에는 산을 덮은 숲으로 청록색을 띠었고 겨울에는 하얀색을 띠었다. 해는 이 산들 뒤로 뜨고 졌다. 저 산 너머 어딘가에는 단풍나무 숲과 울창한 침엽수림이 위치하고, 흰 돌로 지은 여러 채의 요새가 있는 러시아의 대도시들과 늪지대와 물이 맑고 투명하며 얼음장처럼 차가운 호수들이 있었다. 오른쪽 강가에서는 늘 차가운 바람이 불어왔고, 멀리 이 산들 뒤에 북해가 버티고 있었다. 옛날에는 이 바다를 일컬어 게르마니쿰해라고 불렀다고 한다.

교사 야코프 이바노비치 바흐는 검은 물결이 몰아치는 볼가강의 정중앙에 있는, 이 보이지 않는 경계를 느끼고 있었다. 한편 그가 마음속에 품은 이 멋진 생각을 몇 명에게 이야기하자 사람들은 그의 말을 이해하지 못했다. 그들은 고향인 그나덴탈*을 어떤 경계선으로 보기보다는 볼가강 뒤쪽 스텝 지역에 둘러싸인 작은 우주의 중심이라고 생각했기 때문이다. 바흐는 그들과 논쟁하기 싫어서 반박하지 않았다. 모든 종류의 불화를 힘들어했기 때문이다. 심지어 불성실한 학생을 혼내는 것조차 마음 아파했다. 어쩌면 그래서 사람들이 그를 별 볼 일 없는 선생이라고 여겼는지도 모른다. 바흐의 목소리는 조용했고 몸은 비쩍 말랐으며 외모는 너무 평범해서 특별히 내세울 것이 없었다. 물론 그의 삶 역시 별

---

* Gnadental. 독일어로 '복을 가져다주는 골짜기'라는 뜻.

반 내세울 것이 없기는 마찬가지였다.

　매일 하늘에 아직 별이 떠 있는 이른 아침에 바흐는 잠에서 깨서 오리털 누비이불을 덮고 누운 채 여러 가지 소리에 귀를 기울였다. 사방에서 들려오는 고요하지만 다양한 소리를 듣고 있자면 마음이 편안해지는 것이었다. 지붕 위에서 바람이 지나가는 소리가 들렸는데, 겨울에는 눈과 얼음이 섞여 무거운 소리를 냈고 봄에는 수분과 번개를 머금어 강렬했으며 여름에는 먼지와 가벼운 나래새 씨앗이 섞여 나른했다. 마당에 있는 개들은 마치 집 밖으로 나온 주인들을 환영이라도 한다는 듯이 짖어댔다. 목을 축이러 물가로 가는 가축은 베이스의 저음으로 울부짖었다(성실한 식민지 주민은 절대로 황소나 낙타에게 어제 길어 온 물이나 눈이 녹은 물을 양동이로 주는 법이 없었고, 아침을 먹고 다른 집안일을 시작하기 전에 먼저 볼가강에 가축을 몰고 가서 실컷 목을 축이게 해줬다). 여자들은 차가운 아침을 아름답게 만들려는지 혹은 단지 잠에서 깨려는지는 모르지만 목청을 가다듬고 구성진 노래를 불러댔다. 세계는 호흡했고 어디선가는 나무가 말라서 틈이 갈라지는 소리가 났다. 휘파람 소리가 나는가 하면 음매 하는 소리도 들렸고 말발굽 소리도 나고 딸랑거리는 소리도 나는 등 세상은 실로 다양한 목소리로 가득 차 있었다.

　정작 바흐 본인의 삶이 들려주는 소리는 너무 빈약하고 보잘 것없어서 그는 그 소리를 다른 소리와 구별하지 못했다. 방에 하

나밖에 없는 창문은 바람이 세게 불면 덜그럭 소리를 내곤 했다
(창문 유리가 창틀에 잘 맞도록 맞추고 창틀에 있는 빈틈을 낙타
털로 메우는 작업은 작년에 이미 했어야 옳았다). 굴뚝도 오래도
록 청소를 하지 않아서 틈이 갈라지는 소리를 내곤 했다. 가끔 난
로 뒤 어딘가에서 회색 쥐가 찍찍거리는 소리를 내기도 했다(쥐
는 이미 오래전에 죽어서 지렁이의 먹이가 됐기 때문에 마룻바닥
을 이루는 나무 판 사이를 틈새바람이 드나들면서 내는 소리일
수도 있긴 했다). 아무튼 그의 주변에서 나는 소리는 이처럼 보잘
것없었다. 그보다는 그의 주변 너머 더 큰 세계에 귀를 기울이는
편이 훨씬 더 흥미로웠다. 가끔 그 소리들에 귀를 기울이다 보면
바흐 자신도 이 세계의 일부이니, 그 역시 집 밖으로 나가서 수많
은 다성음악에 합류할 수도 있고 뭔가 열정적으로 "아흐, 볼거, 볼
거!(Ach, Wolge, Wolge!)"*와 같은 식민지 주민들이 부르는 노래를
부르거나 그냥 문을 세게 닫거나 하다못해 재채기라도 할 수 있
었겠지만 그는 종종 이 사실을 망각하곤 했다. 무엇보다 바흐는
소리를 내는 것보다는 듣는 편을 더 선호했다.

　　바흐는 새벽 6시에 옷을 다 입고 머리를 단정하게 빗고 양손에
회중시계를 들고 학교 종루 옆에 섰다. 그는 시침과 분침이 일직
선상에 만나는 때, 즉 시침은 6을 가리키고 분침이 12를 가리키는

* 　'아, 볼가강이여, 볼가강이여!'라는 뜻.

순간을 기다렸다가 있는 힘껏 밧줄을 잡아당겼고, 그러면 청동 종이 내는 큰 소리가 울려 퍼졌다. 바흐는 오랜 기간에 걸쳐 종을 치는 작업을 해오고 있어서, 이제는 분침이 시계 판에서 정확히 가장 높은 곳에 다다랐을 때 종소리가 울리는 경지에까지 이르렀다. 그리고 잠시 후면 식민지 주민 모두가 그 소리를 듣고, 소리가 들리는 쪽으로 몸을 돌리고 모자를 벗고 짧게 기도한다는 것을 알고 있었다. 그나덴탈의 하루는 이렇게 시작되었다.

선생인 바흐는 하루 세 번, 즉 새벽 6시, 낮 12시, 저녁 9시에 종을 쳐야 했다. 바흐는 종을 치는 것이 그의 주위에서 만들어내는 생명의 교향곡에 기여할 수 있는 유일한 일이라 여겼다.

바흐는 종에서 작은 여운이 사라지기를 기다렸다가 다시 학교로 뛰어갔다. 학교 건물 외벽은 북부 지역에서 나는 단단한 목재로 마무리했다(식민지 주민들은 지굴리산**에서 볼가강을 따라 떠내려오거나 심지어 카잔***현에서 볼가강을 따라 떠내려오는 목재를 사곤 했다). 기초공사에는 돌을 썼고 내구성을 강화하기 위해 어도비 점토를 발랐다. 지붕은 말라서 틈이 갈라진, 얇은 나무판자를 대신해서 요즘 많이 사용하는 주석 소재를 썼다. 바흐는 매년 봄이면 문과 창틀 장식을 하늘색으로 칠했다.

***

** 볼가강의 오른쪽에 위치한 산.
*** 러시아 타타르스탄 자치공화국의 수도. 볼가강에 면해 있다.

학교 건물은 길었고, 양쪽에 큰 창문이 여섯 개씩 있었다. 내부 공간의 대부분을 교실이 차지했고, 교사의 부엌과 침실은 건물의 끝 쪽에 있었다. 그리고 그쪽에 중앙 난로가 자리하고 있었다. 하지만 그 난로 하나로 실내 전체에 온기를 주는 것은 역부족이었고, 벽마다 작은 쇠 난로 세 개가 다닥다닥 붙어 있었다. 이로 인해 교실 안에는 늘 쇠 냄새가 났는데, 겨울에는 뜨겁게 달궈진 쇠 냄새가 났고, 여름에는 축축한 쇠붙이 냄새가 났다. 반대편에는 교탁이 높이 솟아 있었고, 그 앞에는 학생들 책상이 몇 열로 펼쳐져 있었다. 1열에는 속칭 '당나귀'인 저학년 학생들과 행실이 나쁜 요주의 학생들이 앉았고, 그 뒤로는 고학년 학생들이 앉았다. 이 외에도 교실 안에는 종이와 지도로 가득 찬 캐비닛과 커다란 칠판과 여러 개의 무거운 자들이 있었고(이것들은 주로 본래의 용도보다는 체벌용으로 사용되었다) 교육청 감사가 나왔을 때 그쪽 지시로 등장한 러시아 황제의 초상화도 있었다. 사실 이 초상화는 성가신 존재였는데, 이 초상화가 등장한 이후로 그 지역 통장인 페터 디트리흐가 혹여라두 페테르부르크에 멀리 떨어져 있는 황제가 바뀌는 것을 놓쳐서 교육 감사 위원회 앞에서 당혹스러운 일을 당하지나 않을까 염려되어서 늘 신문 기사를 발췌했기 때문이다. 과거에는 러시아에서 일어나는 일에 대한 소식이 식민지 지역에 너무 늦게 전달된 나머지 마치 이 지역이 볼가강의 심장부가 아니라 러시아제국의 작고 보이지 않는 벽촌이라도 되는 것처럼 여겨질 정도였기 때문에 이런 일은 얼마든지 일어날 수 있었다.

위대한 괴테의 초상화로 벽 한 면을 장식하고 싶었던 때가 있었지만, 바흐의 바람이 실현되지는 못했다. 제분업자인 율리우스 바그너는 일 때문에 사라토프*를 자주 방문했고, 그렇게 되도록 해주겠다며 "길에 널리고 널린 작가를 찾아서 데리고 오겠"노라고 약속했다. 하지만 제분업자인 그는 시에 대한 열정이 전혀 없었고 천재적인 작가의 외모를 정확히 상상할 수 없었기 때문에 사기를 당했다. 중고 물품을 거래하는 사기꾼이 괴테 대신 우스꽝스러운 레이스 깃이 달린 옷을 입은 창백한 귀족의 조잡한 초상화를 가져가라고 그에게 제안했는데, 콧수염은 풍성하고 턱수염은 뾰족하며 힘이 세 보이는 그 귀족은 희미한 불빛 아래에서 보면 세르반테스와 닮아 있었다. 궤짝과 찬장을 잘 그리기로 유명한 그나덴탈의 화가 안톤 프롬이 콧수염과 턱수염을 덧칠하고 초상화 아래쪽 레이스 깃 바로 밑에 흰색으로 좀 더 크게 '괴테(Goethe)'라고 써넣자고 제안했지만, 바흐는 그러한 속임수에 동의하지 않았다. 이렇게 해서 학교에는 괴테의 초상화가 걸리지 못했고, 문제의 초상화는 영감을 위해 필요하다며 간곡히 부탁하는 안톤 프롬에게 주었다.

---

*   러시아 서남부 볼가강 중간 유역에 있는 도시.

……종을 친 후에 학생들이 오기 전까지 교실을 덥히기 위해 난롯불을 더 세게 땐 다음 작은 방으로 뛰어가 아침 식사를 했다. 그가 무엇을 먹고 어떤 음료로 목을 축였는지는 그 스스로도 관심을 전혀 가져본 적이 없었다. 하지만 한 가지 분명한 것은 커피 대신에 "낙타 오줌 같은 역겨운 주황색 액체"를 마셨다는 것이었다. 한번은 5, 6년 전 이른 아침에 통장인 디트리흐가 중요한 일을 처리하기 위해 들러서 그와 함께 아침 식사를 했고, 그가 마시는 음료를 마신 후에 "낙타 오줌 같은 역겨운 주황색 액체"라고 표현했다. 그날 이후로 통장은 그와 아침 식사를 하지 않았지만(사실 그와 함께 아침 식사를 하는 사람은 없었다) 바흐는 그때 그가 한 말을 잊지 못했다. 한편 그 기억으로 기분이 전혀 상하지 않았는데, 바흐는 낙타를 진심으로 좋아했기 때문이다.

아이들은 아침 8시쯤 학교에 도착했다. 한 손에는 책 꾸러미를 들고 다른 한 손에는 장작 묶음이나 말린 거름이 든 자루를 들고 왔다(학비 외에도 식민지 주민들은 학교 측에 필요한 물품으로, 난로의 땔감으로 쓸 수 있는 것들을 학생들 손에 들려 보냈다). 학생들은 점심 식사 전까지 네 시간, 점심 식사 후 두 시간씩 공부했다. 수업의 절반만 불참해도 학생 가족은 3코페이카*의 벌금을 냈기 때문에 학생들은 수업에 빠지지 않으려고 노력했다. 학생들은

---

*   러시아의 최소 화폐 단위.

러시아어와 독일어, 작문과 독해, 산수를 공부했고, 교리문답서와 성경의 역사는 그나덴탈의 목사인 아담 헨델이 가르쳤다. 전 학년 학생들이 모두 한 교실에서 공부했는데, 50명이 되는 해가 있는가 하면 70명이 되는 해도 있었다. 이따금 선생은 학생들을 몇 개의 그룹으로 나누어 그룹별로 과제를 내주기도 하고 가끔은 문학작품 낭독을 하기도 하고 함께 노래를 부르기도 했다. 하지만 워낙 인원이 많고 장난꾸러기들도 많아서 그나덴탈 학교에서의 가장 효과적인 학습 방법은 모두 함께 같이 공부하는 것이었다.

수년 동안 늘 똑같이 단조로운 일상이 반복되었고 굳이 바뀐 것을 찾자면 작년에 지붕을 고쳐서 이제 지붕에서 교탁으로 물이 떨어지지 않는다는 정도였다. 바흐는 늘 똑같은 말을 반복하고 문제집에서 늘 똑같은 문제를 읽느라 상상으로나마 몸을 둘로 나누는 법을 터득했다. 다시 말해서 혀로는 통사론 규칙을 읊었고 한 손은 지나치게 떠드는 학생의 뒤통수를 자로 힘없이 때렸으며 양다리로는 천천히 교실을 왔다 갔다 했고 생각은…… 바흐의 생각은 그의 단조로운 목소리 톤과 느린 발걸음에 맞춰 머리를 흔들어대는 통에 졸기 일쑤였다. 그러다가 어느 순간 정신을 차려보면 한 손에 어느새 볼너의 《러시아어》**가 아니라 골든베르크의 문제집이 들

** 독일인 슬라브어 연구자 빌헬름 볼너가 시골에 정착한 독일인들을 위해 쓴 초급 러시아어 교재.

려 있었다. 그리고 입술은 동사와 형용사와 명사가 아닌 연산법을 중얼거리는 것이었다. 그러다 보면 시간은 어느덧 훌쩍 지나서 15분쯤 후면 끝날 때가 돼 있곤 했다. 멋지지 않은가?

바흐가 유일하게 즐겁게 수업하는 과목이 있었는데 다름 아닌 독일어였다. 바흐는 '서법' 수업은 싫어해서 서둘러 시에 대해 이야기하곤 했는데 노발리스, 프리드리히 실러, 하이네의 시들이 어린 학생들의 덥수룩한 머리에 마치 목욕하는 날* 물 붓듯이 쏟아져 내리곤 했다.

시에 대한 바흐의 애정은 젊은 시절로 거슬러 올라간다. 그때만 하더라도 사람은 감자 레표시카**와 수박 키셀***이 아니라 발라드와 찬가를 먹고 사는 줄만 알았다. 그는 주변에 있는 다른 사람들 역시 시로 배를 채우게 하고 싶어서 교사라는 직업을 선택했다. 지금까지도 바흐는 자신이 좋아하는 시구절을 수업 시간에 낭독할 때면 가슴속 어딘가에 신선한 감동을 느꼈다. '나그네의 밤 노래'를 천 번째 읽으면서 바흐는 창밖으로 시선을 돌려서 위대한 괴테가 쓴 모든 것을 찾아내곤 했다. 볼가강 오른쪽 강변에는 어둡고 강력한 산이 있고, 왼쪽 강변에는 스텝 지역이 펼쳐져

---

* 물이 귀하던 시대에는 1년에 한 번 정해놓고 목욕을 했다.
** 우즈베키스탄식 납작한 빵.
*** 묽은 젤리 형태의 러시아식 차가운 디저트.

24

있으며 그곳에는 영원한 평안이 자리 잡고 있었다. 그리고 그 자신 야코프 이바노비치 바흐, 학교 선생이며 나이는 서른두 살이고, 너무 오래 입어서 반짝거리고 팔꿈치가 닳고 서로 다른 단추가 달린 군복 상의를 입었고, 머리는 벗어지고 있고 노화로 인해 주름살이 늘기 시작한 그 자신이야말로 피로에 지치고 영원 앞에 겁을 먹은 불쌍한 나그네가 아닌가?

아이들은 선생의 열정을 이해하지 못했다. 장난을 치려는 듯하거나 각자 다른 것에 몰입한 얼굴이었으며, 시를 읽기 시작하기가 무섭게 모두 몽유병 환자 같은 표정을 지어 보였다. 예나 낭만주의와 하이델베르크 학파는 수면제보다도 더 잘 들었으니, 시 낭독만 하면 학생들은 잠잠해지곤 했다. 어쩌면 어렸을 때부터 익숙한 동물들인 돼지, 여우, 늑대와 참새의 모험을 이야기하는 레싱의 우화가 지적 호기심이 가장 많은 학생들의 흥미를 더 끌었을지도 모를 일이었다. 하지만 고상한 고급 독일어로 쓰인 이야기의 주제를 이해하는 데는 한계가 있었다.

18세기 중반에 식민지 주민들은 멀리 떨어진 고향인 베스트팔렌, 작센, 바이에른, 티롤, 뷔르템베르크, 알자스, 로렌, 바덴, 헤센으로부터 그들의 언어들을 가져왔다. 그들의 고향은 이미 오래전에 통일이 돼서 이제는 자기 나라를 제국이라고 부르며 마치 고깃국에 온갖 종류의 야채를 집어넣고 끓이는 것처럼 독일의 온갖 사투리를 한 냄비에 집어넣고 요한 고트셰트, 괴테, 그림 형제와 같이 솜씨 좋은 요리사들이 훌륭한 독일 표준어를 만들어냈다. 한편 볼가강 유역 식민지에는 이런 고급 음식을 먹을 수 있는 사람이 없어서 빵 껍질이 들어간 양파 수프처럼 단순하고 정직한 언어만 그 지역 사투리로 통용되고 있었다. 식민지 주민들은 러시아어를 잘 이해하지 못했고, 그나덴탈 전체를 통틀어서 그들이 아는 단어는 학교 수업 시간에 배운 100개가 채 안 됐다. 사실 포크롭스크 시장에서 물건을 파는 데는 그 정도 단어면 충분했다.

수업이 끝난 후에 바흐는 자신의 작은 방에 들어가서 문을 잠그고 서둘러 점심을 먹었다. 식사를 할 때 방문을 잠그지 않고 먹을 수도 있었지만, 보통은 문을 잠가놓고 먹을 때 음식이 이상하게 더 맛있었다. 선생의 급여가 상당히 낮은 것을 알고 한 학생의 어머니가 콩죽을 뚝배기에 담아서 가져다주거나 우유를 넣어서 끓인 국수를 대접에 담아서 가져다줬는데, 대개는 가족이 어제 먹다 남은 음식이었다. 물론 그 친절한 부인에게 음식을 가져올 때 뜨겁지는 않더라도 따뜻하게 데워서 갖다달라고 부탁할 수도 있었지만, 부탁할 시간이 없었다. 그렇다고 직접 데워 먹을 시간도 없었는데, 식사를 끝내기가 무섭게 하루 중 가장 바쁜 시간인 학부모 방문 시간이 시작됐기 때문이다.

바흐는 머리를 가지런히 빗고 다시 한번 세수를 한 후에 학교에서 나가서 화려한 아치형 창문과 날카롭게 깎은 연필을 연상시키는 종루가 있는, 넓은 기도실이 딸린 웅장한 회색 교회 아래 그나덴탈의 중앙 광장에 바로 다다랐다. 그런 다음 짝수 날에는 볼가강 쪽으로 갔고 홀수 날에는 질 좋은 모직 천을 평평하게 자른 것같이 넓고 곧은 중심 거리를 따라서 종종걸음으로 걸었다. 그리고 높은 현관 계단과 예쁜 창틀 장식이 달린 깔끔한 목조 주택들 옆을 지나갔다(무슨 연유에서인지 그나덴탈 주민들의 집에 있는 창틀 장식은 하늘색이나 빨간 열매처럼 빨간색이나 옥수수처럼 노란색을 띠었고 늘 방금 칠한 것 같았다). 그러고는 수레와 썰매가 드나드는 커다란 대문과 사람이 드나드는 나지막한 문이 달린, 기다란 목재 담장 옆을 지나갔다. 또 홍수 등으로 수면이 상승할 때를 대비하려는 듯 뒤집어진 보트 옆을 지나갔다. 우물 옆에서 지게를 진 여자들을 지나쳤다. 등유 가게 옆에 묶인 낙타들도 지나쳤다. 한가운데에 커다란 느릅나무 세 그루가 버티고 있는 시장 광장을 지나쳤다. 바흐는 걸음을 재촉했다. 눈이 올 때는 왈렌키*를 신고 뽀드득 소리를 내면서 걸었으며 봄에 눈 내린 땅 위를 걸을 때는 군화를 신고 철퍼덕 소리를 내면서 걸었는데, 어찌나 그 소리가 요란한지 옆에서 보면 마치 그가 급하게 처리해야 할 일이 열 건쯤 있고 마치 그 일들을 꼭 오늘 다 처리해야 하는 것처럼 보일 정도였다. 실제로 많은 일들을 해내곤 했다.

먼저 그는 낙타 등에 올라타서 수평선 너머 펼쳐진 볼가강을

* 러시아의 겨울용 전통 신발.

응시했는데, 그럴 때면 현재 물결의 색은 어떤지 물결은 또 얼마나 투명한지를 확인하곤 했다. 물 위에 안개가 끼어 있지 않는가? 갈매기는 얼마나 많이 선회하는가? 깊은 강물 속에서도 물고기가 꼬리지느러미를 흔드는가? 혹은 강가에서만 흔드는가? 물론 이런 일들은 따뜻한 계절일 때의 일이다. 겨울이 되면 강 위에 눈이 얼마나 두껍게 쌓이는지 또 햇볕에 녹아서 반짝이는 얼음은 없는지 확인했다.

그런 후에 물이 마른 골짜기를 지나서 감자 다리를 지나 혹한에도 얼지 않는 군인 개울 옆에 도착해서 개울물을 한 모금 마신 후에 물맛이 변하지는 않았는지 확인했다. 그다음에는 유명한 그 나덴탈 지역 벽돌용 점토를 채취하는 돼지우리에 난 구멍을 들여다보았다(처음에는 이 점토에 단순히 건초를 섞었다. 그런데 한번은 호기심에 점토에 염소 똥을 섞었는데 벽돌이 돌처럼 견고해졌다. 바로 이 발견으로 그 지역에서 유명한 격언인 '똥을 조금 섞어도 나쁘지 않다'라는 표현이 생겨났다). 그런 다음 가축 사체 매립지가 있는 감초강 가를 따라 세 마리 황소 골짜기까지 갔다. 그리고 검은 딸기 구덩이와 모기 골짜기를 지나 풍차 언덕과 옆에 악마의 무덤이 있는 목사 호수를 지나서 계속해서 걸음을 재촉하는 것이었다.

만약 바흐가 동네를 한 바퀴 도는 동안 썰매 길에 있는 이정표가 강풍에 쓰러져 있다든지 다리의 지지대가 기울어져 있는 등 뭔가 흐트러진 모습이 보이면 이로 인해 괴로워했다. 바흐는 지나친 결벽증으로 힘들어했는데, 세상에 있는 익숙한 모습이 조금만 달라져도 거슬려 했기 때문이다. 그는 수업 시간에 학생들에게 무심한 만큼 산책하는 동안 주위 사물에 엄청나게 집착했다. 다른 사람에게 자신의 발견을 말하는 법은 없었지만, 바흐는 그 실수가 정정되고 세상이 다시 원래 모습으로 돌아가기를 초조해하면서 기다리곤 하는 것이었다. 그리고 시간이 지나면 진정했다.

식민지 주민들은, 늘 무릎을 구부리고 허리에 바람이 들어서 아파하며 구부정한 어깨에 머리를 파묻은 채 지나가는 그를 볼 때면 가끔 불러서 자기 자녀들의 학업 성취도를 묻곤 했다. 하지만 바흐는 빨리 걸은 탓에 숨이 차서 늘 건성으로 빠르고 짧게 대답했는데, 언제나 시간이 없었기 때문이었다. 이런 상황을 증명이라도 하겠다는 듯이 그는 그들을 향해 우울한 표정을 지어 보이고 고개를 가로저으며 막 시작한 대화를 재빨리 마무리하고는 가던 길을 서둘러 갔다.

사실 그가 이렇게 서둘러 그들을 외면하려는 데는 한 가지 말 못 할 이유가 있었다. 바흐는 말을 더듬었다. 자신이 말 더듬는 것은 몇 년 전에 발견했다. 그것도 학교 밖에서 우연히 알게 됐다. 잘 길들여진 바흐의 혀는 수업 시간에는 굉장히 말을 잘 들어서 고급 독일어의 긴 합성어들도 막힘없이 잘 발음했고, 너무나 빨리 발음을 하는 통에 그가 긴 문장을 말하는 동안 학생이 문장의 시작을 잊곤 할 정도였다. 이랬던 그의 혀가 같은 마을 주민들과 사투리로 대화를 하자 그의 말을 안 듣고 반항을 하는 것이었다. 그러면 《파우스트》 2부의 일부를 외우는 것은 막힘없이 발음했던 혀가 맞는지 의구심이 들었다. 그가 코흐라는 과부에게 '말썽꾸러기 녀석이 또 말썽을 부렸지 뭡니까!'라고 말하려고 하자 그의 혀가 갑자기 말을 안 듣고 음절음절 나뉘더니 마치 클료츠키* 처럼 입천장에 딱 붙어서 떨어질 줄 모르는 것이었다. 바흐는 해를 거듭할수록 말 더듬는 것이 점점 더 심해지는 것 같은 인상을 받았는데 문제는 사람들과 대화를 하는 빈도가 점점 낮아져서 실제로 그런지를 확인하기가 어렵다는 점이었다.

동네를 이렇게 한 바퀴 돌고 나면 이따금 해 질 무렵이거나 날이 완전히 어두워진 때도 있어서 몸은 피곤하지만 뿌듯한 마음으로 사택으로 터벅터벅 걸어갔다. 다리는 종종 젖어 있었고 양 볼은 차가운 바람을 잔뜩 맞아 살이 터서 발갰지만 심장은 기쁨에 겨워 쿵쾅거렸다. 하루를 열심히 살고 나면 저녁에는 독서라는 상을 스스로에게 줄 수 있었기 때문이다. 저녁 9시 정각에 종을 치는 마지막 일과를 마친 후에 바흐는 난로에 축축한 옷을 던지고 꿀풀을 우려낸 물을 넣은 대야에 발을 담그고 감기가 들지 않기 위해 뜨거운 물을 잔뜩 마시고 표지의 저자명이 반쯤 지워진,

---

* 유럽식 경단이며 밀가루와 달걀을 넣어서 만든다.

오래된 하드커버 책을 들고 침대에 앉았다.

독일 농부들이 러시아로 이주한 시기의 연대기는 예카테리나 대제의 초청에 따라 최초의 식민지 주민들이 배를 타고 크론시타트**에 도착한 날들을 기술하고 있었다. 바흐는 그의 용감한 동포들을 환영하기 위해 대제가 몸소 항구에 온 부분까지 읽었다. 그녀는 이주하는 동안 추위에 몸이 얼어붙은 주민들 앞에서 우아하고 능숙하게 말을 탄 채 큰 소리로 외쳤다. "나의 아이들이여! 그대들은 이제 러시아의 아들딸이다! 우리의 든든한 날개 아래로 오라! 우리가 그대들을 보호하고 아들딸처럼 보살펴주겠노라! 대신 그대들은 새로운 조국에 그 어떤 조국보다 충성하고 복종해야 할 것이다! 거부하는 자는 지금 당장 오던 길로 돌아가라! 썩은 심장과 연약한 손을 가진 자는 원치 않느니!"

하지만 바흐는 이 엄숙한 장면에서 더는 앞으로 나아갈 수가 없었다. 산책으로 지친 몸이 뜨거운 버터를 뿌린 삶은 감자처럼 이불 아래에서 녹아내렸다. 책을 쥔 한쪽 손은 천천히 아래로 축 늘어졌고 눈꺼풀은 닫혔고 턱은 가슴에 내려와 닿았다. 그가 읽은 부분은 등유 램프의 노란 불빛 아래에서 어딘가로 흘러가 다양한 목소리를 내더니 이내 수면에 빠져들면서 잦아들었다. 책이 그의 손을 벗어나서 이불 위에서 천천히 미끄러져 내렸고, 책이

** 러시아 레닌그라드주(州)에 있는 도시.

바닥으로 떨어지는 소리에도 바흐는 잠에서 깨지 못했다. 그는 자신이 정확히 3년 동안 그 훌륭한 연대기를 읽고 있다는 사실을 알게 되면 굉장히 놀랄 것이다.

그의 삶은 사소한 기쁨과 작은 근심으로 가득하지만 비교적 잔잔하게 흘러가고 있었고 충분히 만족스러운 삶이라 할 수 있었다. 어떤 면에서는 행복한 삶이라고도 할 수 있었다. 그의 삶은 한 가지 일만 아니라면 꽤 괜찮은 삶일 수 있었다. 교사 바흐는 폭풍을 병적으로 좋아했고 스스로도 제어가 안 될 정도였다. 그가 폭풍을 사랑하는 것은 온화한 화가나 점잖은 화가가 창밖에 펼쳐진 재난을 관찰하고 큰 소리와 악천후의 현란한 색감에서 영감을 얻는 것과는 달랐다. 아니, 바흐의 폭풍 사랑은 그와는 다른 것이었다. 마치 나아질 기미가 전혀 없는 고약한 알코올중독자가 삶은 감자를 안주 삼아 보드카를 마시거나 모르핀 중독자가 모르핀을 투약하듯 중독에 가까운 것이었다.

보통 1년에 두세 번, 봄과 초여름에 그나덴탈 위에 펼쳐진 하늘이 무거운 보랏빛을 띨 때면 공기는 전기로 가득 차서 눈을 감기만 해도 하늘색 섬광이 생길 것 같았고, 이럴 때면 바흐의 몸이 이상하게도 점점 흥분되는 것을 느끼곤 했다. 자기장에 예민하게 반응하는 피로 인한 것인지 오존에 취해 가볍게 몸의 근육이 경련을 일으키는 것인지, 바흐 스스로도 정확하게 무엇 때문에 폭풍에 그렇게 끌리는지 알지 못했다. 하지만 이런 순간이면 그의 뼈대와 근육은 피부 아래에 얌전히 있지 않고 터질 정도로 팽창할 것만 같았고, 심장은 침을 삼키는 목과 손끝에서 쿵쾅거렸으며, 머릿속에서는 무언가 윙윙거리면서 그를 부르는 듯했다. 그러면 바흐는 학교 문을 활짝 열어둔 채로 무언가에 홀리듯 풀이 있는 곳으로, 스텝 지역으로 가는 것이었다. 식민지 주민들이 서둘러서 가축을 우리에 몰아넣고 우리를 닫고, 여자들은 어린아이들을 꼭 끌어안고 거둬들인 부들을 갖고 뇌우를 피해 마을로 달려갔지만 바흐는 뇌우가 내리치는 곳을 향해 천천히 걸어갔다. 먹구름으로 잔뜩 커지고 땅에 달라붙다시피 내려앉은 하늘이 사각거리는 소리를 내고 갈라지는 소리를 내다가 이따금 윙윙거리는 소리를 내더니 갑자기 흰 빛이 번쩍였고 크고 낮은 외마디 감탄사를 내뱉는가 싶더니 차갑고 큰 물방울이 스텝 지역에 떨어졌다. 이어서 폭우가 시작되었다. 바흐는 셔츠 옷깃을 찢어서 볼품없는 가슴을 드러내고는 하늘을 향해 고개를 뒤로 젖히고 입을 벌렸다. 물줄기가 그의 몸을 때리고 그의 몸을 따라 흘러내렸고, 양다리는 천둥이 칠 때마다 땅의 진동을 느꼈다. 번개는 노랗고 파랗고 어두운 보랏빛을 띠었고, 머리 위도 아니고 머릿속도 아닌 어딘가에서 점점 더 자주 번쩍거렸다. 근육의 경련은 최고치에 달해서 마지막으로 번개가 바흐의 몸을 내리쳤을 때 바흐는 자신의 몸이 천 개의 작은 조각으로 갈라져서 스텝 지역 여기저기에 던져지는 것 같은 느낌을 받았다.

바흐는 한참이 지난 후에야 진흙 위에서 정신을 차렸다. 얼굴에는 긁힌 상처가 여기저기 났으며, 머리카락에는 우엉 가시가 곳곳에 박혀 있었다. 허리는 얻어맞은 것처럼 아팠다. 곧바로 일어나서 집으로 터벅터벅 걸어갔고, 언제나처럼 셔츠 깃에 달린 모든 단추가 통째로 뽑힌 것을 발견했다. 그러고 나면 그의 뒤에서 선명한 색의 무지개가 빛났다. 쌍무지개가 뜨는 경우도 있었다. 볼가강 뒤로 흘러가듯 사라지는 먹구름의 찢어진 구멍 사이로 하늘의 파란색이 흘러내렸다. 하지만 바흐의 마음은 너무 지쳐서 이렇듯 평화로운 아름다움을 감상할 만한 여유가 없었다. 무릎에 생긴 구멍을 양손으로 가리고 다른 이들의 시선을 애써 피하면서 바흐는 아무짝에도 쓸모없는 자신의 취미로 인해 슬퍼하고 창피해하며 서둘러 학교 쪽으로 발걸음을 옮겼다. 그의 괴상한 행동은 비난을 받아 마땅한 것을 떠나 위험하기 짝이 없었다. 한번은 그의 숙소에서 멀지 않은 곳에서 무리에서 떨어진 젖소 한 마리가 번개에 맞아 죽은 일이 있었고, 한번은 혼자 우뚝 서 있던 참나무 한 그루가 번개에 맞아 불에 탄 적도 있었다. 게다가 해마다 단추를 새로 다는 것도 여간 부담스러운 일이 아니었다. 그렇다고 집 안이나 학교 현관 앞 계단에서 뇌우를 감상할 수는 없는 노릇이었다. 그나덴탈 주민들은 그의 철없는 괴상한 취미를 알고 있었지만 이를 놓고 비난하는 사람은 없었다. "어찌겠어, 배울 만큼 배운 사람인데 말린다고 될 일도 아니고 말이야!"

2

하지만 어느 날 바흐의 인생을 바꿀 사건이 일어난다. 그날 아침에 일어날 때만 해도 기분이 아주 좋았다. 그가 이렇게 기분이 좋은 이유는 커튼이 쳐진 창문을 통해 보이는 높고 푸른 5월 하늘과 이 하늘 위를 다소 경박한 듯 씩씩하게 유영하고 있는 구름 때문이기도 했지만, 그 외에도 봄이 왔다는 것과 얼마 안 있으면 방학이 시작된다는 것을 생각만 해도 기뻤기 때문이었다.

그나덴탈 학교에서는 부활절 기간에 수업을 안 했다. 식민지 주민들은 부활절을 맞이해 잔뜩 단장한 교회에서 예배를 드리고 부활절 초가 타는 모습을 관찰하고 서로에게 달콤한 초콜릿류와 삶은 달걀을 선물하고 묘지에 잠든 친척들을 보러 가고 인접한 시골에 사는 친척들을 방문하고 유리처럼 투명한 치즈와 호박처럼 노란 버터를 배불리 먹고 나서 농사일에 동원하는 가축 전체에 멍에를 메우고 가족 모두가 밭을 갈러 갔다. 집에는 이빨 빠진 노파들과 모자란 아이들과 집안일이 너무 많아서 잠시도 집을 비울 수 없는 여자들만 남곤 했다. 그들은 몇 주 동안 새벽녘까지 남아 있는 마지막 별을 보면서 집을 나와서 저녁 별이 뜰 무렵까지 쟁기로 스텝 지역을 가르며 밭을 갈았다. 그리고 정오가 되면 모닥불 앞에 모여서 감자 수프를 떠먹고 감초 뿌리에 백리향 한 꼬집을 넣고 방금 딴 풀 한 묶음을 섞어서 끓인 뜨거운 차로 목을 축였다.

어제 아침에 학교 종을 칠 때 달빛이 흐려지던 이른 새벽에 농부들을 잔뜩 실은 짐마차가 스텝 지역으로 떠났으니 그가 치는 종소리를 들을 사람이 많지 않다는 것을 알고 있었다. 그나덴탈은 텅 비었다. 하지만 사람들이 많지 않다고 해서 자신이 해야 할 일을 게을리할 수는 없었다. 오히려 바흐는 그럴수록 정해진 시간에 모든 일이 전과 다름없이 일정하고 부드럽게 흘러가도록 최선을 다해야 한다고 생각했다.

그가 막 침대 이불 밖으로 다리를 뻗어 바닥에 있는 양털 털신을 발더듬이하려고 할 때 갑자기 베개에 어떤 그림자 하나가 누웠다. 그가 눈을 번쩍 뜨고 보니 이상한 삼각형 모자를 쓴 누군가가 유리창 바깥에 얼굴을 바짝 붙이고 서 있었다. 그는 바흐를 응시하고 있었다. 바흐는 놀란 나머지 비명을 지르고는 이불을 던지고 자리에서 벌떡 일어나서 봤지만 수상한 남자는 처음에 쥐도 새도 모르게 등장했던 것처럼 어느새 사라진 뒤였다. 빛은 밖에서 들어왔고 안은 캄캄했기 때문에 바흐는 그의 얼굴을 자세히 보지 못했다. 창문 쪽으로 재빨리 가보니 유리창에는 낯선 이의 입김이 사라져가고 있었다. 창틀을 들어서 창문을 열어보려 했지만 겨울 내내 팽창한 걸쇠가 나무 창틀의 부드러운 부분에 박혔는지 열리지 않았다. 그는 어깨에 짧은 모피 코트를 걸치고 현관 밖으로 뛰어나가서 학교 주변을 뛰었다. 사택 앞에 있는 정원에도 뒷마당에도 낯선 이의 흔적은 없었다. 다리에 한기를 느낀 그는 자신이 집에서 신는 털신을 신고 진흙탕 위를 뛰어다니고 있음을 깨달았다. 그는 불길한 예감을 떨쳐내려는 듯 고개를 가로저으며 다시 학교로 돌아갔다.

바흐는 굉장히 불안했다. 바흐의 불안을 증명하기라도 하는 듯이 그날은 의심스러운 징조와 미심쩍은 사건들이 차례로 일어났다.

바흐는 작년에 칠한 칠이 벗겨진 창틀의 페인트를 날이 무딘 칼로 벗겨내면서 우연히 고개를 들어 하늘 위에 있는 구름을 보게 되었는데, 구름이 사람 모양 중에서도 여자 모양을 하고 있다. 그 얼굴은 볼에 바람을 잔뜩 넣고 입술은 앞으로 동그랗게 말아서 내밀고 눈은 지친 듯 살짝 감았는데 그 상태로 서서히 사라지고 있었다. 이후에 그가 나무 창틀을 손으로 더듬다가 옆을 뛰어가는 염소의 울음소리를 들었는데, 염소가 어찌나 열심히 우는

지 마치 무언가 불길한 일을 예견하려는 것 같았다. 고개를 들고 보니 염소가 아니라 덩치 크고 아롱진 돼지였는데, 귀가 하나가 없는 데다 얼굴은 볼썽사납게 잔뜩 찡그리고 있었고, 녀석은 바흐가 지금까지 살면서 보아온 돼지 중에서도 가장 끔찍한 모습을 하고 있었다.

그는 대부분의 그나덴탈인들과는 달리 미신을 믿지 않았다. 제비 둥지에 우연찮게 문제가 있다고 해서 젖소의 젖에서 피가 나온다거나 지붕 위에서 깃털을 깨끗하게 손질하던 까치가 집안 식구 중 누군가 다칠 것을 알려준다거나 하는 것을 어떻게 믿겠는가 말이다. 그래도 까치가 우는 것과 돼지가 우는 것은 전혀 다른 문제다. 그럼에도 바흐는 오늘 하루 동안 불길한 일이 더는 일어나지 않기를 바라면서 페인트가 든 양동이를 잘 덮고, 주위에서 나는 소리에도 주의를 기울이지 않은 채 앞만 보며, 오늘 남은 시간은 문을 잠그고 옷을 수선하고 노발리스를 생각하면서 보내리라 다짐하면서 숙소로 발걸음을 옮겼다.

바흐는 학교 문을 단단히 닫고 걸쇠도 걸었다. 현관문과 자기 방문도 닫았다. 창문에 달린 커튼도 밖이 보이지 않게 꼼꼼하게 쳤다. 그제야 안심한 듯 책상 쪽으로 고개를 돌렸는데, 책상에 밀봉된 직사각형 모양의 하얀 편지 봉투가 놓여 있었다.

겁을 먹은 그는 혹시라도 방 안에 편지를 가져온 침입자가 숨어 있지는 않는지 주위를 둘러봤고, 아무도 없음을 확인한 후에야 의자에 앉아서 그의 앞에 놓인, 삐뚤빼뚤한 글씨로 "바흐 선생님께"라고 적힌 봉투를 쳐다봤다. '선생님'이라는 단어에만 철자 두 개가 틀린 것이 눈에 들어왔다.

바흐는 지금까지 살면서 단 한 번도 편지를 쓴 적도 받은 적도 없었다. 이때 제일 먼저 떠오르는 생각은 편지를 불태우는 것이었다. 이렇게 이상한 방식으로 손에 들어온 편지에 좋은 내용이 적혀 있을 리 만무해 보였던 것이다. 조심스럽게 봉투를 들어보니 가벼웠다. 무게로 봐서 봉투 안에는 종이 한 장만 든 것 같았다. 필체를 잘 살펴보니 삐뚤빼뚤했고 펜을 자주 안 써본 사람이 쓴 것임을 알 수 있었다. 봉투를 얼굴에 가까이 갖다 대고 냄새를 맡아보니 사과 향이 약하게 났다. 그는 책상 위에 편지를 도로 내려놓고 그 위에 책을 올려놨다. 그러고는 의자를 창가 쪽으로 향하도록 한 채 의자에 앉아서는 다리를 꼬고 양손으로 자기 스스로를 끌어안고는 눈살을 찌푸렸다. 그 자세로 15분 정도를 앉아 있다가 체념한 듯 한숨을 쉬고는 불길한 예감을 떨쳐버리려는 듯 인상을 찌푸리면서 봉투를 열었다.

존경하는 바흐 선생님께

선생님을 진심으로 환영하며 한 가지 상의드릴 일도 있고 해서 선생님을 저녁 식사에 초대하고자 합니다. 괜찮으시면 오늘 오후

5시에 그나덴탈 선착장에 오세요. 저희 쪽 사람이 선생님을 기다리고 있을 겁니다.

선생님을 진심으로 존경하는

우도 그림 드림

그리고 선생님, 제가 보낸 사람을 무서워하지는 마세요. 외모는 좀 그래도 마음은 따뜻한 사람이니까요.

편지를 쓴 사람이 마지막에 서명을 하면서 펜촉을 세게 누른 바람에 편지지에 구멍이 나 있었다.

순간 바흐의 몸에 땀이 비 오듯 쏟아져 내렸다. 그는 속옷만 남기고 옷을 벗었다. 선반에서 잉크병을 꺼내서 틀린 부분을 거침없이 긋고 고쳤는데, 고치고 보니 틀린 곳이 여덟 군데나 되었다. 그의 손은 신이 난 듯 움직였고 철제 펜은 날카로운 소리를 내면서 잉크를 뿜어내고 있었다. 그는 틀린 부분을 수정하느라 지저분해진 편지를 구겨서 휴지통에 던져버렸다. 그러고는 오리털 이불 위에 누워서 저녁 종을 치기 전까지는 집 밖으로 나가지 않기로 마음먹었다.

그 지역이 텅 비지만 않았더라도 촌장 디트리흐나 다른 남자들에게 그림이라는 사람에 대해 자세히 물어볼 수도 있고, 아니면 우도 그림이라는 사람의 집에 갈 때 함께 가자고 부탁할 수도 있었을 것이다. 편지를 쓴 사람이 자기 집에 올 때 보트를 타고 오라고 한 걸로 봤을 때 근처 강의 상류나 하류 쪽 식민지에 사는 사람 같았다. 혼자서 이런 행동을 하는 것은 경솔하다 못해 상당히 무모한 행동에 가까웠다. 아무리 생각해도 우도 그림이라는 사람의 집에 혼자 가는 것은 위험해 보였다.

하지만 뇌우가 내리기 전에 전기 소립자가 공기 중에 있었던 탓인지 아니면 또 다른 이유 때문인지 알 수는 없지만 바흐는 갑자기 자신이 뇌우의 중심을 향해 걸어갈 때처럼 스스로도 어찌할 수 없는 힘을 느꼈다. 자신의 의지와는 무관하게 자기 몸을 관통하는 어떤 거부할 수 없는 흐름을 느끼는 듯했다. 한편으로는 무서웠고 또 한편으로는 흥분됐는데, 그는 이렇듯 강력한 힘을 거스를 힘도 없었고 그러고 싶지도 않았다. 모든 일이 그가 결정을 하기도 전에 결정되기라도 한 것처럼 그는 정해진 일을 이행하기만 하면 되는 것 같았다.

***

바흐는 머리도 단정하게 빗고 펠트 조끼 주머니에는 깨끗한 손수건도 넣고 편지에 적힌 시간에 선착장에 서 있었다. 심장이 어찌나 세게 뛰는지 재킷의 지저분한 아랫단이 눈에 띄게 흔들렸다. 한 손에는 동네를 돌 때 가지고 다니는 지팡이를 들고 있었는 데 여차하면 호신용으로 쓸 수 있을 것 같았다.

그나덴탈 선착장은 볼가강 쪽으로 약 20아르신*쯤 튀어나온, 자그마한 나무 선창으로 이루어져 있었다. 선창 주위에는 뗏목, 작은 돛단배, 평저선이 묶여 있었고 선창 끝에는 계류장이 있었다. 계류장은 흰색으로 칠해진 통나무 끝이 위아래로 흔들리는 직사각형 모양의 공간이었고, 여기에는 강삭이 설치돼 있었다. 바흐가 기억하는 한 그나덴탈에 큰 배가 정박한 적은 단 한 번도 없었다. 선착장 통나무에는 포크롭스크 시장까지 운송하기 전에 보트에 실을 새끼 양 정도나 묶어둘 수 있을 정도였다.

바흐는 무릎이 살짝 흔들리는 것을 진정하기 위해 삐거덕거리는 선창을 왔다 갔다 했다. 그러고는 낮은 기둥 위에 걸터앉아서 텅 빈 볼가강의 수면 위를 자세히 살펴봤다. 시계를 꺼내서 시간을 보니 5시 정각이었다. 그가 안심한 듯 숨을 내쉬고 막 집에 가려고 하는 찰나에 발아래 어딘가에서, 더 정확히는 구멍이 숭숭 뚫린 선창의 나무판자 아래에서 작은 돛단배가 미끄러져 나오는 것이 보였다. 거기에서 알파벳 종이접기에 있는 납작한 마분지 종이 인형 같은 사람이 올라왔고, 솜씨 좋게 한 손으로 선착장의 끝을 잡고 나머지 한 손으로는 배를 잡고는 타라는 듯이 바흐를

---

*　옛 러시아의 척도 단위로, 1아르신은 71.12센티미터.

뚫어져라 쳐다봤다.

아침에 바흐의 집에 다녀간 키 큰 키르기스 사람이었는데, 소매가 없는 겹여밈 모피 재킷을 맨살에 걸쳤고 삼각형 펠트 모자를 썼으며 관자놀이까지 가늘게 찢어진 눈은 경계를 늦추지 않고 그를 쳐다보고 있었다. 누런 피부에 곰보처럼 얽은 피부가 얼굴뼈에 얼마나 바짝 붙어 있는지 광대뼈 모양과 거칠고 검은 털이 듬성듬성 난 턱의 작은 움직임 하나하나가 느껴질 정도였다. 얼굴에서 가장 살이 많은 부분은 커다란 코였는데 납작한 데다 이마저도 누군가와 싸우다가 맞았는지 콧대가 휘어 있었다. 하필 그때 어렸을 때 어머니가 해주셨던 말씀이 떠올랐다. 어머니는 "너 자꾸 그러면 키르기스 사람이 와서 잡아간다!"라고 겁을 주곤 하셨다.

"음……." 그는 인간의 말도 아니고 소의 울음도 아닌 애매한 소리로 어서 앉으라고 재촉했다.

바흐는 '설마 내가 미쳤다고 생각하는 건 아니죠? 설마 내가 진짜로 당신과 같이 갈 거라고 생각하는 건 아니죠?'라고 소리를 지르고 싶었다.

하지만 그의 몸은 오늘따라 이성의 목소리를 거부했고, 한쪽 발이 어느덧 선착장 끝에 서더니 흔들리는 배를 향해 불안하게 몸을 던졌다. 이 과정에서 그는 지팡이를 놓쳤고, 지팡이는 요란한 소리를 내면서 물에 빠져 선창 밑 어딘가로 사라져버렸다.

키르기스인이 선착장 끝을 잡고 있던 손을 놓자 배가 한 바퀴 돌더니 빠른 속도로 움직였다. 키르기스인은 선착장에서 떨어져서 바흐 쪽에 앉아 노를 잡고 저었다. 그의 힘줄 많은 양손은 오르락내리락하기를 반복했고, 몽골인 특유의 납작한 얼굴이 가까워졌다가 멀어지기를 반복했다. 그는 눈도 깜빡이지 않고 바흐를 뚫어져라 쳐다봤다.

바흐는 그의 집요한 시선을 피하기 위해 배 안 의자 위에서 몸을 잠시 돌려보았지만 배는 작았고 그의 노력은 큰 성공을 거두지 못했다. 그는 강가 풍경을 관찰하는 것을 위안으로 삼기로 했고, 그제야 배가 볼가강의 흐름을 따라서 움직이는 것이 아니라 강을 가로질러서 가고 있음을 발견했다.

바흐는 볼가강의 오른쪽에 발처, 쿠터, 메서, 실링, 슈바프*와 같은 식민지 지역이 있다는 것을 들어서 알고 있었다. 이들 지역들은 그나덴탈보다 볼가강의 위쪽이나 아래쪽에 위치했고 하나같이 산이 많은 지형이었으며 모두 볼가강 유역에 있었다. 그나덴탈 근처에 있는 볼가강의 오른쪽 강변은 경사가 너무 심해서 한겨울에 볼가강의 물이 꽁꽁 얼어붙어도 그곳으로 가는 사람은 아무도 없었다. 한번은 과부 코흐가 이야기하길(그녀는 고인이 된 피셰르라는 여자한테서 들었고, 피셰르라는 여자는 돼지 도축

---

* 각각 현재의 크라스노아르메이스크, 카라미시, 우스츠-졸리하, 소스놉카, 붓코프카.

업자 하우프의 아내한테 들어서 알았고, 그 여자는 헨델 목사의 처제한테 들어서 알게 된 것인데) 이 땅은 과거뿐 아니라 현재까지도 어떤 수도원에 속해서 일반인은 그곳에 접근하는 것 자체가 금지돼 있다는 것이었다.

"저기요, 죄송한데 당신은 도대체 지금 어디로 가는 건가요? 아니, 우리는 지금 어디로 가고 있는 거죠?" 바흐는 재킷 단추를 뜯으면서 체념한 듯 중얼거렸다.

키르기스인은 대꾸도 않고 바흐를 뚫어지게 쳐다보면서 노를 저을 뿐이었다. 깊어질수록 점점 짙은 푸른빛을 띠는 강의 푸르고 무거운 물결을 노의 날이 가르고 있었다. 배는 속도를 조금도 늦추지 않고 목적지를 향해 빠른 속도로 다가갔다. 맞은편 강변은 크고 하얀 돌로 된 벽 같았다. 그 위에는 초록색 나무가 무성하게 자라 있어서 멀리서 보면 물 위에 오톨도톨한 척추를 가진 거대한 뱀이 누워 있는 듯했는데, 그들을 향해 거침없이 다가오는 것 같았다. 어느 순간 바흐는 배를 움직이는 것은 키르기스인의 팔 힘이 아니라 무수히 많은 바위들로부터 기인하는 힘일지도 모른다는 생각을 하게 되었다. 위에서 아래, 즉 산 정상으로부터 산기슭에 이르기까지의 경사를 구불구불한 틈이 가르고 있었다. 그리고 그 틈을 따라 모래 먼지가 물속으로 떨어졌다. 이로 인해 바위가 많은 윗면이 살아 있는 것 같은 인상을 주었고, 산이 호흡하는 듯 보였다. 이러한 인상은 햇빛의 유희로 더 심해졌는데, 때로

해가 구름 뒤로 숨을 때면 그 틈이 보랏빛 그림자로 뒤덮여 더 깊어 보였고, 해가 다시 모습을 드러낼 때면 틈 부분이 밝아져서 잘 안 보이기도 했다.

얼마 안 있어 나무를 이어서 만든 배의 바닥이 자갈 위를 지나가면서 사각거리는 소리를 냈고, 배는 갑자기 초록색 이끼가 잔뜩 묻은 자갈에 코를 박았다. 강과 강가의 경계는 없었고, 바위로 된 벽은 하늘 아래 어딘가 한참 높은 곳으로 향해 있는데 그 끝은 낭떠러지였다. 키르기스인은 배에서 미끄러져 나와서 자기 뒤를 따라오라는 신호로 바흐를 향해 고개를 끄덕여 보였다. 오는 동안 내내 마음을 졸였던 터라 바흐의 심장은 철렁 내려앉았지만 지친 것인지 자신에게 일어나고 있는 일을 덤덤하게 받아들이겠다는 의지를 가진 것인지 스스로도 가늠하지 못한 채 의심 가득한 눈으로 주위를 살피면서 다양한 이끼가 섞인 바위 위를 미끄러지듯 뭍으로 올라갔다. 키르기스인은 물에서 배를 끌어내서는 크고 동그란 갈색 바위 뒤에 숨겨놨는데, 바흐는 깡마른 그에게서 어떻게 그런 힘이 생기는지 적이 놀랐다.

그들에게서 멀지 않은 곳에 위에서 아래로 산을 나누는 여러 틈 가운데 하나의 바닥을 따라 보일 듯 말 듯 오솔길이 나 있었다. 키르기스인은 그 오솔길을 따라 마치 위가 아닌 아래로 경사진 길을 걷기라도 하는 듯이 가볍고 날렵하게 갔는데, 사실 이 경사진 길은 멀리서 볼 때보다는 가파르지 않았다. 바흐는 다분히 의심스러운 모험에 발을 들인 자신을 나무라며 드문드문 난 관목을 양손으로 잡고 키르기스인의 뒤를 느리게 따라갔다. 바흐는 한참 동안 힘들게 넘어지기를 반복하면서 걸었다. 민첩한 키르기스인의 발뒤꿈치로부터 날아드는 모래를 삼키는 것도 그의 몫이었다. 드디어 그는 온몸이 땀에 젖은 채 얼굴은 화끈거리고 다리는 후들거리는 상태로 절벽 끝에 도달했다(재킷과 조끼는 오면서 벗어서 양손에 들어야 했다).

숲의 경계선에 이르자 산은 완만해졌고, 그다음은 평지나 다름 없는 완만한 언덕이 예상됐다. 하지만 숲이 너무 빽빽해서 이러리라는 것은 예상만 할 수 있을 뿐이었다. 바흐는 키르기스인으로부터 뒤처지지 않기 위해 서둘러야 했다. 이렇게 단풍나무, 참나무, 사시나무가 많고 아래로는 화살나무와 들장미가 많은 숲에서 혼자 길을 찾는 것은 힘들어 보였기 때문이다. 하지만 얼마 안 있어 나무들이 양쪽으로 길을 내줬고, 커다란 농가가 서 있는 넓은 공터가 나왔다.

숲속 빈터에 거대하고 기다란 집이 있었다. 집은 마치 배처럼 그 위에 떠 있는 듯한 모습이었다. 무겁고 동그란 바위를 기초석으로 삼았고, 벽은 바흐가 지금껏 단 한 번도 본 적이 없을 만큼 굵은 통나무로 되어 있었다. 지어진 지 오래됐는지 통나무집은 어두운색을 띠었고, 세찬 바람을 견디는 통나무의 틈들은 검은색을 띠었으며 타르로 칠해져 있었다. 대패로 잘 다듬은 덧창들은 일부만 활짝 열어젖혔고 나머지 덧창은 굳게 닫아놓았다. 높이 솟은 지붕에는 짚이 엉켜 있고, 지붕 위에 돌로 만든 단단한 굴뚝 두 개가 우뚝 서 있었다.

가옥 외의 나머지 건물, 즉 창고, 지붕과 기둥만으로 이루어진 가건물, 가축우리, 나지막한 얼음 창고가 뒤에 있었다. 바로 그곳 뒷마당에 상자, 수레, 손수레, 커다란 나무통들이 잔뜩 쌓여 있었고, 장작과 톱으로 자른 목재들이 바닥에 널브러져 있었다. 집 뒤쪽에 어떤 정원 같은 것이 있는 듯했는데, 나지막한 나무들이 듬성듬성 보였고, 이 나무들의 회칠한 듯한 줄기들에서 이따금씩 빛이 났다. 농가에 담장은 없었고, 빈터의 가장자리가 담장 역할을 하는 셈이었다. 사람들도 없었다. 심지어 말이 없는 키르기스인조차 바흐가 잠시 한눈을 판 사이에 사라져버렸다.

마치 방금 전까지도 이곳에서 사람들이 무언가를 열심히 하던 것만 같은 인상을 주었는데, 짧은 통나무에는 손잡이가 긴 도끼가 꽂혀 있고, 그 옆 바닥에는 도끼로 팬 땔감이 널브러져 있고, 집 현관 쪽에는 아직도 여전히 연기가 나는 양동이와 누군가의 찢어진 군화가 있고, 뒤집어진 물뿌리개에서는 땅으로 물이 흘러내리고 있으며, 개방형 주방 화로에서는 석탄의 남은 불씨가 타고 있었다. 하지만 사방은 고요하고 모든 것은 정지돼 있었다. 단지 숲속 빈터의 끄트머리에 걸린 밧줄 위에서 속옷이 가끔 몸피를 늘렸다 줄였다를 반복하며 서로 부딪히는 소리를 내면서 바람에 흩날릴 뿐이었다.

"안녕하세요. 저는 우도 그림 씨를 뵈러 왔습니다." 집에 다가간 바흐는 긴장을 한 탓에 마른 입술을 겨우 벌려서 살짝 열린 문 쪽에 대고 말했다.

잠시 기다린 후에 현관 계단을 따라 올라갔다. 한참 동안 마룻바닥 나무판자의 가장자리 쪽을 일부러 소리 나게 건드리면서 신발 밑창에 붙은 먼지를 털어냈다. 그러고는 자기 쪽으로 문손잡이를 잡아당겼고, 침묵 속에 발을 들여놨다.

뜨겁고 기름진 음식 냄새가 진동했다. 바흐가 들어간 곳은 부엌이었던 것이다. 벽을 따라 하얗게 칠한 키 큰 난로가 서 있고, 그 위에는 냄비와 뚝배기, 체, 크지 않은 통나무 통과 다리미, 찻주전자, 쟁반, 소시지와 각종 살림이 있었다. 그 옆 통나무 벽에는 페인트로 칠하지 않은 찬장이 있었고, 거기에는 손으로 거칠게 빚은 대접, 숟가락과 국자 몇 뭉치, 쇠가위가 어두운색을 띠고 있었다. 도마와 등받이 없는 의자도 있었고, 심지어 창가에도 뭔가가 놓여 있었다. 다양한 종류의 냄비와 프라이팬이며 우유와 꿀이 담긴 머그잔이 놓여 있고, 도마 위에는 손으로 빚은 클룝츠키들이 올려져 있으며, 그 위에는 밀가루가 가볍게 날리고 있고, 고기 다지는 기계에서는 다져진 고기가 길게 늘어뜨려져 있으며, 기름 묻은 솥, 칼로 자른 야채 조각, 생선 대가리, 달걀 껍데기 등이 널브러져 있었다. 이곳에도 사람은 없었다. 문이 아니라 얇은 행주 같은 커튼으로 나뉜 옆방에서 사각사각하는 소리가 들릴 뿐이었다.

바흐는 소리 나는 쪽으로 가서 커다란 문틈을 긁어봤지만 아무도 대답하지 않았고, 커튼을 걷자 창고같이 넓은 거실이 모습을 드러냈다. 거실 중앙은 얇은 나무 판으로 만들어진 식탁이 차지하고 있고, 그 위에는 온갖 진미가 잔뜩 차려져 있었는데, 고대 작센주*에서 전해 내려오는 오슬링의 거인 요툰의 한 끼 식사로도 손색없을 정도의 양이었다. 식탁 앞에는 덩치 크고 힘 좋은 사람이 앉아서 자기 앞에 놓인 접시 옆 도구를 사용하지 않고 손으로 음식을 입에 집어넣으며 게걸스럽게 먹고 있었다. 그는 음식을 잘게 쪼개면서 바삭거리는 소리를 크게 냈는데, 그의 턱에서 나는 소리였다.

얼핏 이상해 보이는 이 장면은 전혀 이상하지 않았다. 오히려 에너지와 활력이 넘치는 주인은 커다란 식탁과 식탁에 있는 음식과 상당히 조화를 이루고 있어서 이 모든 구성이 마치 예술가의 독특한 상상력에 의해 만들어진 것 같다는 착각이 들 징도였다. 머리를 밀어 반질반질한 머리는 식탁 중앙에 놓인, 달걀노른자를 발라 오븐에 넣어서 불그스름하면서 잘 부풀어 오른 칼라치** 같았고, 살

---

*   독일 동부에 있는 주.
** 슬라브인들이 즐겨 먹는 도넛 모양 빵.

이 통통한 양 볼은 접시 위에 올린 촉촉하고 두꺼운 햄처럼 분홍빛을 띠었으며, 작고 어두운색 눈은 날레프카***병에 담긴 산딸기색과 완벽하게 일치했다. 귀는 크고 하얀데, 깊은 대접에 수북이 담긴 바레니키****와 흡사했다. 그는 소시지처럼 통통한 손으로 작은 나무통에서 삭힌 양배추를 꺼내서는 입에 가져갔는데, 이때 그의 복슬복슬한 콧수염과 턱수염이 양배추와 너무 닮아서 바흐는 처음에 자기도 모르게 인상을 찌푸렸다.

"내 딸은 바보요. 바보라는 게 티가 안 나게 만들어주시오!" 그는 여전히 음식을 씹으면서 인사 대신 말했고, 바흐는 이것이 음식을 같이 먹자는 뜻인지 알 수 없었다.

음식이 두 명을 위해서 차려진 것임을 추측할 수는 있었지만, 선뜻 앉을 용기가 나지 않았다. 바흐는 허기로 인해 위가 경련을 일으키는 것을 느끼면서 헛기침을 한 번 하고 재킷을 한 번 매만졌는데, 그 순간 수수께끼 같은 편지로 인해 오늘 점심도 못 먹었던 것이 떠올랐다.

"선생님이 우도 그림 씨인가요?" 그는 혹시 몰라 물어봤다.

"그럼 내가 신이라도 된단 말이오?" 상대는 아직 프라이팬에서 기름을 튀기며 지글지글 끓고 있는 감자를 그릇에 침착하게 옮겨

*** 폴란드산 달콤한 과실주로, 도수가 높은 술.
**** 우크라이나식 만두.

담으면서 대답했다.

"선생님 따님의 나이가 어떻게 되나요?" 바흐는 이 질문을 하면서 식탁 위에 있는 여러 종류의 콜바사*에 눈이 갔다. 식탁 위에는 보라색을 띤 내장으로 만든 콜바사, 기름진 고기를 노릇노릇하게 튀긴 덩어리들이 겹겹이 쌓여 있었고, 훈제 콜바사도 있어서 바흐의 입에는 어느새 침이 고였다.

"오는 성령강림절에 열일곱 살이 되오."

그림은 고기류를 다 먹고 수박 잼을 넣어서 만든 달콤한 수프로 넘어갔는데, 수프 위에는 말린 배, 말린 사과, 말린 체리, 건포도가 섬처럼 이리저리 떠다녔다. 숟가락은 여전히 식탁 위에 놓여 있었고, 그림은 그릇의 끝에 입을 갖다 대고 타타르인들이 차접시를 쥘 때처럼 손가락을 다 벌리고서 천천히 수프를 마셨다.

"그러니까 선생님 말씀으로는 따님이……." 바흐는 혹시라도 기분 상하게 하는 말을 할까 봐 조심스럽게 말을 꺼냈다. "그러니까 따님이 그다지 총명하지 않다는 뜻이군요. 그 정도가 어떤지 여쭤봐도 될까요?"

"말했잖소! 바보라고!" 그림은 흥분해서는 잇새에 낀 체리씨를 뱉었다. 바흐는 갑작스러운 그의 행동에 몸을 움츠렸고, 체리씨는 공기를 가르는 소리를 내면서 그의 옆을 바람처럼 스쳐 지나

* 러시아식 소시지.

가서는 멀리 떨어진 한쪽 구석에 떨어졌다. "머릿속에 뭐가 들어 있는지 모르겠소! 머릿속에 든 거라고는 유모가 들려준 옛날이야기밖에 없고, 누가 여자 아니랄까 봐 변덕이 죽 끓듯 하오. 이렇게 해서 어떻게 시집을 보낸단 말이오? 이곳에 사는 게으름뱅이들이야 데려가겠지만, 라이히 사람들은 지참금을 줘서 보내도 안 데려갈 거요. 아니, 라이히에서는 이 아이를 시집보낼 수 없을 거요······."

이곳 식민지 사람들은 독일을 독일어 그대로 '라이히'라고 불렀다.

"혹시 이민을 생각하고 계신 건가요? 언제쯤 가실 생각이신지?" 바흐는 조심스럽게 물었다.

"당신은 선생이 아니던가? 그럼 가르치는 데나 신경 쓰시지!" 그림은 빈 접시를 식탁 위에 소리 나게 내려놓았고, 바흐는 이번에도 소스라치게 놀랐다. "질문은 내가 하겠소! 내 딸이 말을 잘할 수 있게 가르치란 말이오! 만약 말을 잘하게 만드는 게 힘들다면 이해라도 하게 만들란 말이지! 여자는 말수가 적은 편이 나을 수 있으니 생각이라도 제대로 할 수 있다면 그거라도 충분하오! 나는 편해져서 좋고, 당신 주머니엔 돈 들어와서 좋고!"

그림은 부드러운 와플을 낚아채서는 꿀이 담긴 접시에 거칠게 집어넣은 후에 입 속에 쑤셔 넣었는데, 이때 나머지 한 손으로는 꿀에서 나온 실을 입에서 걷어냈다.

바흐는 '점잖게 행동하세요, 무례한 사람 같으니! 계속 이런 식이면 더 이상 대화하기 힘듭니다!'라고 소리 지르면서 손바닥으로 식탁을 살짝 내리칠 생각까지 했으나 실제로는 눈을 내리깔고 바지 위로 손가락을 까딱까딱 움직이면서 자기 안에 있는 화를 다스리고 있었다.

"그러니까 선생님은 제가 따님에게 고급 독일어를 가르치길 원하신단 말씀이죠? 그렇다면 제가 학생을 좀 만나도 될까요?" 바흐는 잠시 후에 떨리는 목소리로 상대가 한 말을 정리했다.

"당신의 그 뭐냐, 그 낡은 짐, 그러니까 책이니 연필이니 하는 것들을 (아니면 수업 시간에 코 팔 때 쓰는 거라든지) 갖고 오시오. 수업에 오면 인사하게 될 거요." 그림은 이렇게 말하면서 무거운 하얀 유리병에서 불투명한 산딸기 날레프카를 술잔으로 따른 후에 바흐를 뚫어지게 쳐다보면서 두 번째 잔에도 술을 따랐다. "동의하나?"

"그림 선생님, 우리가 만난 지 얼마 안 되기도 하니 지나치게 허물없이 대하는 건 안 하셨으면 하는데요……."

"동의하냐니까!" 그림은 일어나 바흐에게 잔을 내밀면서 바흐의 말허리를 잘랐다.

바흐는 그가 내미는 술잔을 받아 들었고(오, 날레프카가 얼마나 독한지 냄새를 맡기만 해도 술에 취할 것 같군!) 어깨를 들썩이고 눈썹을 모호하게 들썩였지만, 결국 그림의 따가운 시선을 견디기 힘들었던 데다 이 유쾌하지 않은 만남으로부터 어서 속히 벗어나고 싶고 잔뜩 힘을 주고 있는 목이 불쌍해지기도 해서 턱을 아래로 한 번 숙였다. 괴로운 표정과 함께 한 이 행동은 다양한 의미로 해석이 가능하겠지만, 생각이 많지 않은 그림은 그의 이런 행동을 동의로만 받아들였다. 두 사람의 잔은 요란하게 부딪혔고, 이로써 계약은 성사된 것이었다. 일이 이렇게 지나치게 빠르게 진전될 줄 몰랐던 바흐는 입술에 잔을 갖다 대고 타는 목 안에 차가운 액체를 부었다.

순간 주위의 모든 것이 갑자기 다르게 느껴졌다. 날레프카가 지나치게 독했던 탓인지, 바흐가 허기져 있었고 기분을 좋게 만들어주는 음료에 적응이 안 돼 있어서 취기가 금방 돈 때문인지 알 수는 없지만, 조금 전까지만 해도 험악하고 우울했던 그림의 집이 갑자기 활기를 띠고 생기가 넘쳐 보였던 것이다. 창밖에는 덩치 큰 누군가의 등이 보였고 마당에서는 도끼로 나무를 내리치는 소리가 들렸으며 양이 우는 소리가 들리는가 하면 현관문이 큰 소리를 내면서 닫히기도 했으며 누군가 무거운 발소리를 내면서 부엌을 지나갔고 누군가 할머니 특유의 허스키한 불만 섞인 목소리로 질문을 했다.

"사모바르* 가져올까요?"

* 러시아식 주전자.

"나중에." 그림이 대답했다.

그는 길게 휘어진 담뱃대를 벽에서 떼어내서는 창문 쪽으로 얼굴을 향하고 앉아서 담뱃대에 담배를 채워 넣었다. 바흐는 이렇게 그들의 대화가 끝났음을 깨달았고 주인의 다소 무례한 행동에 놀란 기색 하나 없이 그 자리를 떠났다. 주위에 있는 사람들과 그들이 내는 소리로 마음이 즐거워졌고 이전에 가졌던 공포는 어리석고 우습게 여겨졌으며 심지어 그를 지독하게 괴롭히던 허기조차 어디론가 사라져버렸다.

부엌에서 부산하게 움직이던 노파는 가을 관목처럼 깡말랐는데 바흐 쪽으로는 시선조차 돌리지 않았지만 바흐는 이것을 오히려 배려로 받아들였다. 현관 앞 계단에서 그를 기다리는 키르기스인도 이제 조금은 더 친근하게 여겨졌으며 그림의 집 역시 쾌적하게 느껴졌다. 마당에서 일하는 일꾼들은 눈 한번 치켜뜨지 않고 입도 열지 않으며 분주하게 여기저기 왔다 갔다 했고(모두들 한결같이 험상궂은 몽골인의 얼굴을 한 데다 얼굴이 너무 비슷해서 누가 누군지 알아보기 힘들 정도였다) 발밑에는 집에서 키우는 형형색색의 소란스러운 가금들이 돌아다녔는데 거위, 오리, 심지어 긴 줄무늬 꼬리를 가진 꿩도 두어 마리 있었다. 우리 안에서는 잘 먹여서 등에 윤기가 흐르는 말도 말발굽 소리를 냈으며, 집 뒤쪽 정원에는 주먹만큼 큰 분홍색과 흰색 꽃이 심겨 있었는데 향이 어찌나 진한지 사과나무에 열리게 될 사과 열매의 달콤한 맛이 벌써부터 혀끝에 느껴질 정도였다.

바흐가 키르기스인과 함께 돌아오는 길에 지나온 숲은 더는 거칠게 느껴지지 않고 봄의 숲처럼 화사하게 다가왔다. 이제는 숲을 걸어 다니는 것이 즐겁기만 했으며 즐거운 생각을 하자 기쁨이 몇 배나 상승했다. 그림의 딸과의 수업은 어렵지도 않을뿐더러 성스러운 선생의 도리에 부합하기에 유익한 일처럼 여겨졌고 금전적으로 보더라도 매력적인 일이었다. 얼마 후 바흐는 자신의 발이 오솔길을 따라 굉장히 놀라운 속도로 걷고 있음을 알아차렸다. 그의 보폭은 5아르신 혹은 10아르신 정도였고, 그 덕분에 꽤 빠른 시간 안에 경사진 능선에 도달할 수 있었다.

높은 곳에서 바라본 경치는 너무도 놀라웠고, 바흐는 아름다운 자연 앞에 압도되고 말았다. 그의 앞에 흐르는 볼가강은 눈이 부실 정도로 파랗게 빛나고 있었고, 지평선 끝에서 또 다른 지평선 끝까지 태양 빛이 아득하게 반짝이고 있었다. 그는 난생처음으로 이렇게 넓은 평지와 마주하게 되었다. 한편 나머지 세상은 아래에 펼쳐져 있었는데, 양쪽 강변과 스텝 지역에는 어린 풀들이 안개처럼 어렴풋이 펼쳐졌고, 스텝을 따라 작은 개울들이 흘렀다. 지평선 끝에는 어두운 하늘색 선이 그어져 있었고, 회청색 흰머리 독수리는 먹이를 찾아 강 위를 선회하고 있었다. 바흐는 볼가강을 향해 양손을 뻗다가 경사진 면에서 떨어졌는데, 후에 그는 이때 새처럼 날아서 아래로 떨어진 것인지, 회오리바람처럼 발

빠른 키르기스인의 뒤를 따라 오솔길을 따라간 것인지 정확하게 기억하지 못했다.

***

다음 날 아침에 잠에서 깬 바흐는 여학생을 만날 생각을 하자 갑자기 몸이 으스스해졌다. 치통이 심해져서 이빨 안에 뭔가 차가운 것이 있는 듯한 느낌이 들었는데, 턱에 바람이라도 든 것 같았다. 위장에서도 찬 기운이 느껴졌다. 바흐는 이참에 아프다고 하고 안 갈까도 생각했지만, 바로 그때 재킷 주머니 속에 있는 돈을 발견했는데 액수가 상당했다. 어제 그림이 그의 재킷 주머니 속에 넣은 것 같기는 한데 언제 어떻게 돈을 넣었는지는 도무지 기억나지 않았다. 한 가지 분명한 것은 거절하기엔 이미 늦었다는 사실이었다.

바흐는 약속 시간에 선착장에서 기다리면서 앞으로 있을 수업 생각에 잔뜩 긴장했다. 겨드랑이에는 괴테의 시집, 독일어 교과서, 작문용 종이를 잔뜩 끼고 있었다. 학생의 아버지가 무례하긴 했지만 그의 딸은 생각보다 예의 바를 수도 있을 것이므로 바흐는 다림질까지 된 깨끗한 셔츠를 입고 그 위에 조끼를 걸쳤다.

바흐는 지금껏 단 한 번도 다 큰 여학생을 상대로 개인 수업을 한 적이 없었다. 그림 양이 단 한 번이라도 조소 섞인 시선을 그에게 향한다든지 말실수를 할 경우 그가 얼굴을 붉히거나 말을 더듬을 수 있기 때문에 학생을 엄격하게 대하기로 결심했다. 그는 수업 시간에 그녀의 눈을 보지 않을까 하다가(소녀들의 눈은 가끔 굉장히 매력적이니까!) 눈뿐만 아니라 그녀 쪽으로는 전혀 시선을 주지 않고 창밖 풍경을 보거나 이 모든 것이 여의치 않을 경우에는 천장을 보기로 결심했다. 멍한 표정을 짓거나 차가워 보이는 것이 우스워 보이는 것보다는 나을 테니까. 그는 집이라는 쾌적한 공간에서 엄격한 수업 분위기를 조성하기 위해서 수업 시간에 쓸 몇 문장을 미리 준비했다. 하지만 이 문장들은 직접 생각해낸 것이 아니라 헨델 목사가 한 말 중에서 몇 문장 준비한 것이었다. 제때에 도착한 키르기스인의 배에 타서는 여러 가지 어조로 중얼거리면서 가장 진지해 보이는 어조를 찾으려 노력했다.

그는 그녀를 만날 준비를 하느라 가는 길이 어떻게 되는지도 몰랐다. 절벽으로 올라갔지만 어제보다는 훨씬 숨이 덜 찼다. 숲도 어제보다 더 평화로워 보였다. 그림이 살고 있는 집 역시 더 정겹게 느껴지고 어제와 달리 사람도 많았다. 하지만 주인의 모습은 보이지 않았다. 키르기스인은 바흐를 거실까지 바래다줬는데, 거실 역시 달라 보였고 어제의 식당 같은 분위기는 온데간데없었다.

거대한 식탁이 어딘가로 치워져 있었다(문틀과 창틀보다 훨씬 커 보이는 거대한 물건을 도대체 어떻게 옮긴 것인지 의아했다). 식탁이 있던 자리에는 아마포 병풍이 있었는데, 이 병풍이 공간을 정확히 반으로 나누었다. 그 앞에는 등받이 부분을 조각한 나무 의자가 놓여 있었다. 어제 부엌에 있던 노파가 자기 앞에 빨간 딸기색 물레를 놓고 창가에 있는 나지막한 긴 의자에 편하게 앉아 있었는데, 물레바퀴가 돌아가면서 소리를 냈고 통나무 벽에 빨간색 물레바퀴 무늬가 만들어졌다. 노파는 기다란 손톱으로 옆에 있는 커다란 바구니에서 양털 꾸러미를 꺼내 코앞에서 돌고 있는, 뿔처럼 생긴 실패 쪽에 갖다 대고는 검지에 침을 묻혀 문질러서 보일 듯 말 듯 가는 실을 뽑아내는 것이었다. 가끔 반쯤 열린 입에서 가느다란 은색 침이 나와서는 줄무늬 앞치마에 떨어졌는데, 실을 양털에서 뽑는 것이 아니라 노파의 침에서 뽑아내는 것 같은 착각이 들기도 했다. 노파는 신발도 안 신고 있었고, 파란 울 치마 밑에 있는 맨발이 열심히 물레의 페달을 밟았다. 바흐는 노파의 발가락이 다섯 개가 넘는 것 같다는 생각이 들었지만, 깡마른 노파의 발이 어찌나 빨리 움직이는지 이것을 확인하는 것은 불가능해 보였다. 그가 먼저 노파에게 인사를 했지만, 물레바퀴가 돌아가는 소리 때문에 못 들었는지 하얀 모브캡*을 쓴 그녀의 고개는 미동도 하지 않았다.

병풍을 세운 것은 분명 어떤 의도가 있어 보였고, 바흐는 병풍 안을 들여다볼 결심이 서지 않았다. 대신 자기가 가져온 책들을

---

* 18, 19세기에 여성들이 실내에서 썼던 모자.

의자 위에 올려놓고 벽에 있는 커다란 장식장을 들여다보면서 기다렸다. 장식장에는 주인의 것으로 보이는 담뱃대가 열두 개쯤 있었는데, 사과나무로 만든 노란 호박색 담뱃대부터 배나무, 자두나무로 만든 진한 분홍색 담뱃대, 너도밤나무로 만든 담뱃대까지 있었는데, 모두 팔뚝만큼 큰 것이었다.

"수업을 하러 왔으면 수업이나 할 것이지 게으름이나 피우고 말이야!" 그의 뒤에다가 대고 노파가 소리를 질렀다.

바흐는 움찔했고 뒤를 돌아봤다. 목소리는 분명 노파의 것이 분명했지만, 노파는 여전히 코앞에서 도는 실패에 시선을 고정하고는 하던 일을 계속하는 것이었다.

"저기요, 저는 준비됐거든요. 그런데 수업은 선생 한 명만으로는 할 수 없는 거잖아요. 학생도 있어야죠. 그녀는 어디에 있죠?" 노파의 고함 소리를 뒤로하고 그가 노파에게 말했다.

"저 여기에 있어요." 들릴 듯 말 듯 한 목소리로 그녀가 병풍 뒤에서 말했다. 그런데 그 소리가 너무 가늘어서 바흐는 그녀의 목소리를 어린아이의 목소리로 착각할 뻔했다.

"그럼 양**, 지금 장난하는 건가요?" 바흐가 병풍에 바짝 다가가서 튼튼한 틀을 자세히 살펴보니 표백된 아마포를 병풍 틀이 팽팽하게 당기고 있었고, 군데군데 작은 못으로 고정돼 있었다. "수

** Fräulein. 바흐는 클라라 그림을 부를 때 독일어 호칭을 쓴다.

업처럼 진지한 일에 이런 식의 장난은 허용되지 않는다는 것을 잘 알고 계시리라 생각됩니다. 어서 거기에서 나오세요. 수업을 시작하시죠."

"그럴 수가 없어요. 명령이 안 떨어져서요." 소녀의 목소리는 너무 긴장한 탓인지 거의 속삭임에 가까울 정도로 작아졌다.

"그렇다면 아버님을 여기에 오시라고 해서 지금 이 상황에 대해 말씀드려야 할 것 같군요. 그분을 안 지 얼마 되지는 않았지만 최소한 결단력도 있고 문제 해결도 빠르신 것 같던데요⋯⋯. 그러니까 명령이 안 떨어졌다 이거죠? 누가 명령을 안 내렸다는 거죠?" 바흐는 병풍을 옆으로 치워서 끝이 없는 숨바꼭질을 중단할 요량으로 병풍 앞으로 세 걸음 갔다가 다시 뒤로 세 걸음 가면서 왔다 갔다 했다.

"아버지요. 아버지가 명령을 안 내리셨어요." 그녀는 조심스럽다기보다는 오히려 자신 없는 목소리로 이 말을 했다.

"이보세요." 그는 아마포 병풍 한 면으로 얼굴을 가까이 댔고, 그러자 병풍 안쪽에서 그녀가 숨을 가쁘게 몰아쉬는 소리가 들리는 것 같았다. "이름이 뭐죠?"

"클라라예요."

"이봐요, 클라라 양. 당신은 성인이고, 교육이라는 것은 상당히 복잡한 과정임을 알리라고 생각합니다. 병풍 뒤에 있거나 볼가강에서 수영을 하거나 물구나무를 서거나 그 외 다양한 특이한 방식으로는 수업을 할 수 없습니다! 이 병풍에게 고급 독일어를 가르칠 수는 없는 노릇 아닙니까!" 바흐는 자기 손바닥을 병풍 틀에 얹고 좀 더 세게 잡고는 병풍을 살짝 들어서 방의 구석으로 옮기려 했지만 병풍이 예상 외로 너무 무거워서 살짝 흔들리기만 할 뿐이었고 하마터면 넘어질 뻔했다.

그러자 병풍 뒤에서 비명 소리가 들렸고, 물레 돌아가는 소리도 멈추었다. 자신의 행동으로 민망해진 바흐는 뒤를 돌아봤고, 미동도 하지 않는 노파의 시선과 마주했다. 하얗게 센 속눈썹 안에서 보일 듯 말 듯 한 흐리멍덩한 눈동자는 우유 수프 위에 떠 있는 클료츠키 같았고, 그 눈이 바흐를 집요하면서도 멍하니 쳐다보는 가운데, 심하게 휜 노파의 손가락은 여전히 조용히 물레질을 했는데, 실을 잣는다기보다는 공기를 잣는 것만 같았다. 바흐는 노파의 시선이 불편했다. 그는 즉시 병풍에서 손을 떼고 손바닥을 재킷에 닦고는 한 걸음 뒤로 물러섰다. 노파는 그 즉시 손가락에서 빠져나간 실을 낚아챘고, 또다시 물레의 페달을 밟아서 물레바퀴가 다시금 돌아갔다.

바흐는 의자 등받이를 잡고 1분 정도 그대로 서서 도마뱀 가죽처럼 주름진 노파의 창백한 얼굴과 문제의 병풍을 번갈아가며 쳐다봤다. 병풍 뒤에서 사각거리는 소리인지 흐느낌인지 알 수 없는 소리가 짧게 들려왔다.

"알겠습니다……." 바흐는 나무 등받이를 손바닥으로 쳤다. "이렇게 이상한 방식으로 수업을 해야만 하는 이유가 있을까요? 혹시 특이한 외모를 소유하고 계신가요? 혹은 정신적, 육체적 결함을 갖고 있나요? 저기요, 나는 당신이 갖고 있는 결함을 이용해서 조롱할 생각은 추호도 없습니다. 내가 교양 있는 사람이고 하느님을 믿기 때문만은 아닙니다. 나도 그 고통이 어떤 것인지 알고 있습니다. 절대, 내 말 듣고 있어요? 절대로 나는 다른 사람을 아프게 하지 않을 겁니다."

바흐는 문득 자신이 지나칠 정도로 솔직하게 말하고 있음을 깨달았다. 클라라를 볼 수 없기에 그는 마치 자기 자신에게 말하듯 했다.

병풍 뒤는 여전히 조용했다.

"혹시 지나치게 수줍음이 많은가요? 그렇다면 수업을 하는 동안 당신을 절대 보지 않겠다고 약속하죠. 나는 수업 시간에 학생이 아니라 교과서와 공책을 뚫어지게 보는 습관이 있습니다. 원한다면 우리가 대화를 하는 동안 내내 창밖, 네, 창밖만 볼 수도 있어요!" 바흐는 슬슬 화가 났다. 눈앞에 있는 상대를 볼 수 없게 되자 인내심도 한계를 드러내기 시작한 것이다. "정말로 나는 당신이 어떻게 생겼는지 당신 눈 색깔은 어떤지 볼은 어떤지 어떤 원피스를 입었는지 혹은 어떤 구두를 신었는지 아무 관심이 없다니까요! 내가 당신한테 궁금한 건 오직 과거완료 시제와 동사 시제 변화를 자유자재로 잘 구사하는지라고요!"

하지만 병풍 뒤에서는 여전히 말이 없었다.

적막 속에서 물레 돌아가는 소리만 들렸고 그 소리가 너무 거슬러서 바흐는 물레에 의자를 던지고 싶은 충동이 일었다.

"그림 양." 그는 자신이 낼 수 있는 가장 엄격한 어조로 말했다. "나는 당신의 선생이고, 왜 우리 수업이 이렇게 이상한 방식으로 진행돼야 하는지 알아야겠습니다."

병풍 뒤에서 경련을 일으키듯 한숨을 쉬는 소리가 들렸다.

"아버지가 염려하세요. 외간 남자를 보면 제가 죄를 짓게 될까 봐 걱정하세요." 클라라가 드디어 입을 열었지만 어휘 선택에 어려움을 느끼며 또다시 입을 다물었다.

"나를 보고서요? 정말로 나를 보고서요?" 바흐는 뜻밖의 설명을 듣고는 너무 놀라서 뭐라고 대답을 해야 할지 몰랐다.

그는 어제 아침에 우도 그림이 보낸 편지를 수정하느라 잉크가 잔뜩 묻은 자기 손가락을 쳐다봤고, 갑자기 웃음이 터져 나오려 했다. 처음엔 빠르게 숨을 몰아쉬다가 그 후엔 웃어서는 안 될 순간에 웃는 자신을 질책이라도 하듯 조용히 입술을 꼭 다물고 키득키득 웃었지만 시간이 지날수록 점점 더 웃음을 참을 수 없는 지경에 이르자 드디어 입을 크게 벌리고 박장대소했다.

"나를 보고서 말이죠? 나를 보고서…… 죄를 짓는단 말이죠?" 바흐는 독일어 교재가 놓인 의자 위에 주저앉아 한 손으로는 눈물을 닦아내면서 큰 소리로 웃었다.

바흐는 배 아래가 살짝 당길 정도로 실컷 웃은 후에 숨을 고르고 나서 자신이 지금껏 단 한 번도 이렇게 신나게 웃어본 적이 없다는 사실을 깨달았다. 그는 자리에서 일어나서 자기 책을 들고 어제 받은 돈을 주머니에서 꺼내 의자 위에 올려놓았는데, 그 스스로도 어디서 그런 용기가 났는지 의아할 정도였다. 그런 후에 우도 그림을 찾아서 이런 유의 교육적 실험에 자신은 동의한 적이 없다는 말을 해야겠다고 결심하고 밖으로 나갔다.

마당을 한 바퀴 도는 동안 마주치는 일꾼들을 한 명 한 명 멈춰 세우면서 주인이 어디에 있는지 물었다. 하지만 키르기스인들은 독일어를 이해하지 못하거나 겁을 먹었거나 아니면 아예 말을 못해서 그랬는지 바흐에게 도톰한 눈꺼풀 아래에 있는 눈으로 시무룩한 표정을 지어 보일 뿐 말없이 하던 일을 계속했다. 이들의 초점 없는 얼굴은 미동도 하지 않았는데, 바람을 많이 맞아서 튼 입술은 꿈쩍도 안 했고 이마에 난 주름조차 움직이지 않았다.

"그림 선생님!" 주인을 한참 동안 찾으러 다니던 바흐는 이젠 이성을 잃고 소리를 질렀는데, 스스로도 그런 자신의 목소리에 놀랄 정도였다. "그림 선생님! 전 갑니다! 따님에게는 다른 선생님을 알아보세요!"

하지만 우리 안에 있는 양들만이 겁먹은 듯 조용히 울 뿐이었다. 바흐는 일꾼들 사이에서 자기를 데리고 온 키르기스인을 발견하지 못했고, 혼자 강가로 가서 그를 기다리기로 마음을 먹었다. 어서 속히 이 이상한 집을 떠나고 싶었다. 그는 겨드랑이에 괴테의 시집을 단단히 끼고 화가 나서 발밑에 굴러다니는 통나무를 발로 차고(하지만 통나무는 생각 외로 훨씬 무거웠고, 이날 이후로 꽤 오랫동안 발의 통증을 느껴야만 했다) 오솔길을 따라 숲을 향해 갔다.

낯익은 길이었다. 화살나무 관목이 고슴도치처럼 우뚝 서 있었다. 커다란 참나무들은 나뭇가지로 자신의 줄기를 감고 있어서 마치 자기 자신을 포옹하는 것처럼 보였다. 줄기 어딘가에는 입을 크게 벌린 것처럼 시커먼 구멍이 나 있었고, 그곳으로부터 계속해서 그림자가 빠른 속도로 나타났다가 사라지기를 반복했는데 다람쥐인지 담비인지 또 다른 동물인지는 확인할 길이 없었다. 바흐는 오솔길을 잘 안다고 생각했지만 이상하게도 생각 이상으로 오랫동안 걷고 있었다. 30분을 걸었을지도, 어쩌면 한 시간을 걸었을지도 모를 일이었다.

그는 뭔가 이상하다는 것을 깨달았다. 하지만 이내 동행이 있을 때는 가는 길이 늘 더 짧고 편하게 느껴지기 때문이라고 자신을 위로했다. 그런 후에는 길을 잘 몰라서 길을 조금 잃은 것일지도 모른다고 생각했다. 어찌 되었든 이제 곧 나무가 일직선으로 심긴 강가가 모습을 드러내야 했다.

그는 걸음을 재촉했다. 그러다 책들을 품 안에 넣고 기름진 땅 위를 미끄러지면서 뛰기 시작했다. 그의 옆에는 여전히 낯익은 풍경이 펼쳐져 있었다. 오솔길 끝에 있는 서던우드의 헝클어진 풀잎들도 그대로였다. 정수리부터 뿌리까지 갈라진 키 큰 라임 나무도 그대로였다. 풀이 수북이 덮인 개미굴에 빠진, 썩은 나무 그루터기도 여전했다. 젠장, 모든 게 그대로였다! 바짝 마른 자작나무의 휘어진 가지까지도 기억했다. 그런데 이상하게도 강가는 여전히 보이지 않았다. 하늘에는 태양도 없고 구름이 하늘을 지평선까지 뒤덮었다. 태양의 위치를 알 수 없으니 시간을 가늠하는 것도 불가능해 보였다.

그는 조끼 주머니에서 서둘러 시계를 꺼냈지만 시계 역시 멈춰 있었다. 시계를 산 이래로 처음 있는 일이었다. 그는 멈춰 서서 시계를 흔들어도 보고 귀에 갖다도 대봤지만 시계는 가지 않았다. 주위에는 나뭇가지 흔들리는 소리만 정적을 가르고 있었다. 뒤를 돌아봤다. 자신이 낯선 숲에 와 있음을 깨달았다. 나무가 무성한 낯선 숲은 술에 취한 사람처럼 사방으로 어지럽게 흩어진 나뭇가지가 얽히고설켜 음산했다. 아래쪽에는 블랙베리가 많이 나서 바늘처럼 뻣뻣한 풀이 올라와 있었고, 나뭇가지들에는 작년에 심은 호프가 어지러이 널려 있었다. 보기 흉한 그루터기 하나는 그림의 집에 앉아서 물레를 돌리던 노파와 닮아 있었다. 바흐는 노파를 닮은 그루터기로부터 억지로 시선을 돌렸고, 이제는 좌우를 살피지도 않고 그를 향해 달려오는 나뭇가지를 피해 얼굴을 양손으로 가리면서 뛰기 시작했는데, 이때 배 깊숙한 곳에서 목까지 차오르는 타는 듯한 현기증을 느꼈다.

가슴 속을 채운 공기의 양만큼 뛰었다. 후두가 뜨겁게 달아올라서 모든 들숨이 들어올 때마다 반으로 갈라지는 것 같은 기분이 들었다. 힘이 빠진 다리는 겨우 움직였고, 축축한 진흙에 빠지기를 반복했다. 한쪽 양말이 나무 그루터기에 튀어나온 마디에 걸려서, 숨이 차서 뜨거워진 바흐의 몸이 앞으로 튕겨져 나갔다. 이마가 차갑고 미끄러운 것에 부딪혔고 무언가 크고 딱딱한 바위 같은 것이 가슴과 넓적다리를 덮쳤으며 팔꿈치와 무릎은 마치 동시에 몸에서 떨어져 나가는 것처럼 엄청난 통증을 느꼈다.

"아아아!" 바흐는 온몸이 찢겨 나가는 것 같은 통증을 줄여보려는 듯 비명을 질렀다.

눈을 떴을 때 그는 평평한 바위에 얼굴을 기댄 채, 바닥이 온통 썩은 나무 조각과 통나무들로 뒤덮인 골짜기에 와 있었다. 바위 표면은 초록색 이끼와 바흐의 코피로 미끌미끌했다. 블랙베리 관목의 곁가지를 잡고 자기 쪽으로 당기자 손바닥에 가시가 박혔고, 이내 그는 굵은 나뭇가지를 잡고 양다리로 몸부림을 쳤다. 종아리가 무언가에 맞은 것처럼 아파왔다. 아파도 너무 아팠다. 바흐는 갈비뼈 밑에 있는 심장이 빠르고 가쁘게 뛰는 것을 느끼면서 이 숲 전체, 이 구덩이, 이 통나무들을 저주했다. 이곳을 지나가는 것은 고문에 가까워 보였다. 바흐는 이끼 긴 차가운 바위에 이마를 대고 숨을 골랐다. 갑자기 이끼가 더 부드러워진 것 같은 기분이 들었다. 그 순간 바위 위에 덮인 이끼가 천천히 그의 머리 무게에 눌려서 머리 밑에 깔린 베개처럼 점점 더 부드러워지고, 바위 역시 푹신푹신한 침대보 같아서 이끼로 덮인 것이 아니라 부드러운 벨벳으로 덮인 것처럼 느껴졌다. 바흐는 일어나려고 양 팔에 힘을 줬지만 손바닥은 짚을 곳을 못 찾고 마치 썩은 나뭇잎들로 뒤덮인 땅 속에 빠져들듯, 마치 유사(流沙) 속에 빠져들듯 힘을 주지 못했다. 단단하고 날카로운 가지에 통증을 느낀 그는 통나무들로부터 벗어나고 싶어 발버둥을 쳐보았지만, 다리가 뻑뻑하고 진득진득한 것에 빠져서 반고체 상태의 바다에서 헤엄치는 것 같은 무기력을 느꼈다.

고개를 돌리자 믿을 수 없는 광경과 마주하게 되었다. 주위에 있는 세계가 마치 프라이팬의 비계처럼 녹아내리고 있었다. 주위에 있는 것들, 즉 완만한 능선, 크고 동그란 바위, 이끼 낀 큰 통나무, 나무뿌리들, 썩은 나뭇잎들이 모두 외형을 잃어버리고 골짜기의 경사를 따라 녹아서 흘러내리고 있었다. 여러 가지 색깔이 뒤섞여서 서로에게 박혔다. 땅의 검은색, 나뭇잎의 빨간색, 통나무의 회색, 이끼의 초록색이 모두 천천히 아래로 흘러내리고 있었다. 바흐는 주위에 있는 것들 중에 단단한 것을 찾아서 잡으려고 애썼지만 통나무, 바위, 썩은 나무까지 주위에 있는 모든 것이 흐물거렸다. 그는 폭우에 쓰러진 나무 속에 가라앉고 있었다. 이건 마치 파리가 꿀 속에 빠지는 것처럼, 나방이 밀랍 초에 빠지는 것처럼 무섭고도 돌이킬 수 없는 것이었다.

"날 좀 놔줘! 제발 부탁이야!" 그는 조금만 움직여도 지금보다 더 깊이 들어갈 수 있음을 느끼면서 목을 위로 길게 뽑아서는 소리를 질렀고, 인간의 단어가 생각나지 않을 때쯤 동물처럼 으르렁댔다.

눈앞에서 나뭇가지들로 나뉜 낮은 하늘이 한 번 흔들렸다. 하늘 역시 온통 물이었다. 하늘은 나무줄기를 따라 이리저리 헤엄쳤고, 빛줄기가 참나무와 단풍나무를 흰색으로 물들이려는 듯이 높은 곳으로부터 흘러내렸다. 바흐가 적갈색 말뚝 울타리 뒤에 있어서 보일 듯 말 듯 한 하얀 하늘에 갈고리를 걸듯이 시선을 딱 보냈는데, 달리 눈길을 줄 데도 없었기 때문이었다. 그런 후에 마지막 남은 힘을 짜내어 뭔가 단단한 것이 닿는, 닿아서 부딪히는 느낌을 다시 한번 경험하고 싶다는 간절함을 담아 말뚝 울타리에 달려들어서 팔꿈치와 무릎을 이리저리 흔들었다.

갑자기 오른 손바닥 밑에 뭔가 물고기 비늘 같은 것이 닿는 게 느껴졌는데, 솔방울 같기도 하고 통나무 껍질 조각 같기도 했지만 이것 역시 걸쭉한 액체 속으로 사라져버렸다. 잠시 후 무언가에 목이 긁히는 느낌이 들었다. 바흐는 '나무뿌리인가? 아니면 블랙베리 관목의 나뭇가지인가?'라고 생각했다. 배가 무언가에 찔렸다……. 바흐는 그물에 갇힌 물고기처럼 절망적으로 몸부림쳤고, 그 전에는 보이지 않던 것이 서서히 그 모습을 드러냈는데, 이것은 마치 4월에 쌓인 눈이 녹자 작년에 자랐던 풀이 그 모습을 드러내는 것과 흡사했다.

굵은 나뭇가지와 바닥에 뒹구는 썩은 나뭇가지들, 그 뒤를 따르는 땅과 바위들이 과거의 단단함, 딱딱함, 날카로움을 표현하고 있었다. 바흐는 뭔가를 잡고 의지하면서 팔다리를 열심히 움직여서 계속해서 기었고, 어딘가에 부딪히는 통증과 넓적다리에 나뭇가지가 찔리는 느낌 혹은 가시에 이마가 긁히는 통증이 오히려 좋았다. 고개를 들어 간절한 마음을 담아 하늘을 쳐다봤다. 골짜기의 어둠에 익숙해진 두 눈이 구름을 뚫고 비친 햇빛으로 인해 심하게 부셨지만, 바흐는 행여 하얀 하늘을 놓칠세라 눈을 부릅떴다. 계속 기어서 어느덧 석회로 하얗게 된 사과나무 줄기 옆에 도달했다.

그는 석회 덩어리 안에 있는 오톨도톨한 나무껍질에 한쪽 볼을 갖다 댔고, 이가 바스러지는 소리가 날 때까지 문질러댔다. 그는 옆에 앉아서 나무에 등을 대고 호흡을 가다듬었다. 주위에 다른 사과나무들도 보였다. 페인트칠한 나무줄기가 마치 검은색 땅에 놓인 양초들 같았다. 잘 가꿔진 정원은 멀리 사라지고 있었고, 머리 위에서는 하얀 꽃과 초록색 잎들이 우거진 나무의 윗부분이 구름처럼 흔들리고 있었다.

바흐는 힘들게 일어났다. 여기저기 긁혀서 상처투성이인 손바닥으로 하얗게 표백된 줄기를 쓰다듬으면서 원을 따라 천천히 무거운 발걸음을 옮겼다. 이윽고 반대편으로부터 주인집이 있는 곳으로 나왔다. 그가 그렇게 걸어서 집의 현관 앞 계단 위로 올라가는 동안 아무도 그를 부르지 않았다.

***

빨간 물레바퀴는 여전히 돌아가고, 노파는 실을 뽑아내고 있었다. 그는 발에서 먼지를 털어내지도 않은 채 거실 한복판으로 지친 다리를 끌면서 갔다. 의자 위에 놓고 간 지폐를 보고는 한 손으로 흩어버렸고 지폐들이 천천히 바닥으로 떨어졌다. 그런 후에 의자에 앉았다.

"클라라, 당신 아직도 여기에 있어요?" 그는 지친 듯 물었다.

"네, 여기에 있어요." 병풍 뒤에서 그녀가 대답했다.

"날 좀 놔주세요." 바흐의 혀와 입술은 말을 듣지 않았고, 노파가 물레질하는 소리에 평소보다 더 크게 말해야 했기 때문에 더 힘에 부쳤다. "목소리만 들어도 알 수 있어요. 당신은 착한 아가씨예요. 나를 불쌍히 여겨줘요. 이건 죄라고요. 당신은 앞날이 창창한 사람이니 이제 그만 나를 좀 놔줘요……."

"무슨 말씀을 하시는 건지 모르겠어요." 그녀가 들릴 듯 말 듯한 작은 목소리로 겁먹은 듯 말했다.

"아니, 그건 내가 할 말이죠!" 바흐는 자기도 모르게 소리를 질렀다. "나는 이 모든 것이 무엇을 의미하는지 모르겠어요. 당신의 집에 깃든 이 모든 이상하고 혐오스러운 것 말입니다! 멍한 시선을 애써 감추지 않는 이 말 못하는 키르기스인들은 또 어떻고요! 나는 받은 적도 없는데 돈이 내 주머니에 들어가 있지 않나! 오솔길은 끝도 없이 돌고 말입니다! 나무들은 물처럼 녹아내리고! 물레질을 하는 마녀는 또 어떻고요!" 바흐는 이 말을 하면서 노파의 얼굴을 조심스럽게 살펴봤지만 노파는 언짢은 기색 하나 없이 하던 일을 계속했다. "뭐에 홀린 것같이 이상한 일들과 기분 나쁜 수수께끼들하며. 병풍 뒤에 숨어 있는 아가씨도 있고 말이죠…….내가 만약 이 병풍을 쓰러뜨리면 어떻게 되죠? 발로 차서 이 망할놈의 병풍을 쓰러뜨리면요?" 바흐의 머릿속에 갑자기 나쁜 생각이 떠올랐다.

"그러면 아버지가 선생님을 죽일 거예요." 클라라는 아무렇지도 않게 말했다.

"오, 맙소사!" 바흐는 양손으로 얼굴을 가린 채 노파가 물레 돌리는 소리를 들으면서 그대로 한참 앉아 있었다. 클라라가 거짓말을 하는 것 같지는 않아 보였다. "왜 하필 나죠?" 이윽고 그는 고개를 들고, 입을 다무는 동안 힘이 빠졌는지 쉰 목소리로 말했다. "나는 올해 서른두 살이고 가진 것 하나 없는 빈털터리예요. 나한테서 가져갈 수 있는 것도 없을 거고 내가 줄 수 있는 것도 없어요. 제발 나보다 더 젊고 더 잘생기고 돈도 많은 사람을 고르세요. 나는 신을 믿지 않으니 내 마음 역시 쓸데가 없을 겁니다. 헨델 목사님께는 내가 이렇게 말했다는 걸 비밀로 해주세요. 물론 당신은 아무래도 상관없다고 말할 수 있겠죠. 하지만 나를 실험 대상으로 고른 건 실수예요. 이 실험이라는 것을 어떻게 하겠다는 것인지는 고사하고 무슨 목적으로 이러는지도 모르겠어요. 제발 부탁인데, 다시 생각해봐주세요. 나를 괴롭힐 수는 있겠지만 그렇게 해서 당신이 큰 기쁨을 얻지는 못할 겁니다. 나는 몸도 약하고 정신도 쇠약합니다. 병든 쥐를 괴롭히는 게 무슨 의미가 있단 말입니까? 당신이 아니어도 그 쥐는 금방 죽을 텐데 말이죠. 힘이 센 짐승을 선택하세요. 그러면 그 짐승은 힘이 있는 동안은 계속해서 저항하고 발버둥 칠 겁니다. 이게 당신이 원하는 것이 아닌가요? 나는 이 모든 것을 잊겠습니다. 맹세코 다 잊겠어요. 혹시 내가 기억한다 하더라도 내가 속한 사회는 나 하나로만 이루어졌기 때문에 어차피 당신에 대해 말할 사람도 없고요. 난 절대 이 강가로 오지도 않을 거고, 원하신다면 이쪽으로 눈길조차 주지 않을 거고, 볼가강 쪽으로는 산책도 나오지도 않겠어요……."

"무슨 말씀이신지 도통 이해를 못 하겠어요."

"나한테 원하는 게 뭐죠? 제발 부탁인데, 단도직입적으로 말해주세요. 젠장, 나한테서 원하는 게 도대체 뭐예요?"

"나는 공부가 하고 싶어요. 그게 다예요……."

"그게 다라고요!" 그는 피와 먼지와 석회가 묻어서 더러운 자기 손바닥을 자세히 살펴보면서 그녀가 한 말을 따라 했다. "좋아요. 만약 내가 당신과 수업을 하면 저녁에는 집에 보내준다고 약속할 수 있어요?"

"선생님을 억지로 붙잡는 사람은 아무도 없어요."

통증 때문에 이마를 찡그리면서 바흐는 손에서 흙과 석회 먼지를 털어냈다. "만약 내가 당신과 수업을 하면 나를 여기까지 데리고 온 키르기스인에게 명령을 내려서 나를 집까지 바래다주게 한다고 약속할 수 있어요?"

"그럼요. 그는 이미 명령을 받았는걸요."

"아버지의 명령이군요." 이제 그녀가 말해주지 않아도 누구의 명령인지를 이해한다는 투였다. 그는 헝클어진 머리카락을 쓰다듬다가 나뭇가지 하나를 발견하고 발밑으로 던지고는 재킷 소매로 얼굴을 닦았다. "알았어요, 아가씨. 그럼 수업을 시작하죠."

그렇게 그들은 수업을 시작했다. 수업을 시작하기에 앞서서 바흐는 클라라 그림 양의 지식수준을 확인해보기로 결심했고, 확인 결과 그녀가 가진 지식은 보잘것없다는 결론에 도달했다. 그녀의 목소리는 부드럽고 대화를 할 때 예의도 바르긴 했지만, 지식수준은 교육을 전혀 받지 못한 미개한 아프리카 여성과 다를 바가 없었다. 그녀가 지리학적으로 확실하게 아는 나라는 러시아와 독일밖에 없었고, 강은 볼가강 하나밖에 몰랐으며, 그녀는 이 강이 두 나라를 연결하고 있어서 수로를 통하면 얼마든지 나라에서 나라로 이동이 가능하다고 생각했다. 나머지 세계는 그녀가 알고 있는 땅을 둘러싼 어두운 구름처럼 여겼고, 자신의 고향이 있는 볼가강 밖의 세계는 전혀 알지 못했다. 지구 안에 있는 심토가 어떻게 형성되었는지 그 안에는 어떤 유용광물들이 있는지에 대해서는 상당히 모호한 지식을 갖고 있었는데, 하늘과 관련해서도 학문적인 측면이나 종교적인 측면 모두 아는 정도가 크게 다르지 않았다. 가정 내에서 기독교식으로 양육을 받긴 했지만 교리문답서는 잘 몰랐다(헨델 목사가 그녀가 아는 아담과 하와의 탄생에 대한 간략한 이야기나 노아의 고난에 대해 듣게 된다면 경악을 금치 못할 것이다). 별과 별자리는 농촌식으로 이름을 알고 있었다. 큰곰자리는 저울자리로, 오리온자리는 갈퀴자리로, 플레이아데스성단은 알을 품은 닭으로 말이다. 지구가 어떻게 생겼는지와 우주에 다른 행성도 있다는 문제와 관련해서 클라라는 굉장히 당혹스러워했는데, 지금까지 천문학에 대해 들은 적이 없었기 때문이었다. 괴테와 실러 역시 모르기는 마찬가지였다.

바흐는 소녀의 무지에 한편으로는 놀라면서도 또 다른 한편으로는 계속해서 새로운 의문을 갖게 됐다. 자신이 얼마 전에 당한 일을 점점 잊고 클라라가 갖고 있는 지극히 적은 양의 지식을 찾는 일에 열중했다. 마치 소량의 금을 캐기 위해 몇 톤에 달하는 모래를 흘려보내는 사금을 캐는 사람이 된 것 같은 기분이 들었다.

클라라는 그가 묻는 질문에 기꺼이 대답을 했지만, 짧은 인생이라고는 하나 그림의 집 밖을 나가본 적이 없는 그녀가 아는 것은 실로 미미했다.

게다가 어렸을 때 어머니를 여의어 어머니의 사랑을 못 받고 엄격한 아버지 밑에서 주눅이 들어 있던 그녀에게 믿을 만한 친구라면 반쯤 귀가 먹은 유모밖에 없었기 때문에 클라라는 수줍음도 많고 상처를 쉽게 받는 사람으로 성장했다. 약간의 말실수라도 하면 당황하고, 슬픈 기억을 끄집어내면 금방 눈물을 떨구고 한참 동안 병풍 뒤에 숨어서 코를 훌쩍이고 흐느꼈다. 이렇게 해서 바흐는 난생처음으로 자기보다 상처도 더 잘 받고 감수성이 예민한 사람을 만나게 되었다. 보통 그는 사람들과 같이 있을 때 우연히라도 상처를 받을 때를 대비해서 마치 거북이가 목과 팔다리를 두꺼운 등껍질 안으로 넣듯이 경계를 하곤 했다. 이제 그는 완전히 다른 역할을 해야 했다. 클라라가 말할 때 어조의 섬세한 변화를 주의 깊게 듣고, 그녀가 조금이라도 불편해하거나 슬퍼할 기미가 보이는 즉시 여러 가지 질문들을 생각해서 재빨리 그녀를 달래야만 했다.

소녀의 얼굴을 볼 수 없게 되자 바흐는 작고 가늘며 자주 떨리는 그녀의 목소리에 집중했는데, 그 목소리는 몇 시간 수업을 하는 동안 바흐가 마을 사람들에 대해 아는 것보다 더 많은 것을 자신의 주인에 대해 이야기해주었다. 클라라의 감정을 분석하는 데에 몰입하면서 바흐는 피로와 공포를 잊게 되었다. 심지어 방 안에 생기는 그림자의 방향이 바뀌는 것도 몰랐고, 처음에는 그림양의 무식함에 화가 났지만 이제는 측은했다.

수업이 끝날 무렵 그는 낭독 시험을 위해 병풍 밑으로 시집 한 권을 넣어주면서 그녀의 가느다란 손가락이라도 볼 요량으로 그 쪽을 뚫어지게 응시했다. 자기 스스로도 이해할 수 없는 행동이긴 했다. 하지만 그런 일은 일어나지 않았다. 책은 마치 강력한 공기의 흐름에 의해 빨아 당겨지듯이 병풍 안쪽으로 사라져버렸다. 정말 안타까운 노릇이었다.

클라라의 읽기 실력은 형편없었다. 처음에는 책장 넘기는 소리가 한참 들렸고, 그 후에는 근심 가득한 한숨 소리가 들리더니 그 뒤에는 그녀가 마치 초등학교 저학년 학생이라도 된 것처럼 천천히 괴로운 듯 읽어나갔다. 채 두 줄을 다 못 읽었을 때 창밖에 시커먼 인영(人影)이 모습을 드러냈고, 그를 집까지 바래다줄 예의 키르기스인이 문지방에 등장했다.

"내일도 오실 거죠?" 클라라는 병풍 밑으로 책을 돌려주면서 질문했다.

바흐는 책을 집어 들었는데, 책 표지에 소녀의 손가락 온기가 아직 남은 것 같다는 생각이 들었다. 의자에서 일어나면서 다리 통증을 느꼈다. 그제야 그녀와 함께 공부한 몇 시간 동안 숲에서 길을 잃은 일이라든지 교활한 골짜기의 늪지대와 그곳에서 벗어나서 사과나무가 심긴 정원으로 돌아오게 된 일 등에 대해 단 한 번도 떠올리지 않았다는 것을 깨달았다. 이런 일이 그에게 정말로 일어났던가? 일어났다면 어떤 일이었는지조차 의아할 정도였다.

그제야 그는 오늘 화가 나서 소리를 질렀고 소리 내서 웃었으며 두려웠고 난생처음으로 솔직해졌던 일이 떠올랐다. 그리고 단한 번도 말을 더듬지 않았다.

그는 자신이 클라라의 얼굴을 보고 싶어 한다는 사실을 깨달았다.

"잘 있어요, 클라라 양." 문 쪽으로 가면서 그는 짧게 작별 인사를 했다.

무릎과 팔꿈치가 피가 날 정도로 긁혀서 아팠고 광대뼈에서도 통증을 느꼈지만 견딜 만했다. 통증이나 아픔보다는 피로감이 더 컸기 때문인지도 몰랐다.

그녀는 그런 그의 뒤통수에 대고 집요하게 질문했다.

"오실 거죠?"

바흐는 대답 대신 물레 앞에 있는 노파에게 고개를 숙여 작별 인사만 하고는 집에서 나왔다.

깡마른 키르기스인의 뒤를 따라 숲속을 걸어가면서 바흐는 주위를 보며 자신이 이렇게 단순하고 쉬운 곳에서 길을 잃었나는 사실에 괴로웠다. 저기 참나무가 있고 단풍나무도 있으며 만져보면 표면이 오톨도톨했고, 나무줄기에서는 습한 봄 냄새가 났으며, 주름진 나무껍질에는 군데군데 초록색 나뭇잎이 덮여 있었다. 오솔길만 하더라도 그들이 아침에 지나올 때 생긴 발자국이 그대로 남아 있는 데다 직선으로 나 있었고, 강가와 바로 연결돼 있었다. 볼가강은 손을 뻗으면 닿을 정도의 거리에 있어서 갈색 통나무들의 등 뒤에서 반짝이고 있었다. 이렇게 강렬하고 향긋한 내음을 풍기는 익숙한 세계가 잠시 단단한 모습을 상실하고 불안정한 늪으로 바뀔 수가 있단 말인가? 아니면 잠시 자신이 착각을 한 건가? 그는 갑자기 피로감을 느꼈고 더는 아무 생각도 할 수 없었다.

"진짜인가요?" 바흐는 키르기스인이 한쪽 발로 배를 강가로부터 떨어뜨리고 노를 잡을 때 그의 얼굴을 쳐다보면서 질문했다. 그로부터 답변을 듣고 싶었다기보다는 계속 자신을 괴롭히는 문제를 더는 혼자서만 갖고 있을 힘이 없어서 그 문제를 조금 덜어내고 싶었을 뿐이었다. "오늘 나한테 생긴 일이 진짜로 일어난 일이에요?"

작은 돛단배는 불규칙한 속도를 내며 강가에서 멀어지면서 물살을 가르고 있었다. 주름진 눈꺼풀 아래에 있는 키르기스인의 검은 눈동자에는 물결이 반사되어 보였다. 노에서 튕겨 나간 커다란 물방울들이 그의 팔과 어깨로 흩뿌려진 후에 근육과 근육 사이의 얕은 고랑으로 흘러내렸다. 노걸이는 규칙적으로 삐거덕거렸다.

바흐는 키르기스인을 등지고 고쳐 앉았다. 클라라 그림의 손이 닿은 페이지들을 다시 한번 만져보고 싶어졌기 때문이다. 책을 펼치자 뭔가 낯선 향이 미세하게 느껴졌고, 그는 찾고자 하는 시를 찾았다. 그 시의 제목 위에 삐뚤빼뚤하게 문장부호도 무시하고 사선으로 쓴 글씨가 보였다. "저를 버리지 말아주세요".

3

바흐는 매일 정오에 학교 종을 친 후에는 어김없이 그림의 집으로 향했다. 그 일이 있은 후에 그의 상상력은 더는 그를 괴롭히지 않았고, 볼가강의 오른쪽 강변은 타인을 받아들였다. 그는 그 후로도 여러 번 그루터기와 폭우에 쓰러진 나무가 있는 골짜기가 있는 숲을 찾으러 그 주위를 둘러봤지만, 그의 노력은 번번이 실패로 끝났다. 숲은 울창했지만 지나갈 수 있는 길이 나 있었다. 나무들은 단단했고 표면이 거칠었으며 바위들은 무거웠다. 오솔길에서도 더는 길을 잃지 않았다. 그림의 마을도 그곳에 사는 사람들도 직접 겪어보니 그렇게 이상하지 않았다.

키르기스인들은 정말로 독일어를 이해 못했고, 자기들끼리 있을 때는 다소 거칠고 음절 사이가 자주 끊어지는 자기 나라 언어로 소통했다. 바흐는 그들의 언어에서 단어 몇 개를 외우기도 했는데, 이때 그는 하나의 사물과 현상이 서로 다른 언어들에서 다양하게 표현될 수 있다는 사실을 알고 새삼 놀랐다. 가장 간단한 하늘과 태양을 예로 들어보자. 독일어로 하늘은 히멜(Himmel)로, 호흡처럼 가볍고 구름 뒤에 있는 하늘색처럼 밝은 것을 나타내고, 황금빛 광선을 내뿜고 부드럽게 이동하는 무지갯빛 조너(Sonne, 태양)는 반짝인다. 키르기스인들의 경우는 이 단어들이 전혀 다른 의미를 지닌다. 그들의 코크(kok, 하늘)는 솥뚜껑처럼 단단하고 볼록 튀어나와 있어서 사람을 위에서 아래로 내리치기 때문에 벗어날 수가 없고, 붉은 청동으로 된 쿤(kun, 태양)은 달궈진 못처럼 지붕 위에 박혀 있는 것이다. 그러니 이렇게 단단한 언어로 말하는 사람들의 손바닥이 거친 것은 전혀 놀랄 일이 아니다. 어쩌면 키르기스인들은 간결하고 음절 사이사이가 끊어지는 자신들의 말에 익숙하기에 여러 음절로 구성된 독일어 단어들이 오히려 어렵게 느껴졌을 수도 있다.

　노파 틸다는 연로한 탓에 귀는 어두웠지만 멀리 있는 사물을 잘 보고 손재주가 좋아서 사람들과 대화하는 것보다는 물레와 방직 기계 앞에 앉아 시간을 보내는 편을 선호했다. 굳은살로 뒤덮인 손가락에서 나온 실은 놀랍도록 가늘었고("머리가 흴수록 물레에서 나오는 실이 가늘어진다"고 한 식민지 사람들의 말은 충분히 일리가 있는 말이었다) 아마포는 마치 공장에서 뽑은 것처럼 표면이 부드러웠다. 그림의 마을에서 만드는 모든 여름용 겨울용 천은 그녀의 손에서 나왔고, 옷도 마찬가지로 그녀가 만들었다. 빨갛고 파란 꽃으로 뒤덮인 검은 거미줄 같은 예쁜 식탁보, 침대보와 베갯잇, 레이스로 짠 침대 덮개 역시 그녀의 손으로 만든 것이었다. 바흐가 확인한 바로는 노파의 양쪽 발 모두 발가락이 더도 덜도 말고 다섯 개씩 있었다.

식탐이 많은, 마을의 주인인 우도 그림은 마을을 비우는 일이 잦았고, 가끔은 몇 주씩 나가 있기도 했다. 바흐는 그와 동행하는 키 큰 키르기스인이 작은 돛단배를 타고 주인을 아래쪽 사라토프까지 데려다주는 모습을 몇 번 본 적이 있는데, 그림은 육로보다는 수로를 선호했고 마차나 말을 타는 것은 드물었다.

주인을 배웅한 키르기스인의 이름은 카이사르였는데, 그는 말을 할 줄은 알았지만 말하기를 좋아하지는 않았다. 여름 내내 딱한 번 볼가강 한가운데에서 볼록한 진주색 배가 위로 향하도록 뒤집어진 기다란 철갑상어가 노에 걸렸을 때 그가 욕하는 것을 들었을 뿐이었다. 나쁜 징조이긴 했지만 다행히도 우려했던 불길한 일은 일어나지 않았었다.

저녁이 되어 바흐가 자기 사택이 있는 마을로 돌아올 때면 산기슭 쪽에서 아른거리는 날렵한 카이사르의 돛단배를 전에는 왜 못 봤는지 의아해하곤 했다. 하지만 한편으로는 이해가 갈 만도 했다. 이 지역에 있는 볼가강은 너무 넓어서 크고 견고한 그나덴탈의 집들도 볼가강의 오른쪽 강변에서 보면 형형색색의 단추가 뿌려진 것처럼 보였고 종루는 마치 옷핀처럼 도드라져 보였기 때문이다.

그림의 마을에서의 삶은 세상과 단절된 채로 흘러갔다. 주인이 마을을 떠나거나 돌아오는 날은 그 마을에서 유일한 사건이 일어나는 날이자 그들 시간의 기준점이기도 했다. 우도 그림 외에 그의 마을을 벗어나본 사람은 없었다. 클라라 역시 벗어난 적이 없고, 아흔이 넘은 틸다 할머니는 마지막으로 언제 마을을 떠났었는지 기억조차 못 했다. 키르기스인들은(그들은 어쩌면 다섯 명, 아니 일곱 명일 수도 있는데, 모두 얼굴이 비슷비슷했고, 바흐는 한 명 한 명의 얼굴을 구별하는 법을 터득하지 못했다) 그들에게 숲이 있다는 것만으로도 만족하면서 살았다. 바흐는 과거에 몇몇 키르기스인, 어쩌면 모든 키르기스인이 다른 사람들의 눈에 띄지 않는 곳에 아주 가벼운 반점들을 숨기고 있었을지도 모른다는 생각을 했다. 이유야 어떻게 되었든지 바흐는 일꾼들 중 누구든지 강 건너편 자신의 고향 스텝 지역을 그리워하는 모습을 본 적이 단 한 번도 없었다. 게다가 한 키르기스인은 진정한 사냥꾼이어서 매일 2연발식 산탄총을 갖고 숲으로 갔으며, 카이사르는 솜씨 좋은 어부여서 운이 좋은 날에는 민물 농어와 잉어를 반 푸드*어치 낚아서 저녁 식사 때쯤 가져오기도 했다. 예전에 바흐는 사냥

---

* 러시아의 무게 단위로, 1푸드는 16.38킬로그램.

을 잘거거나 낚시를 잘하는 키르기스인을 단 한 번도 본 적이 없는데, 식민지 사람들은 늘 가축을 치는 일만 잘한다고 생각했기 때문이었다. 이러한 편견과 달리 그림의 마을에는 야생동물과 생선이 늘 풍족했다. 농사를 짓는 사람도 있었고 가축을 치는 사람도 있어서 가축과 새도 많았고 텃밭에서는 야채가 자랐으며 사과는 1년 치, 그러니까 이듬해 봄까지 먹고도 남을 정도의 양을 수확했다.

바흐는 곧 그들의 이러한 조용한 삶에 익숙해졌다. 그는 사람들의 시선을 끌지 않았고 그곳에 있는 사람들 역시 그에게 관심을 보이지 않았으니, 꼬치꼬치 캐묻는 사람 하나 없이 말없이 지극히 작고 평범한 집 안에 들어가곤 했다. 부엌에는 보통 점심 식사가 그를 기다리고 있고(따끈따끈한 데다 상당히 맛있는 점심 식사였다) 거실 병풍 뒤에는 그의 제자가 기다리고 있으며 거실에는 물레를 돌리는 노파가 그들을 말없이 감시하고 있었다.

그들은 중요한 '말하기' 수업부터 시작했다. 클라라는 이야기를 해야 했고, 바흐는 그녀의 말을 듣고 번역하고 짧은 문장으로 이루어진 사투리를 고급 독일어로 바꿔주는 일을 했다. 그러면 제자는 선생의 말을 따라 하는 것이었다. 그들은 서두르지 않았다. 그가 문장을 말하면 그녀가 그의 문장을 따라 하고 단어를 말하면 단어를 따라 하는 식으로 마치 둘이서 눈 덮인 길을 따라 깊은 산속을 가듯이 수업을 했다.

처음에 클라라는 대화 주제를 찾을 수가 없어서 당황했는데, 자신의 삶이 너무도 단조로웠고 다른 사람의 사연에 대해서는 들은 적이 없었기 때문이었다. 하지만 곧 옛날이야기를 하는 것으로 해결점을 찾았다. 클라라가 어렸을 때부터 틸다 유모에게 들어온 무시무시한 이야기들이 생각났던 것이다. 양을 치는 눈먼 거인이 등장하는가 하면, 대기근이 있을 때 악한 주교를 물어 죽인 쥐들이 등장하기도 했다. 시편의 노래에 맞춰 호수나 강바닥에서 올라왔다가 해가 뜰 무렵에 다시 물속 깊은 곳으로 사라지는 성에 대한 이야기도 있었고, 지하 동굴 속에서 은을 세공하는 악한 난쟁이들이 나오기도 했다. 딸들의 팔을 도끼로 자르는 아버지들이 있는가 하면, 불타는 석탄 위에서 어미들로 하여금 춤을 추게 강요하는 딸들이 있었고, 죽은 후에도 날렵한 개들과 함께 그들이 괴롭힌 짐승들의 유령을 쫓아가는데 아무리 뛰어가도 사냥감을 잡을 수 없는 사냥꾼도 있었다. 클라라는 많은 전설을 외워서 알고 있었고 기꺼이 바흐에게 이야기해주었다.

그 이야기들은 바흐가 책에서 읽은 옛날이야기들과는 너무도 달랐다. 고급 독일어의 화려한 미사여구가 결여된 사투리로 이루어진 이야기들은 이야기를 만든 저자들이라면 절대 용납할 수 없는 문장투성이였고, 소재들은 사소한 범죄에 대한 짧은 신문 기사처럼 옆 마을에서 실제로 일어났던 일 같았다. 이 이야기들은 예카테리나 대제 시대 때에 실제로 일어났을 법한 이야기들이었고, 그때부터 지금까지 변한 것이 거의 없거나 아니면 전혀 변하지 않았을 수도 있으며, 틸다와 같이 말수가 적고 상상력이 빈약한 유모들의 입에서 입으로 전해진 이야기들일 터였다. 이들의 옛날이야기에는 마법이나 미사여구는 결여돼 있었고, 누군가의 삶을 담백하게 표현해낼 뿐이었다. 클라라는 설탕과 소금을 넣어 삭힌 양배추를 이마에 얹으면 두통이 사라진다든지 황소가 똥을 많이 누면 풍년이 된다든지 하는 말들을 믿는 것처럼 이 이야기들을 믿었다. 그녀는 이야기 속에 등장하는 주인공들의 모험과 모세의 여정의 차이, 마법에 걸린 기사들의 원정과 무시무시한 푸가초프의 난의 차이, 전 세계에 퍼진 페스트와 볼가강 유역의 모든 지역에 알려진, 얼마 전 사라토프에서 있었던 큰 불의 차이를 구별하지 못했다. 첫 번째, 두 번째, 세 번째 사건 모두 그림의 작은 마을 주변의 강에서 멀리 떨어진, 어두운 구름 속에 가려진 곳에서 언젠가 반드시 일어났을 수 있는 혹은 일어났을 가능성이 높은 일이었다.

그들은 충분히 대화를 한 후에 쓰기, 즉 서법, 받아쓰기, 선생님의 이야기 정리로 넘어갔다. 그는 이 시간을 가장 싫어했는데, 듣고 싶은 클라라의 목소리 대신 펜이 사각거리는 소리만 들렸기 때문이었다. 덕분에 이 소리와 노파가 물레 돌리는 소리를 구별해낼 수 있었다.

하지만 이다음 세 번째 수업은 바흐가 가장 좋아하는, 하루의 클라이맥스인 낭독 시간이었다. 그가 가져온 책을 병풍 밑으로 넣어주면 그녀가 읽는 식이었다. 클라라는 어린아이 같은 어조로 천천히 조용히 책을 읽어나갔다. 그녀의 천진난만한 입술에서는 괴테와 실러의 발라드가 이상하게 변했는데, 천사 같은 억양 덕분에 열정적인 사랑 이야기가 놀랍게도 부도덕한 뉘앙스를 띠었으며, 가장 무시무시한 장면도 그 사랑스러운 억양을 거치면 어두운 분위기가 몇 배는 더 강해지는 것이었다.

……기수가 겁을 먹었다네…… 뛰지 않고 날아간다네……
아이가 슬퍼서…… 아이가 소리친다네……
기수가 말을 채찍질한다네…… 기수가 도착했다네……
그의 양손에는 죽은 아이가 누워 있다네……

바흐가 어렸을 때부터 들어서 알고 있는 내용이었지만, 클라라의 낭독이 뜻밖에 너무도 감수성이 풍부해서 소름이 돋을 정도였다. 그는 그녀의 발음을 정정하고 고칠 필요도 없는 부분을 일부러 고치는 척하면서 속으로는 클라라가 어서 계속해서 읽어주기만을 바랐다. 그래서 그녀는 잔인한 옛날이야기와 암울한 전설에 기반을 둔, 독일의 비극적인 발라드를 읽었다. 인어들의 달콤한 목소리에 이끌린 어부들이 파도에 휩쓸려 갔고, 유쾌한 연회에서 왕들이 죽어나갔으며, 죽은 신부들이 아직 살아 있는 신랑들과 함께 밤을 보내기 위해 와서 그들의 피를 마시는 등의 이야기가 주를 이루었다.

가끔은 클라라의 놀라운 목소리 덕분에 이야기가 전혀 다른 방향으로 흘러갔는데, 비극적일 수밖에 없는 에피소드가 부드러운 억양으로 인해 희망적인 내용으로 바뀌기도 했다.

산 정상은 밤의 어둠 속에서 잠을 청하네……
고요한 골짜기는 옅은 어둠에 갇혀 있네……
길은 먼지를 일으키지 않고…… 나뭇잎들은 흔들리지 않네……
잠시만 기다려주게나…… 그대도 곧 쉬리니……

바흐는 '밤 노래'를 들으면서 난생처음으로, 외로운 방랑자를 기다리는 것이 산의 낭떠러지에 숨겨진 영원한 얼음이 아니라 아침과 함께 오는 빛과 온기이며 먼 산 뒤에 곧 모습을 드러내게 될 태양이니 방랑자는 잠시 쉬었다가 다시 길을 떠날 수 있으리라고 느꼈다.

바흐는 클라라의 이야기를 몇 시간이고 계속해서 들을 준비가 돼 있었다. 하지만 그녀는 그의 말과 낭독법을 듣고 싶어서 무엇이든 (지리나 역사 중에서) '교육적인' 내용이나 (그녀가 봤을 때 역동적인 사회생활의 중심지인 그나덴탈의) '흥미로운' 이야기를 해달라고 부탁했다. 바흐도 그녀의 부탁을 외면하지는 않았지만 수업 시간이 곧 끝날 것이 아쉬워 몇 분 후에는 또다시 엄격한 목소리로 명령을 내리곤 했다. "읽어요!"

곧 클라라의 조용한 목소리는 공기가 텅 빈 그릇을 가득 채우듯 바흐의 삶을 가득 채웠다. 그는 아침에 잠에서 깨면서 이 목소리와 인사를 했다. 바흐의 마음속에서 들릴 듯 말 듯 한 이 목소리는 아침에 그가 듣던 익숙하면서 다양한 많은 소리, 즉 가축의 울음소리, 수탉의 울음소리, 그나덴탈에 사는 목소리 큰 여자들의 노랫소리, 심지어 울림이 큰 학교 종소리보다 더 크게 느껴졌다. 가끔 이 목소리는 잠자리에 들기 전에 어디선가 닫힌 창 밖에서도 그에게 들려왔는데, 이럴 때면 바흐는 자신의 잘못된 상상력을 저주하며 절대 그럴 일이 없다는 것을 알면서도 반나체 상태로 거리로 뛰쳐나갔다가 겁을 먹은 채 뒤로 돌아서 잠을 빨리 자면 내일이 더 빨리 오기라도 하는 것처럼 서둘러 저벅저벅 사택 안으로 들어가곤 했다.

예전에 바흐가 꾸던 꿈들이 생생한 그림의 형태를 띠었다면, 이제는 소리 나는 이야기로 바뀌었다. 수많은 형상들이 하나의 낯익은 목소리로 합쳐졌고, 바흐는 꿈을 보는 것이 아니라 꿈을 들었다. 바흐는 이 목소리가 차분하고 부드러울 때면 기쁜 마음으로 이 목소리가 들려주는 이야기를 들었지만 목소리가 긴장을 해서 떨 때면 걱정을 하면서 들었다. 그런데 가끔은 이 목소리가 평소보다 낮은 소리로 나고 가볍게 허스키한 목소리가 들리고 뭔가 평소와 달리 지친 억양이 느껴질 때가 있었다. 이럴 때면 바흐는 알 수 없는 불안감으로 숨을 헐떡이며 관자놀이에 땀을 잔뜩 흘리면서 침대에서 벌떡 일어나곤 했다. 그러곤 아침까지 잠을 못 이루는 것이었다.

바흐는 가끔 클라라와 자신을 가로막는 병풍이 틈새 바람으로 인해 우연히 저절로 쓰러지면 어떨지 생각하곤 했다. 누군가가 현관문을 큰 소리를 내며 열고, 갑자기 불어온 바람이 창문을 활짝 열고, 그 창문이 큰 소리를 내며 열렸다 닫혔다를 반복하며 창유리가 흔들리고, 병풍이 삐거덕 소리를 내더니 병풍을 둘러싼 아마포 천이 돛처럼 부풀어 올라서 큰 소리를 내면서 바닥으로 쓰러지는 구체적인 상상을 했다. 실제로 이런 상황이 발생한다면 야코프 이바노비치 바흐는 어떻게 행동할까? 그는 인상을 찌푸릴 것이다. 양손으로 눈을 가리고 얼굴을 무릎에 처박고 노파 틸다가 병풍을 다시 세운 다음 이제 일어나서 봐도 된다는 뜻으로 그의 어깨를 칠 때까지 그대로 앉아 있을 것이다. 바흐는 병풍이 쓰러지기를 원치 않았다기보다 오히려 병풍이 쓰러질까 두려웠다. 클라라의 얼굴을 보는 것이 두려웠던 것이다.

사실 그도 처음에는 그녀의 얼굴을 보는 게 소원이었다. 잠자기 전에 누워서 그녀의 외모를 상상해보았다. 미인일 수도 있고 순진할 수도 있고 어쩌면 엄청난 바보일 수도 있다. 사랑스럽긴 하지만 예쁘지 않은 얼굴이 더 나을지도 모른다. 포동포동할 수도 있고, 반대로 비쩍 마르고 창백할 수도 있고, 들창코이거나 얼굴이 얽었을 수도 있고, 머리카락 색이 너무 밝아서 눈썹이 없는 것처럼 보일 수도 있고, 집시처럼 가무잡잡한 피부를 지녔을 수도 있다고 생각하는 등 그녀의 외모에 대한 여러 가지 가능성을 나열해보았다. 그런 후에 갑자기 클라라가 코 대신 구멍이 뚫려 있거나 옆에서 봤을 때 사선으로 자른 것 같은 이마를 가진 기형아일지도 모르고, 어쩌면 화재로 인해 화상을 입었을 수도 있고, 팔이나 다리 한쪽이 없을지도 모른다고 상상해보았다. 장님일지도 몰랐다. 다리를 절거나 휜 다리를 갖고 있을지도 모를 일이었다. 손을 마음대로 움직일 수 없을 수도 있다. 꼽추일 수도 있다. 난쟁이일 수도 있다. 하지만 그는 무엇보다 그녀가 흠잡을 데 없이 눈부시게 아름다운 미인일까 봐 두려웠다. 그녀의 외모에 대해 생각할수록 괴롭고 마음이 힘들어서 더 이상 외모를 상상하지 않기로 다짐했다. 매력적인 목소리만으로도 충분히 행복했기 때문이다. 그들 사이에 구원의 벽 같은 병풍을 세워둔 우도 그림은 얼마나 현명한 사람이란 말인가!

하지만 그의 이성적인 금기와는 대조적으로 그의 마음은 클라라를 지금보다 더 알고자 했다. 그녀를 처음 만난 그날처럼 낭독을 위한 책이나 받아쓰기를 위한 종이를 건넬 때 병풍 아래로 손톱의 끝부분이라도 보고자 애썼으며, 가끔은 실제로 분홍빛 손톱에 난 반달 모양을 볼 때도 있었는데, 그럴 때면 몹시 당황하곤 했다. 가끔 구름 한 점 없는 저녁에 이글거리는 태양이 방 안을 비추면 마치 영사막에 비춰진 것처럼 회색빛 흐릿한 얼룩 같은 것이 병풍을 둘러싼 천 위에 생겼는데, 그건 클라라의 그림자였다. 가끔 대화에 몰입하거나 무언가 골똘히 생각할 때면 클라라가 자리에서 일어나서 병풍 주위를 천천히 서성였는데(한쪽으로 세 걸음 갔다가 또 다른 쪽으로 세 걸음 가는 식이었다) 이런 날들이 바흐에겐 좀 더 특별했다. 이때 그는 그녀의 발소리가 나는 쪽으로 고개를 돌려서 조용히 깊게 숨을 들이마셨고, 그러면 그의 콧구멍이 그녀의 옅은 몸 내음을 느끼는 것 같다는 생각이 들었다. 그는 그런 자신의 행동이 탐탁지 않아서 스스로를 나무라고 더는 그러지 않겠노라 다짐도 했지만, 그 이후로도 달라지지 않았다.

한편 클라라 역시 그를 향해 빠른 속도로 다가오고 있었다. 그녀는 바흐에게서 책을 받을 때마다 열심히 책장의 공백에 짧고 순수한 편지를 정성껏 썼고, 곧 괴테의 책은 그녀가 쓴 편지로 가득했다. 그와 클라라의 비밀스러운 편지 교환의 도구인 책장을 넘기면서 바흐는 그녀의 학업 성취도를 확인할 수 있었는데, 글씨도 점점 나아지고 철자도 거의 안 틀리고 문장부호도 쓰기 시작했다.

오늘 제 꿈에 시커먼 강꼬치고기가 나왔어요

제 눈은 파란데, 선생님 눈 색은 어떤가요?

그나덴탈에 사는 사람들은 어떤 옷을 입나요?

저는 수영을 할 줄 몰라요

선생님도 어렸을 때 개를 무서워했나요?

틸다는 귀머거리인 척하지만, 사실은 우리 말을 다 알아들어요.

디트리흐라는 통장에 대한 재미있는 이야기를 더 들려주세요.

오늘은 제 꿈에 하얀 늑대가 나왔어요.

왜 선생님 목소리는 그렇게 슬프죠?

독일에 가기도 싫고, 시집가기도 싫어요.

바흐는 처음에는 비밀 편지에 답장을 하면서 위험한 서신 교환에 동조해도 될지 결심이 서지 않았는데, 틸다가 이 사실을 주인한테 보고하게 되면 수업을 계속 이어갈 수 없기 때문이었다. 고민 끝에 답장을 하기로 했고, 그는 그들만 이해할 수 있는 교묘한 방법을 썼다. 이를테면 매일 하는 받아쓰기에 클라라의 질문에 대한 답변을 끼워 넣는 식이었다(다음 문장을 적으세요, 클라라, 집중해서 들으세요. "내 눈은 밝은 갈색입니다." '밝은 갈색'이란 단어들을 쓰기 전에 잘 생각해보세요. 그리고 어제 얘기해준 합성어를 쓰는 방법을 떠올려보세요). 시인들과 지휘관들의 삶에 대해 이야기하면서 자기 삶에 대한 이야기를 끼워 넣기도 했다(……아는 사람이 많지는 않지만, 사실 괴테는 평생 개를 무서워했고, 마인이라는 커다란 강의 강변에서 태어났음에도 불구하고 수영도 전혀 할 줄 몰랐어요. 이제 알겠어요, 클라라? 뛰어난 천재들도 완전하지는 못하다고요……). 그리고 역시 시인들, 정치가들, 철학자들, 군주들이 한 말에 자기 말을 끼워 넣기도 했다(……그리고 예카테리나 여왕이 대제라고 불린 러시아의 전제군주가 되기 훨씬 전에 아직 아무도 몰라주는 어린 독일의 공주였을 때 이런 말을 했죠. "왕의 왕관은 무겁지만, 피할 수 없구나."). 그는 클라라가 그가 보내는 모든 암호를 해독하고 모든 편지를 이해할 거라 확신했다.

이제 바흐는 그가 하는 모든 행위를 포함해서 사색에 잠기는 일마저도 그녀를 위해 했다. 전날 저녁부터 수업 준비를 하면서 클라라를 즐겁게 해주거나 겁을 먹고 한숨을 쉬게 할 대화 주제를 기억 속에서 찾는 데에 공을 들이곤 했다. 그는 그나덴탈인들의 모습 속에서 무언가 재미있거나 우스운 걸 찾아낼 요량으로 그들을 자세히 살펴보는 중에 누구나 아는 식민지 역사를 떠올리곤 했다. 정말이지 주변에는 흥미진진한 이야기로 가득했다! 그는 화가 프롬의 주름진 얼굴이 땅다람쥐의 얼굴을 닮았고, 별명이 '수박 같은 에미 씨'인 뚱녀 에미 볼의 몸매가 정말로 수박을 쌓아놓은 것 같다는 것을 이제야 깨달았다.

다음 날 바흐는 양팔을 등 뒤에 대고 병풍 주위를 느리게 왔다 갔다 하면서 안을 살짝 엿보며 이야기했다. "내가 사는 그나덴탈에는 뚱뚱한 여자가 살고 있어요. 별명이 '수박 같은 에미 씨'죠. 심지어 날이 흐려도 1베르스타* 밖에서도 보이는, 발갛게 달아오른 볼 때문에 이런 별명이 붙은 건 아니랍니다. 검은 씨앗처럼 반짝이는 작은 눈 때문도 아니고요. 그녀를 그렇게 부르는 이유는 다른 데에 있어요!"

"그럼 뭣 때문이죠?" 클라라는 조용히 질문했고, 숨소리에는 호기심이 가득 묻어났다.

바흐는 바로 대답해주지 않고 미리 계획했던 대로 천천히 이야기를 발전시켰다. "취리히, 바젤, 쇤헨과 발처에서 베리 열매나 야채를 심을 때 여자들이 뭐라고 하는지 알아요?"

"'신의 이름으로 자라렴'이라고 하겠죠." 텃밭 일에 익숙한 클라라가 대답했다.

"뭐 가끔은 '하늘 아래에서 잘 자라서 우리 식탁 위로 오렴'이

---

* 과거 러시아에서 쓰던 거리 단위로, 1베르스타는 약 1.07킬로미터.

라고 하기도 하죠." 바흐가 맞장구를 쳤다. "그럼 에미는 뭐라고
할까요?"

"뭐라고 해요?"

바흐는 클라라의 인내심이 한계를 드러내서 그녀가 화난 투로
다시 질문할 때까지 대답을 보류했다.

"그러니까 뭐라고 해요! 그녀가 뭐라고 하느냐고요?"

"젖은 땅에 수박씨를 심으면서 씨앗 하나하나에게 낯 뜨겁게
속삭이듯 말하죠. 내 엉덩이처럼 크렴! 그럼 추수할 때 풍성할 테
니까!" 바흐는 목소리 톤을 낮추고 마치 무언가 비극적인 이야기
를 하는 듯이 말의 빠르기를 늦추면서 말했다.

그러면 병풍 뒤에서 클라라가 민망해하면서 키득거렸다.

"그리고 멜론 씨앗에게는 이렇게 말하죠……."

"뭐라고 하는데요?"

"내 가슴처럼 커지렴, 그러면 내 가슴처럼 달콤할 테니!"

그러면 키득거림은 웃음으로 변하는 것이었다.

"그리고 실제로 그렇게 자란다니까요!" 바흐의 목소리는 또다
시 힘을 얻어 거실 전체를 쩌렁쩌렁 울렸다. "다른 텃밭에서 나는
수박은 얼마나 작고 시큼한지 모른다고요. 그런데 에미가 기르는
수박은 안에서 어떤 강력한 힘으로 인해 팽창이라도 하려는 듯이
굉장히 크고 무거워서 혼자서는 들 수도 없다니까요!" 그는 영감
을 얻은 무대 위 배우라도 되는 것처럼 양팔을 좌우로 벌리고는

말했다.

그러면 병풍 뒤에 있는 클라라가 '하하하' 하면서 크게 웃는 지경에까지 이르렀다.

"7월의 어느 날 낮에 밭에서 엉덩이에 달라붙는 초록색 치마를 입은 에미가 자기가 재배하는 줄무늬 가득한 수박 사이에서 몸을 낮게 숙이고 온 동네 사람이 다 아는 엉덩이를 이글거리는 태양 쪽으로 향하게 하면 가끔은 어느 것이 수박이고 어떤 것이 엉덩이인지 구별이 안 될 때가 있다니까요." 이렇게 말하면서 바흐는 정말 알 수 없다는 듯 눈썹을 치켜올리고 어깨를 으쓱해 보이는 것이었다.

"에미의 밭에서 나는 멜론도 비슷해서 불룩하고 꼭지가 크고 무거워요. 점잖은 사람은 그걸 보고 바로 얼굴이 빨개지곤 하죠."

클라라는 그의 흥미로운 이야기를 반박하는 이야기를 하려다가 갑자기 웃음이 터져 나오는 바람에 아무 말도 못 했다. 바흐 역시 머리카락이 헝클어진 채 고개는 뒤로 젖히고 잔뜩 흥분해서 이야기했다.

"뒤러 집안에서 대학을 미처 졸업하지 못한 한 학생이 정말 순수한 학문적 관심에 이끌려서 정말 에미의 몸과 예의 과일들의 모양이 비슷한지를 비교하기 위해 볼가강에서 물놀이를 하는 그녀를 관찰한 적이 있었다고 해요. 그가 말하기를 에미가 키우는 수박과 멜론이 마치 그 여자의 몸에서 떼어내기라도 한 것처럼 모양이나 크기가 완벽하게 일치했다지 뭡니까!"

바흐는 클라라가 자신을 보지 못한다는 사실을 망각한 채 공중에 대고 바로 그 수박과 멜론의 모양을 두 팔로 열심히 묘사했다. 그녀는 더 이상 웃을 힘도 없는지 병풍 뒤에서 이따금 지친 신음 소리만 낼 뿐이었다.

"다른 집 여자들도 창피해서 얼굴이 빨갛게 되면서도 서로에게 들킬세라 몰래 에미가 자기 텃밭에 대고 하는 말을 그대로 따라 해봤지만, 전혀 도움이 되지 않았어요. 한번은 농작물 자체가 아예 썩은 적도 있었죠. 이 일이 있고 나서 상심한 여자들은 그녀를 따라 하는 일을 그만두었어요. 사실 수박만 한 엉덩이를 가진 여자는 그 동네에 에미밖에 없었으니 그도 그럴 법했죠. 에미를 그나덴탈에 보낸 신을 찬양할 따름이죠!" 이 말을 하면서 바흐는 이야기가 끝났다는 것을 알리듯 자신이 앉았던 의자를 들어서 다소 과장된 몸짓으로 바닥에 내려놓았는데, 그 소리가 너무 커서 좀처럼 놀라는 법이 없는 틸다가 소스라치게 놀라서는 자기 코앞에서 도는 실패를 시야에서 놓쳤다.

"하느님, 제가 이 멋진 그나덴탈이란 곳에 가게 될 날이 올까요?" 클라라는 실컷 웃은 후에 호흡을 가다듬었는데, 조금 전까지만 해도 즐거워하던 그녀의 목소리에서 심적 괴로움이 여실하게 묻어났다.

클라라와 함께 있게 되면서 바흐에게는 정말로 놀라운 일들이 일어났다. 풍성하고 파란 먹구름을 지평선의 절반까지 늘어뜨리고 하늘의 절반을 번개로 장식하는 강력한 뇌우를 볼가강 뒤에서 봐도 그는 더는 흥분하지 않았다. 이제 하늘에서 일어나는 자연재해가 아니라 아마포 병풍 뒤에 숨은 어린 소녀와의 조용한 대화로 바흐의 피가 끓었다. 이제 그에겐 클라라와 만나는 하루하루가 그가 고대하던 뇌우이고, 그녀가 내뱉는 단어 하나하나가 그가 그토록 기다리던 천둥 번개와 다름없었다. 바흐는 이제 이따금 스텝 지역에서 사납게 날뛰는 폭우와 봄이면 볼가강에 쏟아지는 폭우를 봐도 아무런 동요가 일지 않았는데, 이제 스스로가 하늘 위를 유영하는 가장 강력한 먹구름이라도 된 것처럼 전기로 가득 차 있었기 때문이다.

이렇게 몇 달 하고도 몇 주가 더 흘렀다.

바흐와 클라라는 그나덴탈 사람들이 밭에 멜론, 수박, 늙은 호박을 심고 집 근처 텃밭에는 감자를 심는 5월에 괴테의 작품을 읽었다.

양털을 깎고 건초를 베는 6월에는(스텝 지역을 내리쬐는 뜨거운 태양이 건초를 태워버리기 전에 서둘러 베어야 했다) 실러의 작품으로 넘어갔다.

호밀을 추수하고(볕이 뜨거운 한낮에 이삭에서 씨앗이 떨어지지 않도록 하기 위해서 밤에 추수를 했다) 털은 나래새의 솜털보다 부드럽고 고기는 베리 열매의 과육보다 더 연한 어린양을 잡는 7월에는 실러의 작품을 끝내고 노발리스로 넘어갔다.

창고가 제분된 밀과 귀리로 가득 차고 식민지 사람들 전체가 수박 잼을 끓이는 8월에는(그들은 8월에 만들어둔 수박 잼에 얼음 저장고에서 꺼내 온 얼음 한 줌을 넣고 가시자두 몇 알을 넣어서 1년 내내 마셨다) 레싱으로 넘어갔다.

감자와 순무와 스웨덴 순무를 수확하고 다음 경작을 위해 황소를 이용해 밭을 갈고 여름 목초지에서 가축을 몰아내고 여름 뙤약볕에 시커멓게 변한 어도비 점토로 만든 벽돌로 집과 가축우리를 짓는 9월에는 또다시 괴테로 돌아왔다.

한편 10월 초에 새 학년이 시작되기까지 며칠 동안 수업을 조금만 할 때 클라라는 너덜너덜해진 책 안에 있는 '밤 노래' 위에 "우리 내일 독일로 떠나요"라고 적어놓았다.

바흐는 말없는 카이사르의 배에 앉아서야 그녀가 쓴 편지를 읽어보았다. 처음 읽었을 때는 보고도 믿을 수가 없었다. 그는 이토록 풍성하고 중요한 삶이 이렇게 갑자기 사라질 수는 없는 일이라고 생각했다. 양, 칠면조, 거위, 말, 짐마차, 구멍이 숭숭 뚫린 상자에 담긴 몇 푸드에 달하는 사과들, 날레프카가 담긴 커다란 병들, 1아르신만큼 큰 말린 생선 꾸러미들, 표백되지 않은 침대보와 베갯잇 더미, 그릇이 담긴 선반들과 담뱃대가 진열된 장식장들은 이제 어쩐단 말인가……. 우울한 표정을 짓는 그 많은 키르기스인들과 작은 돛단배를 조종하는 카이사르와 변함없이 물레 앞에 있는 틸다는 또 어쩐단 말인가. 그리고 클라라는 어떻게 되는 것인가.

그런 생각을 하자 그는 뒷마당에 어떤 궤짝들이 있었고, 얼마 후에는 이 궤짝들을 짐마차에 실어서 끈으로 묶어둔 것을 본 기억이 났다. 언제부터인가 닭과 거위도 마치 집에서 사라지기라도 한 것처럼 발밑에서 걸리적거리지 않았다. 원래는 눈이 내리는 겨울에나 나무를 천으로 감싸주는데 사과나무 줄기를 벌써 포대용 천으로 칭칭 감아놓은 것이며 이상한 점이 한둘이 아니었다.

"잠깐! 노 젓는 걸 멈춰! 당신 주인이 내일 떠난다는 게 사실인가?" 그가 카이사르에게 소리 질렀다.

하지만 이내 카이사르가 독일어를 알아듣지 못한다는 사실을 떠올리고는 여름 내내 익힌 열두 단어 남짓한 키르기스어를 사용해서 설명하려고 애써보았지만 카이사르가 끝내 그의 말을 알아듣지 못하자, 바흐는 단어를 선택하면서 웅얼거렸고 흥분해서 양팔을 흔들며 강가에 있는 산을 가리키는가 하면 사라토프가 있는 서쪽을 가리키다가 실수로 오늘 받아쓰기한 종이들을 볼가강에 빠뜨렸고, 종이들은 물살을 타고 흘러가서 선미 뒤로 사라져버렸다. 하지만 카이사르는 마치 죽기 전에 마지막으로 몸부림을 치는 물고기를 보는 것처럼 무심한 듯 시무룩한 표정을 지으며 그를 바라봤다. 그리고 노를 계속 저었다.

"멈추라니까!" 바흐는 그의 노를 잡았다. "마을로 다시 돌아가

자고!"

상대는 잠시 멈칫하더니 그의 손을 뿌리치고는 노를 다시 잡았다. 이때 바흐는 키르기스인의 손힘이 얼마나 센지 처음으로 느꼈다.

바흐는 흥분한 데다 여러 가지 생각으로 머리가 복잡해졌다. 그는 일렬로 선 희끄무레한 바위들이 불규칙적인 속도로 멀어지는 것을 바라봤는데, 강물이 무심하고 가차 없이 배를 밀어내는 것만 같다는 생각이 들었다. 바람은 위에서 나무들을 흔들고 커다란 물결을 밀어냈다. 이미 군데군데 노랗게 물든 나뭇잎을 흔들고 9월의 묵직한 강물 위의 물결을 밀어내는 것이었다. 수백 개의 물결이 마치 끝도 없이 이어지는 들판에 있는 무수히 많은 양 떼처럼 흰 거품을 내며 볼가강을 따라 내달렸다. 배가 흔들렸지만 카이사르는 숙련된 솜씨로 배를 조종했고, 마주 오는 모든 물결을 용골로 갈랐다. 바흐는 괴테의 책을 가슴에 꼭 끌어안고, 오한이 나는 이유가 바람 탓인지 슬픔 때문인지 이해하지 못한 채 몸을 최대한 숙이고 의자에 앉아서 그의 얼굴과 어깨를 향해 날아오는, 거품 머금은 흩날리는 강물을 그대로 온몸으로 맞았다.

***

그날 밤 바흐는 뜬눈으로 밤을 지새웠다. 그리고 새벽 6시에 종을 치기가 무섭게 그길로 통장 디트리흐에게 달려가서 사공 딸린 배 한 척만 빌려달라고 했다. 디트리흐는 대답 대신 그를 창문 쪽으로 데리고 가서 커튼을 살짝 걷어 보였다. 밖에는 야속한 보슬비가 내리고 있었다. 차가운 물기를 가득 머금은 먹구름이 털이 복슬복슬한 꼬리가 닿을 듯 말 듯 강물 위를 힘겹게 이동했다. 물결이 워낙 세고 높아서 볼가강으로 나가는 것은 힘들어 보였다. 바흐는 있었던 일을 모두 이야기하고 간청하고 요구하려고 했으나, 실제로는 뭔가 앞뒤가 안 맞는 말을 횡설수설하고 더듬었으며 정작 하고 싶은 말은 삼키고 말았다. 그리고 아무 소득 없이 그곳을 나왔다.

그는 통장을 동반하지 않고 혼자서 거리 여기저기를 뛰어다녔다. 배를 갖고 있는 사람이라면 가리지 않고 형편없는 쪽배라도 좋으니 빌려달라고 부탁을 했다. 그는 돼지 잡는 하우프, 제분업자 바그너, 과부 코흐의 덩치 큰 아들, 수박만 한 엉덩이를 가진 에미의 남편인 깡마르고 수염 없는 볼(수염 달린 볼도 있었지만 성질이 워낙 고야해서 그에게 다가가는 것은 두려웠다) 등에게 부탁했다. 그는 그들에게 가서 했던 말을 계속 반복하고 양손으로는 척추가 닿을 정도로 가슴을 세게 누르고 고개를 살짝 끄덕이며 얼굴로는 비굴한 미소를 지었다. 하지만 그들은 하나같이 거절하며 이렇게 말하는 것이었다. "선생님, 이런 어리석은 행동은 그만하시고 우리 아이들을 위해 선생님의 몸을 좀 아꼈으면

합니다. 그러다가 물에 빠지기라도 하시면 물속에 있는 물고기들에게 읽고 쓰는 법을 가르쳐주는 게 아닌가 몰라요! 정말이라니까요!"

그는 선착장 쪽으로 천천히 가서 바람과 점점 빗줄기가 세지는 보슬비를 그대로 맞으며 앉아 있었다. 그는 강력한 회색빛 물결이 선착장에 부딪히고 선착장이 더러운 황색 거품으로 뒤덮이는 모습을 지켜봤다. 비가 오고 땅거미가 진 탓에 강 건너편은 전혀 보이지 않았다.

배들은 어제저녁에 이미 물 밖으로 꺼내놓아서 이제는 회색빛 모래 위에 바닥을 위로 향한 채 엎어져 있었다. 하늘에서 내리는 물방울이 더 굵어지고 양 볼을 때리기 시작하자 바흐는 정신을 차리고, 누군가 잠시 놔두고 간, 양옆이 해조류로 가득 덮이고 바닥이 평평한 배 밑으로 기어 들어갔다. 그는 몸을 숙이고 뒤통수를 배 바닥에 기대고 땅바닥에 앉아 있었다. 빗방울이 배에 떨어지는 소리를 들으면서 계속 축축한 모래 위에다 손가락을 꼼지락거렸다. 어떤 용감한 사람이 그를 볼가강의 오른쪽 강변으로 데려다주면 얼마나 좋을까? 우도 그림의 풍성한 턱수염과 콧수염을 아래에서 위로 훑어보면서 그는 무슨 말을 했을까? 바흐는 사실 무슨 말을 해야 할지도 몰랐다. 너무 지쳐서 강가를 떠날 힘도 없었다.

바람은 이틀 동안 불었고, 그동안 바흐는 그나덴탈에 오로지 종을 치기 위해 갔다 왔다. 남은 시간은 낡은 양털 반코트를 몸에 두르고 강가에 앉아 있었다. 이틀이면 사라토프까지 가서 기차를 타고 모스크바로 출발할 수 있는 시간이었고, 그런 다음에 독일로 갈 수도 있었다.

셋째 날 저녁에 물결이 낮아지고 느려지며 물결에 이는 거품도 사라지고 솜털 같은 하늘 위에는 해가 빼꼼 얼굴을 내밀었을 때, 뒤집힌 배 안에서 몸을 구부리고 있는 바흐에게 어부들이 다가와서 정 그렇게 건너편 강변으로 급히 가야 한다면 볼가강이 완전히 잠잠해지는 내일 바래다주겠노라고 말했다. 바흐는 무표정한 얼굴로 그들을 보고 말없이 고개를 저을 뿐이었다. 어부들은 서로 시선을 교환하고 어깨를 으쓱하고는 떠났다.

그는 그 후로도 한참 동안 앉아서 건너편 강가 회색빛 지역에서 산이 밝은 분홍색 윤곽선을 드러내는 것을 지켜봤다. 자기가 잠을 오랫동안 못 잤다는 사실이 떠올랐다. 내일이 10월 1일이고 학기가 시작된다는 사실도. 그는 배에서 기어 나와서 천천히 집으로 걸어갔다. 머리카락 한 올까지 오한이 들었고 벌써 몇 시간째 열이 났지만 땔감으로 쓸 말린 가축 똥과 장작은 학생들이 내일에나 가져올 것이고 사택에는 땔감으로 쓸 만한 것이 없었다.

숙소에 다가갈 때 그는 현관 앞 계단에 누군가 키가 작은 사람이 움직이지도 않고 앉아 있는 것을 발견했다. 갑자기 몸에서 열이 오르는 것을 느꼈지만 오한은 여전할 뿐만 아니라 오히려 더 심해지기만 했다.

어둠 속에서 발소리를 듣자 그 사람은 마치 잠에서 막 깬 것처럼 소스라치게 놀라더니 천천히 일어났다.

바흐는 현관 계단까지 두 걸음도 채 가지 않아서 뜨거운 물방울이 척추를 돌아다니는 것 같은 기분을 느끼면서 멈춰 섰다. 칠흑 같은 어둠 속에서 한밤중에 찾아온 손님이 누군지 알아보는 건 불가능했지만 상대가 가쁜 숨을 몰아쉬는 것을 보아 겁을 먹었다는 것은 짐작할 수 있었다.

"사람들이 선생님이 여기에서 사신다고 하더라고요." 낯익은 목소리가 조용히 말했다.

"안녕하세요, 클라라!" 그는 말라서 잘 움직여지지 않는 입술로 간신히 대답했다.

그가 문을 열어주자 클라라는 집 안으로 들어갔다.

4

그날 밤 그는 그녀에게 등유 램프에 등유가 다 떨어졌다고 거짓말을 했다. 불을 켜서 그녀의 얼굴을 보는 것을 그의 지친 심장이 버텨주지 못할 것 같았기 때문이다.

그의 간곡한 부탁으로 클라라는 옷을 벗고 침대 위에 몸을 뉘고 집에 있는 유일한 이불을 덮었다. 그녀가 침대에 자리 잡고 눕는 동안 바흐는 교실로 가서 앞으로 갔다 뒤로 갔다를 반복하면서 오늘 하루 동안 그녀가 겪었을 힘든 모험들을 머릿속으로 상상해보았다. 그녀는 자신이 어떻게 아버지로부터 도망쳤는지 설명했는데, 우선 사라토프에서 출발하고 도착한 첫 번째 역에서 쿠페*를 빠져나왔다. 원래 그 열차를 타고 모스크바까지 가기로

---

* 2층 침대가 두 개씩 들어가 있고 여닫이문이 있는 열차 안의 칸.

돼 있었다. 그런데 그녀는 흔들리는 열차에 지친 틸다가 조는 동안 열차에서 내렸고, 다행히도 그런 그녀를 본 사람은 아무도 없었다. 수많은 상인들, 짐마차, 말과 낯선 말로 말하는 사람들 틈에 끼기 전까지는 뒤도 돌아보지 않고 고개도 들지 않고 걷기만 했다. 사람들에게 그나덴탈로 가는 길을 물었지만, 그녀를 도와주겠다는 사람을 한참 동안 만나지 못했다. 결국 적황색 턱수염을 기른 사내가 그녀의 말에서 식민지 지명을 알아듣고 바래다주겠다고 나섰다. 그리고 약속대로 그녀를 그나덴탈까지 바래다주었다. 처음에는 볼가강을 건너는 연락선을 타고 갔고, 그런 후에는 볼가강의 왼쪽 강변을 따라 수레를 타고 그나덴탈까지 갔다. 그녀는 틸다가 클라라의 허리춤에 여비로 쓰라고 묶어준 지갑을 사례비로 주었다(지갑을 열어보지 않았기 때문에 그녀 자신도 얼마가 들어 있는지는 몰랐다).

교실 안을 한두 시간 둘러본 후 바흐는 오한과 피로가 흔적도 없이 사라졌음을 깨달았다. 그는 구두를 벗고 나무 바닥재가 삐거덕거리지 않도록 조심조심 걸으면서 방 안으로 들어갔다. 클라라의 숨소리는 들리지 않았다. 그러자 그는 그녀가 사라졌거나 혹은 그녀는 사실 캄캄한 그의 방에 온 적이 없고 열이 올라서 자신이 착각한 것일지도 모를 거라 생각하고는 겁에 질려서 창가로 달려가다가 균형을 잃고 의자 몇 개를 넘어뜨렸고 그런 후에 커튼을 열었다. 그녀는 거기에 있었다! 보일 듯 말 듯 작은 그녀가 이불을 덮고 누워서 베개 위로 머리카락을 흐트러뜨린 채 자고 있었지만 늦은 밤 어둠 속에서 그녀의 얼굴을 알아보는 것은 힘들 것 같았다. 그녀는 큰 소리에 깜짝 놀라 고개를 벽 쪽으로 돌리고는 또다시 잠에 빠져들었다.

바흐는 커튼을 닫지 않았다. 그는 쓰러진 의자를 조심스럽게 들어서 침대 옆에 놓았다. 그리고 의자에 앉았다. 팔꿈치를 무릎에 괴고 벌린 손가락으로 턱을 받치고는 그녀가 자는 모습을 바라보았다. 잠도 자기 싫었기에 자세가 불편한 것도 잊고 그대로 한참 동안 앉아 있었다.

달 없는 컴컴한 밤이 가고 어스름한 새벽이 왔다. 진한 하늘색 공기 속에서 클라라의 얼굴 윤곽이 서서히 드러났는데, 작은 귀는 나선형을 띠고 있었고 볼과 눈썹 끝도 보였다. 선이 명확한 그림보다 어스레한 미명에 싸여 불분명한 얼굴의 윤곽에 더 끌렸는데, 이 선들이 가진 무한한 가능성 때문이었다. 바흐는 완전하지 못한 이 순간을, 그녀를 만나는 이 순간을 최대한 늦추고 싶었다. 심지어 그가 새벽 6시에 종을 쳐야 한다는 사실을 떠올렸을 때는 안도의 한숨까지 내쉬었다.

다행히 클라라는 종소리를 듣고도 깨지 않았고, 바흐는 조금 더 클라라 옆에 앉아 있었다. 그녀 옆에서 갑자기 더운 느낌이 들어 군복 옷깃의 단추를 끌렀다. 그 순간 심하게 닳은 군복의 아랫단과 또 한 번의 수선을 필요로 하는 소매에 눈길이 갔다. 그리고는 마치 남의 집을 보듯 자기 집을 둘러봤는데, 페인트칠이 벗겨진 벽에는 군데군데 금이 가 있고, 옆 부분이 볼록한 난로는 공간을 양분하고 있었다. 책이 잔뜩 꽂힌, 짚을 꼬아서 만든 선반은 다리 한쪽이 망가져 있었는데, 그 부분에 돌을 댄 채로 구석에 세워져 있었다. 물론 평소라면 이런 집과 군복의 상태를 창피해해야 마땅하지만, 지금은 앞으로 있을 그녀와의 만남으로 인해 이런 유의 걱정에 마음을 빼앗기고 싶지 않았다.

클라라는 8시가 되어도 일어나지 않아서 그는 끝내 그녀의 얼굴을 보지 못하고 건물 내에 있는 교실로 갔다. 점심때에도 그는 교실 안에서 해야 할 일들, 즉 식은 난로에 불을 때고 학생들과 대화를 나누고 찢어진 교과서를 풀로 붙이는 일 등을 하면서 애써 숙소 쪽으로 가지 않았다. 손은 끊임없이 자기 일을 했고 입으로는 수천 개의 단어를 입 밖으로 내뱉었으며 귀로는 옆방에서 나는 소리에 집중했다. 하지만 옆방에서는 아무 소리도 들리지 않았다.

마지막 수업이 끝나고 마지막 학생들을 배웅하고 학교 문을 닫고 나서야 바흐는 비로소 자기 숙소로 돌아가고 싶어졌지만, 웬일인지 숙소로 가는 대신 학생 의자의 맨 앞자리인 기다란 '당나귀' 의자에 앉아서 클라라가 건물 숙소 쪽 문을 스스로 열고 나올 때까지 땀에 젖은 손바닥으로 무릎에 잡힌 주름을 연신 폈다.

그녀는 예뻤다. 말로 표현이 불가능할 정도로 눈이 부시도록 예뻤다. 바흐의 상상과는 대조적으로 피부는 부드럽고 머리카락은 매끈하며 눈은 파랗고 얼굴에 주근깨가 군데군데 있는, 정말 흠잡을 데 없이 완벽한 미인이었다. 바흐는 그녀의 아름다움에 매료되어 할 말을 잃은 채 기다란 의자에 상체를 숙이고 앉아 있었다. 그녀가 먼저 다가와서 옆에 앉았다. 그녀가 그를 뚫어지게 바라보자 그는 갑자기 창피해져서 양 볼과 머리 뿌리까지 뜨거워지는 걸 느꼈는데, 형편없는 군복도 민망한 집의 상태 때문도 아니라 부드러우면서 무표정한 얼굴과 적은 머리숱, 가느다란 목과 개의 눈을 연상시키는 불쌍한 눈으로 인해 부끄러웠다. 바흐는 빨개진 얼굴을 양손으로 가리려고 하다가 문득 손톱을 사흘이나 안 깎아서 지저분하다는 것을 떠올리고는 서둘러 손을 내렸다.

"이제 어쩌죠?" 바흐는 몸을 돌려 그녀를 보면서 그녀가 하라는 대로 하겠다는 투로 질문했다.

"선생님, 이제 우리, 부부가 아니던가요?"

바흐는 누군가가 자신의 등을 자로 세게 내려치기라도 한 것처럼 몸을 홱 돌렸다.

'클라라, 날 놀리지 마세요! 나를 자세히 보세요, 잘 보시라고요! 정말로 이런 남편을 꿈꿨는지 말해봐요!' 바흐는 이렇게 소리 지르고 벌떡 일어나서 그녀의 손을 잡고 창문 쪽으로 데리고 가고 싶었다.

하지만 대신 그는 물에서 나온 붕어처럼 입을 뻐끔거릴 뿐이었

다. 무릎을 꿇고 그녀의 손에 키스하거나 뭔가 또 다른 우아한 제
스처를 취했어야 하지만, 그는 수줍은 미소를 짓고 인상을 쓰고
작은 목소리로 뭐라고 중얼거리고 고개를 끄덕이고는 문 쪽으로
뒷걸음질 쳤다. 그리고 등을 문에 기대고 엉덩이로 밀어 열고는
헨델 목사를 찾으러 뛰쳐나갔다.

**

하지만 아담 헨델은 그들의 부탁을 거절했다. 선생이 살고 있
는 숙소에 온 소녀가 전에 어디에 살았는지도 알 수 없었고, 너무
어린 그녀가 자신의 권리를 얻고 의무를 이행할 수 있는 능력을
갖추었는지에 대한 의문도 생겼는데 그녀의 나이가 정말로 열일
곱인지조차 알 길이 없었기 때문이다. 그녀는 나이를 확인할 수
있는 서류를 포함해서 그 어떤 서류도 갖고 있지 않았다. 무엇보
다 모든 어린 식민지 주민이 받는 견진성사를 받지 않아서 기독
교인임을 증명하는 것도 불가능해 보였다. 목사는 그녀의 교리문
답 지식을 확인하면서 오랫동안 대화를 나눈 후에 창백한 얼굴을
하고 입술을 단호하게 앙다물어버렸다. 그리고 바흐에게 당장 그
녀의 부모를 찾아서 돌려보내라고 조언했다. 클라라에게는 부모
를 찾거나 과거를 증명할 만한 서류가 발견될 때까지 늙은 목사
사모의 감시하에 사택에서 지내도록 하라고 명령을 내렸다.

바흐는 목부터 얼굴까지 빨개진 채로 자신이 겪고 있는 일을 자신도 이해하지 못하겠다는 듯 엄청나게 말을 더듬으며 난생처음으로 헨델의 결정을 반박하고 클라라는 자기와 함께 살 거라고 말했다. 그리고 어쩌면 우도 그림의 흔적을 찾을 수도 있으니 강물이 얼기 전에 클라라가 살던 마을에 가서 그 마을의 존재를 확인할 것을 목사에게 제안했다. 한편 통장 디트리히는 수도원 근처에 가는 것은 금지된 데다 볼가강의 오른쪽 강변은 갈 수도 없고 거기에는 끝없이 펼쳐진 숲 말고는 아무것도 없다며 그곳에 가기를 거절했다. 게다가 선생 바흐는 이상한 걸 넘어서서 가끔은 정상의 범주까지 넘어설 때가 있으니 그의 말은 믿을 수가 없다고도 했다.

한밤중에 학교에 와서 바흐를 홀리게 만들어서는 목사의 결정을 거역하게 만든 어린 아가씨에 대한 소문으로 그나덴탈 전체가 술렁였다. 모두들 그 전에는 용납이 되었고 잊고 있던 일들, 즉 선생이 밤마다 밖을 헤매고 다닌 일, 홀로 있는 것을 유독 좋아하던 일, 뇌우가 오던 날이면 미친 사람처럼 돌아다니던 일을 기억에서 끄집어내서는 선생에게 상기시켰다. "늘 이상하다고 생각했지만 이젠 아예 미쳐버렸구려!" 그리고 정확한 나이를 알 수는 없지만 바흐의 딸뻘 되는 아가씨가 몇 날 며칠을 그의 집에서 함께 보낸다는 것을 생각하자, 그나덴탈에 사는 여자들은 불만을 토로했고, 이 식민지 지역은 수상한 아가씨와 자신이 순박한 사람인 양

수년간 선량한 그나덴탈인들을 속인 부도덕한 선생에 대한 이야기로 소란스러웠다.

다음 날 헨델 목사가 클라라에게 교리문답 테스트를 하고 나서 바흐는 그나덴탈과 자신이 좋아하는 주변 장소들을 구경시켜줄 요량으로 그녀를 데리고 밖으로 나갔다. 하지만 그들을 본 사람들은 누구나 그들을 발견하기가 무섭게 길을 건너서 사람들의 입방아에 오르내리는 두 남녀를 피했고, 멈춰 서서는 마치 자신들 앞에 머리 둘 달린 도마뱀이나 집게발 대신 짐승 발이 달린 가재라도 있는 듯이 과도한 호기심을 넘어선 혐오감 가득한 눈으로 쳐다봤다. 여자들은 삼삼오오 모여서 모브캡 끝에 달린 주름에 서로 볼을 스치며 고개를 갸우뚱했고 의미심장한 시선을 주고받으면서 귓속말을 했다. 그래서 10드보르*도 채 못 가서 클라라는 바흐에게 집으로 다시 돌아가자고 부탁했다.

그날부터 그녀는 몇 날 며칠을 바흐의 방에 있으면서 길에서 사람들이 하는 말에 귀를 기울이며 집 밖으로는 한 걸음도 안 나갔다. 짐마차가 학교 쪽으로 다가오는 소리나 사람들이 웅성거리는 소리가 들리면 그녀는 얼굴을 양손으로 가렸고, 짐마차가 멀어지고 사람들이 집 옆을 지나가고 나면 고개를 들곤 했다. 양 볼은 창백해졌고 움푹 패었으며 입술은 더 얇고 슬픈 모양을 띠었

---

*   1드보르는 91센티미터.

고, 반대로 눈은 클라라보다 더 나이도 많고 더 현명한 사람에게 속한 듯이 뭔가 차갑고 침착한 시선을 갖게 되었다.

어떤 바보가 장난으로 '그 유명한 아가씨'를 보겠다고 창문을 통해 안을 자세히 들여다보려고 한 일이 있고 나서 바흐는 아침마다 커튼 걷는 것을 관두었다. 누군가 점토 덩어리를 창문에 던진 일이 있고 나서는 덧창을 닫아두어서 이제 방 안에는 늘 어스름이 깔려 있었다. 하지만 어둠 속에 있으면 클라라를 처음 만나던 날 밤이 떠올라서 바흐는 이 어둠이 좋았다.

처음에 그는 자신이 읽은 책이나 역사적인 인물들, 유명한 작시법 등을 이야기하면서 그녀를 즐겁게 해주려고 노력했다. 하지만 애수와 소망, 뭔가 수줍은 바람을 담은, 그녀의 슬픈 듯 질문하는 듯 한 시선과 마주치기만 하면, 소리는 바흐의 목에 걸리고 단어는 얽히고 머릿속에 있는 생각도 뒤얽혔다. 그래서 그는 당황해서 중얼거리고는 입을 다무는 것이었다. 책, 지휘관과 군주들, 가장 아름다운 시조차 클라라의 관심을 끌지 못했지만 바흐는 그 외의 다른 이야깃거리를 알지 못했다. 그리고 바흐는 창밖에서 누군가가 호기심 가득한 귀를 덧창의 빈틈에 갖다 대고 그들이 하는 이야기를 숨죽이며 들을지도 모른다는 생각에서 자유롭지 못했다. 그렇게 그는 잠시 의미 없는 수다를 늘어놓다가 이내 예전처럼 말수가 적어졌다. 그러곤 집에는 책이 많으니 자신이 학교에서 학생들을 가르치는 동안 그녀가 원하는 책은 무엇이든 집어 들고 독서 삼매경에 빠져들 수 있으리라는 사실로 위안을 삼으며, 수업을 마친 후에 집으로 돌아오면 난로에 몸을 녹이면서 말없이 자기가 사랑하는 여자를 보며 행복해하곤 했다.

그는 클라라의 희망이 계속 좌절되는 것을 보며 안타까웠다. 바흐는 한편으로는 죄책감을 느꼈고 또 한편으로는 행복했는데, 이제 그가 그녀를 볼 수 있고 그녀의 목소리를 들을 수도 있으며, 가끔 난로에서 냄비를 걷는 것이나 선반에서 책을 꺼내는 것을 도와주면서 팔꿈치가 그녀의 몸에 닿을 수도 있다는 사실로 인해 이루 말로 표현할 수 없을 만큼 행복했다. 몇 시간이고 생각에 잠긴 채로 양팔을 늘어뜨리고 생기 없는 눈으로 전면을 응시하는 클라라를 보는 것이 괴로웠지만, 그의 마음 한편은 그녀가 이렇게 갇혀 있는 것을 기뻐하고 있었으니, 그녀가 오로지 바흐에게만 속할 수 있었기 때문이다. 바흐는 그나덴탈인들의 질책을 듣는 것이 괴로웠고 그들의 따가운 시선에 몸이 움츠러들었으며 우유부단한 자신의 행동으로 인해 괴로웠지만, 문을 열고 클라라의 머리카락 냄새가 은은하게 퍼져 있는 방 안에 들어가서 그녀의 드레스가 바닥에 닿으며 내는 사각거리는 소리를 듣고 어둠 속에서 희미해진 그녀의 옆얼굴을 보기만 하면 죄책감은 흔적도 없이 사라지고 환희와 영감으로 가득 찼다. 클라라와 함께 있을 때면 무슨 일이든 할 수 있는 것 같았고, 뇌우의 정중앙에 위치하기라도 한 듯 그의 피는 타는 듯한 봄의 에너지로 가득 찬 듯했으며,

세상의 모든 권력을 가진 자가 된 것 같은 기분이 들었다. 물론 이 환희를 클라라와 나눌 수 없다는 것을 알고 있었다. 이런 식으로 계속 살 수는 없으며 이 지리멸렬한 이야기를 어떻게 해서든 끝내야 한다는 것 역시 알고 있었다.

한편 소문은 발효되는 반죽처럼 점점 더 퍼져나갔다. 누군가 악의를 갖고 일부러 그런 소문을 퍼뜨린 것인지, 점잖은 기독교 인의 몸에도 이목*이 생기듯이 소문도 저절로 생긴 것인지는 알 수 없었다. 소문은 풍요롭고 다채로운 데다 그 내용이 굉장히 구 체적이어서 사실처럼 느껴질 정도였다. 소녀의 원래 이름은 클라 라가 아니라 쿠니군다라느니, 사실 그녀는 바흐가 숨겨놓은 딸인 데 처음에는 바흐가 그녀의 예쁜 엄마를 죽였고 이제는 자기 친 딸에게 장가를 가려 한다고 했다. 정수리부터 배꼽까지는 예쁜 모습을 띠고 있지만 배꼽부터 발끝까지는 고슴도치 가시처럼 뻣 뻣하고 검은 털로 뒤덮여 있다고 하기도 하고, 그녀의 이름은 쿠 니군다가 아니라 카킬리야라고 하는가 하면, 신고 다니는 스타킹 의 오른쪽 다리 안쪽에 방금 자른 버드나무 가지를 늘 넣고 다니 는데 그 이유는 아무도 모른다고 했다. 올해 가을까지만 하더라 도 소녀는 멀리 떨어진 어떤 골짜기 바닥에 있는 우물에 사슬로 묶인 채로 이름도 없이 살았다고 하는 사람까지 있었다.

---

*   이목에 속한 곤충의 총칭. 이, 머릿니, 사면발니 등이 있다.

선생 바흐에 대해서는 저녁에 그가 산책을 할 때 군인 개울 근처에 무릎을 꿇고 얼굴을 개울물에 가까이 대고는 개처럼 게걸스럽게 물을 마신다고 하는가 하면, 세 마리 황소 골짜기 근처에 있는 가축 사체 매립지에서 양손으로 땅을 파서는 거기에서 가져간 흙을 집 벽에 바른다고 하는 사람도 있었다. 그가 터키어를 알아듣는다고 하기도 하고(이것만으로도 그는 충분히 의심스러워 보인다고 했다) 수년 동안 스텝 지역 땅속에 있는 집에 여자 포로 한 명을 붙잡고 있는데 이제는 그 여자와 결혼해서 브라질로 이민을 가려 한다는 소문까지 날 정도였다.

그들은 아이들을 집에서 내보내고 학교에서 벌어지는 민망한 상황에 대해 수군댔는데, 가을이 끝나갈 무렵에는 이 소문의 내용이 지나치게 구체적이어서 우연히 이 소문을 들은 헨델 목사가 설교 시간에 무려 3주 연속으로 비방은 죄라는 설교를 할 정도였다.

***

제일 먼저 자녀들을 학교에 보내지 않겠다고 결정한 사람은 수박만 한 엉덩이를 가진 에미였다. 사흘 후에는 그 누구도 수업에 오지 않았다. 일주일 후에는 남자들이 돼지를 도축해서 겨우내 먹을 콜바사를 미리 만들고 나서 집에서 키우는 가금 대부분을 도축해 털을 다 뽑고 내장을 손질한 고기를 집에 있는 냉동고에 차곡차곡 잘 쌓아둔 후에 학교에서 마을 회의를 열어서 그나덴탈 학교의 새 선생님을 뽑아달라고 통장 디트리흐에게 요구했다.

때는 11월 말이었고, 눈도 많이 오고 추웠다. 길에는 눈이 수북이 쌓여 길을 찾기 어려울 정도였고 거리는 텅 비었으며 썰매들이 드문드문 식민지를 떠나는 등 크리스마스를 앞둔 마을은 조용했다. 이런 때에 새 선생을 구한다는 것은 불가능해 보였지만 그들은 완강히 요구했다. 그날의 주제가 남자들의 피를 끓게 했기 때문인지, 벽 뒤에 있는 작은 사택에서 논쟁의 대상인 주근깨투성이에 들창코를 가진 소녀가 천진난만하게 눈을 깜빡이고 있기 때문인지 알 수는 없지만, 그날 저녁 그들의 목소리가 너무 커서 통장은 세 번이나 교탁을 내려치며 주의를 줘야 했다.

"큰아들은 전쟁터에 나가서 죽었고 그 밑에 있는 녀석들은 포로로 끌려갔고 막내 하나 남았는데, 제대로 가르치지도 못하게 생겼다고요! 아침마다 마누라가 아들놈 학교 보내는 걸 무서워한다니까요! 이 상황이 정상이냔 말입니다!" 키 작고 비쩍 마른 콜이 소리 질렀다.

"이럴 게 아니라 마을 사람들이 모두 다 같이 그 계집애를 학교에서 강제로 끌어내자고요! 목사님 댁 지하에 가두고 회개를 더 잘하도록 사흘 동안 굶기는 겁니다! 선생은 한밤중에 맨발로 그나덴탈 근처에서 쫓아내면 생각이 바뀔지도 모르죠!" 콧수염 난

볼 씨가 시무룩한 표정을 지으면서 말했다.

"그럴 게 아니라 그 둘을 쫓아냅시다! 짐 챙겨서 꽁꽁 언 볼가 강 위에 세워둔 다음에 가고 싶은 곳으로 가라고 합시다! 바로 옆에 있는 식민지로 가도 좋고 아예 브라질로 가도 좋고요!" 늘 남의 말에 동의하기를 좋아하는 가우스 씨가 말했다.

"도대체 이 엄동설한에 어디 가서 새 선생을 구해 온단 말입니까? 눈사람이라도 만들어 오란 뜻입니까? 바흐 혼자 살 때 일은 잘했잖아요. 예전처럼 쭉 그렇게 혼자 살라고 하면 되잖습니까? 그리고 학생들을 계속 가르치면 되잖아요! 머릿속에 잡생각이 들어 있는 건 문제 삼을 정도는 아니라고 봅니다. 그 정도는 방해가 될 정도는 아니니까요!" 통장 디트리흐가 말했다.

그들은 결국 헨델 목사에게 크리스마스 전까지 학교에서 학생들을 가르쳐달라고 부탁하고, 타락한 선생에게 마지막으로 생각을 바꿀 기회를 주고 잘 설득해서 클라라는 교회에 맡기고 바흐 자신은 1월 초부터 다시 가르치도록 얘기를 해보기로 했다.

바흐는 저녁 내내 철 난로 옆에 넋을 놓고 앉아서는 마을 사람들의 이야기를 들었지만 시선은 난로 속 불길의 움직임에 붙박여 있었다. 마을 사람들이 그에게 할 말이 없냐고 묻자 그는 인상을 찌푸리고 어깨를 으쓱하더니 "할 말 없습니다"라고 말했다. 그러자 다들 그를 남겨두고 떠났다.

그는 사택으로 돌아왔다. 클라라가 난로에 볼을 대고 서 있었다. 학교와 사택 사이의 벽은 얇은 나무 판으로 돼 있어서 그녀는 그들이 하는 말을 마지막까지 놓치지 않고 다 들었다.

그는 몇 주 전에 그녀에게 했던 '이제 어쩌죠?'라는 질문을 하고 싶었지만 그럴 용기가 나지 않았다.

바흐는 낡고 짧은 털 코트를 난로에 조용히 깔고(침대는 클라라가 오던 첫날부터 클라라에게 양보했다) 양다리를 머리에 닿게 구부리고 누웠다. 그리고 자기도 모르게 어느새 코를 골기 시작했다.

얼마 후 그는 이상한 예감을 느끼고 잠에서 깼고 주위를 둘러보니 클라라가 보이지 않았다.

"클라라!"

자리에서 벌떡 일어나서 주위를 둘러보자 등유 램프만이 홀로 빈방을 비추고 있었다. 그는 난로에서 뛰어내리려고 하다가 몸을 잘못 트는 바람에 넘어져서 팔꿈치를 바닥에 부딪혔다.

"클라라!"

그는 난로 뒤로 뛰어가보았지만 클라라는 보이지 않았다.

교실 안 상황도 마찬가지였다.

건물 밖으로 뛰쳐나갔지만 거기에도 클라라의 흔적은 없었다.

"클라라!"

세찬 바람을 가슴으로 맞으며 걸었고 성에 이마가 찔렸다. 바흐는 몸을 움츠리면서 다시 집 안으로 들어갔고, 문 옆의 못에 걸려 있던 옷이 없는 것을 발견했다. 클라라는 누비 조끼 하나만을 걸치고 나간 것이었다. 바흐는 짧은 털 코트를 입고 목과 귀를 덮는 털모자를 푹 눌러쓰고 왈렌키를 신고 양손으로는 클라라에게 덮어줄 이불을 들고 어둠 속으로 뛰어들었다.

하늘에 뜬 달은 불투명한 노란색을 띠고 있었고 달빛을 받은 눈은 거대한 버터 덩어리와 흡사했다. 교회 종루의 검은 그림자가 광장 전체에 대각선으로 길게 누워 있었다. 학교 현관으로부터 많은 발자국이 흩어져 있었다. 발자국은 많기도 했지만, 마을 주민 절반이 오늘 마을 회의에 온 만큼 발자국의 방향도 다양했다. 바흐는 잠시 멈춰 섰다가 볼가강 쪽으로 향했다. 스스로도 왜 하필 볼가강 쪽을 택했는지 알 수 없었지만 그쪽으로 가는 것이 맞을 것 같았다.

부피 큰 이불을 품에 꼭 끌어안고 있어서 앞쪽 길이 보이지 않아 이불 끝자락에 발이 걸려 넘어지며 입 안으로 들어오는 날 선 눈을 삼키면서 바흐는 어찌어찌해서 이미 눈이 수북이 쌓인, 불 꺼진 캄캄한 집들을 지나고, 키 큰 느릅나무 세 그루가 있고 나무 아래에 좌판이 펼쳐져 있는 시장 광장, 통나무 우물과 양초를 파는 가게와 등유를 파는 가게를 지나 어느덧 강가에 도달했다.

세상은 초록색 하늘과 강 위에 쌓인 노란 눈 더미로 이루어져 있었다. 허리까지 빠지는 눈 사이로 간신히 보일 듯 말 듯 한 그림자가 천천히 걸어가고 있었고, 그는 클라라를 알아봤다.

그는 그녀의 발자국을 따라 걷기 시작했다. 클라라보다는 힘이 셌던 그는 그녀를 금세 따라잡을 수 있었다. 그녀를 따라잡고는 어깨에 이불을 덮어주었고, 그녀는 그가 하는 대로 가만히 있었다. 그들은 함께 앞으로 걸어갔다. 그는 눈이 많이 쌓여서 길을 내면서 걷는 것이 더 힘들기 때문에 자기가 앞서겠다고 말했다. 클라라는 그의 말을 순순히 따랐다.

그는 끈적끈적한 눈 속을 걸으면서 자신이 몸을 많이 움직일수록 몸과 손이 따뜻해지는 것을 느꼈다. 그는 그들이 어디로 가는 것인지 그녀에게 묻지 않았다. 그들은 그렇게 볼가강의 오른쪽 강변인 그림의 마을, 그 집으로 돌아가고 있었다.

볼가강 왼쪽 어딘가에는 성난 남자들의 거친 숨소리가 가득한 학교 교실과 문을 잠그지 않은 사택이 있었고, 사택 안 난로에는 타다 만 장작이 있었고, 하드커버에 싸인 읽다 만 책 한 권과 해진 군복 상의가 있었고, 유리창에는 성에 낀 점토 덩어리가 그대로 붙어 있었고, 냄비에는 먹다 만 죽이 있었고, 램프에는 두 숟가락 가량의 등유가 있었다. 그 정도가 그들이 남기고 간 전부였다.

5

우도 그림의 마을은 그들을 기다리고 있었다. 쌓인 눈이 창문까지 닿을 정도로 눈 속에 파묻힌 집은 덧창도 걸어 닫은 채 그들을 향해 생기 없는 시선을 보내고 있었고, 사과나무는 눈구덩이에서 그들을 부르기라도 하는 듯이 얼음으로 덮인 가지를 그들을 향해 뻗었다. 날이 아직 밝을 때 바흐와 클라라는 난로에 불을 지폈고(장작을 쌓아두는 곳에 장작 몇 개가 남아 있었다), 눈을 주전자에 넣고 끓여서는 둘 다 뜨거운 물로 목을 실컷 축인 다음 지칠 대로 지쳐 난로 옆에서 깜빡 잠이 들었다.

바흐는 강렬한 햇빛에 잠에서 깼다. 햇빛은 집 전체를 가로질렀다. 클라라의 침실에서 시작해 거실을 지나 중앙에 거대한 난로가 있는 좁은 부엌까지 스며들었고, 클라라는 벌써 일어나서 모든 덧창을 활짝 열어젖혀두었다. 바흐와 클라라는 이때부터 방

하나하나를 베르쇼크* 단위로 난방을 하며 살기 시작했다.

겉에서 봤을 때 커 보이는 집 내부 공간은 넓지 않았다. 공간 전체를 차지하는 것 같은 착각이 들 정도로 통나무 벽이 엄청나게 두꺼웠고, 통나무 하나하나는 만지면 부러질 것 같은 클라라보다 병약해 보이는 바흐보다도 더 굵었다. 집에서 유일하게 넓은 공간은 거실이었는데, 거실은 세 개의 침실, 즉 클라라의 침실, 그림의 침실, 틸다의 침실과 연결돼 있었다(일꾼들은 지저분하고 누추하지만 난로가 설치돼 있는 헛간 같은 곳에서 생활했다). 하얀 서리가 두껍게 낀 거실 창문들에는 구색을 맞추려는 듯이 하얀 커튼을 쳤다. 넓은 창가에는 변색된 촛대들이 세워져 있었다. 구석 여기저기에는 불을 밝힐 때 쓸 홰를 받치는 무쇠 받침대들과 등받이에 조각이 돼 있는 의자들과 짚으로 만든 안락의자들이 있었다. 페인트칠을 하지 않은 긴 의자는 삼 돗자리로 덮인 채 부엌 난로가 있는 벽 옆에 길게 자리를 차지했다(난로는 부엌에 있었고, 방쪽에서는 꿀 들어간 당밀 과자를 닮은 주황색 타일로 장식된 난로의 넓은 옆면이 보였다). 통나무 벽 여기저기에는 손으로 뜬 형형색색의 주머니들이 걸렸는데, 가위가 든 것도 있고 성경책이 든 것도 있었다. "일은 삶을 더 아름답게 한다"라는 명언이 솜씨 좋게 수놓아져 있는 실크 카펫도 있었다. 흙바닥은 마치 틸다가 어제

---

* 옛 러시아의 길이 단위로서, 1베르쇼크는 약 4.4센티미터.

막 비질을 한 것처럼 깔끔했고, 그 위로 모래가 뿌려져 있었다.

틸다의 침실은 비쩍 마른 사람 한 명이 들어갈 수 있을 정도로 좁은 데다 깡마른 사람이라 해도 그 안에서 자유롭게 움직일 수는 없을 것 같았다. 방의 대부분은 대패질로 잘 다듬은 등받이가 달린 침대가 다리를 쩍 벌리고 차지했다. 침대 밑에는 커다란 궤짝 두 개가 있었는데, 거기에는 옛날 옷과 온갖 종류의 오래된 물건이 들어가 있었고, 궤짝을 꺼내기 위해서는 무릎을 굽히고 궤짝 옆에 달린 쇠 손잡이를 힘껏 잡아당겨야 했다. 그러면 침대 밑 궤짝이 그제야 마지못해 관절을 삐거덕거리며 기어 나오면서 흙바닥에 흔적을 남기는 것이었다. 궤짝을 여는 것이 가능하기는 했지만 침대 위에 올리는 것만으로도 방은 충분히 좁아졌다. 모아둔 옷은 그나덴탈 주민들 모두를 입히고도 남을 것처럼 많아 보였다. 좀 벌레가 먹는 것을 방지하기 위해 쓴 쑥이 든 자루를 층층이 넣어둔 궤짝 안에는 무릎 아래쪽에 가죽 줄이 들어간, 짧은 나사 바지며 동물 뼈나 쇠나 유리로 만든 단추가 달린 남녀 조끼도 있고, 솜을 넣어 누비고 벨벳 깃을 단 방한용 플란넬렛 조끼도 있으며 형형색색의 줄무늬 스타킹도 있고 끝에 레이스와 긴 리본이 달린 능직 모브캡이며 모직이나 거친 면직물로 만든, 색 리본이 달린 캉캉치마 등이 있었다. 스타일 자체가 너무 오래돼서 평상복보다는 크리스마스 연극 때나 어울릴 법한 옷들이었고, 낡았거나 아니면 그냥 유행이 많이 지난 옷들이 대부분이었다. 틸다의 침대에는 얇은 검은색 레이스가 덮여 있었고, 십자가를 수놓은 형형색색의 베갯잇을 씌운 수많은 베개가 피라미드처럼 쌓여 있었다. 바흐가 이미 본 적이 있는, 나무를 조각해서 만든 긴 의자와 딸기처럼 빨간 물레는 방으로 들어가는 입구 쪽에 있어서 방이 더 좁아 보였다. 벽에는 축제 때 하는 액세서리를 연상시키는 레이스를 뜰 때 쓰는 나무 바늘, 뜨개질할 때 쓰는 대바늘과 코바늘 꾸러미들, 털을 빗질할 때 쓰는 무수히 많은 솔, 빗과 여러 사이즈의 실패 등 다양한 도구가 구리 못에 걸려 있었다. 바흐는 틸다의 침실에 들어갈 때마다 방이 반 베르쇼크만큼 좁아지고 한 뼘만큼 짧아지는 것 같은 기분이 들었다.

반면에 클라라의 방은 방 주인인 클라라를 닮아, 화려한 색으로 장식되지도 않았고, 깨끗하고 단정하며 밝고 넓어 보였다. 한쪽 벽에 붙은 침대는 주름이 하나도 안 잡혀 있을 정도로 침대보를 팽팽하게 잡아당겨서 정리해놓았고, 또 다른 벽 옆에는 속옷이 든 서랍장이 세워져 있으며, 서랍장과 침대 사이에는 짚 돗자리가 깔려 있는 게 전부였다. 처음에 바흐는 그녀의 방에 들어오는 것을 수줍어했다. 얼마간 시간이 흐르고 그 집에 적응했을 무렵 용기를 내서 그녀의 방에 들어갔다. 바흐는 매끈한 통나무 벽에서 뭔가를 발견하고는 무릎을 꿇고 반나절을 그곳에서 보냈는데, 방 안을 이리저리 기어 다니면서 통나무 하나하나의 냄새를 맡으며 이 구석 저 구석을 왔다 갔다 했다. 통나무 하나하나에 글씨가 쓰여 있었는데, 클라라는 시간이 흘러 시커메진 통나무에 수천 개의 단어를 부드러운 손톱으로 적었놓았다. 그중에는 시도 있고, 받아쓰기하던 합성어도 있고, 클라라가 괴테의 책에 적었던 질문도 있었다. 여름에 함께 나눴던 대화도 보였고, 백번은 반복했을 자기 이름도 보였다. 방에 있는 벽이란 벽에는 바닥부터 거의 천장까지 그녀가 쓴 단어들과 글자들로 채워져 있었다. 오자는 거의 없었고, 이건 클라라가 지난여름 내내 두서없이 쓴 일기나 다름없었다. 그녀의 집에는 종이가 없었고, 바흐는 제자가 집에서 스스로 문제를 풀도록 종이를 주고 올 생각을 못 했다. 그래서 이렇게 벽에 글씨를 적은 것이었다. 이 희미한 무늬는 불을 밝게 비추고 아주 가까이에서 봐야만 보이기도 했지만, 늘 우울해하는 틸다나 늘 바쁜 우도 그림이 발견했을 리 만무했다.

우도 그림은 옆방을 썼다. 우도 그림과 클라라의 방은 아버지 쪽에 설치된 난로 하나로 난방을 했다. 바흐는 난로에 땔감을 던져 넣거나 커다란 장롱에서 뭔가 꼭 필요한 것을 꺼내야 할 때가 아니면 우도 그림의 방에 잘 안 갔다. 주인의 방은 어둡고 무거웠다. 벽에는 어두운 초록색의 타타르식 카펫이 걸려 있고, 침대는 고블랭 직물로 만든 발다키노* 아래에 있었으며, 창가에는 붉은색 구리로 만든 무거운 사모바르가 있었다. 바흐는 이 방에 있을

* 천으로 된 캐노피.

때면 이것들이 카펫과 사모바르가 아니라 화가 난 우도 그림이 자신을 쳐다보면서 질책하는 느낌이 들어서 불편했다. 그래서 클라라가 보고 민망할 것 같아 예전의 병풍으로 가리고 거실에 있는 긴 의자를 침대 삼아 잠을 잤다.

진열장에 있던 주인의 담뱃대들과 니스 칠을 한 액자 틀 안에 있던 사진이 두 장 정도 사라진 것 빼고는 집 안에 있는 모든 것은 바흐가 여름에 방문했을 때와 달라진 것이 거의 없었다. 주인이 집을 비운 적이 없는 것처럼 보였다. 클라라와 틸다는 길을 떠나기 전에 가장 필요하고 소중한 물건만 챙겨야 했기 때문에 옷, 그릇, 가구를 포함한 대부분의 물건들이 집에 그대로 있는 것이라고 클라라는 바흐에게 설명했다. 길 떠나기 전에 클라라의 아버지는 사라토프 출신의 일 잘하는 사람에게 빈집을 좀 봐달라고 부탁을 해두었다. 클라라에 따르면 그는 그림이 독일에서 자리를 잡을 때까지는 정기적으로 와서 집을 돌봐야 했다. 그림은 독일에서 자리를 잡고 나서는 집에 있는 모든 집기와 소유를 팔 생각이었다. 처음에 바흐와 클라라는 사라토프 출신의 그 사람을 기다렸지만 감감무소식이었다. 겨울이 가고 봄이 오고 여름이 와도 그 사람은 주인이 맡긴 임무를 이행하러 오지 않았다. 어느 순간부터는 그들도 그를 기다리지 않았다. 우도 그림도 잃어버린 딸을 찾으러 올 생각을 하지 않았다. 클라라는 이에 대해 "화가 많이 나서 절 안 보려고 하시는 것 같아요"라고 말한 적 있다.

그녀는 집에 돌아온 것을 차분하게 받아들이는 듯 보였으며, 두 달 동안 학교 사택에서 그와 함께 있을 때 지었던 무표정을 여전히 짓고 있었다. 바흐는 그녀가 원래 늘 이런 표정을 짓는지도 모른다고 생각하며 걱정을 떨쳐버리려 노력했다. 그녀의 목소리를 처음 들었을 때 바흐를 사로잡았던 섬세함과 겁에 질린 듯한 느낌은 그녀의 단호함과 강한 의지와 조화를 이루었다. 그래서인지 그는 얼마든지 그녀의 질책을 들을 준비가 돼 있었다. 심지어 질책을 기다렸다. 노파 틸다로부터 물려받은 줄무늬 앞치마에 얼굴을 묻고 그녀의 손에 키스하며 용서를 구하고도 싶었으나, 그녀는 단 한 번도 불평하거나 그를 질책하지 않았다. 그리고 말이 없었다. 어느 날 딱 한 번 "내가 예전에 역이라거나 시장, 외부 사람들, 주황색 수염을 기른 사내 등을 눈여겨보지 않았던 것이 후회돼요"라고 말했을 뿐이다. 그리고 더 이상 이 얘기는 입 밖에 내지 않았다.

사실 바흐 역시 말이 많은 편은 아니었다. 말이 필요 없는 경우는 시선을 주고받거나 고개를 끄덕이는 정도로 소통을 했다. 이를테면 오늘 낚시가 성공적이어서 커다란 민물 농어 두 마리를 잡았다는 것을 표현하고자 할 때, 농어 두 마리가 바구니 안에 있으면서 비늘을 반짝인다면 이걸로 충분히 의사소통이 되는 셈이라고 여기는 것이었다. 지난밤에 사과나무에서 떨어진 사과를 쥐가 파먹지 않도록 주워 와야 하는데, 이 사과들이 워낙 빨갛게 잘 익어서 풀 사이사이에서도 잘 보인다면 현관에서는 훨씬 더 잘 보일 것이므로, 이 역시 말로 표현할 필요가 없었다. 곡식 창고의 지붕이 썩은 것 역시 말로 표현할 필요가 없었다. 바흐의 바지 무릎에 구멍이 났는데 이걸 기워야 한다는 것 역시 말이 필요한 일은 아니었다. 그 자신이 얼마 전에 감기에 걸렸다가 나은 이야기 역시 말로 표현하지 않아도 알 수 있었다. 오래전부터 클라라는 직접 만든 모직 치마를 입고 하얀 모브캡을 쓰고 바흐의 꿈에 나타났고, 그가 이 꿈으로 인해 행복하다는 것은 더더욱 말로 표현할 수 없는 일일 것이다. 그들의 삶은 그가 손을 뻗으면 닿는 거리에 있었고, 이제 클라라의 목소리도 얼마든지 들을 수 있었다. 그들의 삶은 밝고, 꽃과 냄새와 물건으로 가득 차 있었다. 바흐와 클라라는 최소한의 말만 하며 살았고, 이로 인해 그들의 삶이 오히려 더 실제 같고 단어 자체는 더 무겁게 느껴졌다.

이상하게도 이제는 단어들이 예전과는 다르게 들렸다. 저녁이면 바흐가 클라라와 함께 절벽에 서서 볼가강의 물결이 치는 아래를 응시하면서 낭독한 시는 마치 그가 이글거리는 저녁노을 진 하늘에 검은 먹으로 직접 쓰기라도 한 것처럼 혹은 평범한 아마천에 금과 보석으로 수를 놓은 것처럼 더 뚜렷하고 힘이 느껴졌다. 반면에 클라라가 흥얼대던 노래와 골계극, 즐겨 말하던 속담과 격언, 재담들과 옛날이야기들은 흔하디흔한 풀이나 거미줄, 물과 바위 냄새처럼 그들에게 더 가깝고 친근했으며 외부 세계로부터 단절된 그들의 삶에 적응했고 점차 이 삶의 일부가 되어갔기 때문에 바흐는 더 이상 클라라가 하는 말의 틀린 부분을 바로잡고 싶지 않아졌다. 바흐는 여전히 클라라의 목소리를 듣는 걸 좋아했다. 이제는 예전과 달리 그녀의 말을 끊지 않았고 사투리 특유의 아름다움을 발견하는 법도 터득했다. 그는 클라라에게 예전처럼 옛날이야기를 해달라고 부탁했고, 그러면 그녀는 나무꾼, 어부, 굴뚝 청소부, 정원사, 황금 사과와 말하는 은빛 물고기에 대해 한 번, 두 번이 아니라 열 번이라도 열심히 이야기해주었다. 그러면 가끔은 그녀가 그들이 살고 있는 마을과 그들 자신에 대한 이야기를 하는 것이 아닌가 하는 착각이 들곤 했다.

　바흐는 이제 나무꾼이자 어부이자 굴뚝 청소부였고 정원사였다. 바흐는 나무도 벨 줄 알고 덫을 놓아서 토끼도 잡고 송진을 끓여서 작은 배의 바닥에 생긴 구멍에 바르는 법도 알았으며, 짚으로 만든 지붕을 고칠 줄도 알고 집의 바닥에 생긴 틈을 진흙으로 메울 줄도 알았다. 연초에 오톨도톨한 사과나무 줄기를 석회로 칠할 줄도 알고, 사과나무 줄기를 낡은 옷으로 감싸고 끝을 돌로 고정할 줄도 아는 등 이제 꽤 많은 일을 할 줄 알았다. 그는 사는 데 필요한 모든 일을 배웠다. 스스로 터득한 것도 있었지만, 대부분은 클라라한테 배운 것이었다. 사실 바흐는 손재주가 좋지는 않았고 행동도 민첩하지 않고 손힘도 없었지만, 마치 자신이 성인 남자가 아니라 장난감 병정들을 위해 찰흙으로 된 집이나 짚으로 된 단단한 요새를 만드는 법을 처음으로 배운 소년이라도 된 것처럼 자신이 뭔가를 해낼 때마다 기뻐했다.

바흐가 우도 그림의 마을에 올 때 입고 온, 기름때가 많이 묻은 재킷과 구멍 난 바지는 힘든 노동으로 금방 닳았다. 그러자 클라라는 끝도 없이 나오는, 틸다의 궤짝 속 천을 이용해서 깃이 누워 있고 소매 부분이 주름지며 품이 넓은, 표백하지 않은 리넨 셔츠를 비롯하여 단추가 없고 허리끈이 달린, 통이 넓은 바지 등 옷 몇 벌을 만들어줬다. 셔츠 위에는 날씨와 상관없이 키르기스 일꾼 한 명이 두고 간 털 조끼를 입었는데, 그것만 입으면 세찬 바람이 부는 날에도 따뜻했다. 그는 그 조끼를 한여름 빼고는 늘 입고 다녔다. 그의 왜소한 체구에 맞춘 다양한 색깔의 옷을 바흐는 좋아했고, 그 조끼는 그에게 큰 의미를 지녔는데, 그걸 입고 있으면 그는 이 마을에서 우도 그림도 됐다가 카이사르도 됐다가 그곳에서 일하던 모든 키르기스 일꾼도 된 것 같은 기분이 들었다. 그는 주인도 됐다가 일꾼도 됐다가 어부도 됐다. 집에 총이 없어서 사냥꾼은 될 수 없었는데, 어쩌면 잘된 일인지도 모른다. 총이 있어도 총 쏘는 법을 배울 수 없었을 테니까 말이다.

그의 손은 얼마 안 있어서 거칠어졌고 조금 더 커지고 무거워졌다. 그는 손톱이 부러지거나 피부에 모래가 끼어도 더 이상 부끄러워하지 않았다. 턱에는 송아지 꼬리처럼 부드러운 수염이 듬성듬성 났는데, 집에 면도기가 없어서 수염을 밀 수가 없었다. 턱수염이 어색할 수도 있었겠지만 집에는 거울이 없어서 그가 자기 모습을 볼 수 있는 유일한 도구는 양동이 속에 채워진 물에 맺힌 상이 전부였기에 턱수염이 어울리는지 여부를 확인할 길은 없었다. 머리가 길어서 귀와 목을 덮자 그는 일하는 데에 방해가 되지 않도록 노끈을 이용해서 머리를 묶었고, 머리가 어깨를 덮자 키르기스인들처럼 하나로 땋았다.

바흐는 부주의로 회중시계를 잃어버렸고(볼가강에서 낚시를 할 때 강물에 빠뜨렸다), 그래서 이제는 시간을 분 단위로 계산하지 않고, 아침 이슬과 저녁 이슬, 별들의 움직임, 달의 공전주기에 따른 모양의 변화와 적설량, 강의 얼음 두께와 사과나무꽃의 개화, 새 떼가 스텝 지역 위를 나는 모습을 보고 시간을 알았다. 이 마을에서는 시간 자체가 다르게 흐르는 것 같았다. 상트페테르부르크나 사라토프와 그나덴탈 같은 도시에서는 시간이 여전히 빠르고 활기찰지도 모른다. 백 년 된 참나무들에 둘러싸여서, 여전히 많은 열매를 맺는 사과나무 아래에서, 비바람이 몰아쳐도 끄떡없는 튼튼한 집 안에서 시간의 흐름은 마치 개구리밥과 갈대가 가득한 작은 샛강에서 빠른 속도로 흐르던 물도 움직임을 멈추듯 그저 느려진 게 아니라 미미하게 느껴지다 못해 거의 없다시피 했다.

새벽 6시 이전에 일어나던 습관은 여전히 남아 있어서 바흐는 거의 똑같은 시간에 잠을 깼다. 가끔은 눈을 뜨고 이 시간에 그나덴탈에서는 학교 종소리가 울릴 것이라는 생각을 떠올리곤 하지만, 이 생각은 이제 생각으로만 그칠 뿐 더 이상 그에게 아무런 감정을 불러일으키지 않았다. 그리고 피로를 느끼면 잠자리에 들었다. 이제는 바흐의 몸 자체가 시계가 되었는데, 이 시계는 어느 날 볼가강의 물결에 휩쓸린 회중시계보다 훨씬 나았다. 그는 이제 잠도 더 깊이 자고 입맛도 좋아져서 음식도 더 빨리 맛있게 먹었다. 가끔 특히 더 맛있는 게 있으면 손으로 먹을 정도로 어느 순간부터 음식이 굉장히 맛있어졌다. 그가 이렇게 식사를 맛있게 하는 이유는 클라라가 음식을 잘했기 때문이리라.

클라라는 항상 날씨의 변화와 상관없이 언제 봐도 늘 한결같이 예뻤다. 날이 추워서 코가 빨갛게 되고 속눈썹이 얼어도 예뻤다. 햇볕에 볼이 빨갛게 타서 피부가 벗겨져도 예뻤다. 가을의 세찬 바람을 맞아서 입술이 부르트고 물집이 잡혀도 예뻤다. 아파서 이마에 열이 나도 예뻤다. 일을 많이 해서 손가락이 갈라지고 손바닥에 굳은살이 박여도 예뻤다. 부드러운 얼굴에 보일 듯 말 듯 한 작은 주름이 처음 생겼을 때도 역시 마찬가지였다. 그녀는 아름다웠고 또 아름다웠다. 틸다가 만든, 유행 지난 원피스는 또 얼마나 잘 어울렸던가! 그녀가 겨울에 번갈아가면서 입은 파란색, 빨간색, 검은색 모직 치마와 목 부분에 노란색 구슬로 장식된 셔츠와 가슴 밑 둘레 부분의 끝이 뾰족하고, 반짝이는 단추가 달린 브래지어와 줄무늬와 얼룩무늬 능직 무명 앞치마들과 커다란 꽃이 그려진 모슬린 앞치마들 등도 좋았다. 그녀는 어떤 옷을 입어도 돋보였다. 그녀가 하는 모든 행위는 의미가 있어 보였다. 그녀가 아침에 일어나서 물구나무를 선다면 바흐 역시 아무런 이유를 묻지 않고 그녀 옆에서 물구나무를 선 채로 기분 좋게 하루 종일 있을 수도 있을 것 같았다.

클라라는 지극히 단순한 집안일을 과감하면서도 차분하게 해나갔다. 그녀는 생선을 씻고 내장을 꺼냈으며(포흘룝카*에 들어가는 재료이다) 여린 잎을 땄고(차로 만들 잎이다) 소나무 열매와 여린 잎을 말렸으며(감기약으로 쓰기 위하여) 자작나무 수액을 구하기 위해 멀리 떨어진 숲속에 있는 초지에 갔으며(봄을 맞이해 기력을 보충하기 위하여) 집 바닥에 생기는 틈을 메울 진흙을 구하러 가까운 곳에 있는 숲속 초지에 갔다. 매일 아침에는 이랑에 서서 떠오르는 해를 보며 농사가 잘되게 해달라고 기도하면서 텃밭을 갈았다. 그러고는 곧바로 정원으로 가서 또다시 기도했고, 사과나무 앞에서는 특별히 더 많이 기도했다. 바흐에게 밥을 차려주고 그를 치료해주고 그에게 일하는 법을 알려줬다. 구멍 난 옷을 기웠다. 아직까지는 입을 옷이 충분했지만 그 옷이 다 떨어질 때를 생각해야 했기 때문에 물레를 돌려서 실을 자아냈고 천을 짜두었다. 팔려고 놔둔 것으로 보이는, 빗질을 하지 않은 양모 한 덩어리를 창고에서 발견했고, 춥고 캄캄한 어느 날 밤 빨간

* 러시아식 수프.

딸기색 물레가 다시 돌아갔다. 그런 날이면 거실에서는 물레가 돌아가면서 등불로 만들어진 그림자가 군무를 추는 것이었다. 클라라는 실 잣는 여자들처럼 맨발로 일을 했다. 클라라가 빠른 속도로 페달을 밟는 모습을 보면서 바흐는 물레 옆 흙바닥에 누워서 움직이지 않고 조용히 그 모습을 관찰하고 싶어졌다.

바흐는 종종 클라라의 발치에 눕고 싶었다. 그 이상은 상상도 하지 않았고 감히 생각도 못 했을 뿐만 아니라 그런 자신이 수치스러웠기에 나쁜 생각은 떨쳐버리려고 했다. 하지만 그들이 함께 산 첫 해 봄이 다가올 무렵 어느 날 밤에 클라라가 그에게로 왔다. 그를 부를 수도 있었겠지만, 그녀가 직접 그에게 다가왔다. 그녀는 자기 방에서 나와서 바흐가 긴 나무 의자에서 자는 거실로 와서는 일을 많이 해서 거칠어진 그의 손을 어둠 속에서 더듬어서 잡아끌었다. 잠이 덜 깨서 몽롱했던 그는 순순히 그녀를 따라가서 누웠지만, 자기 옆에 클라라의 따뜻한 몸이 와 닿는 순간 불에 덴 것처럼 화들짝 놀라며 자리에서 벌떡 일어나 창문 쪽으로 돌진했다. 그의 안에 있는 모든 것이 떨리고 동요해서 그녀가 그 순간 한마디만 해도 그는 소리를 지를 것만 같았다. 방 안은 고요했고 어두웠다. 바흐 자신의 거친 숨소리만 정적을 깨울 뿐이었다. 얼마 후에 그는 다시 클라라의 침대로 돌아가서 친숙한 오리털 이불 아래로 들어가서 누웠다. 그날부터 그들은 함께 자기 시작했다.

그런데 한밤중에 그렇게 데이트를 하는 동안 바흐는 클라라가 무언가를 계속 기다리는 것 같은 인상을 지울 수가 없었다. 크게 뜬 두 눈은 통나무 천장을 넘어서 더 멀리, 바흐가 알 수 없는 아름답고 매력적인 먼 미래를 바라보는 것 같았다. 그녀는 이따금 낮에 정원에 있는 사과나무의 가지를 잘라내거나 감자 껍질을 벗기다 말고 갑자기 자기 속에서 나는 목소리에 귀를 기울이려는 듯 하던 일을 멈추고 볼가강 가로 가서 강을 보면서 한참 있다가 돌아오곤 했는데, 올 때는 볼이 발그스레하고 눈이 반짝이는 것을 바흐는 눈치챘다. 하지만 어김없이 월경이 찾아오면 그녀의 얼굴은 창백해지고 슬퍼하며 당혹스러워하는 것이었다.

바흐는 아이가 세상에 나오면 그들의 평화로운 삶이 깨지는 것이 두려워서 아이를 갖고 싶지 않았지만 클라라의 뜻을 꺾을 용기가 나지 않아서 그녀가 그토록 원하는 것을 주려고 애썼다. 그는 최선을 다했지만 매번 월경 때만 되면 그녀의 생기 잃은 눈을 봤고, 그는 이번에도 그녀가 원하던 임신을 못 했으며 그런 그녀의 슬픔이 자신으로 인한 것 같아서 슬퍼지는 것이었다. 하지만 얼마 안 있어서 그들은 아이를 갖지 못한다는 사실을 알게 되었다.

그는 자주 스스로에게 자신이 클라라에게 줄 수 있는 것이 무엇인지 물었다. 그녀는 그에게 필요한 모든 것을 갖춘 집과 과일이 주렁주렁 열리는 정원, 생활하는 데에 필요한 모든 물건을 갖춘 아버지 소유의 영지를 주었고, 그가 그토록 좋아하는 은신처를 제공했으며, 일할 능력과 살아 있음을 느낄 수 있도록 해주었다. 마지막으로 자기 자신을 그에게 주었다. 하지만 자신은 못생겼고 그녀에게 한참 못 미치는 못난 남편이었다. 그 자신으로 인해 그녀는 그가 속한 사회에서 비난을 받아야 했으며, 그는 그녀 아버지의 농장에서 일도 잘 못했다. 그가 언젠가 그녀에게 말해준, 축복받은 그나덴탈과 그곳에 사는 멋진 주민들에 대한 이야기는 아무리 좋게 봐도 허황된 허구에 불과했다. 클라라는 그가 던진 낚싯바늘에 잡힌 불쌍한 물고기 한 마리와 다름이 없어 보였다. 정말로 그는 자신의 욕구를 채우기 위해 그녀를 산 채로 집어삼킨 포식자란 말인가? 그는 죄책감에 사로잡혔다. 그는 자신이 클라라에게 줄 수 있는 것을 필사적으로 찾아봤지만 끝내 찾지 못했다.

클라라에게 그는 배가 고플 때 마지막 남은 사과를 줄 수도 있었겠지만, 그녀 아버지의 영지에 먹을 것은 충분했다. 추운 겨울에 마지막 남은 따뜻한 옷가지로 그녀를 감싸줄 수도 있었겠지만, 집 안에 있는 궤짝에는 옷과 속옷이 넘쳐났다. 그녀를 위해 일을 할 수도 있었고, 실제로 새벽 동이 틀 무렵부터 캄캄한 밤하늘에 첫 별이 뜰 때까지 열심히 일을 했지만, 그녀 역시 일을 했고 종종 그보다 더 많이 했으며 동작도 그보다 더 빨랐다. 바흐가 갖고 있거나 할 수 있거나 알고 있는 것을 다 합쳐도 클라라에게 줄 수 있는 것은 없었다. 그가 그녀에게 줄 수 있는 유일한 것은 자기 자신이었다. 자신의 빈약한 몸과 마음, 그리고 클라라에게 미처 표현 못 한 그녀를 향한 사랑과 충성심이 그가 그녀에게 줄 수 있는 유일한 것이었다.

그 역시 클라라를 보호하고 위기에서 구해주고 싶은 마음이 없는 것은 아니었다. 하지만 곰과 늑대는 만날 수 없었고, 그들을 비난하는 사람들은 볼가강 건너편에 있었다. 그래도 바흐는 만일을 대비해서 매일 저녁 덧창을 단단히 닫고 문을 잠그고 입구에 커다란 쇠스랑을 세워두곤 했다. 그럴 때면 클라라는 그런 그를 슬픈 눈으로 쳐다보곤 하는 것이었다. 바흐는 클라라가 마음속 깊은 곳에서 진정으로 원하는 것은 세상으로부터 그들을 차단하고 방어하는 것이 아니라 오히려 세상 속에 스며들고 사람들의 축하를 받고, 모두의 축하를 받으면서 교회에서 결혼식을 올리고 지역 사회와 화해하고, 그런 후에는 그나덴탈에서 주일예배를 드리고 부활절이면 포크롭스크에 들어서는 장에도 가는 것일 테다. 그럼에도 그는 자기 안에 있는 두려움을 극복하지 못했고, 끝내 창문이라는 창문은 다 닫아야 마음 편히 잠을 청할 수 있었다.

사실 그는 오래전부터 사랑하는 여인을 잃을지도 모른다는 두려움을 갖고 있었다. 바흐 스스로도 언제부터 이런 두려움이 마음속에 자리 잡았는지 알지 못했다. 하지만 매번 클라라가 사라지는 것을 상상할 때면 바흐는 온몸에 오한을 느꼈고, 근육과 몸의 마디마디에 서리가 천천히 덮이면서 몸의 감각이 마비되는 것 같은 기분이 들었다. 그럴 때면 모든 감각 중에 오한만 남았다. 이 오한은 바흐의 빈약한 몸에 작용해서 바흐는 털 조끼를 입거나 푹신한 이불을 덮고 있어도 온몸에 소름이 돋으며 땀을 흘리면서 몸을 덜덜 떨었다. 그는 이런 한기를 정말 다양한 순간에 느끼곤 했는데, 이를테면 사과 묘목을 심을 때나 망가진 울타리를 고칠 때, 볼가강에서 잉어를 낚아 올릴 때 혹은 초가집 지붕에 소금을 뿌릴 때였다. 그럴 때면 잡고 있던 묘목, 잉어, 소금 등을 던지고는 클라라를 찾으러 뛰어갔다. 얼굴에 땀을 뻘뻘 흘리며 숨을 헐떡거리면서 그녀를 찾으러 돌아다녔고, 축 늘어진 몸으로 말없이 옆에 서서 그녀를 쳐다보곤 했다. 그러면 그녀는 그런 그를 나무라지 않고 미소를 지어 보이곤 하는 것이었다. 만약 그녀의 이렇듯 차분하고 현명한 미소가 없었다면 바흐의 심장은 오랫동안 신고 다녀서 닳고 닳은 가죽 구두처럼 두려움으로 이미 오래전에 너덜너덜해졌을 것이다.

***

어느 날 밤 그는 자신이 금을 모으는 탐욕스러운 난쟁이가 된 것 같다는 생각이 들었다. 병풍을 이용해 딸을 온 세상으로부터 격리하려고 했던 우도 그림과도 같다는 생각도 들었다. 이런 생각을 하자 한참 동안 잠을 이룰 수가 없었다 옆에 누운 클라라의 숨소리가 깊고 느리게 움직일 때 그는 침대에서 미끄러져 내려와서 옷을 집어 들고 쌀쌀한 집 밖으로 나왔다. 혼자서 무작정 그나덴탈에 갔다 오기로 결심했다. 둘이서 클라라 아버지의 영지에 산 지도 1년이 흘렀고, 슬슬 세상 밖으로 나가서 변한 것이 있는지 확인하고 싶은 마음도 있었다. 단 하루라도 좋으니 클라라를 그곳에 데리고 가보고 싶기도 했다.

그는 환한 달빛과 별빛 아래에서 한참 만에 볼가강을 건넜는데, 있을 수 없는 일이지만 강이 더 넓어진 것 같다는 생각을 했다. 추운 겨울에 꽁꽁 얼어붙은 볼가강에 만들어진 썰매 길도 발견했는데, 올해는 이미 많은 사람이 썰매를 타서 길이 잘 들었고, 강의 위아래 양쪽으로 적지 않은 썰매가 지나간 것 같았다.

스노슈*에 영혼이 있는 것처럼 발이 저절로 움직였고, 바흐는 곧 눈앞에 나타날 그나덴탈 쪽만 응시했다. 그의 앞에 식민지 전체가 한눈에 펼쳐져, 외곽에 있는 첫 번째 집부터 마지막 집까지 다 보였다. 식민지는 종루의 시커멓고 기다란 기둥 뒤 하늘 아래 걸려 있었다. 집들은 어두컴컴했고 모두들 자는지 조용했다. 가축우리도 정원도 잠들어 있었는데, 집 안에 있는 양초의 파란 연기만이 굴뚝 밖으로 보일 듯 말 듯 선회하면서 어딘가 오른쪽으로 날아갔다. 마치 기울어진 거울 속에 맺힌 왜곡된 상과 같았다. 잠에 취한 듯한 이 그림은 낯익고 익숙했는데, 연기가 나는 기둥

---

* 눈이 많은 고장의 주민들이 겨울철에 신발 바닥에 덧대어 신는 물건.

은 평소보다 훨씬 줄었으며, 무슨 영문인지 난방을 때지 않는 집들이 꽤 있었다. 바흐는 스노슈를 벗고 선착장 근처 눈 더미 속에 숨기고는 잠든 마을로 들어갔다.

나무 담장은 고르게 서 있었고 벽면이 하얀 건물의 정면은 깨끗했으며 창문틀과 문틀이 여전히 예쁘게 장식돼 있는 등 모든 것이 그가 어렸을 때 봤던 그대로였다. 중앙 거리에 있는 제분업자 바그녀의 궁전 같은 커다란 집이(사라토프에서 만든 도색된 벽돌로 지었는데, 싸구려 건초 벽돌이 아니라 공장에서 제작된 비싼 벽돌로 만든 것이며, 지붕은 너와 판으로 되어 있었고 특이했다) 평소와는 달라 보였는데, 창문 유리가 모두 깨져 있었고 깨진 틈 사이사이는 검은 별처럼 보였다. 바흐는 좀 더 가까이 다가가보았다. 정원을 둘렀던 담장이 사라졌고 아로니아 관목이 짓밟혀 있었다. 뜯겨진 담쟁이덩굴의 가지들은 끝과 끝이 엉킨 채 벽 위에 붙어 있었다. 현관의 무쇠 난간은 회색빛 층으로 덮여 있었는데, 곰팡이가 아니라 서리가 끼어 있는 것이었다. 살짝 열린 문 사이로는 이미 눈이 들이쳐서 쌓여 있었다.

바흐는 바닥 여기저기에 깔린 유리 조각을 밟으며 텅 빈 집 안을 돌아다녔다. 이곳에 여러 번 왔었기 때문에 집 안 내부를 잘 기억하고 있었는데, 이제 그가 기억하고 있는 것 중에 남아 있는 것이 많지 않았다. 앙상한 벽의 벽지는 다 일어나서 딱딱해졌으며(그나덴탈의 다른 집에는 벽지가 없었기 때문에 이곳 주민들은

"벽에 그려진 그림"을 감상하기 위해 바그너의 집을 찾곤 했다) 마룻바닥을 이루던 나무판자도 뜯겨 나가고 없었고 카펫과 가구도 사라지고 없었다. 커다란 하모늄*은 어떤 익살꾼이 세로로 세워놓아 곰보 자국 가득한 입을 벌리고 있었다. 발밑에는 사진과 유리 조각들, 깨진 그릇 조각들, 새의 깃털들과 주인이 애지중지하던 석고상의 깨진 조각들이 널브러져 있었다. 바흐는 사진 하나를 들고 사진에 붙은 얼음을 가볍게 털어냈는데, 사진 속에서 바그너의 어머니를 발견했다. 쓰레기 더미에서 석고로 된 손도 발견했다. 여성의 고운 새끼손가락이 애교를 부리듯 한쪽 끝을 향했는데, 보통 사람 손 크기와 동일했다. 그는 그 손을 집어서 창가에 놓았다. 벽난로 몇 개를 들여다보았는데, 난로는 스비야시**식 타일로 덮였고 앞쪽에 성에가 잔뜩 끼어 있었다.

그는 거리로 나갔다. 집집마다 현관문이 활짝 열려 있었다. 밭가는 기계, 가축에게 찍는 낙인, 삽, 낫, 물지게, 루벨***, 전등, 채칼, 수박 잼을 만들 때 쓰던 냄비, 버터 만드는 기계, 곡식 빻는 기계, 고기 가는 기계 등은 물론이거니와 집 안에 박힌 못 하나까지도 사라지고 없었다. 정원의 나무들은 부러져 있고, 실외에 설치된

---

* 작은 오르간 같은 악기.

** 러시아에 있는 마을 이름.

*** 옛날 러시아에서 빨래를 하고 나서 주름을 펴던 나무판.

페치카는 마치 어떤 악한 거인이 이곳에서 난동을 부린 것처럼 뜯겨져서 망가져 있었다.

그날 밤 바흐는 그나덴탈에 있는 집 다섯 채를 더 봤다. 모두 하나같이 조용하고 텅 비어 폐허가 돼 있었고 성에가 끼었으며 얼음이 단단히 얼어 있었다. 그는 소리 없는 그림자처럼 집 안을 돌아다녔고 환한 달빛 아래에서 생기 없는 고요를 자세히 들여다봤다. 도대체 누가 집주인들을 집 밖으로 내몰고 집을 폐허로 만들었단 말인가? 이 일을 행한 범죄자들은 마땅한 벌을 받았는가? 집주인들은 어디로 갔단 말인가? 집 안에 있던 모든 집기와 기르던 가축은 다 어디로 갔단 말인가? 이해는 볼가강 뒤쪽 작은 식민지에 살던 사람들에게서 어찌도 이리 잔인하게 가장 소중한 것과 풍족한 재산을 앗아 갔단 말인가?

이해를 '폐허가 된 집들의 해'라고 부르기로 하고 바흐는 새벽에 서둘러 자기 집으로 돌아갔다. 걱정할까 봐 클라라에게는 아무 말도 하지 않았다. 세상에 일어나는 일들이 수상해서 세상 속에 발을 디디는 것이 겁이 났다.

***

바흐의 생각은 이번에도 옳았다. 반년이 채 지나지 않아서, 볼가강의 왼편에 있는 스텝 지역이 열정적인 튤립과 양귀비꽃 색깔로 막 변하고 투명한 하늘이 가장 멀리 떨어진 행성들과 별들까지 활짝 문을 열어놓았을 때, 바로 이 스텝 지역을 낯선 이들의 발자국이 어지럽히고 하늘은 쇳덩어리 새들이 어지럽혔던 것이다. 이따금 사람들은 서로 충돌하기도 하고 그들이 만나는 지점에서 흰 연기가 피어오르고 붉은 먼지가 일기도 했고, 잠시 후 그들은 짓밟힌 땅 위에 불에 탄 짐마차, 무기, 시체와 말의 사체를 뿌리고는 흩어지곤 했다. 사람들의 소리는 들리지 않았고, 단지 폭발음만이 볼가강 오른편까지 들렸다. 그로부터 많은 시간이 지난 후에 하늘 위에 폭발로 인한 구름이 형성되고, 그 구름은 하늘 위에 있는 구름과 섞이는 것이었다. 비행기는 밭을 써레질이라도 할 것처럼 낮게 날기도 하고 독수리와 검독수리보다 더 높게 나는가 하면 한쪽으로 기울어서 어딘가 지평선 너머로 비명을 지르며 떨어지기도 했다.

태양 빛에 나뭇잎들의 빛이 바래고 스텝 지역의 밭이 힘겹게 갈리고 오른편 강변에는 주황색과 검붉은색 섬광이 반짝이던 때에 볼가강에 함선이 일렬로 세워졌다. 작은 전투선들이 포구를 위로 향한 채 풀 죽은 물고기 떼처럼 지친 듯 강 위를 천천히 유영하고 있었다. 그중 몇 척의 배는 옆쪽 접합 부분이 뜯어지고 물고기의 척추에 해당하는 부분이 망가져 있었다. 그 가운데 한 척은 그나덴탈에 있는 선착장에 정박한 후 수리를 했다. 하지만 가시 돋친 또 다른 한 척은 그나덴탈 맞은편에서 빠르고 조용히 물속으로 가라앉았다.

바흐와 클라라는 이 모습을 절벽에서 지켜봤다. 그들은 무슨 일이 일어나고 있는 건지 이해하지 못했다. 전쟁 중인지도 몰랐다. 어쩌면 그나덴탈인들은 자신들이 심은 밀의 소량만을 수확한 건지도 몰랐다. 이전까지 러시아제국이 벌써 몇 년째 독일과 전쟁을 치르고 있는 갈리치아*와 폴란드로 징병을 했듯이 이번에도 모든 남자들이 전쟁에 동원되었다면 그마저도 수확을 못 했을 수도 있었다. 어쩌면 먼 곳에서 벌어지고 있는 전쟁이 국경을 넘어서 남쪽의 스텝 지역과 칼미크 공화국**의 평원을 따라 확산되다가 평온한 볼가강 유역까지 퍼진 건지도 모를 일이었다……. 끔찍한 상상이 꼬리에 꼬리를 물었다. 클라라는 사람들의 눈을 피해 살고 있는, 숲으로 둘러싸인 자신들의 영지가 발견되지 않게 해달라고 틈만 나면 기도했다. 그 순간 그녀는 하느님이 그들에게 아이를 주지 않은 것은 끔찍한 전쟁으로부터 그들을 보호하기 위함이며 전쟁이 끝난 후에는 반드시 임신을 할 수 있을 것 같다는 확신이 들었다. 바흐 역시 그녀의 생각을 애써 부정하지 않았다.

전쟁은 그 후로도 반년을 더 끌었다. 그해에 소리조차 들리지 않는 먼 곳에서 많은 사람들이 죽고 기계들이 파괴되고 뭔가 야

---

*   동유럽 북부, 우크라이나 북서부에서 폴란드 남동부에 걸친 지방.
**   러시아 내에 있는 공화국.

만적인 일이 일어났기 때문에 바흐는 그해를 '광기의 해'라고 불렀다.

***

이듬해 가을이 끝나갈 무렵 인적이 드물어지더니 흔적도 없이 사라져버렸다. 11월이 되자 단단한 전투선들이 떠 있는 물은 얼음으로 뒤덮였다. 철로 만든 물고기와 철로 만든 새는 서로를 공격하지도 않고 잡아먹으려고 달려들지도 않았고, 각자 집으로 돌아가지도 않은 채 그대로 강물 속에 갇혀버렸다. 볼가강 위에도 눈이 내렸고, 강 위의 하늘은 고요하고 맑았다. 그해엔 크리스마스조차 조용히 지나갔는데, 술에 취해 흥거운 젊은이들을 잔뜩 태우고 얼음 위를 내달리는 화려한 트로이카***도 없었고, 옆 마을에 사는 친척을 방문하려고 나온 식민지 사람들을 태운 질서정연한 마차의 행렬도 보이지 않았다. 이렇듯 고요한 어느 날 밤 바흐는 또다시 그나덴탈에 가기로 결심했다. 내키지는 않았지만, 이 무렵에 임신을 간절히 원하며 시도 때도 없이 기도하느라 살도 빠지고 창백해져서 젊고 생기발랄한 아가씨의 모습은 온데간데없이 얼음처럼 창백한 처녀로 변해버린 클라라를 위해서라도

*** 러시아의 전통 교통수단으로, 말 세 필이 끄는 썰매.

가야겠다고 결심한 것이었다. 어쩌면 세상의 광기가 조금이나마 잦아들어서 클라라와 함께 교회에서 결혼식도 올리고 그토록 원하던 사람들과 만날 수 있을지도 모를 일이었다. 그나덴탈에 가면 어쩌면 아이 생각으로부터 잠시 벗어날 수 있을지도 몰랐다.

눈이 끈적끈적했는지 혹은 눈이 지나치게 많이 왔는지, 그것도 아니면 바흐의 몸이 약해진 건지 지난번보다 강을 건너는 데에 더 많은 시간이 걸렸다. 달빛은 설탕을 녹여 만든 갈색 시럽처럼 창백하고 불투명했고, 하늘은 어둡고 별 하나 보이지 않았다. 그나덴탈의 집들은 지평선 위에서 커피 찌꺼기 더미처럼 다닥다닥 붙어 있었다. 이번에도 지붕에서 나온 연기 기둥이 하늘 위로 치솟는가 싶더니 사라지는 것 같다는 생각이 들었다.

겉으로만 봐도 집들의 상태는 예전만 못했고 지저분해 보였다. 대문 한 짝은 옆으로 기울었고 창틀을 장식하던 조각은 떨어져 나갔으며 벽돌 담장의 표면은 울퉁불퉁했다. 깨진 창문은 나무 판자를 못질해서 막아놓았고 빈틈마다 걸레로 막았다. 정면에서 보면 마치 각막에 낀 얼룩처럼 보였고, 온통 갈라져서 벗겨진 하얀 칠이 바람에 나풀대고 있었다. 그가 지내던 영지에서는 양초나 홰 끝에 불을 붙여서 밝혔기 때문에 불을 붙인다 해도 내부는 어두침침했다. 어둠에 익숙한 눈으로 주위를 자세히 둘러본 후에 그는 이곳의 변화가 세월의 흐름에 기인한 것이 아니라 전쟁의 상흔에 기인한 것임을 깨달았다. 창문과 담장 여기저기에 총알과

포탄으로 파괴된 흔적이 있었기 때문이었다.

폐허가 된 집이 전에 비해 더 늘지는 않았지만, 문과 덧창에 나무판자를 덧대어 못질하고 대문을 굳게 닫고 지붕과 집의 초석에 눈이 수북이 쌓인 집은 더 늘었다. 바그녀의 궁전 같은 집은 완전히 폐허가 되어서 벽돌 뼈대만 앙상하게 남았고 창문도 문도 없었으며 지붕 위에는 기와 한 장도 남아 있지 않았다. 현관 난간을 감싸듯 감고 있는 무쇠 꽃만이 화려했던 집의 과거를 상기시켜줄 뿐이었다.

바흐는 그나덴탈의 중심 거리를 따라 걸으면서 이 거리가 식민지 사람들 200명이 아니라 수천 명의 사람들과 가축을 썰매로 실어 날라도 끄떡없을 만큼 넓고 견고함을 보고 놀랐다. 시장이 있는 광장으로 나오면서 그는 길이 지저분해졌고 발밑에 있는 얼음도 검은빛을 띠는 것을 발견했다.

주위를 둘러봤다. 여름이면 그나덴탈 여자들이 나지막한 탁자들에 온갖 종류의 음식을 펼쳐놓고 팔았고, 겨울이면 아이들이 이곳에 나와서 놀았는데, 이제는 텅 비어 있었다. 광장 중앙을 차지하는 튼튼한 느릅나무 세 그루 사이에는 하늘에 닿을 듯 높고 튼튼하고 굵은 평행봉들이 거대한 삼각형을 이루며 세워져 있었다. 평행봉에는 처음부터 끝까지 군데군데 쇠 갈고리가 달려 있었는데, 그중 몇 개에는 얼음으로 뒤덮인 밧줄 조각들이 아직까지도 매달려 있었다. 교수대인가?

평행봉 아래 쌓인 눈은 누군가 잉크를 양동이째 들이부은 것처럼 시커멨다. 윗부분이 잘려 나간 커다란 통나무 역시 시커먼 얼음으로 뒤덮여서 사방에 흩어져 있었다. 한 느릅나무 가지에는 누군가 두고 간 칼이 꽂혀 있었다. 또 눈 위 어딘가에는 소똥인 듯한 어두운 갈색 물질이 잉크 자국처럼 흩뿌려져 있었다. 아니, 평행봉은 교수대가 아니라 도축장이었다.

바흐는 과거의 상황을 재현하려고 노력하면서 광장을 따라 천천히 걸었다. 통나무 우물은 마치 수많은 개미로 뒤덮인 나무 그루터기처럼 얼음으로 잔뜩 뒤덮였고 얼음에는 수백 개의 소 발굽 자국이 있었기 때문에, 그는 먼저 가축을 우물가로 끌고 간 후에 물을 뿌려서 가축에 묻은 먼지를 털어냈을 것으로 추측했다.

그런 다음에는 나무 쪽으로 가축을 끌고 가서 귀에 총을 쏴서 죽였을 것이다. 공기 중에 산화되어서 시커멓게 변한 탄피가 눈 속에 얼어붙어 있었다. 하지만 총을 썼다는 점이 이상했다. 보통은 힘 좋은 수소라 할지라도 단단한 해머로 머리를 내리치는 것만으로도 의식을 잃기 마련이고, 경험 많은 도축업자라면 몇 초 만에 가축의 동맥을 찾아서 끊어버렸을 테니까 말이다. 어쩌면 처음에는 그렇게 했지만 황소가 지나치게 흥분하는 돌발 상황이 발생해서 가까이 다가가는 것 자체가 위험했을 수 있다. 혹은 경험 많은 도축업자들이 도축 자체를 거부했고(피곤하다는 등의 이유로), 그래서 가축을 마치 전쟁터에 있는 적을 대하듯 머리에 총을 쏴서 죽였을 수도 있었다.

　가축을 죽인 후에는 목을 가르고, 피를 빼기 위해 느릅나무 사이 군데군데 세워진 평행봉 위에 걸어뒀을 것이다. 흐르는 피를 모아서 소시지를 만들 수도 있었을 텐데 평행봉 아래에 커다란 나무 대야나 양동이를 놓지 않은 것이 이상했다. 어쩌면 그 아래에 그릇을 놓았지만 그릇이 작아서 피가 눈 위에 바로 떨어졌을 수도 있었다. 혹은 급한 나머지 소시지 따위는 안중에도 없었을 수도 있었다. 바흐는 몸을 숙여서 발밑에 있는 얼음 조각을 잘라 보았다. 겉은 검붉은색이고, 얼음을 갈라보니 선홍색을 띠었다. 광장에는 눈이 채 덮이지 못한 걸로 봐서 이 이상한 도축 행위는 얼마 전에 있었던 것이 틀림없었다. 바로 여기에서 피를 뺀 고깃덩어리를 평행봉에서 끌어내서는 급하게 만든 지지대에 놓고 가죽을 벗겼을 것이다. 그리고 바로 내장을 꺼냈으리라. 그런 다음 통나무 위에 놓고 조각을 냈으리라. 소의 내장 조각과 발굽 조각이 군데군데 흩어져 있고 얼어붙어서 뭉쳐진 꼬리들과 강제로 뽑힌 소 이빨들이 흩어져 있는 정황으로 봤을 때, 뭔가에 쫓기듯 일을 했다는 것을 알 수 있었다. 그러니 고기를 말리기 위해서 다시 신선한 고깃덩어리를 널었을 가능성은 낮아 보였다. 바흐는 이빨 하나를 골라서 살펴봤는데, 누렇고 단단하며 윗부분이 많이 갈리지 않은 걸로 봐서 어린 암소나 생후 1년 된 황소일 것 같았다.

여러 조각으로 자른 고깃덩어리는 썰매에 싣고 볼가강 옆에 난 큰길 쪽으로 날랐을 것이다. 썰매가 지나간 자리가 넓고 여러 대의 썰매가 지나간 흔적이 있으며, 그 자리에는 얼음이 바위처럼 얼어 있고 얼음 위에는 핏자국이 흩뿌려져 있었다. 이걸로 미루어 짐작건대 도축을 하자마자 고기를 실어 날랐고, 싣고 가는 중에 고깃덩어리가 얼면서 서로 달라붙었을 것이다. 그 길을 따라서 왼쪽으로 가면 추크, 바젤, 글라루스*가 나오고, 오른쪽으로 가면 사라토프와 아주 가까운 포크롭스크가 나오는데, 오른쪽으로 갔을 가능성이 더 커 보였다. 길옆에서 바흐는 고기 냄새를 맡고 달려들었을 개 몇 마리의 사체도 발견했는데, 총에 맞은 것 같았다.

머릿속에서 의문이 꼬리에 꼬리를 물었다. 바흐는 하나라도 납득이 가는 설명을 찾아내려고 노력했지만 모든 의문은 또 다른 의문을 낳았고 그 의문 뒤에는 또 다른 추측이 꼬리를 물었으며 생각을 하면 할수록 점점 더 허황되고 황당무계해졌다.

도대체 한꺼번에 소 몇 마리를 잡은 걸까? 몇백 마리? 아니면 천 마리? 그가 기억하는 한 그나덴탈에서는 그렇게 많은 소를 단 한 번도 키운 적이 없었다. 그렇다면 근처 식민지 마을에서 소를 더 데려왔다는 말이 된다.

---

* 스위스의 지명들.

도대체 누가 한꺼번에 이렇게 많은 양의 소고기를 필요로 했단 말인가? 아무리 먹어도 배가 부르지 않는 거인이라도 있었단 말인가? 그렇다 하더라도 그 많은 양을 따뜻한 봄이 오기 전에 다 먹어치울 수 있단 말인가?

만약 그나덴탈 주민들이 사실상 거의 모든 소를 누군가에게 한꺼번에 판다고 해도 이건 거의 자살 행위나 다름없었다. 어쩌면 그 많은 소를 자발적으로 판 것이 아니라 누군가의 강요에 못 이겨 내놓은 것일까? 도대체 누가 애지중지 키운 거세한 수소나 젖소를 그렇게 잔인한 죽음으로 내몰도록 농부에게 강요했단 말인가?

왜 하필 그나덴탈에서 도축을 하기로 한 걸까? 어쩌면 소들이 걸을 힘이 없어서 그랬을 수도 있다. 혹은 소에게 줄 사료가 떨어졌을 수도 있다. 그렇다면 그 많은 소들은 어디에서 데려온 것일까? 도대체 어떤 악한 사람들이 눈도 내리고 사방이 얼음으로 뒤덮인 추운 겨울에 소 떼를, 그것도 대부분 새끼를 밴 젖소들을 데리고 이동한 걸까? 여분의 사료도 준비하지 않고 말이다.

바흐는 해답을 찾지 못했다.

느릅나무들이 이루는 삼각형의 가운데에 어떤 시커먼 바윗덩어리 같은 것이 보였다. 멀리서 봤을 때는 얼어붙은 내장 같았다. 가까이 다가가 쪼그리고 앉아서 잡아당기다가 넘어졌고, 이내 뒷걸음질을 쳤다. 속이 메스껍더니 무언가가 이빨까지 올라와서는 위 속에 있던 것을 눈 위에 게워냈다.

미처 태어나지 못한 송아지였다. 도축할 때 어미 배 속에서 꺼내서 따로 던져놓았던 것 같은데, 다른 고기와 같이 썰매에 실을지 불필요한 다른 내장과 같이 둘지 정하지 못한 채 이대로 두고 떠난 것 같았다. 그들이 고민하는 동안 머리는 비정상적으로 크고 귀도 미처 다 자라지 못하고 가느다란 종아리를 벌리고 있고 분홍색 가죽 밑에는 파란 정맥이 흩어져 있고 가느다란 갈비뼈를 갖고 있고 눈은 검고 커다랗고 입술은 거의 인간의 입술과 흡사한 송아지 사체는 꽁꽁 얼어서 커다란 덩어리를 이루었던 것이다. 이렇게 크고 딱딱한 덩어리는 쇠 지렛대로 두드려도 깨지지 않을 것이다. 봄이 되면 녹겠거니 하고 이대로 두고 간 것이리라.

바흐는 일어나서 광장으로부터, 거리로부터, 그나덴탈로부터 벗어나기 위해 서둘렀다. 아니, 이곳에 클라라를 데리고 올 수는 없었다. 클라라뿐만 아니라 바흐 자신도 이런 곳에 오고 싶지는 않았다. 그래서 바흐는 이해를 '미처 태어나지 못한 송아지들의 해'라고 정하기로 했다.

그는 봄에 눈과 얼음이 녹아서 수면이 상승했을 때 파도에 휩쓸려 온, 짧은 다리와 커다란 머리에 작은 귀가 달린 송아지들의 사체들을 또다시 보게 되었다. 반대편 강변에서 떠내려왔을 리는 없고 근처 러시아 식민지로부터 강 상류로 올라온 것인데, 날이 따뜻해지자 얼어붙었던 송아지 사체들을 힘들게 땅에 파묻는 대신 강물에 던지는 방법을 택한 것이다. 다음 날 바흐는 사체를 다시 강물에 던질 요량으로 사체가 있던 자리에 가보았지만, 밤새 볼가강이 사체를 삼켜버려서 더는 보이지 않았다.

***

1년 내내 바흐는 영지 밖으로 나올 이유가 없어서 나가지 않았다. 이따금 저녁 무렵에 절벽 위에 서서 그나덴탈을 바라볼 뿐이었다. 굴뚝에서는 연기가 나오지 않았는데, 바흐의 시력이 해를 거듭할수록 나빠진 것인지, 아니면 정말로 연기가 나오지 않았기 때문에 못 본 것인지는 알 수 없었다. 클라라는 더 이상 강가에 가지 않았다. 아기를 갖겠다는 희망도 함께 버렸다. 바흐는 밤에 바람 쐬러 다녀온 이야기를 클라라에게 했고, 그녀는 그의 이야기를 끝까지 듣고는 들릴 듯 말 듯 작게 한숨을 쉬더니 그때부터는 오래도록 기도하는 모습도 더는 보이지 않았다.

최근 들어서 클라라는 키도 더 작아지고 몸도 더 왜소해진 것이 몸이 녹는 것 같다는 생각이 들 정도였다. 손목도 가늘어져서 나뭇가지 같았고, 손가락은 나래새 줄기를 연상할 정도로 얇아졌다. 뒤에서 보면 어린 소녀 같았다. 하지만 이렇게 가녀린 몸에 지칠 줄 모르는 근면함과 돌과 같은 침착함과 자기 자신의 불임조차 담담하게 받아들이는 용기가 있었는데, 바흐는 이 점이 의아했다. 딱 한 번 우연히, 늘 침착하던 클라라가 이성을 잃는 모습을 본 적이 있긴 했다. 그녀는 정원에 있는 사과나무의 가지를 치고 있었다. 평소보다 일찍 강가에서 돌아온 바흐는 군데군데 심긴 나무를 피해서 클라라 쪽으로 다가갔지만, 바람이 심하게 불어서 클라라는 그의 발소리를 못 들은 것 같았다. 클라라는 빠르고 정확하게 가위로 가지치기를 한 후에 갑자기 가위를 땅에 떨어뜨리더니 한 손으로 나무줄기를 잡고 그렇게 30초쯤 서 있다가 다른 한 손으로 주먹을 쥐고는 자기 배를 내리치기 시작했다. 무표정한 얼굴로 실눈을 떴는데, 아파서 그랬는지 창피해서 그랬는지는 알 수 없었다. 그렇게 꽤 오랫동안 실성한 사람처럼 자기 배를 내리쳤다. 그녀가 자기 배를 내리치는 동안 바흐는 나무 뒤에 몸을 숨기고는 너무 놀라서 그녀에게로 달려가야 할지 그녀로부터 도망쳐야 할지를 모른 채 서 있었다. 얼마간 시간이 지나자 그녀는 주먹을 펴고 가위를 집어 들고는 또다시 하던 일을 계속했다. 그는 정원을 벗어난 후로도 한참 동안 진정하지 못했다. 하지만 그 후로는 더 이상 그녀의 그런 모습을 보지 못했다. 여름이 되었을 때 한 번 클라라가 가지에서 특별히 더 큰 사과 하나를 따서는 바구니에 넣기 전에 마치 이건 열매가 아니라 부드러운 아이의 머리라도 되는 것처럼 은밀히 쓰다듬는 모습을 본 적이 있을 뿐이었다.

이듬해 겨울에는 얼어붙은 새하얀 볼가강 위로 썰매가 다니지

않았고, 강은 텅 비어 늑대 발자국만 어지럽게 나 있었다. 그 위로
는 새하얀 구름이 이불처럼 걸려 있었다. 하지만 가끔 눈이 부시
도록 하얀 강 위로 검은 점이 하나둘 생길 때가 있었는데, 이것은
여행자들이 남긴 발자국이었다. 그들이 어디에서 온 건지 알 수
는 없었지만 발자국으로 보아 걸음걸이는 느린 것 같았고 목적도
없이 걷는 것 같았다. 서로를 향해 접근하던 두 사람의 길은 가까
워질 법도 하지만 서로의 모습을 못 본 것처럼 만나지 않았고 옆
을 천천히 스쳐 지나쳤다.

　겨울이면 식민지 주민들은 보통 집에 있거나 어딜 나갈 경우
에는 말이나 짐마차를 탔는데, 이제는 끝도 없이 펼쳐진 얼어붙
은 강 위로 하루가 멀다 하고 걸어가는 사람을 발견하곤 했다. 처
음에 바흐는 도대체 왜 그들이 옷도 제대로 갖춰 입지 않고 따뜻
한 집을 등지고 눈구덩이를 지나서 먼 곳으로 떠나는지 이해할
수 없었다. 하지만 얼마 후 그들이 먹을 것을 찾아서 떠난다는 것
을 깨달았다. 그중 일부는 손발이 너무 말라서 그들이 걸친 누더
기와 겉돌았고 가느다란 지팡이를 연상시켰으며 얼굴은 슬픈 표
정을 한 탈을 연상시켰다. 넋이 나가버린 사람도 있는 것 같았다.
그나덴탈을 지나면서 눈 속에 넘어져서는 더 이상 일어나지 못하
는 이들도 있었다. 혹 바흐가 그들을 발견하면 그는 스노슈를 신
고 썰매와 망치를 갖고 어렵게 강을 건너갔다. 두 시간쯤 후면 목
적지에 도달했지만 그때쯤이면 그가 본 사람은 이미 숨이 끊어져

있었다. 바흐는 그를 썰매에 싣고 가장 가까운 얼음 구멍으로 끌고 갔다. 그러고는 망치로 얼음을 깨고 짧게 기도문을 외우고 이미 경직이 시작된 시체를 볼가강 안으로 밀어 넣었다. 처음에 바흐는 신앙도 거의 없는 자신이 망자를 위해 기도문을 외우는 것이 옳은 일인지 확신이 서지 않았다. 하지만 결국 망자들이 살아 있었다 하더라도 그가 그들을 위해 기도해주는 것을 싫어하지는 않았으리라 생각하고 기도하는 쪽을 택했다. 사실 그가 망설인 또 다른 이유는 망자의 종교를 알 수 없었기 때문이기도 했다. 그는 망자가 가톨릭 신자이든 정교회 신자이든 이슬람 교도이든 루터파 기독교도인 자기라도 기도를 해주는 편이 낫다고 생각하고 그들을 위해 기독교식으로 기도를 해주었다. 그는 죽은 이가 타타르인이든 키르기스인이든 인종을 가리지 않고 그들을 위해 기도해주었다. 그들에게 먹을 것을 줄 수는 없었지만, 시체가 늑대의 먹이가 되지 않도록 묻어줄 수는 있었다. 그가 얼마나 많은 사람의 시체를 거둬줬는지 세어보지는 않았다. 바흐는 이 무시무시한 해를 '굶주린 자들의 해'라고 불렀다.

바흐는 이보다 더 끔찍한 일은 없다고 생각했다. 하지만 이후에 그는 이보다 더 끔찍한 일이 있을 수도 있다는 사실을 알게 된다. 1년 후에 집안 어른들이 사라지자 얼어붙은 볼가강 위로 아이들이 건너갔기 때문이다. 아이들의 얼굴은 노인처럼 쭈글쭈글했고 눈동자는 짐승처럼 어두웠다. 치아는 괴혈병으로 시커멨고 뒤통수는 각종 상처로 뒤덮인 개의 가죽처럼 형편없었으며 양팔은 너무 앙상한 나머지 새의 발을 연상시켰다. 바흐는 하루에 세 명 꼴로 아이들을 묻어줬다. 그러고는 이제 강가에 가지 않기로 결심했는데, '죽은 아이들의 해'에 더는 절벽에서 그들을 지켜볼 자신이 없었기 때문이었다. 그는 집에 와서 오리털 이불을 덮고 누워서 눈을 감고 봄이 오길 기다렸다.

6

갑자기 천둥소리처럼 강하고 큰 소리가 들렸다.

바흐는 이불을 걷어차고 침대 위에 앉았다. 아직 눈이 채 녹지
도 않은 4월 초에 뇌우라니 있을 수 없는 일이었다. 그는 고개를
내젓고는 주위를 둘러봤다. 추운 새벽의 어스름만 있을 뿐이었
다. 닫힌 덧창 사이로 난 틈으로 새벽빛이 희미하게 들어왔다. 잘
못 들었을 수도 있었다. 그의 옆에서 잠에서 덜 깬 클라라가 몸을
뒤척였다.

하지만 또다시 큰 소리가 들렸다. 더 정확히는 누군가 집요하
게 오랫동안 현관문과 부엌 창문을 두드리는 소리였다. 어찌나
세게 두드리는지 침실에서도 그 소리가 정확히 들릴 정도였다.

클라라가 자리에서 벌떡 일어나서는 들릴 듯 말 듯 한 목소리
로 외마디 비명을 질렀다. 바흐는 어둠 속에서 그녀의 손을 찾아

서 조용히 하라는 뜻으로 손을 꼭 잡았다. 불청객들이 잠시 소란을 피우다가 아무 일 없이 지나갈 수도 있는 일이었다. 물론 그럴 가능성이 낮아 보이긴 했지만 말이다.

밖에서 누군가 문을 세게 내리치는 소리가 들렸고, 그런 후에는 누군가 덧창의 빗장을 망가뜨리고 창문을 깼기 때문에 유리가 깨지는 소리가 들렸다.

"이봐, 여기 아무도 없수?" 이렇게 말하는 사내의 목소리에는 건방이 묻어났다. 사내는 러시아어로 물어봤는데, 인접한 시골마을 사람들처럼 침착하지 않고 마치 무언가에 쫓기는 듯 조급하게 들렸다.

"도대체 어딜 간 거야? 굴뚝에서 연기도 많이 나는데 말이야." 두 번째 사내가 조용히 명령조로 말했다.

침실 문이 조금 열려 있어서 바흐는 그들이 하는 말을 모두 빠짐없이 들었다. 그가 아는 단어를 모두 다 사용한다 해도 그들이 하는 말을 전부 다 이해하기는 힘들었지만, 사내들이 위험하다는 것을 직감했는데, 그들이 하는 말 속에서 집주인들을 협박하고 있다는 실마리들을 조합했고, 그와 클라라가 위험에 처했다는 사실을 깨달았다.

불청객들이 다시 한번 세게 내리치자 창틀이 깨졌고, 와장창하는 소리와 함께 유리 조각이 사방으로 튀었다. 누군가 육중한 몸으로 창문을 통해 안으로 들어오면서 유리를 밟는 소리가 들렸다. 유리에 베였는지 들릴 듯 말 듯 한 작은 목소리로 욕을 했는데, 바흐는 대략적이나마 그 욕의 의미를 추측했다.

바흐는 소리 안 나게 조심해서 바닥으로 기어 내려와서 무릎을 꿇고, 겁에 질린 클라라를 자기 쪽으로 끌어당겼다. 옆에 온 그녀는 오한이 나는 듯이 빠르고 고르지 않게 숨을 쉬었다. 바흐는 어서 빨리 침대 밑에 숨으라는 뜻으로 그런 그녀의 머리를 흙바닥 쪽으로 누르고 허리를 밀쳤다. 그녀는 재빨리 먼지 가득한 틈으로 기어 들어가면서 잠옷 끝자락을 잡아당겼다. 바흐는 손으로 더듬어서 침대 위의 나머지 옷도 잡아당겨서 그녀에게 주었다. 클라라는 숨소리조차 들리지 않을 정도로 감쪽같이 숨었다.

부엌에 있는 건방진 목소리의 소유자이자 거구인 사내는 벌써 뛰어 들어와서 유리 파편이 흩어진 바닥을 부츠 발로 걸으며 빗장을 풀고 현관문을 활짝 열었다.

"앙트레(Entrez)*, 여러분! 아니면 이제 다르게 불러야 하나?"

"얌전히 있어, 바보 같으니! 집 안에 들어온 거 안 보여? 집주인이 총을 겨누고 '앙트레'를 축하하려고 할지 누가 알아?"

바흐는 어떻게 해야 할지 몰랐다. 무기로 사용할 수 있는 칼, 망치, 프라이팬을 비롯한 모든 집기는 부엌에 있었다. 그가 매일 저녁 문틀에 꽂아두는 쇠스랑 역시 부엌에 있었다. 낫, 삽, 양배추

* 프랑스어 동사 '들어오다(entrer)'의 명령형.

써는 칼은 모두 광에 있었다. 집에 총은 없었다. 침실에는 침대와 속옷을 넣어두는 서랍장과 의자 두 개밖에는 없었다.

바흐는 까치발로 창문 쪽으로 다가가 벽 쪽을 더듬어서 벽에 세워진, 크지 않은 긴 의자를 발견했다. 틸다가 한때 물레질을 할 때 앉았었고, 이젠 클라라가 저녁이면 이 의자에 앉아서 구두끈을 풀곤 했다.

그는 의자의 다리 부분을 잽싸게 잡아서는 머리 위로 살짝 들어 올려서 문 옆에 숨죽이고 서서 기다렸다가 제일 먼저 뚱뚱하고 목소리가 건방진 놈의 머리를 내리쳐서 의식을 잃게 만들기로 마음먹었다. 정수리를 내려칠 생각이었다.

돼지를 도축하던 하우프는 "뿔 달린 수소랑 돼지는 이마를 세게 쳐야 하고, 사람은 정수리를 쳐야 해"라고 입버릇처럼 말했다. 만약 운이 좋아 정수리에 맞으면 쓰러질 수도 있다. 그다음은?

"누가 또 알아, 여기 주인 남자가 아니라 방앗간 주인의 예쁜 마누라라도 있을지?" 건방진 목소리의 소유자는 거실 안을 빠르게 돌아다녔다. 난로 뚜껑을 여는 소리가 들렸고, 방 안에 있는 양초에 불을 붙였는지 방 밑에 있는 좁은 틈 사이로 노란색 불빛이 새어 들어왔다.

"이보게들! 얇은 레이스로 만든 머릿수건에, 깨끗한 분홍색 손톱에서는 반짝반짝 윤이 날 거라고. 양 볼에 있는 보조개는 또 어떻고. 살냄새는 또 어쩌고……. 콘쿠린*의 작은 가게에서 한 병에 1루블**20코페이카를 주고 산 라벤더수를 뿌렸을 거야."

"어디서 그런 저속한 상상을, 끔찍하군!" 이번에도 한 사내가 명령조로 말했다. "시끄러워, 집이나 뒤져봐. 널 데리고 있었던 연대장이 불쌍하다……. 이봐, 넌 왜 그러고 있어! 궤짝이랑 지하실, 다락방을 샅샅이 뒤져. 먹을 것, 성냥, 무기를 찾아와. 어서!"

그렇다면 총 세 명이란 뜻이었다. 불청객이 왜 이리도 많단 말인가?

누군가 부츠 발로 문에 발길질을 했고, 문이 갑자기 열렸다. 그 순간 누군가 바흐의 얼굴을 세게 때린 것 같은 기분이 들었지만 그건 그의 착각이었고 희미한 불빛이 그의 얼굴에 닿은 것뿐이었다. 바흐는 숨조차 쉴 틈도 없이 양팔을 벌린 채로 긴 의자를 들고서 그대로 굳어버렸다.

광대뼈까지 수염이 무성하게 자라고, 견장을 비롯한 여러 가지 표지들이 닳은, 색 바래고 지저분한 군용 외투를 입은 사람이 거실에서 바흐를 쳐다보고 있었다. 광기가 서린, 작게 뜬 눈에서는 살의가 느껴졌으며, 너덜너덜한 모피 모자를 쓰고 뻔뻔하게 바흐를 응시하고 있었다. 바흐는 그가 바로 건방진 목소리의 소유자

---

*   러시아인 상인의 이름.

**   러시아의 화폐 단위로, 1루블은 100코페이카.

라는 것을 단번에 알았다. 한 손에는 불붙인 양초를 들고 있었고, 다른 한 손으로는 회전식 연발 권총을 쥐고 있었다.

***

"의자 내려놔." 그는 총구로 의자를 가리키면서 말했다. 바흐는 '내려놓지 않겠다'는 뜻으로 천천히 고개를 저었다. 하지만 그의 의지와 달리 너무 긴장해서 벌벌 떨던 그의 양팔은 마치 커다란 책상이나 무거운 서랍장을 들고 있기라도 했던 것처럼 저절로 팔꿈치를 접었고 원래 자리에 정확히 의자를 내려놓았다. 상대는 만족한다는 듯 고개를 끄덕였다.

"이제 거기에 앉아." 그는 또다시 총구로 의자를 가리키면서 말했다. 바흐는 계속 서 있으려고 뒤꿈치를 바닥에 대고 버텼지만 검은 총구의 느긋한 동작에 위협을 받은 그의 다리가 저절로 접혔고 저항하듯 가늘게 떨더니 이내 바흐를 의자에 앉혔다. 그 순간 갑자기 자신이 따뜻한 방 안에 있는 것이 아니라 볼가강 가에 있는 어느 절벽 위에 있는 것처럼 심한 오한을 느꼈다. 그는 몸을 떨지 않기 위해 양팔로 자기 자신을 끌어안았다.

"이보게들, 인사해! 여기 인심 좋은 주인 양반과 인사들 하지! 겉으로 보기엔 인상이 안 좋지만, 막상 얘기를 하면 사람이 괜찮을 것 같아!" 건방진 목소리의 주인공은 여전히 바흐를 향해 총을 겨눈 채 일행에게 소리 질렀다.

불청객은 총 세 명이었다. 목소리가 건방진 사내 외에도 건장한 체구의 남자가 한 명 더 있었는데, 얼굴이 크고 칼미크 공화국 사람처럼 생겼다. 풍성한 턱수염에 옆으로 길게 찢어진 눈은 퉁퉁 부은 눈꺼풀 밑에 숨겨져 있었고, 코는 길이가 너무 짧아서 박쥐와 야생 고양이 중간쯤 돼 보였다. 그들과 함께 열네 살쯤 돼 보이는 사내아이도 있었다. 이마가 톡 튀어나왔고 눈은 밝은색을 띠었으며 목울대도 톡 튀어나왔고 몸에 맞지 않는 너무 큰 누비 점퍼를 걸치고 있었다. 그들은 눈을 크게 뜨고는 바흐 주위로 모였다. 바흐는 한 사내의 손에 자기 집 쇠스랑이 들려 있고 등 뒤에 총을 숨기고 있는 것을 발견했다.

"독일 놈." 한 사내가 바흐를 쳐다보면서 일말의 망설임도 없이 말했다. "이놈은 분명 집에 쓸 만한 걸 숨겨뒀을 거야. 독일 놈들은 보통 미래를 잘 대비하니까."

"그렇다면 이 집에 한 이틀 묵어야겠네. 잠도 실컷 자고, 독일 음식도 배 터지게 먹고 말이야. 늑대처럼 맨날 숲속만 어슬렁거릴 수도 없는 거고." 건방진 목소리의 소유자가 유쾌한 상상에 젖어 침실을 돌아보면서 바닥까지 늘어진 오리털 이불을 총구로 찔러보았다.

"그렇게 해. 자네가 그 독일 음식인가 뭔가를 먹고 푹신푹신한 침대에서 늘어지게 자고 빈대 때문에 배를 긁을 때 붉은 군대 지휘관이 자넬 깨울 거야. 그때쯤이면 우리는 볼스크*를 지나 있을 테니까." 다른 사내가 쉽게 승락했다.

바흐는 고개를 벽에 기대고 눈을 살짝 옆으로 기울여서는 침대 밑에 있는 클라라의 잠옷 자락이 보이지는 않는지 확인했다. 다행히도 침대 밑에 있는 틈은 어두워서 그 밑에 있는 것이 보이지 않았다. 이를 확인한 바흐는 불청객들이 눈치채지 못하도록 곧바로 시선을 침대에서 천장으로 옮겼다.

"집을 샅샅이 뒤지라는 말 못 들었어?" 사내는 소년 쪽을 노려보며 명령했고, 그러자 상대는 어깨에 지고 있던 캔버스 천 자루를 내려놓고는 구두를 끌면서 부엌으로 서둘러 걸음을 옮겼다. "자넨 집주인이나 잘 지키고 있어. 나는 그동안 마당에 나가서 독일 놈이 모아둔 재산이나 찾아볼 테니." 이렇게 말한 후에 그는 쇠스랑을 지팡이 삼아 밖으로 나갔다.

"한 패거리란 것들이 저 모양이니. 확 죽여버려, 아님 계속 같이 다녀." 건방진 목소리의 소유자는 들릴 듯 말 듯 한 목소리로 중얼거렸다.

부엌에서 그릇, 유리, 냄비 뚜껑 부딪히는 소리가 들렸는데, 소년이 부엌에서 쓸 만한 물건을 찾느라 내는 소리였다.

건방진 목소리의 소유자는 여전히 바흐 쪽으로 총구를 겨눈 채

---

* 볼가강 오른쪽에 위치한 러시아 도시.

서랍장 위에 양초를 올려놓고 침대 위에 앉았다. 잠시 앉아서는 더러운 손으로 부드러운 침대보를 감상하듯 어루만졌다.

"날 잘 봐!" 그는 어린아이들에게 검지손가락으로 뭔가를 못 하게 할 때처럼 총구로 그를 위협한 후에 길게 신음하면서 침대에 있는 부드러운 베개와 침구 위로 누웠다.

침대 위 뭉쳐진 침대보와 이불 더미에서 총구는 여전히 바흐를 향하고 있었는데, 예의 그 뻔뻔한 자는 반쯤 졸린 눈을 하고 있었다.

바흐는 여전히 자기 자신을 양팔로 끌어안은 채 긴 의자에 앉아 있었다. 몸이 여전히 떨렸다. 팔다리만 떨리는 것이 아니라 몸 안에 있는 모든 것, 즉 갈비뼈, 배, 심장, 그 밖의 모든 내장이 가늘게 떨렸고, 아이들 장난감 딸랑이 속에 있는 블랙손 열매 씨앗처럼 내장 하나하나가 따로따로 떨렸다. 조금만 참으면 된다. 이들은 찾던 음식을 갖고 떠날 것이다. 완두콩, 반건조 농어, 당근 가루, 말린 사과 등을 자루에 넣어서 가져갈 것이다. 음식은 얼마든지 가져가도 좋다. 다행히 성냥은 집에 없는 것 같다. 무기는 없다. 집에는 음식밖에는 없다. 조금만 참자. 그들은 곧 떠날 테니까.

"침대 하나 좋수다." 뻔뻔한 사내가 아쉬워하면서 침대에서 일어났다. 그가 일어난 자리에 구겨진 침대보가 눈에 띄었다.

뻔뻔한 사내는 서랍장으로 다가가서 서랍장을 덮은, 손으로 짠 망토를 무심코 쳐다봤다. 망토 위에는 벌써 7년째 같은 자리에 괴테의 책이 놓여 있었다. 그는 맨 위의 서랍을 열어봤다. 남자 셔츠 몇 벌, 줄무늬 모직 양말, 가느다란 무늬가 있는, 손으로 뜬 장갑이 있었다. 장갑을 꺼내서 껴봤지만 작았다. 바닥도 손으로 훑어봤지만 동물의 뼈로 만든 단추만 나올 뿐이었다.

바흐는 사내의 지루한 듯 느린 동작을 보면서 클라라의 옷이 그 서랍장 중 어디에 있는지 기억해내려고 노력했다. 하지만 오한이 너무 심해서 의자에서 떨어지지 않으려고 안간힘을 쓰고 있었던 탓에 생각에 집중할 수 없었다.

뻔뻔한 사내는 두 번째 서랍을 열었고, 거기에서 리본으로 장식되고 얇은 줄무늬가 있는 침대보와 베갯잇, 형형색색의 천을 연결해서 만든 침대 덮개와 체크무늬 식탁보를 발견했다. 두 번째 서랍에서도 흥미로운 것을 찾아내지 못했다.

그가 세 번째 서랍장 손잡이를 잡는 순간 바흐가 '쿵' 하는 소리를 내면서 바닥에 떨어져서는 그대로 쪼그려 걸어서 침실에서 나갔다.

"야!" 뻔뻔한 사내는 바흐를 눈으로 좇으면서 소년에게 소리를 질렀다. "저놈 잡아!"

바흐는 단지 불청객들을 어서 속히 집 밖으로 쫓아내고 싶은 마음만 있을 뿐 계획 같은 것은 없었다. 그는 벌떡 일어나서 문 쪽으로 달려들었지만, 그의 무릎 쪽으로 딱딱하고 날쌘 무언가가 달려들었다. 그렇게 그는 소년과 함께 부딪혀서 넘어졌고, 둘은 동그랗게 말린 실패처럼 엉긴 채로 잠시 굴렀다. 그들 위로 뻔뻔한 자의 무거운 몸이 내려앉았다.

뭔가 바흐에게 달려들어서 그를 때리고 돌리고 질질 끌었다. 그는 저항하면서 문 쪽으로 가려고 발길질을 했다. 사방에서 낯선 자들의 축축한 입김이 느껴졌다. 이제는 불타는 난로에 던져지기라도 한 것처럼 온몸이 뜨거워졌다. 등과 목이 뜨거워졌고 얼굴에서는 땀이 나기 시작했다. 그는 이마로 벽을 내리쳤고 어깨를 의자 다리에 부딪쳤다. 그릇이 부딪히는 소리가 나고 국자가 떨어지는 소리가 들렸다. 창문이 깨지면서 사방에 튄 유리 파편이 그의 등에 박혔고 유리가 으스러지는 소리가 들렸다. 그 순간 누군가 바로 옆에서 고통에 몸부림치며 쉰 소리를 냈고, 잡은 손에 힘이 빠진 틈을 타서 바흐는 깨진 유리가 잘게 흩어진 바닥을 손바닥을 이용해 기어서 문 쪽으로 이동했다. 그는 이마로 문을 밀고 그들이 뒤따라오는지 확인하기 위해 뒤로 돌아서 둘을 쳐다봤다. 막 문지방을 넘으려고 하는 찰나에 누군가의 단단하고 지저분한 부츠가 그의 머리에 박혔다.

그가 고개를 들어서 보니 칼미크 공화국 사람 특유의 얼굴을 한 사내가 마당을 다 돌고 집으로 돌아오고 있었다. 마당을 도는 내내 쇠스랑을 앞으로 내밀고 걸었던 것 같았다. 그는 이 쇠스랑으로 '다시 집에 기어 들어가'란 의미로 바흐의 등을 살짝 찔렀다. 바흐는 유리에 베여서 피가 나는 손바닥이 후끈거리는 것을 느끼면서 다시 기어서 집 안으로 이동했다. 뻔뻔한 사내 역시 손을 다쳐서 아픈 듯 얼굴을 찌푸리면서 한쪽 손을 공중에 흔들었다.

"뭔가 서로 안 맞았나 보지? 여기서 밥도 먹고 잠도 자고 간다고 했던 것 같은데?" 사내는 마치 작살로 잡은 물고기 다루듯 바닥에 엎드린 바흐에게 쇠스랑를 대고는 이기죽거렸다.

뻔뻔한 사내는 그의 질문에 대답은 안 하고 그를 쏘아보고는 침실로 향했다. 손을 묶을 천을 찾으려고 하는지 서랍장 전체를 들쑤시는 소리가 들렸다.

"음식은 나중에 먹으면 되죠." 소년은 자기가 발견한 음식을 자랑하기 위해 등에 지고 온 자루를 활짝 열어젖혀 보이면서 말했다.

사내가 흡족한 듯 고개를 끄덕였다.

갑자기 침실 안이 조용해지더니 잠시 후에 집 안이 떠나갈 듯 큰 웃음소리가 들렸다. 그는 너무 웃어서 얼굴이 발개지고 한쪽 손은 하얀색 머릿수건으로 대충 묶은 채로 문지방에 섰다.

"방앗간 주인 마누라 한번 끝내주네요!" 뻔뻔한 사내가 큰 소리로 말했다.

바흐는 발버둥을 쳤지만, 쇠스랑 날 네 개가 그를 단단히 누르고 있어서 바닥에 계속 엎드려 있을 수밖에 없었다.

"멍청한 짓은 이제 그만하고, 날이 곧 밝을 것 같기도 하니. 혹시 낮에 이 집에 손님이 올 수도 있고. 우리가 멀리 가기도 전에 밖에 나가서 오늘 있었던 일을 떠벌릴 수도 있으니 집주인을 묶어놓고 가자고. 야, 가서 밧줄 좀 찾아와." 사내는 이 말을 하는 동안 내내 바흐의 등을 쇠스랑 날로 너무 세게 눌러서 바흐는 숨을 쉬기도 힘들었다.

소년은 부엌과 거실에 가서 물건들을 사방으로 던지면서 찾아봤지만 찾지 못하자 천 조각으로 연결된 침대보를 찢었다.

"만약 저 여자가 우리 얘기를 떠벌리면 어쩌게? 우리가 집에서 막 떠났는데 저 여자가 날쌘 다리로 가까운 마을로 달려가서는 저 작고 빨간 입술로 우리 얘기를 속닥속닥하면 어쩌려고?" 뻔뻔한 사내가 세상에서 그보다 더 흥미로운 일은 보지 못했다는 듯 머릿수건에서 눈을 떼지 않고 심지어는 머릿수건을 뒤집어보면서 말했다.

그러자 다른 사내가 한숨을 길게 쉬었다. 잠시 말이 없었다.

"알았어. 여자를 찾아와. 서둘러!"

"찾을 필요 없어. 침대 밑에 있거든. 주인 남자가 침실에 못 들어가게 한 이유가 있었더라고!" 뻔뻔한 사내는 이렇게 말하면서 공중에 여자의 머릿수건을 던지고 마치 훈련받은 강아지처럼 이빨로 물고는 으르렁대고 고개를 흔들더니 머릿수건을 다시 바닥에 뱉었다.

바흐는 있는 힘껏 바닥에 이마를 바짝 댔고, 그러자 깨진 유리 파편이 이마에 박히고 눈은 뭔가 검은 물체로 덮이는 게 느껴졌다. 그는 배에서 목까지 화끈거리는 느낌이 들었고, 등에 쇠스랑이 박힌 것도 잊은 채 신음하면서 몸을 비틀었다. 하지만 이때 이미 바흐의 몸에 뚱뚱한 사내가 올라타서는 밀대로 반죽을 밀듯, 그의 폐 속에 있는 공기를 다 빼내기라도 하겠다는 듯 바흐를 눌렀고, 소년은 그동안 분주하게 움직이면서 그의 팔다리를 밧줄로 묶었다. 그들이 소란스럽게 움직이는 통에 바흐는 침실에서 들리는 소리를 놓쳤다. 팔꿈치와 무릎을 한꺼번에 묶어서는 팔을 너무 단단히 묶여서 양 어깨뼈가 붙은 그를 한쪽에 던져놓았다. 간신히 고개를 들긴 했지만 사방이 어두워서 아무것도 보이지 않았다. 몸이 단단히 묶여 있어서 끊어질 듯이 아팠지만 계속해서 목을 꼿꼿하게 들고는 힘들게 바닥을 기어갔고, 드디어 어둠 속에서 밝은색 삼각형이 눈에 들어왔다. 침실의 일부가 보였는데, 이불이 늘어져 있는 침대 모서리와 누군가의 다리들, 그것도 무수히 많은 다리들이 보였다. 군화가 덜렁거리는가 하면 부츠를 신은 다리도 있고 지저분한 가죽 구두를 신은 다리도 보였다. 그리고 낯선 다리들 사이로 밝고 낯익은 클라라 잠옷의 끝자락을 발견했을 때 그는 소리를 지르기 시작했다. 너무 크게 소리를 지른 나머지 그는 목이 쉬어버렸다. 누군가 옆구리를 가격했고, 그러자 그의 몸이 한 바퀴 돌았다. 입에는 오톨도톨한 레이스로 만든 머릿수건 뭉친 것을 물렸다. 재갈 대신이었다. 어디에선가 무겁고 답답한 구름 같은 물체가 다가와서는 바흐의 머리부터 발까지 덮었다.

그는 어디가 시작인지 어디가 끝인지도 모르는 이 구름 아래에서 팔다리는 어디로 갔는지 팔다리가 애초에 있었는지 기억이 가물가물했고, 이 숨 막히는 어둠이 어디에서 끝날지도 모르고 너무 오랫동안 눌린 탓에 이마와 볼에 물집이 잡힐 것 같은 이 상황이 언제 끝날지도 모르지만 벗어나기 위해 몸부림쳤다. 그런데 이 구름처럼 푹신한 것에서 뭔가 낯익은 고향의 냄새가 났다. 그 순간 이것이 구름이 아니라 그의 곁을 늘 지켜준 오리털 이불이라는 것을, 수년 동안 덮어서 닳았지만 여전히 그의 몸을 데워주고 학교 안 숙소의 추운 실내 공기와 이 집의 냉혹한 겨울을 기억하고 그와 그가 사랑하는 여인의 냄새를 가득 머금은 이불이라는 것을 깨달았다. 그리고 그가 사랑하는 예쁘고, 가녀린 팔을 갖고 있고, 머릿결이 부드러운 여인은 지금 저쪽 다른 공간에 있었다. 당장 가서 그녀를 구해야 했다. 하지만 누구로부터 구해야 하는지 바흐는 잊었다. 그 여인의 이름이 뭔지조차 기억나지 않았다. 자신이 어떻게 여기 이불 아래에 있게 되었는지도 잊고 말았다…….

***

그가 이불에서 벗어났을 때는 날이 밝은 후였다. 굳게 닫힌 덧창의 틈새로 분홍빛 아침 빛이 새어 들어왔다. 부엌 창문 하나는 깨졌다. 문은 닫혀 있었다. 바닥에는 깨진 유리 조각과 완두콩들이 섞여 흩어져 있었다. 문 옆에는 쇠스랑이 세워져 있었다.

얼굴은 부었고 열이 났다. 손바닥 역시 마찬가지인 것 같았다. 하지만 팔다리에 감각이 거의 없어서 손바닥에서 열이 나는지는 확신하지 못했다. 그는 감각을 잃은 어깨와 무릎을 연신 움직여서 난로 입구까지 지렁이처럼 기어갔다. 난로 입구는 재가 떨어지는 것을 막기 위해 철 뚜껑으로 막아놓았다. 그는 철 뚜껑 끝에 손 뒤로 묶인 매듭을 대고 매듭이 풀릴 때까지 문질렀다. 팔을 쓸 수 있게 되자, 바닥에 앉아서 다리에 묶인 줄도 힘들여 풀었다. 이미 부종이 생기고 시퍼렇게 된 팔과 발바닥과 머리에 순식간에 피가 돌기 시작했다. 기억도 다시 돌아왔다.

먼저 그는 뻔뻔한 사내, 사내아이, 칼미크 공화국 사람 특유의 얼굴을 한 사내의 얼굴이 정확히 떠올랐다. 그런 후에 그들이 어떻게 집에 들어오게 됐는지도 기억났다. 그들이 부엌을 자유롭게 드나든 일도 기억해냈다. 그리고 자신을 어떻게 발견했는지 역시 생각이 났다.

그는 자리에서 일어났다. 다리를 절면서 벽에 기대어 거실을 지나 침실로 향했다. 그리고 침실 문 옆에 서서 침실의 고요에 귀기울이면서 망설였다. 드디어 조금 열린 문을 밀었다.

그녀는 빛이 들어오는 쪽으로 얼굴을 향한 채 의자에 앉아 있었다. 바흐는 그녀의 풀어헤친 머리카락을 둘러싼 밝은 빛을 봤다. 바닥에는 온통 침대보, 베개, 찢어진 베갯잇, 치마, 잠옷, 실 끊어진 목걸이, 서랍장에서 꺼낸 속옷 너미가 널브러져 있었다. 그는 맨발로 희고 부드러운 옷과 속옷을 밟고 그녀에게로 향했다.

그는 그녀에게 가면서 이름을 부르고 싶었는데, 지금 이름 외의 나머지 모든 단어는 불필요하고 심지어 모욕적이라고 생각했기 때문이었다. 하지만 그렇게 쉬운 그녀의 이름이, 강물처럼 순결하고 밝은 그녀의 이름이 어딘가 멀리 흘러가더니 각각의 무의미한 소리로 흩어졌다. 흩어지는 이 소리들을 잡으려고 했지만 손가락 사이로 빠져나가더니 이내 투명한 아침 공기 속에 녹아버렸다. 그는 그녀의 얼굴을 보기만 하면 이름을 반드시 기억해낼 거라 믿었다. 다리를 절면서 햇빛 때문에 실눈을 뜬 채 그녀에게로 다가갔다. 드디어 그는 빛을 등지고 그녀를 바라봤다.

그녀는 실오라기 하나 걸치지 않은 상태였다. 바흐는 우유와 꿀, 부드러운 빛과 벨벳 음영으로 만들어진 그녀의 모습과 처음 마주했다. 가녀린 팔은 동그란 배를 보호하고 가리려는 듯 그 위에 놓여 있었다. 눈은 감고 있었으며 얼굴선은 움직이지 않았다. 자고 있었던 것이다. 입술엔 미소를 머금고 있었다.

그는 이 침착하고 현명한 미소를 보지 않기 위해 등을 돌릴까도 생각했고, 소리 질러 깨우거나 미소 머금은 입술을 세게 내리치거나 자기 자신이 눈이 멀었으면 하는 생각도 했지만, 이 중 어떤 것도 시도하지 못한 채 그녀를 보고 또 볼 뿐이었다. 사방이 고

요했다. 밖은 바람 한 점 없이 고요했다. 바흐의 머릿속 어딘가에
서 바람 소리가 들렸는데, 이 소리는 서서히 커지다가 가끔 휘파
람 소리로 바뀌기도 하고 그녀의 이름과 다른 사람들의 이름들,
다른 단어들과 소리 그 자체를 입에 넣고 부르는가 싶더니 이내
사라져버렸다.

***

바흐는 그때부터 입을 다물었다. 이름이라든지 단어나 소리
는 곧 돌아왔지만 마치 가볍고 텅 빈 해바라기씨 껍질처럼 이상
했다. 그는 입술에 힘을 주고 혀를 움직여 혀끝을 입천장에 대고
뭔가 크고 의미 없는 '완두콩'이라든지 '유리' 혹은 '쇠스랑' 혹은
'클라라'라는 단어를 발음해볼 수도 있었으리라. 하지만 자신이
그걸 원하는지 확신이 없었다. 그래서 침묵을 선택했다. 클라라
는 놀라지 않았고, 놀랐다 하더라도 아무 말 하지 않았을 것이다.
그녀는 자신이 이따금 하는 질문에도 바흐가 대답하지 않자 질문
자체를 안 하기 시작했다. 그녀가 그의 침묵에 화가 나서 소리를
지르거나 그의 가슴을 세게 내리쳤더라면 어쩌면 바흐가 입술을
움직이고 입을 열어서 말을 했을지도 모른다. 하지만 클라라는
그의 침묵이 아무렇지도 않은 것처럼 침착했다. 그래서 바흐 역
시 그렇게 해도 큰 문제가 없음을 깨닫게 되었다.

그들은 그날 있었던 일을 더는 떠올리지 않았다. 그들은 소금기 있는 우물물이 아니라 흐르는 볼가강 물에 옷과 침구류를 빨았다. 바흐는 배를 타고 군데군데 얼음이 있어서 젓기 힘든 노를 연신 움직이면서 강의 깊은 곳으로 갔고, 클라라는 강물에 옷을 집어넣고 차가운 강물에 손이 빨갛게 될 때까지 한참 동안 옷을 빨고 헹궜다. 찢어진 침구류와 베갯잇에는 천을 덧대어 수선을 했다. 오리털 이불은 바람 부는 날 밖에 갖고 나가서 먼지를 털어냈다. 깨진 창문은 천으로 막았다. 집 안의 바닥을 모두 쓸고 깨끗한 모래를 깔았다. 쇠스랑은 광에 넣어두었다.

바흐는 또다시 난로 옆에 붙어 있는 긴 의자 위에서 잠을 잤다. 클라라는 반대하지 않았다. 밤에 침실로 오기만 한다면 그가 어디에서 자든 클라라는 상관없는 것 같았다. 그녀가 세상과 바흐에 무관심했다기보다는 세상과 바흐로부터 조금 멀찍이 떨어져 있다는 표현이 옳았다. 날씨가 좋아도 날씨가 궂어도, 바흐가 물고기를 많이 잡아와도 낚시질의 결과가 시원치 않아도 그녀는 언제나 한결같이 차분했다.

또 클라라는 예전과 달리 나긋나긋해졌다. 목소리에 상냥함이 묻어났고, 바흐는 그런 그녀를 보면서 이상하게도 처음 몇 달 동안 병풍을 마주하고 그녀와 대화를 나누던 시기를 떠올렸다. 뭔가 불길했다. 바흐는 그녀가 갑자기 상냥해진 원인에 대해 생각할 때면 일어나서 집 밖으로 나가 빨리 걷고 또 걸어서 숲과 길,

스텝 지역을 돌아다니고 먹지도 자지도 않고 집에서 멀리 떠나서는 영원히 돌아오지 않았으면 좋겠다는 생각을 하곤 했다. 하지만 그런 생각으로부터 자유로울 때면 눈을 감고 클라라의 얘기를 끝도 없이 듣고 싶어지는 것이었다. 하긴 그가 가긴 어디로 간단 말인가? 클라라는 여기 자기 아버지의 집에 살고 있었고, 그는 달리 갈 데가 없었다. 하지만 클라라는 예전과 달랐고, 그래서 낯설었다.

이전까지 그녀의 아름다움이 가녀린 날씬함에 있었다면 갑자기 그녀의 아름다움에 어떤 힘이 실렸다. 눈은 더 검어지고 감정의 변화에 따라 표정도 풍부해졌으며, 입술은 더 도톰하고 생기 있어졌고, 이전의 창백함은 사라지고 대신 발그스레하고 여성스러운 분홍빛이 그 자리를 메웠다. 뒷모습 역시 더는 소녀로 보이지 않았고, 모든 동작이 그녀가 여자임을 가리키고 있었다. 바흐는 아름다우면서 무심한 듯 상냥한 그녀를 마주하는 것이 낯설었고, 새로운 클라라가 이전의 익숙하고 친근한 클라라를 영원히 대체하게 된 사실에 겁이 났다. 그리고 한여름에야 비로소 그녀의 이 여성성의 원인을 깨달았다. 임신을 했던 것이다.

때는 6월이었다. 바흐는 강가에 앉아 있었고, 클라라는 볼가강에서 한참 동안 물놀이를 해서 지친 듯 물에서 나와 커다란 바위 위에 올라가 있었다. 그녀는 고개를 옆으로 살짝 기울이고 물에 젖은 머리카락을 짜면서 평화롭고 차분하지만 예전과 다른 낯선 미소를 바흐를 향해 지어 보였다. 태양은 그녀의 몸매를 훑었고, 젖은 셔츠가 몸에 달라붙어 있었다. 그때 바흐는 제분업자 바그너의 집에서 봤던 석고상이 떠올랐다. 그는 그녀의 가슴에서 시작해서 동그란 배, 허벅지까지 이어지는 부드러우면서 둥근 선을 바라보면서 자기 안에서 서서히 그녀를 향한 미움이 싹트는 것을 느꼈다. 그리고 바람에 날리고 볼가강에 씻어내면서 기억에서 지우고 싶었던 4월의 어느 날 새벽에 있었던 일이 떠올랐다. 그 기억은 마치 물결치는 강에 던진 물건이 밀물 때 다시 돌아오듯이 이렇게 돌아온 것이었다. 하지만 클라라는 마치 예의 조각상이라도 된 것처럼 바흐가 그녀를 보는지, 본다면 그가 어떤 감정을 느끼는지와 상관없이 미소를 지을 뿐이었다. 그 미소는 무시무시한 일이 일어나던 날 아침 그녀가 그에게 지었던 미소와 다르지 않았다. 오래전부터 일이 이렇게 될 줄 알고 있었던 이의 미소였다. 그 후로도 그녀는 늘 바흐에게 똑같은 미소를 지어 보였다.

***

예정일은 크리스마스 즈음인 12월 말이었다. 크리스마스이브에 첫 번째 진통이 시작되었지만, 날이 밝을 무렵 진통이 사라졌다. 그날부터 매일 밤 별이 뜨는 시간에 진통이 찾아왔고, 그렇게 그녀는 해가 바뀌고 1월이 될 때까지 밤마다 진통으로 잠을 이루지 못했다. 창백한 클라라의 입술은 살짝 부풀어 올랐고, 그녀는 엄청나게 커진 배를 부여잡고 부엌에서 거실로, 거실에서 처녀 때 쓰던 방으로, 그런 후에는 아버지가 쓰던 텅 빈 방과 틸다가 쓰던 방으로, 그다음엔 다시 부엌으로 가는 등 집 안을 돌아다녔다. 잠을 거의 못 잤고, 음식은 그보다 더 못 먹었다. 가끔은 엄청나게 많이 나온 배를 내밀고 허리를 편 채 헝클어진 머리를 기대고는 의자나 침대에 앉아 있다가 금방 또 일어나서 감옥에 있는 죄수라도 되는 것처럼 익숙한 집 안 곳곳을 돌아다니는 것이었다. 바흐의 그때 기억 속에 남은 두 가지는 모래가 뿌려진 바닥을 돌아다니는 클라라의 사각거리는 발소리와 창밖에서 나는 요란한 눈보라 소리였다.

그해 겨울에는 눈이 많이 왔다. 눈은 집의 창문 높이까지 차서 지나다니기도 힘들 정도였다. 나가려고 해도 클라라의 배가 너무 불러서 맞는 옷이 없었기 때문에 나갈 수 없기도 했다. 그래서 그녀는 집에만 있었다. 12월만 하더라도 바흐가 집 밖으로 나가서 마당에 있는 눈도 쓸고 지붕 위에 쌓인 눈도 치웠다. 하지만 1월이 되자 클라라를 혼자 두고 집을 오래도록 비우기가 겁이 나서 1월의 첫날도 둘째 날도 계속해서 함께 있었다. 예정일을 넘기자 두 사람 모두 지쳐갔다. 클라라의 눈 밑에 생긴 다크서클은 파란색을 띠었고, 쌓인 피로로 눈에 초점이 사라졌다. 예전의 생기 있던 눈은 온데간데없었다. 과거에는 머리카락에 윤기가 났고, 머리를 양 갈래로 땋아서 프레첼처럼 겹치게 묶었는데, 예전의 그 윤기 나는 머리카락은 온데간데없이 사라지고 땋은 머리카락이 관자놀이와 이마 밑으로 튀어나와서 지저분해 보였다. 바흐는 자기 모습을 볼 기회가 없었는데, 한번은 저녁에 눈을 내리깔았을 때 듬성듬성 난 턱수염이 새하얗게 변한 것을 발견했다.

지난 반년 동안 바흐는 클라라와 배 속에서 자라고 있는 아이 생각을 많이 했는데, 정작 그 아이가 세상 밖으로 나올 때가 되자 너무 지쳐서 생각을 하는 것도 어떤 감정을 느끼는 것도 힘들었다. 처음에는 끔찍하다는 생각밖에는 들지 않았다. 하지만 악몽 같은 일이 있은 후에 남의 씨가 자신이 사랑하는 여자의 배 속에 들어가서 단단히 자리를 잡고 자라며 그곳에서 살면서 그녀의 피와 에너지를 빨아먹고 있다는 생각을 할 때면, 호흡이 가빠지고 숨소리가 거칠어지고 관자놀이와 손바닥에서 끈적이는 땀이 배어 나오곤 하는 것이었다. 바흐는 밤이면 난로 옆에 있는 기다란 의자에 팔짱을 끼고 누워서 오한이 지나가도록 몸에 힘을 주었다. 그리고 옆방에 있는 클라라의 고른 숨소리를 들으면서 식은 땀을 흘리곤 했다. 의자에서 바닥으로 떨어져서 아무짝에도 쓸모없는 자기 머리나 심하게 다쳤으면 하는 생각을 한 적도 있었다.

그 후에 심한 혐오감을 느꼈다. 그는 클라라의 배 속에 완두콩 알만 한 작은 씨앗이 완두콩 자루만큼 자랐다가 인간의 손가락 정도의 크기로 자랐다가 고깃덩어리처럼 커져서는 인상을 쓰면서 이제 막 자라기 시작한 손발을 꼼지락거리는 상상을 해보았다. 못생긴 난쟁이 같다고도 생각했다. 칼미크 공화국 특유의 얼굴과 짐승의 눈을 가진 사내를 닮았을지도 몰랐다. 돼지같이 뚱뚱하고 뻔뻔한 사내를 닮았을지도, 비쩍 마르고 목울대가 툭 튀어나온 꼴사나운 어린 소년을 닮았을지도 모른다고 생각했다. 예전에 그나덴탈에서 봤던, 태어나기도 전에 죽은 새끼 송아지를 닮았을지도 모른다고 생각했다. 태아에 대한 역겨운 생각의 끝은 클라라로 향했고, 클라라도 보기 싫어졌다. 클라라의 잔뜩 부풀어 오른 배와 가슴을 보기만 해도 마음이 불편했다. 어느 날 아침 그녀가 잠에서 깼을 때 침대 위에서 사산한 태아를 발견하길 바라기도 했다.

클라라의 몸은 무거워져서 조금만 걸어도 지치고 볼가강에 갔다가 올라올 때 숨이 차서 헐떡이곤 했는데, 그러던 어느 날 문득 바흐는 그녀가 안쓰러워졌다. 9월의 어느 날 그녀가 바위 위에 서서 치마를 높이 걷어 올리고 강물에 빨래를 하는 모습을 보면서 종아리가 가늘고 팔도 뼈만 앙상하고 툭 튀어나온 척추에 붙은 목도 가는데 배만 크고 동그랗고 단단해서 그녀에게서 모든 힘과 아름다움을 앗아 간다는 생각이 들었다. 그러자 자신이 끔찍한 생각과 상상을 한 것이 괜히 미안해졌다. 누구의 씨인지도 모르는 아이나마 태어나기를 원했다. 클라라만 좋으면 된다고 생각했다. 그러면 된 것이라고.

겨울이 오자, 바흐는 이제 아이에 대해 생각하거나 아이로 인해 어떤 감정을 느끼거나 의심하거나 자기 자신을 나무라는 데에 지쳤다. 그가 할 수 있는 생각은 고갈되었고, 그저 아이가 무사히 나오기만을 바랐다. 그는 클라라만큼이나 아이를 기다렸지만 지금 자신이 어떤 감정을 느끼는지 알지 못했고 아이를 보면 어떤 감정을 느끼게 될지 상상할 수 없었지만 이 기나긴 기다림이 어서 속히 끝나기만을 간절히 바랐다.

1월의 여섯 번째 날 클라라는 땀으로 젖은 침대에서 잠을 깼고, 출산이 임박했다는 사실을 깨달았다. 그리고 집 안 여기저기를 빠른 걸음으로 왔다 갔다 했다. 가끔 멈춰 서서는 의자 등받이를 붙잡고 천장을 쳐다보면서 잇몸이 다 보이도록 입을 크게 벌려서 가쁜 숨을 쉬기도 했다. 바흐는 그녀가 소리를 지르고 싶어 하는 것 같다고 생각했다.

점심 무렵에 그녀는 바닥을 쓸기로 결심했다. 어떤 일로 힘들 때는 비슷한 행위를 하면 될 때가 있었다. 이를테면 황달은 순무를 먹어서 고치고, 머리가 심하게 아프면 냄새가 심하게 나는 치즈를 먹으면 두통이 사라지기도 하며, 어미가 열심히 일하면 아이도 어미를 닮으려는 듯이 속히 밖으로 나올 수도 있을 것 같았다. 그녀는 집 전체의 바닥을 쓸고 그릇이란 그릇은 다 닦아놓고 모래를 이용해서 사모바르를 윤이 날 정도로 닦았다. 해 질 무렵에는 등이 떨릴 정도로 기진맥진했다.

밤에 진통이 시작됐다. 최근 들어서 잦았던 강도 약한 진통이 아니라 출산을 알리는 강도 높은 진통이었다. 그녀는 침대 옆 바닥에 부엌칼을 놔뒀는데, 그렇게 하면 통증이 사라진다고 했던 틸다의 말이 떠올랐기 때문이다. 그녀는 침대 머리 판 옆, 탁자 옆, 의자 옆에 섰다. 그러고는 난로, 서랍장, 나지막한 긴 의자를 잡고 쪼그리고 앉았다. 이윽고 침대와 난로 옆에 있는 기다란 의자에 누웠다. 태아가 놀랄까 봐 소리도 지르지 않고 이를 악물고 숨을 거칠게 몰아쉬었다. 바흐는 '그러지 말고 소리를 질러요'라고 명령이라도 내리고 싶었지만, 몇 달 동안 침묵을 해 소리를 내는 방법을 잊은 탓인지 혀가 말을 듣지 않았다.

아침이 되자 그녀는 기진맥진해서 신음 소리조차 내지 못하고 미동도 않고 침대에 누워 있었다. 고개는 뒤로 젖히고 눈은 감은 채였다. 바흐는 클라라를 깨우기 위해 따귀를 때렸는데, 그것이 평생 처음이자 마지막으로 그가 그녀의 얼굴에 손을 댄 것이었다. 그러자 그녀가 정신을 차렸다. 잠시 후에 눈을 크게 뜨고 입으로 공기를 들이마시면서 배를 앞으로 내밀었고, 아이가 세상 밖으로 나왔다.

아이가 바흐의 손안에 떨어졌다. 처음에는 크고 뜨겁고 끈적끈적한 솜털 가득한 머리가 나왔고, 정수리에 있는 숫구멍이 오르락내리락했으며, 그다음으로는 자그마한 어깨가, 주먹을 꼭 쥐고 있는 작고 빨간 손이, 회청색 탯줄을 달고 있는 동그란 배가, 마지막으로 완두콩알만큼 작은 발가락이 달린 발과 다리가 나왔다.

딸이었다.

바흐는 축축하고 미끄럽고 꼼지락거리는 아이를 양손으로 받치고 있었는데, 떨어뜨릴까 걱정되면서도 어디에 어떻게 놔야 할지 몰라 난감했다. 클라라를 한 번 쳐다봤는데, 그녀는 양팔을 침대 밖으로 늘어뜨린 채로 미동도 없이 누워 있었다. 그는 주름진 침대 위에 아이를 내려놓았다. 그리고 천 조각을 두어 개 떼어내서는 탯줄을 감았다. 손으로 바닥을 더듬어서 칼을 찾아낸 다음 힘들게 탯줄을 끊었다. 사방에 피가 튀겨서 바흐는 자기도 모르게 인상을 썼다. 아이는 그 즉시 작고 앙증맞은 입을 열고는 팔다리를 공중에 대고 구르면서 울기 시작했다.

클라라는 잠시 잠에서 깨서 아이가 우는 쪽으로 고개를 돌렸지만, 이내 눈을 다 뜨지 못했다. 바흐는 아이를 마른 수건에 싸서 옆에 눕혔다. 그녀는 고맙다는 듯 가볍게 한숨을 쉬고는 땀에 젖은 얼굴을 수건에 싸인 아이에게 묻었다. 그는 그 둘을 오리털 이불로 덮어준 다음 밖으로 나왔다. 아침이었고, 밖은 추웠다.

그는 집에서 벗어나고 마당으로부터도 벗어났다. 숲에 와서야 멈춰 서서 양손 가득 눈을 담아 눈과 수염, 가슴과 손을 절망적으로 문질렀다. 가슴이 떨려서도 아니고, 생각보다 늦게 나온 아이의 탯줄에서 튀긴 피여서 놀란 것도 아니었다. 단지 탯줄에서 튀긴 피를 씻고 싶었다. 세수를 하면서 갑자기 엄청난 갈증을 느껴

서 차가운 것도 잊고 눈에 섞인 얼음을 이빨로 씹어가면서 허겁
지겁 삼켰다. 거기에서도 아이 울음소리가 들렸다. 그 울음소리
로부터 벗어나기 위해 셔츠에 키르기스인이 입던 조끼 하나만 걸
치고 집 밖으로 나온 사실도 잊고 멀리 눈구덩이를 지나 강을 향
해 터벅터벅 걸어갔다.

다리는 주인을 절벽으로 이끌었다. 그리고 오솔길을 따라 내려
갔다. 뒤이어 무릎까지 차오른 딱딱한 눈 속에 빠지면서 얼어붙
은 볼가강 위를 걸었다. 강 한가운데에 도달했을 때 앞으로 가지
도 못하고 되돌아가지도 못한 채 멈춰 섰다. 추위에 몸이 얼어붙
은 것 같았다. 바흐는 회청색 하늘을 보려고 고개를 젖혔다. 하얀
구름에 가려 하늘이 보이지 않았다. 아이의 울음소리가 들리지
않자 그제야 안도의 한숨을 내쉬었다. 귀에 바람 소리가 들렸고,
어디선가 먼 곳에서 여러 가지 소리가 섞인 듯한 소리가 들려왔
다. 슬레이벨* 소리인가?

언젠가 화려한 썰매가 술에 취해 흥에 겨운 식민지 주민들을
가득 태우고 얼음으로 뒤덮인 볼가강 위를 달리는 대림절과 성탄
절 주간, 꼭 성탄절이 아니어도 추운 겨울 일요일이면 늘 들떠서
어디든 달리고 싶어 하던 젊은이들의 무리가 떠올랐다. 그 소리
는 점점 다가오면서 커졌다. 누군가 잔뜩 들떠 있는 목소리들과

---

*   타악기의 일종.

날카로운 여자 목소리가 들렸고 웃음소리와 노랫소리도 섞여 있었다. 곧 새벽 어스름에 트로이카가 날카로운 날로 눈을 흩뿌리면서 바흐를 향해 돌진했다.

그는 움직이지 않고 서서 여러 목소리가 섞인 이 소란스러운 한 무리의 사람들이 다가오는 것을 지켜봤다. 트로이카에 탄 이들도 바흐를 발견하고 반갑다며 휘파람을 불어댔다. 트로이카는 바흐의 바로 앞까지 와서 잠시 멈췄고, 볼이 발그레하고 하얀 이를 가진 어떤 청년 하나가 트로이카에서 뛰어내려서 눈 속에 빠져가며 바흐에게 달려오면서 털모자를 흔들었다. 마치 반가운 친척이라도 본 것처럼 진심으로 밝게 웃었고, 1초만 더 지나면 기쁨에 겨워서 박장대소라도 할 기세였다. 그는 바흐에게 뛰어와서 뭔가 말을 하려는 듯 입을 크게 벌리더니 뭐가 좋은지 숨을 헐떡이면서 행복하다는 듯 큰 소리로 웃다가 바흐를 꼭 끌어안고 그의 등을 쳤고(청년에게서는 젊은이 특유의 건강한 땀내, 담배 냄새, 보드카 냄새, 호밀 빵 냄새가 났다), 그런 후에 바로 뒤돌아서 일행을 따라잡기 위해 뛰어갔다.

"아저씨, 기뻐하세요! 제가 아니었으면 좋은 소식도 끝내 모르고 돌아가셨을 거 아니에요! 이제 우리 공화국이 생겼다고요! 볼가 독일 소비에트 공화국이 생겼다고요!"

청년이 뒤로 돌아서 마지막으로 소리 질렀다. 바흐는 눈 속에서 미동도 않고 서 있었다. 그는 이해할 수 없는 사람들을 바라보

며 그들이 하는 이해할 수 없는 말을 들었고, 그들을 실은 트로이
카가 빠른 속도로 멀어지고 있었기 때문에 그들의 말소리 역시
빠른 속도로 작아졌다.

"공화국 만세!" 멀어지는 썰매로부터 들릴 듯 말 듯 한 작은 소
리로 누군가 소리를 질렀다. "1924년 1월 6일 만세! 새로운 공화
국 만세! 우리의 위대한 불멸의 지도자이신 블라디미르 레닌 만
세!"

7

하지만 지도자는 죽어가고 있었다. 밀랍처럼 창백하고 표정의 변화가 없는, 광대뼈가 튀어나오고 안와가 동그란 얼굴에 1월의 창백한 태양 빛이 비추고 있었다. 저녁 무렵 어둠이 깔리고 파란 그늘이 환자로부터 미끄러져 내려가자 의사들은 두꺼운 커튼을 치는 것을 허락했고, 이제 방은 생기 없는 일몰의 달빛으로 가득 찼다.

1년 반 동안 몸이 급격하게 쇠했고 치료는 차도가 없었다. 얼굴에서 자란, 숱이 현저하게 줄어든 적황색 턱수염은 턱 밑까지 끌어 올린 침구 위로 삐져나와 있었다. 양피지 같은 피부에 광대뼈, 눈, 귀 주위와 정수리와 이마 등을 중심으로 억센 주름이 져 있었다. 감은 눈의 눈꺼풀 역시 주름이 져 있었고, 눈썹은 거의 없었다. 침대보 밑에 있는 몸은 납작하고 가벼워서 얼굴이 아니었으면 사람이 있는 줄도 모를 정도였다. 이따금 들리는 희미한 숨소리로 그가 아직 살아 있음을 알 수 있을 뿐이었다.

하루 동안 입어서 살짝 구김이 간 흰 가운을 입은 간호사는 아마포 덮개를 씌운 높은 안락의자 등받이에 불편하게 머리를 대고 길이를 줄인 왈렌키를 신고 추워서 다리를 꼰 채로 졸고 있었다. 고리키*에서는 난방을 아끼지 않았고, 레닌이 여기에 오기 전 라인보트 육군소장이 살 때부터 이 집의 증기난방은 단 한 차례도 끊기지 않고 잘됐지만, 환자가 신선한 공기를 마시게 하도록 지시가 내려졌기 때문에 간호사는 한 시간마다 털로 짠 숄을 어깨에 두르고 환기창을 열었고, 환기창을 통해 찬 공기와 함께 작은 얼음 입자가 침실에 들어와 방 안 공기는 언제나 상쾌하다 못해 차가웠다.

집 안 어딘가 깊숙한 곳에 있는 시계가 무거운 종을 쳤고, 간호사는 잠에서 깼다. 요오드와 스팀 우유, 53세의 고뇌하는 이의 몸 냄새가 났다. 환기를 시킬 때가 되었다. 간호사는 일어나서, 닦지 않은 지 오래인 삐거덕거리는 쪽마루를 조심스럽게 밟으면서 창문 쪽으로 갔다. 자기 쪽으로 굳게 닫힌 나무 환기창을 있는 힘껏 열자 상쾌한 눈 냄새가 훅 들어왔다. 모터 소리가 선명하게 들리더니 건물 입구에 차 한 대가 멈춰 섰다. 키가 크지 않고 체구가

*　모스크바 근교에 있는 마을로 레닌의 별장이 있다.

단단한 사람이 털모자를 귀까지 눌러쓴 채로 차에서 내려서는 현관을 향해 걸음을 재촉했다.

간호사는 창가에서 얼른 피했다. 누가 보기라도 하는 듯 조심스럽게 성호를 긋고 잠이 든 환자를 어깨 너머로 서둘러 쳐다봤다. 쇠고리로 환기창을 고정하고는 다시 안락의자로 돌아갔다. 가다가 시든 히비스커스 화분에 걸린 숄을 떨어뜨렸는데, 다시 돌아가서 집어 들기가 겁났다. 그대로 딱딱한 의자 등받이에 등을 기댔고, 안락의자 덮개 밑에서 현란한 나무 조각 무늬가 등으로 느껴졌다.

그녀는 곧 측면에 있는 문 하나가 언제나처럼 아주 조금 반 뼘만큼 열릴 것임을 알고 있었다. 원래 이곳은 주인이 서재로 썼고, 현재는 간호사나 의사가 쓰는 방의 문이라는 것도 알고 있었다. 간호사는 갈아입을 옷과 스타킹을 넣어둔 레티큘*을 열어둔 채로 책상 위에 올려놨고, 어제 입었던 가운을 세탁소에 맡길 요량으로 오토만** 위에 벗어뒀고, 환자에게 주려고 끓이기만 하고 먹이지는 않은 닭고기 수프를 냄비째로 그냥 두었다는 생각을 하자 창피했다. 이유는 알 수 없지만 저녁에 예고도 없이 이 집을 찾는 손님은 늘 이 방에 들어오곤 했기 때문이었다.

---

* 18~19세기에 유럽에서 여성들이 소지품을 넣고 다닌 작은 손주머니.
** 발걸이로 쓰이는, 등받이가 없는 쿠션 의자.

그는 해 질 무렵이나 더 심한 경우에는 밤이나 새벽에 오기도 했다. 이곳은 모스크바에서 30베르스타 떨어진 거리에 있었다. 날이 좋을 때는 차로 왔고, 춥거나 폭설이라도 내리는 날이면 장갑차를 타고 왔는데, 그렇게 와서는 옆방에 말없이 잠시 서 있다가 금방 떠나는 것이었다. 지도자를 안 보는 것은 물론이고, 이 집에 있는 의사들이나 임종을 앞둔 남편 옆을 지키는, 눈에 띄게 머리가 하얗게 센 그의 부인 등 그 누구와도 대화를 하지 않은 채였다. 그가 오는 목적은 무엇인가? 한번은 식모가 "뭐에 씌었나 보지"라고 중얼거리곤 누가 들었을까 봐 겁을 먹고 입을 막은 채로 기도문을 외운 적도 있었다. 집에 있는 다른 사람들은 침묵으로 일관했는데, 눈을 내리깔고 입을 다문 채 길에서 최대한 멀리 떨어져서 몸을 숨기고 있으라고 그 손님이 강요하기 때문이었다.

오늘도 그가 저택 현관에 발을 들이기가 무섭게 누군가의 팔이 어둠 속에서 나와서 그의 몸에서 팔꿈치 쪽이 닳은 무거운 군복 외투를 벗겨내고, 귀 부분을 모두 덮는, 모피가 풍성한 털모자를 받아내고, 그가 신고 온 왈렌키에서 눈을 털어냈다. 문이 차례대로 열렸고, 어둠 속에서 징이 박힌 부츠가 대리석 위를 걷는 소리가 모두의 관심을 끌었다. 누군가의 등이 친절하게 그의 앞에서 길을 안내하고 있었다. 어느 순간 컵 받침이 생겼고, 티스푼이 조용히 유리잔에 부딪히는 소리가 들렸다. 티스푼은 뜨거운 물에 차와 설탕 조각을 섞으면서 빙글빙글 돌았다. 지도자가 전에 쓰던 서재의 불이 꺼졌고(집 안에 있는 사람들은 손님이 어둠을 선호한다는 걸 알고 있었다), 그래서 배려심 많은 손, 등, 머리들이 그를 혼자 두고 자리를 떠났다. 그는 침실로 향하는 문을 밀었다. 문이 살짝 열리자 그는 따뜻한 증기난방 파이프에 등을 기대고 언 몸을 녹였다.

이따금 환자의 가슴 위에 커다란 맷돌이 얹혀 있기라도 한 듯 힘들게 쉿소리를 내며 숨을 쉬는 소리가 드문드문 들릴 뿐 사방이 고요했다. 몸속 깊은 곳 어딘가에서 뭔가 그렁그렁하는 소리가 들리고 새의 울음소리 같은 것이 들리다가 끓어 넘치는 듯하더니 목까지 차올라서는 기침을 하면서 뭔가 뱉을 듯하다가 다시 잠잠해지곤 했다. 손님은 서서 창밖의 일몰을 바라보면서 환자가 내는 소리를 듣고 있었다.

정치국에서는 지도자를 이렇게 만든 장본인은 바로 독일인들이라고 생각하는 사람들이 있었다. 푀르스터, 클렘페러, 노네, 보르하르트, 스트륌펠, 붐케는 모두 지도자가 부르기가 무섭게 독일에서 날아온 겁먹은 한 무리의 새 떼나 다름없는 자들이었다. 지도자 스스로도 러시아인들이 독일인 의사들을 참기 힘들어한다고 입버릇처럼 말하곤 했다. 자기가 그렇게 얘기해놓고, 그들을 초대하고 맞이하고 거금을 지불하고 병을 치료해주길 기대하고 수술대에 누웠으며 주는 약을 고분고분 잘 먹었다. 그는 믿을 만한 독일인들의 보호하에 죽는 편을 선택했는지도 몰랐다. 1년

반 동안 의식을 잃고 있었고 밤이면 악몽을 꾸었으며 끔찍한 경련을 겪었다. 기력만 쇠해지고, 그들이 진단 내린 병명은 번번이 틀리곤 했다. 결국 의사들은 병의 직접적인 원인을 밝혀내지 못했다. 라인연방 의사들은 하나같이 개새끼들이었다.

손님은 눈을 감았다. 지도자의 거친 숨소리는 커졌다 작아졌다를 반복했고, 뭔가 꿈꾸는 듯 슬픈 멜로디 비슷한 것이 포착됐다.

아니, 의사들 잘못이 아니었다. 우리에 갇힌 양들처럼 그들의 지식은 제한적이었고, 그들의 견해에는 곁눈가리개가 씌워져 있었다. 지상의 것에 얽매이고 인간의 몸에 묶여 영원히 인간 전체를 혹은 부분부분을, 안과 밖을, 코안경을 끼고 돋보기와 현미경으로, 수술대 위에 있는 확대 유리로 볼 수밖에 없었던 것이다. 그들은 분석하고 파고들 줄은 알았지만 영감은 얻지 못했다. 이곳에서 무슨 일이 일어나는지 알기 위해서는 안경이 아니라 체펠린 비행선이나 비행기가 필요한지도 몰랐다. 위로 올라가야만 고전적인 기둥에 돌출 창을 갖춘 방과 먼지 묻은 덮개로 씌워둔, 가짜 금으로 만들어진 가구, 나무로 조각한 머리 판이 붙어 있는, 땀에 젖은 침대를 볼 수 있으며, 이 싸구려 가구 사이에서 죽어가고 있는 것은 지도자가 아님을 알 수 있었다. 지금 시체를 싸는 천을 연상시키는 하얀 이불 아래에는 다름 아닌 세계 혁명의 이념이 있었고, 이 이념이 쉰 소리를 내고 지친 듯 신음했다. 그는 괴로운 몸뚱어리를 옆으로 돌릴 힘조차 없는 듯 보였다.

마르크스에 의해 탄생된 이념은 유럽을 흔들어놓았고 러시아를 뒤집어엎었다. 일부 편협한 사고를 가진 사람들은 역사적 사건들의 주체가 사람이라고 생각한다. 하지만 역사를 움직이는 것은 사람이 아니라 이념이다. 이념은 엄청난 수의 사람들을 동요시키고 필요한 대중의 지지를 받으며 구체적인 사람들의 살과 피로 형상화되지만, 이 사람들이 늘 이념에 적합한 것은 아니었다. 러시아에서도 혁명을 이끈 주체는 다름 아닌 이념이며, 적합한 상황을 만나, 작고 병약하지만 업무 능력과 언변이 뛰어난 사람으로 형상화되어 체포, 유배, 배신, 살해 위협이라는 모든 어려움과 난관을 극복하고 혜성처럼 나타났다. 그가 아니었다면 그보다 키가 크거나 작고 머리카락 색깔이 더 어둡거나 밝은, 또 다른 지도자가 나타났을 것이다. 오늘날 하늘 위 비행기 안에서 세계를 바라볼 수 있는, 이를테면 영적인 사람들, 시인들, 철학자들은(손님은 자신이 인생의 여러 시기별로 이 세 명의 모습을 갖고 있다고 생각했다) 완벽한 이념이란 처음부터 탄생할 수 없다는 것을 알 수 있었을 것이다. 지금 이 이념을 품은 육체는 죽어가고 있다. 그가 더 이상 역사에 필요치 않기 때문이다. 겁에 질려 안락의자에 몸을 파묻고 손님이 자신을 발견하지 못하리라 생각하는 간호사, 침대 옆에 놓인 반짝이는 협탁 위에 빼곡하게 세워진 약병들, 이 집에 상주하는 의사들, 이 모든 것이 거짓된 반짝임이고 죽음을 앞둔 거짓이며 동지들과 친지들이 양심의 가책을 느껴서 열심히 노력한 결과물일 뿐이다.

간호사는 열린 환기창을 통해 솜털처럼 가벼운 눈이 천천히 들어와 방 안의 따뜻한 공기 속에서 녹는 모습을 지켜봤다. 창문 밑에서 자동차 한 대가 규칙적으로 덜컹거리는 소리를 냈는데, 이것은 보통 금방 다시 차로 돌아오는 승객을 기다리느라 운전기사가 켜놓은 모터에서 나는 소리였다. 하지만 오늘따라 그가 기다리는 승객은 평소보다 지체하고 있었다. 환기창을 닫아야 했지만 손님은 다른 사람들이 자기를 의식하는 것을 싫어했기 때문에 간호사는 그대로 움직이지 않고 앉아서 밖에서 들어오는 찬 공기가 방 안에 가득 차는 것을 온몸으로 느꼈다. 안락의자 팔걸이에 얹힌 손가락들은 감각을 잃어갔고 코끝도 마찬가지였다. 무엇보다 등과 어깨에서 심한 오한을 느꼈고 척추 어딘가 깊숙한 곳에서는 미세한 떨림이 느껴졌다. 그녀가 바닥에 떨어뜨렸지만 집어 들지 못한, 털실로 짠 숄에는 하얀 눈이 덮여 있었다.

얼마간은 이념이 살아 있다고 여기고, 희미한 불빛이나마 그 불빛을 따라 걸을 것이다. 많은 사람들과 함께 그 누구보다 열심히 이념을 칭송할 수도 있고 칭송해야 할 것이다. 이제 막 침체, 내전, 기아 등과 같은 통치의 고통으로부터 벗어난 소련의 지도자는 세계 최초로 혁명을 이뤄낸 섬처럼 유일한 버팀목으로 우뚝 서서 이 이념에 대한 믿음을 갖고 유영하고 있다. 따라서 과격한 행동을 하는 것은 금물이다. 지도자는 여전히 그가 목표를 향해 가고 있다고 생각하는 것이 좋다. 하지만 이젠 다른 사람의 얼굴과 몸으로 형상화된 새로운 이념의 빛이 처음에는 사람들의 관심을 끌지 않을 만큼 서서히 비치다가 나중에는 많은 사람들의 이목을 집중시키고, 결과적으로 새로운 빛이 예전에 있던 빛을 밀어낼 것이다. 하지만 아직은 지도자가 건재하다는 시늉을 해야 한다. 심지어 그의 몸이 더는 말을 듣지 않는다 하더라도 그의 밝은 형상은 인간적 업적과 사도들의 행적처럼 사람들의 기억 속에 살아 있다. 이제 엄청난 노력을 기울여서 이 이념은 새롭게 형상화되어야 하며, 대중은 의식하지도 못한 채 새로 바뀐 레일 위에서 새로운 방향을 향해 전진할 것이었다. 독일인들처럼 말이다.

지도자는 독일을 너무나도 사랑했고, 독일을 독일 사회주의 공화국으로 변화시킨 것을 그가 이룬 가장 위대한 업적이라고 간주했다. 심지어 브레스트-리토프스크에서 있었던 평화 회담도 조만간 러시아로부터 독일, 그리고 유럽 전체로 퍼질 전 세계적 혁명을 기다리며 천천히 진행되었다. 느린 듯한 진행 속도 역시 계획된 것이었다. 하지만 독일도 유럽도 넘어가지 않았다. 세계적인 혁명은 없었다. 카이저*가 있는 독일에서 오랫동안 힘들게 회담을 이어가던 중 독일 측과 소련 측 모두 의도치 않은 아픈 손가락인 러시아 내에 있는 독일인들에 대한 문제가 거론되었다. 두

---

* 독일과 오스트리아 등에서 황제를 부르던 칭호.

나라 모두 독일 출신의 러시아 식민지 주민들에 대해 단 한 번도 진지하게 생각하지 않았었고, 이는 얼핏 봤을 때 승패에 영향을 줄 것 같지 않은 보잘것없는 카드 한 장이 소매에서 갑자기 떨어진 것과 같아 보였다. 독일 측은 식민지 주민들이 아무런 장애 없이 역이민을 할 수 있도록 해달라고 요구했다(여기에는 그들이 갖고 있는 재산 역시 함께 반출할 수 있도록 해달라는 의도가 깔려 있었고, 사실상 이것이 이 패의 핵심이었다). 한편 러시아 측은 독일 내 문제에 개입하기가 불편해서 당혹스러워했고, 결국 화가 났다. 오랫동안 정치적으로 무의미한 춤을 추던 양측은 아무런 결과를 얻지 못했고, 결국 소련은 식민지인들이 고국으로 돌아가는 것을 허락했다. 이로써 독일 출신 식민지인들에 대한 문제는 하나의 독립된 카드 게임이 되었다. 얼핏 봤을 때 별 볼 일 없을 줄 알았던 카드 한 장은 이렇게 해서 양국을 잇는 중요한 카드가 되었다.

지도자는 자신의 나라에 있던 독일인들을 지렛대 삼아 먼 미래에 있을 독일 사회주의 혁명을 조종할 수 있을 테니 이들이 으뜸 패라는 것을 의심하지 않았고, 이들을 지렛대로 쓸 수 있겠다고 생각했다. 볼가강 유역에 사는 식민지 주민들 중 사회주의 이념에 사로잡힌 수없이 많은 페터와 한스는 독일 제국주의를 흩어버릴 목적으로 라인강과 슈프레강 가로 몰래 잠입했다. 그리고 볼가강 유역에서 독일로의 역이민자들과의 투쟁과 관련해서 소련

내 거주하는 독일인들이 자치 권한을 위임받았다. 좀 더 정확히
는 자치 가능한 권한이었다.

손님은 뜨거운 라디에이터에 등을 대고 온기가 몸 전체로 퍼지
는 걸 느끼고 있었다. 그는 자신 역시 지도자의 숨소리에 맞춰서
더 깊게 천천히 숨을 쉬고 있다는 것을 깨달았다. 죽어가는 사람
의 거친 숨소리를 듣는 것은 그 무엇과도 비유할 수 없을 만큼 기
분 좋은 일이었다.

그는 볼가강 유역의 식민지 주민들과 관련된 역사를 알고 있었
고, 그 역시 이 일에 깊이 관여했다. 따라서 정치국에서는 이런 그
에게 '민족들의 목자'라는 별명까지 붙여주었다. 그는 볼가강 유
역에서 역이민자들과 투쟁할 수 있는 자치권을 받으러 온 사절단
들과 직접 만났고, 그들과 만난 일을 지도자에게 직접 보고했다.
"소련 정부는 사회주의 이념을 심기 위해 노력하는 독일인 동지
들에게 자치권을 부여하는 데에 동의한다"라는 전보를 사라토프
에 보낸 사람도 그였다. 이렇게 해서 그는 자기 손으로 직접, 볼가
강 부근에 모스크바 정부에 복종하는 자그마한 독일 사회주의 공
화국을 만들었다. 지도자의 꿈을 이런 식으로 실현한 셈이었다.

몇 년 후에 미래를 예측한 사람들이 우려했던 일이 현실로 다
가왔다. 적진에 보냈던 무수히 많은 페터와 한스는 임무를 완수
하지 못했다. 이로써 혁명을 수출해버리려고 했던 꿈은(이 꿈은 무
엇보다 지도자의 꿈이었고, 이때 마침 그는 자신의 몸에 이상을

느끼기 시작했다) 끝내 실현되지 못한 채 꿈으로만 남게 되었다. 당시에 볼가강 유역에 형성된 작은 '독일'은 규모가 더 줄긴 했지만, 공산주의 건설의 도구까지는 아니어도 바이마르 공화국을 선전하는 쇼윈도 정도의 역할은 할 수 있었다. 이렇게 해서 이들은 다소 거창한 '자치공화국'의 주민이 되었다. 이들은 자신들의 국가어와 헌법을 갖게 되었는데, 고국인 독일에서 분리된 채 여전히 18세기 방식대로 생활하며 러시아어는 전혀 못하는 이들에게 너무 과분한 것인지도 몰랐다.

2주 전 정치국에서 손님은 비밀회의를 열어서, 이들이 독일로 역이민을 가는 문제를 놓고 상의를 하고 이를 최종적으로 승인했다. 그리고 해당 법안에 직접 서명했다. 그는 무거운 마음으로 서명했고, 독일 사회주의 공화국의 형성이 정치적 후퇴의 결과인지, 이로써 지도자가 그토록 원하던 것을 이루어 중병을 앓고 있는 지도자의 업적을 더 돋보이게 한 것은 아닌지, 지금도 여전히 자신이 옳은 일을 한 것인지 확신을 갖지 못했다. 다시 말해 아이가 사산아였는지, 살 수 있는 가능성이 있었는지 말이다. 어찌 되었든 그는 결과적으로 이 원치 않는 아이의 대부가 되었다. 진짜 아빠는 저기 옆방에 누워 있으며, 그의 심장은 곧 멈출 것처럼 힘겹게 뛰고 있었다.

미동도 하지 않고 앉아 있던 간호사의 몸이 갑자기 심하게 떨렸고, 왈렌키를 신은 두 다리에서도 한기가 느껴졌다. 내쉬는 숨이 무겁고 하얀 입김으로 변하는 것 같은 기분이 들었지만 침실 안이 어두워서 육안으로 확인할 수는 없었다. 환자의 날숨 역시 하얀 입김으로 변하고 있을 터였다.

지도자가 전에 쓰던 서재로 향하는 문은 여전히 살짝 열려 있고, 손님은 여전히 집 안에 있었다. 어두컴컴한 창문 아래에는 차 한 대가 여전히 모터 소리를 내면서 서 있었다.

딸

8

슬레이벨 소리가 더는 들리지 않고 썰매로 만들어진 눈보라가 공기 중에 흩어졌을 때, 볼가강 위에 있던 구름이 여기저기 투명한 뭉치를 이루며 흩어지자, 투명한 구름 사이사이로 오렌지색 태양이 보였다. 날카로운 태양 광선이 회청색 하늘을 가르고 있었고, 파란색 집이 모여 있는 그나덴탈이 멀리 보였다. 강 위에는 끝도 없이 하얀 눈이 쌓였고, 빨갛고 노란 빛은 눈 덮인 파란 강을 비추었다.

지금쯤 땀과 양수로 흠뻑 젖은 잠옷을 입은 클라라가 깨어나서 난방이 꺼진 방 한가운데에서 피로와 오한으로 떨고 있을 것이다. 집을 나오기 전에 난로에 불을 지피지 않은 것이 떠올랐다. 그는 잠시 서서 고요에 귀를 기울이고는 반짝이는 분홍빛이 얼음 구덩이 사이사이로 스며드는 모습을 지켜봤다. 그러고는 뒤돌아서 자신의 보랏빛 그림자를 밟으며 집으로 향했다.

그는 얼어붙은 바위를 붙잡고 서리 낀 관목 가지를 의지해 힘들게 오솔길을 지나서 눈 덮인 참나무 숲을 지나 비질을 안 해서 눈이 많이 쌓인 마당을 지나 현관으로 향하면서 자신이 추위를 느끼지 않는다는 사실을 깨닫고 놀랐다. 모자를 쓰지도 않았고 목도리도 두르지 않았고 털 코트 위로 가슴이 드러나 있었지만, 양팔이 붉게 변했고 손가락이 잘 굽혀지지 않는 것 외에는 이상하게도 추위가 느껴지지 않았다. 어쩌면 그의 입술이 말할 능력을 상실한 것처럼 그의 몸이 추위를 더는 느끼지 못하는 것인지도 몰랐다. 어쩌면 그의 혀가 그랬듯이 몸속 장기들 역시 하나씩 차례대로 그를 배신하고 있는지도 몰랐다. 오히려 잘된 일인지도 모른다. 이제 그는 어미와 방금 태어난 아이에게 집을 내주고 자기는 가축우리나 광에서 살아도 될 테니까 말이다. 사실 그들과 한 지붕 아래에 있으면서 아이가 울 때 클라라가 다정하게 속삭이는 소리나 아이에게 젖을 주기 위해 클라라가 가슴을 드러낼 때 원피스가 사각거리는 소리를 듣고 아무렇지도 않게 행동할 자신이 없었다. 그래서 집과 정원을 관리하고 물고기를 잡아오고 장작을 준비하고 클라라를 위해 음식을 만드는 등 전과 다름없는 생활을 하더라도 새 식구의 목소리도 안 듣고 되도록이면 아이를 안 보고 싶었다. 아이가 일어나서 걷기 전 처음 1년 동안은 가능할 것도 같았다. 바흐가 아픔을 이겨내며 계속 그들과 함께 살지 혹은 집을 떠날지는 그때 가서 생각해도 늦지 않을 것 같았다.

클라라가 잠에서 깨면 허기가 지고 지난밤에 힘들었던 흔적들을 물로 씻어내고 싶을 거라 생각해서 난로에 장작을 넣고 양동이 가득 눈을 담아서 물을 끓이고 귀리와 당근 가루를 섞어서 튜랴*를 만들어놓고는 바로 가축우리로 거처를 옮기려고 마음먹었다. 그는 삐거덕거리는 문소리가 나지 않도록 조심히 집 안으로 들어가서 먼저 페치카에서 잠든 불씨를 깨웠다. 그런 다음 아침식사 준비를 위해 식탁 옆에서 빠르게 움직였다. 급한 마음에 서둘러 움직이기는 했지만 클라라가 깰까 봐 소리를 안 내려고 조심했다.

방 안은 쥐 죽은 듯 조용했고 어디선가 삐거덕거리는 소리가 옅게 들렸는데, 바람에 들썩이는 장작 소리인지 바람에 흔들리는 덧창의 소리인지 알 수는 없었다. 대접에 당근 가루를 넣고 나무 숟가락으로 젓다가 조금 전에 들었던 소리는 장작이나 덧창과는 무관하며 아이가 잠투정을 하느라 우는 소리라는 것을 불현듯 깨달았다. 바흐는 튜랴가 잘 만들어지도록 대접을 접시로 덮고 접시를 수건으로 감쌌다. 펄펄 끓는 양동이를 내리고 식탁 위에 올려놨다(양동이 손잡이는 쇠로 돼 있어서 굉장히 뜨거웠을 텐데 바흐의 손가락은 뜨거움을 못 느꼈다). 그 옆에는 그와 클라라가

---

* 물에 양파와 빵 조각을 넣어서 만든 러시아 전통 수프.

차례대로 목욕할 때 쓰는 대야와 바가지를 꺼내놓았다. 그는 벽에 걸린 모피 반코트를 어깨에 걸쳤는데, 2년 전쯤 우도 그림이 입던 가죽옷을 줄인 것으로, 추울 때를 대비하겠다는 의도보다는 뭔가 익숙한 물건을 갖고 싶은 바람에서 만들어둔 것이었다. 그는 가축우리로 거처를 옮길 때는 침대로 쓰던 기다란 의자만 가져가기로 마음먹었다. 괴테의 책도 갖고 가고 싶어졌다. 아이의 울음소리와 아이를 달래는 어미의 다정한 속삭임과 구슬픈 자장가 소리가 들리지 않는, 어두운 가축우리 안에서는 책이 더 잘 읽힐 것 같았기 때문이다.

바흐는 벽에 닿아서 소리가 나거나 의자에 걸리기라도 할까 봐 여전히 큰 반코트의 끝자락을 들고 아이와 함께 잠들어 있는 클라라 쪽은 안 보려고 노력하면서 침실 안으로 들어갔다. 닫힌 덧창의 틈새로 아침 햇살이 엷게 스며들었다. 클라라의 숨소리는 들리지 않았고, 어둠 속에서 아이의 울음소리만 들리는 것으로 봐서 아이가 깼다는 것을 알 수 있었다. 아이 울음소리를 듣자 귀가 간지럽고 뒤통수가 아픈 것 같았다(그는 말하는 능력을 앗아갈 것이 아니라 귀를 멀게 했더라면 더 좋았을 뻔했다는 생각을 했다). 인상을 찌푸리면서 서둘러서 책을 찾으려고 걷다가 그만 책을 바닥에 떨어뜨리고 말았다. 책은 바닥에 떨어지면서 이상하게도 철퍼덕 소리를 냈다. 몸을 수여 책을 집어 들고 빛에 비춰 보았는데, 표지에 뭔가 어둡고 끈적끈적한 것이 묻은 게 보였다. 책을 집었던 손가락에도 역시 같은 색 액체가 묻어 있었다. 그는 아래를 쳐다봤고, 어둠에 익숙해져서 사물을 어느 정도 볼 수 있게 된 그의 눈은 발밑의 검은색 웅덩이에 주목했다. 그 웅덩이는 방 전체를 가로질러 침대 밑 어딘가에서 멈춰 있었다.

바흐는 책을 서랍장 위에 올려두고 지저분한 양손을 앞으로 뻗은 채 잠든 클라라에게 다가갔다. 베개를 베고 있는 그녀의 얼굴은 방금 태어난 아기 머리 옆에서 보일 듯 말 듯 창백했다. 그는 이불을 더럽힐까 봐 손가락 끝으로 조심조심 그녀의 몸을 조금 일으켜서 구석에 세웠다가 그다음에는 완전히 뒤로 눕혔다.

클라라가 누웠던 침대 한가운데에 검은 얼룩이 져 있었고, 잠옷 상의 자락이며 배에 아무렇게나 깔려 있는 맨다리에도 시커먼 얼룩이 묻어 있었다. 클라라는 몸을 구부려 양팔로 무릎을 안고 얼굴을 아이에게 묻은 채로 미동도 안 하고 있었다. 그 굳어진 포즈에는 뭔가 이상하고 부자연스러운 수수께끼가 숨겨져 있고, 이것은 그가 꼭 풀어야 하는 수수께끼 같아 보였다. 그녀는 왜 미동도 하지 않고 이렇듯 이상한 자세로 있을까? 양팔은 왜 무릎을 감싸고 있을까? 발에 경련이 와서 몸을 구부렸을까? 수수께끼의 정답은 잡힐 듯 말 듯 했지만, 아기의 울음소리 때문에 수수께끼에 집중할 수가 없었다. 바흐는 침대에 누워 있는, 땀에 젖은 아기를 안아서는 짜증스럽게 바닥에 내려놨다. 혐오감을 느꼈다기보다는 어서 속히 수수께끼의 해답을 찾고 싶은 마음이 앞섰다. 머릿속에 뭔가 무겁고 커다란 바위가 들어 있기라도 한 것처럼 마음이 무겁고 괴로웠다.

그는 방이 밝아지면 수수께끼의 실마리를 더 쉽게 찾을 수도 있을 것 같아서 덧창을 열기로 결심했다. 밖으로 나가서 눈이 수북이 쌓인 집 주변을 힘겹게 한 바퀴 돌았다. 덧창에 붙은 얼음을 조심스럽게 떼어내고는 활짝 열어젖혀서 서리가 덮인 벽 옆에 고정했다. 손바닥이 얼음과 차가운 나무와 금속에 닿았지만 여전히 손은 시리지 않았다. 그런 후에 햇살로 환해진 침실로 돌아갔다. 반코트를 입은 채로 침대 가장자리에 앉아서 클라라를 바라보았다.

어쩜 저렇게 깊이 잠을 잔단 말인가? 그녀는 마치 눈으로 빚은 것처럼 창백했다. 도자기로 빚은 듯도 했다. 종이에서 오려낸 것 같기도 했다. 얼굴은 더 작아진 것 같았고, 닫힌 눈 주위에 시퍼렇고 동그란 다크서클 같은 것이 보였다. 양쪽 볼에 난 황금빛 주근깨는 강가에 있는 모래 색깔로 변해 있었다. 콧방울에서 턱까지의 선이 더 선명해졌고, 광대뼈 아래에 있는 그늘은 더 깊고 어두워졌다. 머리카락만 여전히 꿀을 부은 것처럼 밝은 갈색을 띠고 있었다. 클라라, 나한테 무슨 말을 하고 싶은 거야?

그는 수수께끼의 해답을 찾기 위해서 방 안을 한번 둘러봤다. 저기 서랍장 위에 괴테의 책이 놓여 있다. 세월이 흘러 어두운색을 띤, 등받이에 나무 조각이 새겨진 의자가 있다. 낮고 긴 의자도 있다. 군데군데 낡은 빗자루로 비질을 한 흔적이 있는 깨끗한 모래 바닥이 보였다. 바닥에는 검은색 액체가 고인 웅덩이가 있었다. 탯줄을 자른 칼의 날에는 피가 말라붙었다. 작고 축축하고 발그레하고 쭈글쭈글한 주름투성이인 아기는 발길질을 하고 팔을 흔들어대고 입을 크게 벌린 것으로 봐서 소리를 지르고 있는 것 같았다. 침대 위에 있는 이불은 들춰져 있었고, 침대는 어지러웠다. 침대 이불의 얼룩은 햇빛을 받자 새빨간색을 띠었다. 그 위에는 클라라가 지저분한 잠옷 상의를 입고 미동 하나 없이 누워 있었다.

문득 물이 떠올랐다. 클라라를 씻기려고 부엌에 데워둔 물이 생각났다. 물이 아직 따뜻할 때 클라라를 씻겨야 했다. 그는 양동이와 대야, 바가지를 갖고 왔다. 물에 손을 넣어봤지만 물이 차가운지 따뜻한지 알 수 없었다. 그는 머릿속으로 클라라에게 '미안해, 그냥 이 물로 씻길게. 춥지 않았으면 좋겠어'라고 얘기했다.

그는 보리수 껍질 꾸러미를 가져와 물에 풀고 서랍장에서는 깨끗한 수건을 꺼내 왔다. 대야에 물을 부었는데, 이때 물이 바흐가 입은 코트에 튀었지만 벗지 않았다. 그는 클라라의 상의를 벗기려고 침대에 양다리를 걸치고 있었는데, 옷에 있던 끈에 걸려서 상의가 찢어졌다. 그는 천 조각과 셔츠 목 부분에 붙은 끈과 레이스를 던졌다. 그리고 알몸 상태인 클라라를 대야에 넣고 씻기기 시작했다.

클라라는 뒤로 젖혀진 머리가 바닥에 부딪히는가 하면 긴 다리가 대야 밖으로 나가서 검은색 액체가 고인 웅덩이에 들어가기도 하는 등 바흐가 원하는 대로 움직여주지 않았기 때문에 클라라를 씻기는 일은 무척 힘이 들었다. 바흐는 그녀의 발, 발목, 무릎, 가느다란 허벅지와 흉하게 꺼진 배, 돌덩이처럼 딱딱하고 동그란 유방, 가느다란 쇄골, 가는 목, 심하게 살이 빠진 얼굴을 씻기면서 속으로 '조금만 참아'라고 말했다. 클라라의 가벼우면서도 딱딱한 몸이 흰 눈처럼 하얗게 됐을 때 그녀를 안아서 들어 올리고는 어디에 놔야 할지 몰라 방 한가운데에 서 있었다. 침대보 위에 올려놓자니 더러워서 망설여졌다.

마침내 그는 '얼음 창고'를 떠올렸다. 그보다 더 깨끗한 곳은 없었다. 그는 그녀를 데리고 가서 눈과 얼음 덩어리로 가득한 나지막한 나무 상자 위에 그녀를 눕혔다. 또다시 그녀에게 속으로 '조금만 참아. 집 청소 끝내고 데리러 올게. 춥지 않길 바라'라고 말했다.

바흐는 방으로 다시 돌아와 의자에 앉았다. 여러 가지 생각으로 머리가 무거웠다. 그중에는 클라라가 그에게 던진 수수께끼의 정답도 있었는데, 정답은 놀랍도록 단순한데도 마치 어렸을 때 들었던 노래나 작년에 봤던 꽃의 냄새처럼 알 듯 말 듯 했다.

바흐는 검은 액체가 고인 웅덩이와 클라라를 씻길 때 튀긴 물을 닦아내고 바닥에 떨어진 찢어진 잠옷 상의와 어디에서 들어왔는지 알 수 없는 지저분한 것을 모두 쓸어버리기 위해 바닥에 모래를 뿌렸는데, 손이 자꾸 떨리고 말을 듣지 않아서 하마터면 모래를 넣은 양동이를 떨어뜨릴 뻔했고, 다리는 마치 무쇠 부츠라도 신은 것처럼 걷기도 힘들고 자꾸 접히는 것이었다. 그리고 발에 무언가가 걸리는 걸 느꼈는데, 자세히 보니 아이의 몸이었다. 여전히 바닥에서 누워서 버둥거리는 팔다리로 필사적으로 자신이 살아 있음을 알리고 있었다. 열린 입에서 나온 끈적한 침이 거품이 된 걸로 보아 꽤 오랫동안 운 것 같았다.

이 녀석을 어쩐담? 바닥에 그대로 둘까? 얼음 창고에 있는 어미 옆에 눕힐까? 이제는 생각할 힘도 남아 있지 않았다. 그저 청소하는 데 방해가 되지 않도록 아이를 안아서 침대에 도로 눕히고 싶은 생각밖에 없었고, 아이를 양손으로 안자 아이의 몸이 불덩이라는 것을 깨달았다. 팔은 개구리 다리처럼 가늘었고, 갈비뼈는 심하게 떨렸으며, 배는 동그랗고, 산딸기처럼 빨간 얼굴은 악을 쓰고 울어댄 탓에 일그러져 있었다. 머리는 컸으며, 얼굴은 침과 눈물로 범벅이 되어 미끄덩거렸고, 머리끝부터 발끝까지 너무 뜨거워서 아이가 아니라 불덩이처럼 느껴질 정도였다. 방금 전까지만 해도, 달궈진 쇠붙이를 만져도 얼음을 만져도 감각을 못 느끼던 손바닥과 손가락이 마치 두꺼운 장갑을 벗거나 표피를 덮은 부스럼이 사라지기라도 한 것처럼 감각을 느꼈다. 그가 불덩이처럼 뜨거운 아이의 몸을 양팔로 꼭 끌어안자 몸속 내장들에 온기가 퍼지는 것을 느꼈다. 아이는 벗어나려고 발버둥 치고 쉰 소리를 내면서 울어댔다. 발버둥 지는 아이를 떨어뜨릴까 두려워 아이를 들어서 품에 넣어봤지만 아이는 이내 가슴까지 미끄러져 내려오더니 갈비뼈 쪽에 착 붙어서 여전히 발버둥 치고 경련을 일으키듯 울어댔다. 울음소리는 시간이 지남에 따라 점점 잦아들 었다. 아이의 열은 마치 뜨거운 물을 끼얹은 것처럼 바흐의 등, 어깨, 머리를 따뜻하게 만들었다. 그토록 오랫동안 기다리던 온기에 노곤해진 바흐는 다리에 힘이 빠져 침대에 앉더니 옆으로 누워서는 눈을 감았다. 그리고 양손으로 얼굴을 가렸는데, 얼굴이 너무 축축했다. 그는 울고 있었다.

그의 품에서 울음을 그친 아이 대신 이제 그가 울었다. 침대 시트가 지저분해졌는데 빨기 힘들다거나 클라라가 입고 있던 잠옷 상의가 갈기갈기 찢어져서 수선하기 힘들다거나 하는 사소한 이유를 찾아 아이처럼 울었다. 클라라는 지금 그에게서 멀리 떨어져 있고, 그가 부른다 해도 그의 목소리를 들을 수 없을 것이다. 지금 그녀는 가금과 생선을 저장하는 나무 상자 안에 눈보다 희고 차가운 상태로 누워 있었다. 눈을 감았고 눈썹에는 성에가 껴 있었다. 그는 그렇게 클라라의 죽음을 애도하고 있었다.

이것이 그녀가 그에게 하고 싶었던 말이었고, 그는 이제야 깨달았다. 수수께끼는 풀렸다. 정답은 허무하게도 한 단어였다. 수수께끼의 정답을 알아낸 그는 소스라치게 놀라며 눈을 떴다. 눈물은 순식간에 말랐고, 그의 몸을 따뜻하게 해준 온기는 그 순간 뜨거운 슬픔으로 변했다.

9

바흐는 클라라가 어제 하던 대로 집의 바닥을 꼼꼼하게 잘 쓸었다. 피로 얼룩진 침대보와 클라라의 찢어진 잠옷 상의는 폐치카에 넣어서 불태웠다. 침대보를 새로 갈고 그 위에 오리털 이불을 덮고 주름이 지지 않도록 평평하게 잘 폈다. 그러고는 자신이 만든 튜랴를 아무런 맛도 냄새도 못 느끼면서 열심히 먹었다. 그는 모든 덧창을 닫았다. 마당에 나가서 바닥에 뒹구는 나무를 도끼로 찍어 땔감용 장작이 쌓인 곳에 갖다 놓는 등 마당을 치웠다. 헛간과 곡식 저장 창고의 문을 잠갔다. 남아 있는 따뜻한 물로 목욕을 하고 옷을 갈아입었다. 겉옷인 털 반코트, 키르기스인이 입던 겨울용 조끼, 바지, 셔츠는 전부 잘 개서 침대 위에 올려놨다. 그런 다음 젖은 머리카락과 수염을 꼼꼼하게 빗었다.

바흐가 행주 같은 천으로 싸서 난로 옆 기다란 의자에 눕히고 머리 밑에 베개를 넣어준 아이는 쌔근쌔근 잠을 자고 있었다. 바흐가 주전자 물을 난로에 뿌려 불을 꺼서 숯이 쉭쉭거리는 소리를 내면서 식자 그제야 아이가 칭얼거리고 발버둥을 쳤다. 바흐는 서둘러 주전자를 불 꺼진 스토브 위에 올려놓고, 의자를 갖고 나가서 현관문을 닫았다.

날이 저물고 있었다. 붉은 태양은 어두운 숲에 낮게 걸렸고, 하늘은 온통 파란 어둠으로 가득했다. 따뜻한 물로 씻은 이마와 볼, 여전히 축축한 머리에 차가운 밤공기가 닿자 살을 에듯이 따가웠다. 바흐는 얼음 창고에 의자를 가져갔는데, 안에서 문을 잠글 수 없도록 돼 있어 통나무를 끼워서 문을 닫았다. 그는 얼음과 눈이 가득 찬 나무 상자 위쪽에 놓인 그녀의 머리 옆에 앉아서 팔꿈치를 무릎에 괴고 손바닥으로 턱을 받쳤다. 그리고 클라라를 바라보았다.

칠흑 같은 어둠에 둘러싸였지만 마치 수백 개의 양초나 열 개의 등유 램프로 밝히기라도 한 것처럼 그가 그토록 사랑하던 여인의 모습은 너무나도 잘 보였다. 그는 주름이 거의 없는 클라라의 희고 매끈한 피부와 눈 밑 다크서클을 가리고 있는 기다란 속눈썹과 정수리의 주름을 사랑했다. 그래서 그는 주름 하나하나가 언제 생겼는지 기억했고, 그녀에 대한 모든 기억을 사랑했다. 침묵하는 클라라를 바라보자 슬픔도 사라졌다. 사실 그는 지난 몇 년 동안 이 순간을 간절히 기다렸다. 앉아서 사랑하는 여인을 끝도 없이 보는 것 말이다. 그 누구와도 나누지 않고 혼자 독차지하는 것. 이제 그가 원하던 것을 이루었다. 물론 등에 한기를 느껴서 혹은 어깨의 감각을 잃어서 몸을 조금만 움직이면 몸속 어딘가에 잠들어 있던 슬픔이 깨어나서 머리와 가슴에 엄청난 공포를 전해줬을 테지만, 그는 그대로 미동도 않고 앉아 있었고 몸의 감각을 잃어갈수록 마음은 더 편안해졌다. 해야 할 일은 다 끝냈고 생각도 할 만큼 했고 온갖 종류의 다양한 감정도 느껴봤다. 이제 남은 건 태양과 달의 움직임에 아랑곳하지 않고(햇빛과 달빛은 통나무로 만들어진 얼음 창고를 뚫고 들어오지 못할 것이다) 계절 변화에 흔들리지 않고(두꺼운 벽과 문은 악천후로부터 그를 지켜줄 테니까) 그 외의 세상 근심에 마음을 빼앗기지 않고, 삶에서 가장 중요한 그림을 자세히 살펴보는 일만 남았다.

바흐는 몸 전체가 굳어져서 더는 움직일 수 없게 된 것 같았고, 안도했다. 발가락을 움직일 수도 발목을 돌릴 수도 없었고 무릎이 굽혀지지 않았으며 등과 목을 펼 수 없었고 눈을 깜빡이거나 실눈을 뜰 수도 없었는데, 어쩌면 자신도 의식하지 못한 새에 눈을 감고 있었는지도 몰랐다. 숯처럼 시커먼 하늘에 박힌 달은 앞을 볼 줄 아는 사람이나 잠이 든 사람이나 앞을 못 보는 사람 모두를 포함한 온 세상을 눈이 부실 정도로 환하게 비추고 있었다. 하양고 차가운 이 빛은 이상하게도 얼음 창고에 있는 좁은 틈을 통해 내부를 비추는 것이 아니라, 들릴 듯 말 듯 작은 소리를 내며 밖에서 부는 바람과 차가운 공기를 통해서인지 신선한 눈 내음으로 인한 것인지 빠른 속도로 실내를 가득 채웠다. 바흐는 이 빛으로 얼음 창고 안에 있는 통나무를 처음부터 끝까지 살펴봤는데, 대패질 안 한 나무껍질로 만들어서 누더기 같은 통나무에는 성에가 끼었다. 두꺼운 나무 판 상자 안에는 톱질을 해서 잘라놓은 얼음 조각들이 가득 차 있었고, 단단한 얼음 조각은 군데군데 불투명하거나 투명하거나 기포가 형성돼 있었다. 그 위에는 파랗고 아름다운 정맥으로 수놓아진 한 여자의 창백한 몸이 사방으로 팔다리를 뻗은 채 누워 있었다. 바흐 자신은 주름진 얼굴로 그 얼음 창고에 있는 의자에 구부정하게 앉아 있었고, 숱 없는 머리카락과 절반쯤 하얗게 센 턱수염 끝에는 작은 고드름이 달렸다. 그는 얼음 창고 전체를 내부뿐만 아니라 외부도 봤는데, 단단한 통나무로 지어진 얼음 창고는 지붕까지 눈 속에 파묻혔고, 나무판자 두 개를 덧대어 만든 작은 문은 눈 속에서 보일 듯 말 듯 했다. 그는 마당, 집 그리고 집을 에워싼 숲을 차례로 응시했다. 볼가강 오른편 산속에 위치한 나무들에도 온통 눈이 수북이 쌓여 있었다. 볼가강도 희고 매끈매끈한 종이 같았다. 새하얀 스텝 지역에는 군데군데 얼어붙은 풀이 있었고 뾰족한 관목이 있었다.

세상은 마치 흥미진진한 책 속 페이지들처럼 아름답게 펼쳐져 있었다. 바흐는 강가 높은 지대로 올라가서 아래를 내려다봤는데, 아래에 펼쳐진 지역의 끝은 동그랗게 아래쪽을 감싸 안은 모양을 하고 있었다. 볼가강은 작은 원을 군데군데 그리는 기다란 뱀의 모습이었다. 그는 아래로 내려가서 눈 덮인 곳을 응시했는데, 평면에 빛이 닿는 모습을 보면서 얼음 결정체의 구조를 관찰하고 결정체의 다양함과 완벽한 기하학 무늬에 감탄했다.

빛나는 달빛으로 가득한 이 세계에 있는 사물과 생물체는 그림자조차 완벽해 보였다. 반짝이는 이 세계에는 바람 한 점 없었다. 눈 덮인 풀도 바람에 흔들리지 않았다. 달도 누군가의 강한 손이 필요한 장소에 붙박아놓기라도 한 것처럼 시간이 흘러도 모양을 바꾸지 않은 채 검은 하늘 위에 걸려 있었다. 강가에서 멀지 않은 곳 어딘가에 두 개의 생명체가 얼어붙어 있었다. 회색 부엉이가 땅 위에 날개를 넓게 펼치고 날카로운 발톱이 달린 양발로 나무를 잡고 있고 위로 뻗은 꼬리는 눈과 닿아 있으며 노란 눈은 반짝이는 얼음 위를 쏜살같이 달리는 쥐를 보고 있었는데, 쥐는 넓게 점프를 하는 모양으로 굳어 있고 발가락은 절망적으로 잔뜩 벌리고 있으며 동그란 귀는 한껏 움츠렸고 눈은 공포로 인해 크게 뜨고 있었다. 이 두 마리는 바흐가 얼음 창고 밖을 볼 때도 성에가 가득한 세상을 둘러볼 때도 여전히 그 자세 그대로 있었다. 바흐는 지금 당장이라도 그나덴탈과 주위에 있는 다른 식민지들, 볼가강 오른쪽에 있는 마을들, 화려한 교회가 있는 사라토프와 이슬람 사원의 형형색색 탑이 있는 카잔과 수도 페테르스부르크, 북해와 북해 변에 위치한 자신의 조국인 독일제국을 보고 오고 싫었다. 하지만 그의 지친 마음속에는 어떤 바람도 호기심도 남아 있지 않았으며, 예쁜 클라라가 기다리는 얼음 창고에 있고 싶은 생각밖에는 없었다. 그러나 이제 클라라를 포함한 그 누구에게도 그가 본 것을 이야기하거나 종이에 그려줄 수 없었고, 그로 인해 마음이 아팠다. 하지만 바흐는 이런 슬픈 생각을 떨쳐버리고 성에 낀 얼음 창고가 있는 곳을 향해 내려갔다.

얼음 창고 의자로 돌아가더라도 얼음 보관 상자 옆에 눕고 싶지는 않았다. 사실 클라라의 머리맡에 있는 얼음 조각 중 하나가 되고 싶었다. 그는 어렵게 그 얼음 속으로 들어갔고, 차갑고 딱딱한 클라라의 몸 옆에서 그의 몸도 서서히 차갑고 딱딱해졌다. 그가 마지막으로 밖에서 보고 온 세계 역시 거대한 얼음 덩어리였을지도 몰랐고, 어쩌면 그래서 그렇게 아름다웠는지도 몰랐다. 그림의 집, 볼가강 오른쪽에 있는 숲, 볼가강 왼쪽에 있는 스텝 지역, 볼가강, 쥐를 사냥하던 부엉이까지 모든 것이 어느 순간 차갑고 강력한 힘에 사로잡혀서 투명한 호박 안에 갇힌 개미처럼 티 없이 맑고 깨끗한 얼음으로 된 크리스털 안에 붙박여 있는 것 같았다.

얼어붙은 세상에서 이따금 목조 주택의 통나무 사이에서 얼음이 갈라지는 소리나 숲속에서 참나무 줄기가 바람에 흔들리는 소리가 들려오긴 했지만 이 역시 이내 사라지고 세상은 다시 고요 속으로 빠져들었다. 방금 바흐의 감각과 생각이 얼음 속에 녹아들었듯이 그의 청력도 이 아름다운 고요 속에 녹아들고 있었다. 어디선가 멀리서 늑대의 울음소리인지 새의 지저귐인지 알 수 없는 소리가 이 고요를 흔들고 있을 뿐이었다. 그 소리는 작지만 집요하게 들려왔다. 바흐의 몸속 깊은 곳에서 뭔가 약하게 동요했고 화가 났다. 그는 화를 삭이려고 노력했지만, 그 소리는 화를 더 돋구었고, 화에 불을 지피면서 점점 더 크게 들려왔다. 바흐는 어느 순간 또다시 의자에 앉아 있었고 팔다리는 꽁꽁 얼어서 움직이기가 힘들었다. 그 소리는 마치 그런 그를 비웃기라도 하는 듯이 점점 더 크게 들렸다. 그는 이 집요한 소리와 이전에 들리지 않던 다른 소리도 함께 듣기 시작했다. 땅 위를 낮게 배회하는 바람소리와 지붕을 흔드는 바람 소리, 정원에 있는 얼어붙은 사과나무 가지들이 바람에 흔들리며 서로 부딪히는 소리를. 그는 입은 옷을 찢어서 귀를 틀어막고 싶었지만 손가락도 얼어붙어서 마음대로 되지 않았다. 손바닥으로 귀를 덮었지만 소리는 두개골 어딘가에 자리 잡고 그를 놓아주지 않았다. 불현듯 이 소리는 아기가 자기를 봐달라고 있는 힘껏 울어대는 것이라는 사실을 깨달았다. 겨울 코트로 꽁꽁 싸맨 현관문을 뚫고 굵은 통나무로 돼 있는 벽을 넘고 넓은 마당에서 들려오는 시끄러운 눈보라를 찢고 들려오는 아이의 울음소리에 바흐는 적이 놀랐다. 그 소리는 문을 활짝 열고 아이를 밖으로 데리고 나와서 얼음 창고 바로 앞에 놓아두기라도 한 것처럼 점점 더 크고 명확하게 들렸다.

아이의 울음소리로 관자놀이가 울릴 정도까지 되자 바흐는 화가 나서 투덜대며 자리에서 벌떡 일어나서는 마비가 되다시피 한 다리를 절면서 집으로 향했다. 바흐는 속으로 '클라라, 날 용서해 줘. 얼른 돌아올게'라고 말했다. 아기는 자기를 쌌던 행주와 수건으로부터 빠져나와 긴 의자 위에서 몸을 비틀었고 입을 계속 벌리고 있었다. 얼굴은 냄새나 온기를 포착하기 위해 사방으로 일그러졌다. 갑자기 아기가 몸을 크게 움직이더니 자그마한 늙은 호박처럼 생긴 머리가 바닥에 떨어질 것처럼 의자에 매달렸다. 바흐는 자기도 모르게 순식간에 무릎을 꿇고, 얼어붙어서 말도 잘 듣지 않는 팔과 손을 움직여서, 행주 더미에서 미끄러져 나와 떨어지려는 아이의 뜨거운 몸을 잡았다. 아이의 몸은 불에 달궈진 숯 덩어리처럼 뜨거웠다. 아기는 옆에서 낯선 이의 몸을 느끼자 더 크게 울기 시작했고, 숨을 내쉬면서 바흐의 손과 옷소매를 물려는 듯이 입술을 연신 앞으로 내밀었다.

갑자기 떨어지려는 아기에 반응해서 아기를 안은 자기 몸에 화가 나기도 하고, 온몸이 뜨거운 채로 고집스럽고 뻔뻔하게 클라라와의 오붓한 시간을 방해한 아기한테도 화가 났다. 바흐는 악을 쓰면서 울어대는 아기를 양손으로 안고서 머리가 깨질 것 같은 이 울음을 멈출 방법을 몰라 방 안에 있는 물건에 걸려 넘어질 뻔하면서 방 안 여기저기를 돌아다녔다. 그는 아이를 던지고 베개와 이불로 덮었다가 다시 아이를 덮은 베개를 던지고 아이를 끄집어내서 안았다. 그리고 자기 품에 아기를 넣었는데, 아기는 잘 생각이 없는 것 같았다. 불현듯 아기가 원하는 것이 다른 것임을 깨달았다. 그 순간 스토브에서 차갑게 식은 주전자를 낚아채서는 크게 벌린 아이의 입에 주전자의 주둥이를 대고 조심스럽게 기울여서 남은 물을 부었고, 아이는 그 즉시 울음을 그치고 열심히 물을 마셨다. 아이는 한 방울이라도 흘릴세라 열심히 마셨고, 양쪽 볼은 기다렸다는 듯이 열심히 움직였다. 아이는 주전자의 물을 다 마시고는 눈알을 굴리더니 잠시 간헐적으로 숨을 쉬다가 축 늘어졌다. 아이는 그대로 잠에 빠져들었다.

아기를 집에 두고 가? 한두 시간 후엔 또 깰 거고 그럼 또 신경 쓰일 것이다. 지금 자는 아이를 베개로 덮을까? 아이를 서랍장이나 궤짝에 넣고 그 위에 긴 털 코트나 조끼, 울 치마나 숄로 덮을까? 아니, 바흐는 그럴 수 있는 사람이 아니었다. 게다가 아기 목소리가 워낙 쩌렁쩌렁해서 이렇게 해도 울음소리는 들릴 것이다. 클라라, 내가 이 아이를 어떻게 했으면 좋겠어? 방법은 하나밖에 없었다. 아이를 그나덴탈에 데리고 가서 교회 문 앞에 버려두고 오는 것이다. 그런 후에 돌아와서 사랑하는 여인의 옆에 조용히 앉아 그대로 영원히 함께하면 될 것이다.

바흐는 한숨을 쉬었다. 언짢은 듯 인상을 찌푸리며 바지, 셔츠, 키르기스인이 입던 조끼를 입고 털 달린 펠트 모자를 썼다. 그는 코를 골듯 낑낑대는 아기를 침대보 두 개로 싸고, 들고 가기 편하게 오리털 이불로 한 번 더 단단하게 쌌다. 그러고는 집에서 나와, 얼어붙은 세계를 부드러운 우유색 빛으로 비추는 달빛 아래에서 고향 마을을 향해 천천히 발걸음을 옮겼다.

***

무거운 발걸음을 옮기며, 등의 통증을 이겨내며, 볼가강을 건너는 것이 아니라 거대한 스텝 지역 전체를 건너기라도 하는 것처럼 그는 오랫동안 힘겹게 걸었다. 어찌하여 그의 기력이 이렇게 쇠하였을까? 클라라가 아이를 가지고 기다리는 몇 달 동안 힘들었던 것일까? 지난 며칠 동안 너무 힘들었기 때문일까? 그가 높은 곳에 올라가 이런저런 생각을 하면서 자기가 살던 그나덴탈을 하늘에서 땅으로, 땅에서 하늘로 바라봤던 두어 시간 새에 이토록 쇠한 것일까? 그는 얼마나 오랫동안 그나덴탈에 안 온 걸까? 4년? 아니면 5년? 밤에 잠깐 와서 시장 광장에서 불쌍한 소 떼를 도축한 흔적을 발견한 날은 왔다고 할 수 없는 걸까? 혹은 작년에 그곳에 가서 거리를 돌아다니면서 허물어진 집들을 세어봤던 때도 왔다고 할 수 없는 걸까? 사실상 바흐는 그나덴탈에 안 온 지 7년이 됐고, 이곳 사람들이 어떻게 생계를 이어가고 어떻게 살고 있는지 알지 못했다. 바흐는 오늘 역시 아이를 어서 빨리 교회 계단에 내려놓고, 주위를 둘러보지도 않고 바뀐 건물은 없는

지 또 바뀐 것은 없는지 관심을 두지도 않고 그길로 바로 떠나기로 마음먹었다. 사실 사방이 얼음으로 뒤덮인 비현실석인 세계에 바흐가 마음을 빼앗기지 않았다면 현실 세계에 마음을 빼앗길 확률은 더더욱 낮았다.

그나덴탈은 가난해 보였고, 거의 거지나 다름없는 모습을 하고 있었다. 바흐는 이따금 훌쩍거리는 아기를 싼 보따리를 겨드랑이에 끼고, 쉬엄쉬엄 그나덴탈의 주요 거리를 따라 터벅터벅 걸었다. 그는 거의 고개를 들지 않고 걸었지만 거리가 너무 텅 비어 있어서 애써 주목하지 않으려 해도 시선이 저절로 향했다. 거리 양쪽에는 집들 대신에 구멍만 있었는데, 주춧돌만 있거나 담장의 흔적만 남아 있는 정도였다. 대부분의 집들은 버려져 있었고, 버려진 집들에는 흔적만 남아 있는 창문들이 서로를 노려봤다. 청소를 안 한 지 오래인 지붕들로 인해 한쪽 차양에는 얼음이 겹겹이 쌓여 있었고, 대문 옆에 버려진 배들은 안 쓴 지 몇 년은 된 듯 군데군데 홈이 파이고 낡아 있었다. 사람이 사는 집보다 버려진 집이 더 많아 보였다. 보통 겨울이면 자주 볼 수 있는, 동물의 배설물로 불을 때서 나오는 맑은 연기도 거의 볼 수 없었고, 버려진 집에서는 곰팡이 냄새가 진동했다. 길에는 겨울 내내 열 대 정도의 썰매만 다닌 것처럼 썰매가 다닌 흔적이 거의 없고, 길의 양쪽 가장자리, 담장 주위에만 보행자들이 지나다닌 흔적이 보일 뿐이었다.

바흐는 적어도 한 명은 교회에 올 것이라 믿으며 느릅나무 세 그루가 심긴 시장 광장을 지나(세 그루 모두 이유는 알 수 없지만 빨간색 천으로 장식돼 있었다) 통나무 우물을 지나고 등유와 양초를 파는 가게를 지났다. 교회 앞에 도착해서 멈춰 섰는데, 교회 앞 계단에는 눈이 덮여 있었고, 문에는 얼어서 하얗게 변한 자물쇠가 걸려 있었다. 당황한 바흐는 사방을 둘러보지 않고 무관심한 그림자처럼 또 앞이 보이지 않는 것처럼 그곳을 떠나기로 마음먹었던 자신과의 약속을 그만 잊어버리고 말았다.

교회 주변을 둘러보니 아치형 창문이 깨져 있었다. 그중 한 창문에는 빨간 천이 둘러 있었는데, "앞으로, 새벽을 향하여 전진"이라는 이상한 글씨가 적혀 있었고, 바람에 나부끼고 창문에 부딪히면서 합판처럼 둔탁한 소리를 내고 있었다.

목사 사택에는 사람이 사는 것 같았다. 현관에 있었을 법한 눈이 치워져 있고, 지붕 끝에 달렸을 법한 고드름 역시 누군가 신경 써서 없앤 것 같았다. 그러니까 아담 헨델 목사는 여전히 그나덴탈에 살고 있다는 뜻이었다. 그렇다면 그나덴탈 주민들은 목사가 사택에 버젓이 살고 있는데 교회를 왜 닫았을까? 도대체 무슨 일이 있었던 걸까? 문을 닫은 교회는 마른 물이나 팔팔 끓인 눈과 다를 바 없다. 바흐가 전혀 예상하지 못한 상황이었다. 그는 속으로 클라라에게 '이봐, 지난 수년 동안 당신을 이곳에 안 데리고 오길 잘했지? 하긴 이제 우리와는 상관없지만 말이야'라고 했다.

그는 목사 사택 앞 현관 계단에 아이를 두고 가기로 마음먹었다. 눈을 깨끗하게 치운 현관 앞 계단 위에 아이를 단단히 싸맨 보따리를 두고 아이가 숨을 쉴 수 있도록 보따리의 모서리 부분을 살짝 올려놨다. 그는 까만 밤하늘 속 지평선 가까이에 낮게 드리워진 위인들의 별자리를 응시했다. 아침이 오고 있었고 그는 떠나야 했다.

갑자기 이 아이가 누구의 아이인지 궁금해졌다. 그의 집에 침입한 세 명의 불청객 중 누구의 아이란 말인가? 칼미크 공화국 사람 특유의 광대뼈가 튀어나온 사내일까? 눈빛이 뻔뻔한 사내일까? 이마에 여드름이 나고 목울대가 튀어나오고 얼굴빛이 창백한 사내아이일까? 클라라, 당신은 도대체 누구의 아이를 9개월 동안 품었지? 끔찍하고 괴로운 생각이었지만, 지금은 이상하게도 아무렇지도 않았다. 얼음 창고에 영원히 갇히기 전에 그는 자기 자신을 괴롭히는 진실을 밝히고 싶었다. 아이가 양팔을 벌리고 자그마한 콧구멍에서 작고 하얀 구름 같은 수증기를 내뿜고 있는 상황에서 진실을 외면하는 것이 옳은 일일까? 바흐는 지쳐서 떨리는 한쪽 손으로 아기를 감싸고 있는 이불의 한쪽 모서리를 펴서 처음으로 아기의 얼굴을 자세히 봤다.

아기는 엄마를 정말 많이 닮았다. 아비가 누구였든 간에 얼굴선이든 얼굴빛이든 얼굴 모양이든 아비의 흔적은 없었다. 작고 주름진 얼굴에는 클라라의 모습이 그대로 담겨 있었고, 바흐는 가슴이 답답해서 모자를 벗고는 자신의 어리석음에 적이 놀라고 있었다. 어떻게 이걸 모를 수가 있었단 말인가? 부드러운 살결이 그가 잘 아는, 툭 튀어나온 이마를 감싸고 있었고, 그 이마 밑에는 아직은 가늘고 숱 적은 눈썹이 있었는데, 그 눈썹 역시 그녀의 것이었으며, 눈썹 아래 감긴 눈에는 주름이 져 있었고, 속눈썹 역시 그녀처럼 길었다. 새끼손가락 끝처럼 작은 코는 들창코가 될 것처럼 끝이 살짝 올라갔으며, 커서 주근깨로 변할 것 같은 황금색 점이 얼굴에 박혀 있었다. 바흐는 아기의 얼굴에서 클라라의 얼굴을 발견했는데, 마치 스텝 지역에 있는 꽃봉오리에서 튤립이 나올지 양귀비꽃이 나올지 맞힐 수 있는 것처럼 클라라의 모습을 아이에게서 발견했다.

그는 아기가 현관 계단에 있는 것이 아니라 자기 팔에 안겨 있는 것을 깨달았다. 그는 아기를 싼 보따리를 양손으로 안은 채 일어날 힘도 데리고 갈 힘도 현관에 두고 갈 힘도 없어서 무릎을 꿇고 앉아 있었다. 집 안에서 무슨 소리가 들렸는데, 누군가 문을 세게 여닫았거나 어떤 물건이 떨어지면서 내는 소리 같았다. 잠시 후에 창문에 불이 약하게 들어왔는데, 주인 중 누군가가 밖에서 들리는 발소리를 들었는지 현관 앞을 서성이는 것 같았다. 바흐는 일어나서 품 안에 잠든 아기를 꼭 안고 눈 덮인 길을 뽀드득뽀드득 걸으면서 그곳으로부터 멀어져갔다.

****

이보다 더 어리석은 행위는 없었다. 집에서 그를 기다리는 클라라에게도 이보다 더한 배신은 없었다. 자기 자신에게도 이보다 더 큰 아픔은 없을 것이었다. 바흐는 길옆에 난 눈구덩이를 지나 보일 듯 말 듯 한 발자국을 따라 힘겹게 발걸음을 옮겼다. 이상한 것은 집과 나무들이 그의 옆을 빠른 속도로 지나가는데, 그가 숨을 헐떡이며 온몸이 땀에 흠뻑 젖어 달려가는데, 놀랍게도 넘어지지도 않았고 여러 겹으로 둘둘 만 아기를 떨어뜨리지도 않았다. 아기는 두꺼운 이불을 뚫고 따뜻한 입김을 밖으로 내뱉고 있었다.

이 무슨 운명의 장난이란 말인가? 너무 큰일을 당해서 정신이 어떻게 된 걸까? 젊지도 않고 기력도 예전만 못한 그가 남의 씨가 섞인 핏덩이를 또 어떻게 키운단 말인가?

그는 자신에게 화가 나서 아기를 다른 집 현관, 그러니까 통장 디트리흐나 화가 프롬의 집 현관에 두고 올까 생각했다. 그들의 집에서도 하늘을 향해 축축한 연기가 올라가고 있었기 때문이다. 하지만 이번에도 그러지 못했다. 마치 뭔가에 홀린 듯 이번에도 아기를 거기에 두고 오지 못했다. 그래서 집에 가서 어미와 딸의 두 얼굴을 자세히 비교하면 분명 의문이 완전히 해결될 것이라 믿고 집으로 돌아가기로 결심했다. 내일 밤에 그나덴탈에 다시 데리고 와도 늦지 않으리라.

바흐는 속으로 말했다. '클라라, 당신도 알다시피 나 지금 힘들어. 하루만 더 기다려줘.'

그가 시장 광장을 가로지르려고 할 때 아기가 잠에서 깬 듯 입술을 동그랗게 만들어서 앞으로 쭉 내밀고는 칭얼거렸다. 배가 고픈 것 같았다. 원래 신생아들은 자주 먹는다. 이번에는 주전자에 있는 물로는 안 될 것이다. 아기에게 맞는 음식이 필요하다. 신선한 우유 말이다. 하지만 그가 그나덴탈 주민들의 집에 가서 어눌한 발음과 제스처로 설명을 해도 그들은 졸린 눈으로 화를 내며 쫓아낼 것이 분명했다. 가축우리에 몰래 들어가서 거기에 있는 대접이나 항아리에 대고 젖을 짜는 수밖에 없을 것이다.

바흐는 사람들이 잠든 틈을 타서 늑대, 아니 도둑이 되려고 했고, 그런 스스로를 질책했지만 달리 도리가 없었다.

젖이 늘어진 젖소와 분홍색 젖꼭지가 바닥까지 늘어진 염소와 가느다란 다리를 가진 암말이 축사에 있는 집들은 이미 오래전에 망해버리고 없었다. 아쉽지만 조금 가난한 집에서 우유를 훔치는 수밖에 없었다. 신앙심 깊은 브레히트 집안을 예로 들자면 그들은 하느님이 늘 지켜주실 줄로 믿고 밤에 잘 때도 대문이나 현관문을 잠그는 법이 없었다. 지난 7년 동안 집은 많이 낡았지만 드문드문하게나마 굴뚝에서 연기가 났고, 그들은 여전히 그 집에 살고 있었다. 바흐는 한 손으로는 보채는 아기를 잡고 다른 한 손으로는 대문을 밀어서 열었다. 예상대로 문은 잠겨 있지 않았다. 그나덴탈에 변하지 않은 몇 안 되는 집 중 하나인 셈이다.

그는 속으로 말했다. '클라라, 나도 이러는 내가 낯설고 두려워.'

그리고 들어갔다. 하지만 마당 안은 텅 비었고, 동물의 흔적은 보이지 않았다. 축사 안에는 잠자는 젖소도 없었고, 거세 황소와 낙타도 없었다. 동물이라고는 한 마리도 없었다. 방직공 디젤과 형편이 좋은 과부 코흐의 집에도 돼지 도축업자 하우프의 집에도 가봤지만 어디에도 가축의 흔적은 없었다.

'클라라, 당신 아이 때문에 내가 이게 무슨 고생인가?'

담장 구멍으로 들어가보기도 하고, 눈 덮인 얕은 울타리를 타 넘어가기도 했다. 하지만 가는 곳마다 마치 누군가 바닥을 싹싹 긁기라도 한 것처럼 소똥 하나, 양털 뭉치 하나, 심지어 양 발굽 흔적조차 보이지 않았다. 바흐는 피곤한 것도 잊고 가슴에 칭얼대는 아기를 더 꼭 끌어안아 절망적으로 흔들어대며 그나덴탈 이곳저곳을 돌아다녔다. 만약 아기가 잠에서 깨서 큰 소리로 울기라도 한다면 그는 쏜살같이 도망을 가야 할 것이다. 우유도 없이 말이다.

'클라라, 난 정말 미쳐가는 걸까?'

이때 그는 갑자기 뭔가 코끝을 자극하는 강렬하면서도 달콤한 염소 털 냄새와 따뜻한 동물의 온기를 느꼈다. 그는 눈을 감고 코를 대고 냄새를 맡아보았다. 냄새는 키가 크고 늘 우울한 얼굴을 하고 있는 수염 난 볼 씨 집 마당에서 났는데, 사람들은 그에 대해 말하길 그가 이 세상에서 무언가를 사랑한다면 길게 기른 콧수염 밑에서 덜렁거리는 호두나무 담뱃대일 것이라고들 했다.

바흐는 속으로 아기에게 말했다. '애야, 조금만 참아라. 우리 오늘 운이 좋은 것 같다.'

아이는 그의 바람대로 그로부터 30분을 더 곤히 잤고, 그동안 바흐는 울타리 아래에 있는 틈에 아이를 집어넣고 자기는 얼기설기 대충 엮여 있는 울타리를 넘어 마당 안으로 들어서서는 축사 문에 있는 빗장을 풀고 들어갔고, 그 즉시 염소 떼에 둘러싸였다. 50마리는 족히 돼 보였다. 공간이 좁은지 축사 안에 있는 염소들은 서로 뿔이 얽혀 있는 듯했다. 선잠을 자고 있었는지 바흐가 등장하자 염소들이 흥분하기 시작했고, 옆구리로 밀치고 발굽으로 바닥을 구르고 뿔을 벽에 박았다. 삶의 희망이 없어 보이던, 수염을 기른 볼은 도대체 어떻게 해서 이렇게 많은 염소를 기르게 된 걸까?

바흐는 아기를 축사 입구에 조심히 눕혔다. 보통은 문틀 근처에 여러 가지 필요한 살림살이를 걸어두곤 하기 때문에 오른손을 뻗어서 벽을 더듬어봤다. 빈 못만 만져졌다. 아니, 가축을 키우면서 흙긁개나 동물 털 빗이나 젖을 짤 때 쓰는 양동이 하나 없는 게 말이 되나? 그는 마당으로 뛰어나가서 벽에 걸린 잡동사니를 발견하고 휘어지기는 했지만 아직 쓸 만한 주석 선별기 뚜껑을 낚아챘다. 대접 대신으로 쓰기에 괜찮아 보였다. 그리고 염소들에게 돌아갔다. 문은 열어두고 쭈그리고 앉아서 희미한 달빛 아래에서 꼼지락거리는 수많은 다리와 털 사이에서 좀 더 동그랗고 무거운 젖을 골랐다. 그리고 찾아냈다. 그는 선택한 염소 쪽으로 다가가서 젖을 쓰다듬고 뼈가 툭 튀어나온 옆구리를 부드럽게 두드리면서 안심시킨 다음 마당에서 가져온 대접을 염소 다리 사이에 넣었다. 입김을 불어서 손을 따뜻하게 하고 짜는 동안 부드럽도록 손에 침을 뱉었다. 그는 정맥이 뭉친 젖과 양쪽으로 흩어진 돌덩이같이 딱딱한 젖꼭지를 쓰다듬었다. 그리고 주먹으로 젖꼭지를 눌러서 젖을 짜냈다. 주석 그릇의 바닥에 염소젖 줄기가 떨어지는 둔탁한 소리가 났는데, 총소리를 연상시켰다. 오랫동안 젖을 짜주지 않아서 젖이 불어 있었던 덕분에 염소는 순순히 서서 바흐가 통통 불은 젖을 열심히 짜는 동안 인내심을 갖고 기다렸다. 염소 털은 빗질이 돼 있지 않아서 피부병이 생겼고 발굽 역시 관리를 해주지 않아서 군데군데 보기 흉한 부종이 보이는 등 상태가 좋아 보이지 않았다. 불은 이 많은 가축을 소유하기만 할 뿐 제대로 관리하지 않은 것이다.

처음에 짜낸 염소젖은 버렸고(식민지 주민들은 이것을 두고 '땅의 목을 축인다'고 했다) 두 번째 짠 염소젖은 모았다. 대접 하나가 거의 가득 찼다. 기름진 냄새가 나는, 이 추위에 김이 모락모락 나는 방금 짠 염소젖은 1리터는 족히 돼 보였다. 아이를 겨드랑이에 끼고 염소젖을 흘리지 않도록 조심조심하면서 뚜껑을 덮지 않은 대접을 들고 축사 밖으로 나가 마당을 지나서 집으로 향했다.

아직 해가 뜨기 전이어서 볼가강 주위는 어두웠다. 달이 구름에 가려 있고 해는 아직 모습을 드러내지 않았을 때, 아기가 잠에서 깨서 밥을 달라고 있는 힘껏 울기 시작했다. 아기는 아직 대접에 있는 염소젖을 바로 받아먹을 수는 없었다. 바흐는 눈 위에 앉아서 아기를 배에 바짝 붙이고는 긴 털 코트로 바람을 막았다. 삐져나온 셔츠의 끝을 염소젖으로 적신 다음 허기져서 있는 대로 벌린 아기의 입에 떨어뜨려줬다. 젖을 충분히 먹은 후에야 아이는 잠이 들었다. 바흐 역시 집에 와서 난로에 땔감 두 덩어리를 던져 넣고 차갑게 식은 침대 안으로, 아이의 따뜻한 체온으로 데워진 오리털 이불 속으로 들어가서 잠이 들었다(처음에 바흐는 얼음 창고에 가서 자고 싶었지만 아기만 집에 두고 오면 깨자마자 큰 소리로 울 것이 걱정되었다). 아기는 떨어지지 않도록 베개 몇 개로 막아놓고 침대의 반대편 끝에 눕혔다.

첫 번째 아침 햇살이 굳게 닫힌 덧창의 틈을 뚫고 깨끗하게 비질된 방 안으로 스며들었을 때 바흐는 곤히 자고 있었다. 그는 언제나처럼 두 다리를 쭉 뻗고 팔짱을 낀 채로 잤다. 그런데 아기는 진즉에 깨서 머리와 배, 다리를 열심히 움직여서 덩치 크고 따뜻한 남자에게로 가고 싶어 했는데, 그의 셔츠와 손에서 먹고 싶은 신선한 젖 냄새가 났기 때문이었다.

10

오후가 돼서야 잠에서 깬 바흐는 옆에 있는 작고 따뜻한 덩어리를 발견했다. 아기는 처음 본 것처럼 낯설었다. 너무 작고 부드러워서 잡으면 부서질 것 같았고, 우연히라도 거친 손가락으로 아기의 얇디얇은 피부를 할퀴지나 않을까, 가느다란 뼈를 부러뜨리지나 않을까 걱정하면서 아기를 어떻게 안아야 할지 고민했다. 하필 지금 갑자기 이런 생각을 하는 이유는 뭘까? 어제만 하더라도 그는 아기를 마치 마른 나뭇가지 더미 다루듯 겨드랑이에 끼워 넣기도 하고 울타리 밑에 집어넣기도 하고 축사 입구에 눕히기도 했다.

바흐는 그제야 자기 옆에 있는 생명이 자기 자신보다 훨씬 약한 존재라는 사실을 깨달았다. 그는 크고 단단한 손가락과 흙이 묻어서 시커먼 손톱과 거칠고 주름진 손바닥과 늘어지고 탄력을 잃은 피부를 싸고 있는 손등을 가진 손을 아기 몸에 갖다 댔다. 얼어붙은 땔감을 도끼로 찍어내고 돌덩이처럼 단단한 볼가강의 얼음을 부순 이 손으로 아기의 얼굴 전체를 덮을 수도 있었고, 손가락 하나만으로도 아기의 얼굴을 납작하게 만들 수도 있었으며, 부드러운 목을 살짝만 잡아도 아기는 공중에 매달린 채 그대로 몸이 축 늘어질 수 있었다. 바흐의 손은 강물에 있는 물고기도 제대로 못 잡아서 쩔쩔매고 집의 지붕까지 찬 눈을 버거워하며 사과나무의 뿌리까지 뽑을 기세인 거센 봄바람을 힘들어할 만큼 세상살이에 서툴렀지만 아기 옆에서는 막강한 힘을 갖고 있어서 아기의 생명을 연장할 수도 있고 앗아 갈 수도 있었다. 바흐의 몸은 가볍고 힘줄이 많고 자주 감기에 걸렸으며 군데군데 검버섯이 피었지만 아기 옆에 서자 전능하고 무시무시한 거인처럼 보였다.

그는 아기에게서 눈을 뗄 수 없었다. 야무지게 달려 있는 작디작은 팔다리는 그의 검지 손가락보다 조금 더 길고 통통해서 몇 년 후에 더 길어지고 살이 붙어서 진짜 팔다리로 변할 것이라는 사실이 믿어지지 않았다. 벨벳처럼 부드러운 아기의 몸에는 아직 갈비뼈, 근육, 심지어 등의 척추도 보이지 않아서 이 모든 것이 단단해지고 길어지고 튼튼해질 것이라는 사실도 믿어지지 않았다. 목에 붙은 주름진 얼굴에 있는 주름이 펴져서 어른처럼 매끈매끈한 얼굴을 갖게 된다는 것 역시 믿어지지 않는 건 마찬가지였다.

자신이 엄청난 힘을 갖고 있다는 것을 깨달은 바흐는 생각을 정리하고 싶은 마음에 자그마한 아기에게서 벗어나 얼음 창고로 갔다.

의자는 여전히 클라라의 머리맡에 세워져 있었다. 클라라 역시 여전히 똑같은 자세로 누워 있었다. 근심 하나 없는 얼굴에 피부는 희고 매끄러웠다. 길고 가느다란 팔다리는 상당히 조화로워서 이제는 더 이상 낡은 인형이 아니고 솜씨 좋은 장인이 만든 도자기 인형 같았다. 출산을 할 때 단단하게 묶은 머리카락에서 삐져나온 머리카락이 찢어진 금빛 구름처럼 이마를 감쌌다. 빗을 가져다가 헝클어진 머리카락을 빗겨주고 싶었지만, 머리카락 끝에 하얗고 얇은 성에가 껴 있었고 그 모양이 너무 예뻐서 그대로 두었다. 성에는 클라라의 눈썹과 기다란 속눈썹도 덮었고, 심지어 밝은 빛을 비쳤을 때만 발견할 수 있는 관자놀이와 콧잔등의 솜털에도 껴 있어서 백설같이 하얀 얼굴이 햇빛 아래에서 희미하게 반짝였다.

바흐는 속으로 클라라에게 말했다. '미안해, 지금은 당신이랑 있을 수가 없어. 나한테 시간을 좀 줘. 당신도 알다시피 당신이 남긴 아기 때문에 내가 정신이 없어.'

바흐는 상자 속에 있는 얼음이 조금 불투명한 것 같아서 볼가강으로 내려가 얼음을 톱으로 잘라 왔는데, 클라라에게 줄 얼음 조각은 가장 크고 예뻐야 했고, 햇빛에 비쳤을 때 굴절이 잘되는지 얼음 안의 무늬는 어떤지 얼음 조각은 얼마나 깨끗한지 등을 따져서 가져왔다. 얼음을 구하러 나오기 전에 그는 염소젖에 끓는 물을 타서 기다랗고 작은 주석 숟가락으로 떠서 아기에게 먹여주어 주린 배를 채워주었다.

클라라가 누운 상자를 깨끗한 얼음과 눈으로 채웠는데, 땅 위에 있는 눈은 쥐나 다른 동물이 밟고 갔을 수 있으므로 높이 쌓인 장작을 덮은 눈을 퍼서 가져왔다.

그는 아기의 몸에서 기포성 두드러기를 발견하고는 구리 대야에 아기를 넣고 떨어뜨리지나 않을까 익사시키지나 않을까 물이 너무 차서 춥지나 않을까 물이 너무 뜨거워서 데지나 않을까 조심하면서 씻겼다. 그는 클라라가 여름에 따둔 애기똥풀과 캐모마일로 만든 진액으로 아기의 몸을 닦았고 그런 후에는 자기가 씻었다(보통 그는 클라라가 씻은 물로 씻었는데, 단순한 습관처럼 보이는 이 행위에는 뭔가 중요하고 기분 좋은 의미가 담겨 있었다).

결국 그가 클라라의 머리를 빗어주고 매끈하게 양 갈래로 땋은 다음 정수리 주위로 프레첼처럼 묶어주자 왕관을 쓴 것처럼 보였다. 봄이 되면 파란 아마꽃과 빨간 양귀비꽃, 빨간 튤립, 자주색 아네모네로 왕관을 만들어줬을 테지만 지금은 아쉬운 대로 틸다의 커다란 궤짝 깊숙한 곳에서 레이스 끈을 찾아 클라라의 머리를 장식해주었다.

그는 아기가 태어날 때 더럽힌 침구를 다 꺼내서 깨끗이 빨았다. 침구는 소금기 있는 우물물로 치댔고, 근처에 있는 얼음 구멍으로 가서 클라라가 하듯이 구멍 안에 넣고 흐르는 물로 헹구었다. 그리고 젖은 침구를 집 근처에 널었다. 마당에서 직사각형 침구가 부드럽게 나부끼는 모습을 보면 늘 클라라 생각이 났는데, 그럴 때면 침구를 걷고 싶은 충동이 일었지만, 다른 장소에 널게 되면 일상의 모습이 흐트러지고 그것이 더 견디기 힘들기 때문에 이런 충동을 힘들여 이겨내곤 했다.

클라라의 목은 노란색 인조 산호로 장식하고 귀에는 유리 귀걸이를 걸고 팔목에는 타타르식 구리 팔찌를 끼워줬는데, 이 모든 것은 틸다의 궤짝에서 찾은 것이었다. 클라라를 예쁘게 만들어주고 싶어서 액세서리를 찾아 장식하긴 했지만, 사실 클라라의 몸은 나신 그 자체로 완벽했다.

낡은 침구와 수건을 찾아서 아기의 기저귀로 만들어서 썼다. 밤에 아기를 덮을 이불은 잠옷 두 개를 겹쳐서 만들었고, 아기를 감싸는 이불은 긴 매듭이 달린 따뜻한 숄과 예쁜 끈이 달린 모직 치마를 활용했다. 이 옷들에 아기 냄새가 스며들면 클라라의 몸 냄새가 없어지지나 않을까 우려했지만, 다행히도 아기의 몸에서 어미의 냄새가 났다. 아직 두개골이 다 차지 않아서 부드러운 마름모꼴 정수리와 귀 뒤에 있는 주름에서 특히 클라라의 냄새가 강하게 났다. 이걸 알고 나서 바흐는 하루에도 몇 번씩 아기 머리에 얼굴을 대고 콧구멍을 벌려서 아기에게서 나는 클라라의 냄새를 맡았고, 밤에는 아기 뒤통수나 관자놀이에 얼굴을 박고 잠을 잤다.

이제 바흐는 아기를 재우는 법도 터득했다. 한번은 아기가 밤에 잠을 못 자서 바흐가 아기를 한 팔로 안고 한참 동안 흔들면서 집 안 여기저기를 종종걸음으로 왔다 갔다 한 적도 있었다. 아침이 거의 다 돼서 조는 아기를 침대에 눕히면서 그는 클라라가 임신했을 때 태아에게 불러주던 자장가 중 굉장히 단순한 노래를 자신이 흥얼거리고 있다는 것을 깨달았다.

그로부터 이틀 후에 아기의 배에서 작은 나뭇가지와 비슷한 탯줄이 갑자기 떨어지면서 피가 살짝 나고 배에 얕은 홈이 났고, 바흐는 소스라치게 놀랐다. 다행히 상처는 깊지 않았고, 곧 아물었다.

어느 날 아침에는 마당에서 커다란 늑대 발자국을 발견했고, 바흐는 놀란 가슴을 쓸어내려야 했다. 한밤중에 늑대가 그의 집 마당까지 들어왔지만 얼음 창고가 잠겨 있어서 들어가지는 못하고 돌아간 것 같았다.

바흐는 아침부터 밤까지 쉬지 않고 일했다. 성인 여자와 갓난아기 사이를 정신없이 왔다 갔다 했다. 그가 얼음 창고에서 잠시만 지체하면 갓난아기가 어서 집에 오라고 성화를 했다. 집에서 한두 시간 머물다 보면 클라라에게 미안한 마음이 들어서 얼음 창고로 향했다. 요 며칠 새에 그는 부쩍 수척해진 것 같기도 했지만, 팔다리는 이미 뼈만 앙상했기에 수척이란 표현은 적합하지 않은 것 같기도 했다. 어느 날 아침 그는 얼굴과 목에서 열이 나고 몸 여기저기가 쑤시고 아팠다. 허리도 아팠지만 아기가 집요하게 울어대는 통에 근육통도 잊은 채 아픈 몸을 침대에서 일으켰고, 얼음 창고의 냉기가 그의 뜨거운 이마를 차게 식혀줬으며, 낮이 되자 아침에 아팠던 일을 잊고 또다시 열심히 집안일을 했다. 그는 끝내 아기를 얼음 창고에 데리고 가서 클라라와 비교할 결심이 서지 않았다. 따로따로 봐도 서로 너무나 닮았기 때문이다.

일주일이 지나자 훔쳐 온 염소젖이 떨어졌다. 바흐는 또다시 밤에 그나덴탈에 가서 이번에도 남의 집 염소의 젖을 짰다. 그는 염소를 데리고 갈까도 생각해봤다. 만약 그렇게만 된다면 짧게는 몇 주, 길게는 몇 달 동안 아기에게 젖을 먹일 수 있고, 그렇게 되면 클라라와 단둘이 있는 시간이 더 길어질 것이다. 하지만 바흐는 결심이 서지 않았다. 아기를 그나덴탈에 있는 누군가의 집 앞에 두고 올 용기도 나지 않았다. 그는 마치 꽁꽁 얼어붙은 볼가강 위에 무릎까지 찬 눈 속에 갇혀서 앞으로 가지도 뒤로 가지도 못할 때처럼 두 여자 사이에서 힘들어했다.

그런데 세 번째로 염소젖을 훔칠 때는 잡히고 말았다. 바흐가 퉁퉁 불은 젖에서 마지막으로 젖을 짤 때 누군가의 억센 손이 그의 어깨를 붙잡더니 멱살을 잡아서 땅에 내동댕이쳤다. 염소들의 가느다란 다리들이 술렁이기 시작하더니 사방으로 흩어졌고, 옆

어진 대접이 염소들의 발굽에 맞고 땅에 떨어지면서 요란한 소리
를 냈다. 바흐는 톱밥 같은 먼지와 염소 똥이 뒹구는 가운데에서
고개를 살짝 들고 자기를 덮친 사람이 누군지 자세히 보려고 했
지만 털이 북슬북슬한 염소 등과 흔들리는 뿔 사이에서 어두운
인영만 간신히 알아볼 수 있었다. 그가 자리에서 일어나려고 하
자 누군가의 억센 손이 가슴을 세게 내리쳤고 그는 다시 바닥에
주저앉았다. 검은 인영이 그에게 다가와 양팔을 한 번 흔들었다.
그 즉시 단단하고 까칠하며 썩은 곡식과 얼어붙은 건초 냄새를
풍기는 무언가가 바흐를 순식간에 에워쌌고, 누군가 그의 양팔을
뒤로 꺾어서 묶은 후에 그에게 자루를 씌웠다. 그리고 일어나라
는 뜻으로 배를 밀었다. 그는 모두 잠든 고요한 그나덴탈을 따라
바흐를 어디론가 데리고 갔다.

　그들은 그렇게 잠시 걸었고, 얼마 후에 쪽문이 열렸다. 현관문
이 길게 삐거덕거리는 소리가 들리더니 온기가 느껴지고 등유 냄
새가 났다. 바흐는 그들이 건물 안으로 들어왔다고 짐작했다.

　"도둑을 잡아왔습니다. 염소젖을 반 대접이나 짰더라고요. 개
새끼." 옆에 있는 사람이 말했다.

　수염을 기른 볼의 목소리였다. 키는 큰데 늘 우울한 표정을 짓
고 있어서 그나덴탈 여자들은 아이들이 잘못할 때면 이 볼에게
데리고 간다고 겁을 주곤 했다. 바흐를 잡은 건 바로 그 볼이었다.

　빳빳한 천이 양 볼을 따라 흘러내리며 머리에 씌워진 자루가

벗겨지자 바흐는 오렌지빛 조명 때문에 눈이 부셔서 실눈을 떴다. 바흐는 눈을 깜빡이고 몸을 움츠리고 머리를 어깨에 바짝 붙였는데, 그 순간 그의 얼굴을 빤히 쳐다보는 낯선 얼굴과 마주하게 되었다.

그 얼굴은 바흐의 얼굴을 자세히 살펴보는 것이 목적이라기보다는 그의 호흡이나 냄새를 느끼려고 하는 듯 바흐에게 바짝 다가섰다. 미동도 없는 그 얼굴의 반쪽은 흔들리는 등유 램프로 비춰지고 다른 반쪽은 어둠 속에 묻혀 그를 노려보고 있었다. 그의 얼굴 윤곽은 완벽했다. 얼굴선은 성상화에서처럼 가늘고 부드러워서 뭔가 성스러움이 느껴졌다. 얼굴에 박힌 검은 눈동자 역시 지상의 것이 아니었고, 속눈썹이 길었다. 얼굴에 있는 입술 역시 뭔가 성스러웠다. 분홍빛 볼 역시 지상의 것이라고 하기에는 너무 아름다웠다. 피부도 부드럽고 얼굴선도 부드러워서 아가씨의 얼굴을 연상시켰으며, 시선만이 어른스럽고 우수에 차 있어서 노인의 얼굴을 연상시켰다. 바흐는 이 시선에 압도되어서 움직이지도 못하고 무언가로 주의를 분산시킬 엄두조차 내지 못한 채 숨을 죽이고 있었다.

"이자는 뭐야, 당신들 도모보이*라도 되나 보지?" 예쁜 여자 얼굴이 허스키한 목소리로 질문했다.

---

* 러시아 민가에 사는 정령의 일종.

그녀가 이 말을 할 때 얼굴 표정이 너무도 심하게 일그러져서 완전히 다른 사람이 되었는데, 마치 볼가강의 얼음이 갈라져서 매끄러운 거울 같은 강이 갑자기 뾰족한 얼음 조각으로 뒤덮이는 것처럼 얇은 피부에 굵은 주름이 생기고 양 볼과 입 주변, 콧잔등에도 주름이 생겼다. 그녀는 한 손을 들어서 사색에 잠긴 듯이 살짝 벌어진 입술을 문질렀다. 네모난 손톱과 더러운 손가락은 보드라운 얼굴과 도톰한 입술과 너무나 대조적이어서 바흐는 소스라치게 놀랐다. 그는 고개를 떨궜고, 그제야 그 여자가 앞섶이 비스듬히 트인 남성용 파란 셔츠 위에 몸에 달라붙는 손뜨개 조끼를 입었으며 나사 바지를 왈렌키에 집어넣었다는 것을 발견했다. 몸은 마치 어려운 춤을 추려는 듯 구부정했는데, 오른쪽 어깨는 아래로 향하면서 조금 뒤로 가 있었고, 왼쪽 어깨는 앞과 위를 향하고 있었다. 팔이 길고 손가락 마디가 튀어나왔으며 다리가 짤따랗고 무릎은 살짝 굽혀 있었는데, 마치 앉은 채로 추는 러시아 전통 춤을 이제 막 추려고 하는 것 같았다. 자세히 보니 그는 예쁜 여자가 아니라 키가 작고 어깨가 넓게 벌어졌으며, 어떤 병을 앓고 난 후에 불구가 된 것처럼 보이는, 운명의 장난처럼 얼굴만 곱상한 여자의 얼굴을 한 남자라는 것을 깨달았다.

"이번에도 100살 먹은 도모보이 얘긴가!? 도모보이가 염소젖을 짜질 않나, 도모보이가 닭을 훔치질 않나······." 사내는 조소하듯 코웃음을 치더니 종이와 등유 램프가 놓인 책상 쪽으로 갔다.

그는 다리에 용수철이라도 박힌 듯 춤을 추듯이 걸었는데 걷는 동안 근육질의 목부터 단단한 어깨, 살짝 앞쪽으로 휜 발끝까지 몸에 있는 모든 근육이 동원된 것 같았고, 이는 마치 몸이 걷는 것이 아니라 근육, 뼈, 머리카락으로 이뤄진 단단한 공이 바닥에 굴러가는 것 같은 인상을 주었다. 척추 쪽에 무언가가 볼록 튀어나와 있었는데, 그것은 혹이었다. 꼽추의 긴 그림자는 흰색으로 칠해진 벽을 따라 춤을 추었고, 그림자의 뒤통수는 천장에 걸렸다.

"우리 콜호스*에서는 무언가를 훔치는 건 사람이지. 몸도 마음도 지저분하고 저급하단 말일세. 여기 이자처럼!"그는 이 말을 하면서 바흐가 마치 길가에 버려진 깨진 항아리나 반쯤 썩은 밧줄이라도 되는 것처럼 경멸하듯이 그를 향해 고갯짓을 했다. "알아듣겠나, 볼?"

꼽추는 놀랍도록 고상한 독일어로 차갑고 차분한 억양으로 말했는데, 바흐가 도시에 사는 독일 사람들한테서도 못 들어볼 정도로 수준 높은 독일어였다.

바흐는 고개를 돌리지 않고 조심스럽게 볼 쪽으로 눈만 살짝 기울였다. 그는 언제나처럼 표정이 우울했다. 덥수룩한 콧수염은 전에는 젖은 건초 더미 같았지만 이제는 밑으로 처져서 입을 완전히 가렸으며, 눈은 숱 많은 눈썹에 가려서 보이지 않았고, 코만

---

* 소련의 집단농장.

무겁고 커다란 부리처럼 평평하고 우울한 표정에 붙어서 유난히 더 도드라져 보였다.

"이 털북숭이를 어떻게 할까요?" 불은 커다란 입을 크게 벌려 하품을 하면서 말했는데, 이때 사이가 벌어진 이빨이 보였다.

꼽추는 마치 불의 입 속에서 못 볼 걸 본 것처럼 못마땅하다는 듯이 그 예쁜 입술을 꼭 깨물었다. 그는 사색에 잠긴 자신을 방해한 불에게 대답하는 대신 종이 뭉치가 잔뜩 얹혀 있는 책상으로 시선을 떨궜고, 그러자 얼굴이 순식간에 정지 화면처럼 굳었다. 예의 그 예쁜 표정이 다시 나타났고, 이제 꼽추는 불쌍한 도둑을 잡은 것보다 훨씬 더 중요한 생각을 하려고 했다. 그는 양팔을 종이가 있는 쪽으로 뻗어서 생각에 잠긴 것처럼 손가락을 움직였는데, 어떤 서류를 집어야 할지 고르는 것 같았다. 하얀 벽에 생긴 커다란 손가락 그림자 역시 그와 함께 움직였다.

"반 대접의 염소젖이라⋯⋯. 너무 작은 거 아닌가, 별것도 아닌 걸 갖고⋯⋯." 꼽추는 조용히 중얼거렸다. "반 대접만큼, 한 모금만큼, 침 한 번 뱉은 만큼. 이게 뭐라고. 전부 걷기보다는 기어가고. 전부 속삭이듯이. 아주 조금 눈곱만큼. 이건 마치 손가락에 골무를 끼고 진흙 속을 걷는 것과 같단 말이지⋯⋯. 반 대접이라⋯⋯. 왜 한 대접이 아니고?" 그는 결국 자신이 원하는 종이를 못 찾고 화를 내며 한 손으로 책상을 내리치면서 그것이 마치 바흐의 잘못이라도 되는 양 그를 아래에서 위로 훑어봤다. "왜 자네는 염소도 아니고 말도 아니고 트랙터도 아니고 고작 젖을 훔친 건가? 내가 납득할 수 있도록 실명해줄 수 있겠나? 훔치고 싶은 게 있으면 훔치면 되지만 말일세! 공공재산을 자네의 끈끈한 집게발로 긁어모으는 거야 내가 뭐라 할 건 아니지만 첫째, 이 일로 자네는 목덜미를 잡힐 수 있고. 둘째, 인민재판에 회부될 수 있고. 셋째, 알몸으로 얼음 구멍에 던져질 수 있어. 만약 양심에 찔린다면 더 이상 아무것도 훔치지 말게나! 콜호스에 들어가서 인생을 즐기며 살면 될 테니 말일세. 자, 이제, 이 염소젖을 훔친 대가로 내가 자네를 어떻게 해야 되겠나? 아침까지 지하실에 가두면 되겠나? 자로 손바닥을 때릴까? 손가락으로 겁을 주고 풀어줄까? 왜 말이 없나?"

오랫동안 쓸지 않은 탓에 종이 더미와 해바라기씨 껍질, 호두 껍데기 등이 나뒹구는 바닥을 응시하는 바흐의 머릿속은 온통 지금쯤 일어났을 아기 생각뿐이었다. 보통 아기는 아침 즈음에 잠에서 깼지만 이번에도 그럴 거라는 보장은 없었다. 아기가 혼자 집에서 울고 있을지도 모른다는 생각은 마치 손톱 밑에 날카로운 나뭇조각이 박힌 것처럼 거슬렸다.

"내가 이 사람에게 죽은 토끼를 주렁주렁 걸어주면 어떻겠습니까? 우리 그나덴탈식으로 좋은 게 좋은 거라고 말입니다." 불은 면도하지 않은 한쪽 볼을 긁으면서 말했다.

"토끼라! 한 명은 염소젖 두 모금을 훔쳤고, 또 한 명은 이딴 일로 따귀를 두 대 때렸고. 이게 다 그 정치가 하는 일이란 말이지! 그나덴탈식 좋아하시네!" 꼽추는 휘어진 등을 뒤로 젖히려는 듯 어깨를 갑자기 뒤로 젖히면서 말했다.

"당 지도자 동지, 실수하시는 겁니다. 제가 이 녀석을 흠씬 패서 한 달간 기어 다니도록 만들 겁니다."

"기어 다니게 할 필요 없네!" 꼽추는 화를 내며 자리에서 일어나서는 방 안을 왔다 갔다 했는데, 커다란 그의 그림자 역시 집 안을 돌아다니면서 천장에 닿았다가 위로 늘어났다가 옆으로 늘어났다. "이 지저분한 도둑질을 근절하려면 내일 당장 우리 콜호스에 와서 등록하게. 그리고 자네가 본 그 염소를 치고 보살피는 거지. 누구든 공공재산인 염소젖을 훔치려고 하면 콜호스에서 쫓아내겠어. 일은 이렇게 하는 거지!"

"그런 일은 없을 겁니다." 불은 침울하게 아래턱을 앞으로 삐죽 내밀었고, 그러자 콧수염이 위로 곤두서고 턱은 코끝에 거의 닿을 뻔했다. "개구리는 나무를 안 타고 사람들은 쾰른 성당보다 키가 더 클 수 없듯이 도둑은 목동이 될 수 없다 이겁니다."

"이런!" 꼽추가 마치 누군가 그에게 뜨거운 물을 붓기라도 한 것처럼 자리에서 벌떡 일어나 양팔을 들어서 낮은 천장을 향해 뻗자 손가락이 자기 그림자에 닿을 뻔했다. "그게 자네들이 말하는, 몇 세기에 걸쳐서 변하지 않아서 곰팡내 풀풀 풍기는 현명한 선택이란 거군!"

그는 불을 향해 펄쩍 뛰어 다가간 후에 날카로운 이빨을 드러내면서 숨을 쉬었다. 꼽추의 얼굴은 불의 가슴께에 걸려 있었지만 그의 아름다운 검은 눈동자는 마치 왕좌의 높은 자리에서 내려다보기라도 하는 듯이 거만하게 불을 응시하고 있었다.

"자네 지금 성당 얘기를 했나?" 그는 화가 잔뜩 나서 빠른 속도로 말했다. "자네는 지금 자네가 무슨 말을 한 건지 이해는 하고 있는 건가? 왜 하필 성당이랑 비교를 했는지 말일세. 자네는 왜 사람을 사도 베드로와 비교하지 않고, 루앙 대성당도 아니고 쾰른 성당과 비교를 한 건가?"

"우리 마을 사람들은 다 그렇게 말하니까요." 불은 고개를 더 깊숙이 숙이고 인상을 쓰면서 말했다. "누군가 키가 작으면 '여자들이 그를 난쟁이랑 헷갈려 한다'고 다들 말하죠. 반대로 누군가 키가 크면 쾰른 성당처럼 크다고 말하고요. 사람 키가 성당보다 더 클 수 없다는 건 바보도 아는 사실이니까요."

"자네 이 성당을 본 적은 있는 건가? 높이가 얼마나 되는지 아는가? 성당에 첨탑이 몇 개인지는 아는가? 첨탑의 모양과 색깔이 어떤지는?"

불은 표정의 변화가 거의 없고 말도 없는 걸로 봐서 자신감을 잃어가는 듯 보였다.

"자네는 쾰른 시가 어디에 위치하고 있는지 상상이라도 해본 적 있나? 근처에 어떤 강이 있는지, 자네 고향 그나덴탈에서는 얼마나 먼지는 아는가?" 꼽추는 마치 채찍으로 때리듯이 질문을 쏟아부었다. "자네가 그렇게 좋아하는 성당이 여전히 존재할 거라 확신하는가? 이미 오래전에 철거됐거나 어떤 야만인들의 손에 파괴됐을지도 모르지 않는가?"

꼽추가 질문을 할 때마다 볼은 놀라서 덥수룩한 눈썹이 위로 올라갔고(그럴 때마다 순간적으로 밝은색의 작은 눈이 보였다) 등은 더 굽어서 곧 꺽다리 볼이 작달막한 당 조직의 지도자와 키가 거의 같아질 듯했다.

"그것도 모르면서 왜 훈련받은 찌르레기처럼 어렸을 때 들은 표현을 습관적으로 쓰느냔 말이지! 우리가 싸워야 할 적은 다름 아닌 세뇌된 말과 생각이란 말이네! 먼지가 쌓이고 거미줄로 얽힌 수천 개의 단어 말이야! 수천 개의 생각이 얼마나 오래되었는지 두개골 안에 자리 잡기 시작했단 말이네……. 볼, 냄새 한번 맡아보게." 꼽추는 갑자기 목소리를 낮추면서 말했다. "자네 이 냄새 안 나나?"

볼은 그의 말대로 커다란 콧구멍을 움직이면서 냄새를 맡아보려고 했지만 잘 모르겠다는 듯 고개를 내저었다. 꼽추는 마디가 굵은 손으로 그의 볼을 낚아채어 자기 쪽으로 잡아당기고는 무슨 무시무시한 비밀이라도 얘기하려는 듯이 속삭였다.

"이건 부패야. 낡은 생각이 자네 머릿속에서 부패하는 거라고." 볼은 그 말을 듣고는 끔찍해하며 그에게서 벗어나려고 몸을 움직였지만 꼽추의 손가락이 너무나도 세게 볼을 잡고 있어서 입술이 귀 바로 옆에 붙어 있을 정도였다. "볼, 자네 머리는 그러니까 아우게이아스의 마구간*이야. 그나덴탈에 사는 다른 사람들 머리 역시 마찬가지야. 한 명도 빠짐없이 말이지. 자네들 두개골 안에 있는 더러운 것을 모두 긁어내고 비누로 깨끗이 씻어야 해. 우리가 꼭 그렇게 해주지, 내 약속해. 그러면 자네는 도둑도 목동이 될 수 있다는 걸 이해하게 될 걸세. 암, 그렇게 되고말고!"

드디어 볼은 꼽추의 손아귀에서 벗어나 허리를 펴고 고개를 흔들었다. 꼽추 역시 자신도 예상하지 못한 설교를 하느라 지친 듯 숨을 깊이 들이마셨다. 그러고는 미동도 하지 않고 서 있는 바흐를 한 번 쳐다봤다.

"볼, 그를 놓아주게. 양손도 풀어주고. 비쩍 마른 몸이 겨우 버티고 있는 게 안 보이나? 그의 몸에 손끝 하나 대지 말게! 내가 창밖으로 볼 테니……." 꼽추가 지친 듯 말했다. "그리고 자네." 그는 바흐에게 말했다. "집에 가게나. 또 한 번 훔치다가 걸리면 감옥에 집어넣고 '공공재산을 훔친 자'라는 팻말과 함께 시장 광장에 끌고 나올 테니. 다음번엔 안 봐줄 거야."

곱상한 얼굴을 한 꼽추의 말은 너무나도 이상했다. 그가 사용한 단어는 어떤가? 이것은 미친 사람이 아무런 의미도 없는 헛소

---

*   그리스 신화에서 유래한 표현으로, 지저분하고 정리가 안 된 장소를 뜻한다.

리를 지껄인 것이 아니었다. 그의 말에는 의미도 있었고 논리도 있었다. 게다가 그가 사용한 모든 특이한 어휘와 표현은 멍청한 불도 이해했고, 적어도 그는 꼽추의 말을 듣고 놀라지 않았다. 지금까지의 상황으로 미루어 보건대 세상은 지난 7년 동안 많이 변했고, 변해도 너무 많이 변했다. 그런데 이곳 어딜 가면 젖을 구할 수 있을까?

"저 궁금한 게 있는데요." 불은 한숨을 쉬면서 뭔가 생각을 하려는 듯 인상을 찌푸리고는 결심이 선 듯 말을 이어갔다. "만약 퀼른 성당에 대해서 말하면 안 된다면요. 뭐랑 비교를 하면 될까요? 만약 사람의 보폭이 수레를 끄는 채만큼 길다면, 그런 사람을 뭐라고 묘사하면 좋을까요?"

종이가 있는 책상으로 향하려던 꼽추는 또다시 고개를 들었다. 그의 얼굴에는 갑자기 화색이 돌았고 눈은 커졌으며 표정 역시 밝아졌다.

"정말 좋은 질문이야!" 그는 환희에 찬 듯 속삭였다. "이제야 말이 통하는군!" 그는 연필을 낚아채고는 새처럼 구부정한 손가락으로 연필을 쥐고 종이에 뭐라고 끼적이기 시작했다. "그래, 불, 백 번 천 번 좋은 질문이야!"

그는 뭔가 알아들을 수 없는 말을 중얼거리고는 고개를 끄덕이면서 뭔가를 계속 써 내려갔고, 마치 머릿속에 떠오르는 대단한 발견을 잊을까 봐 서두르는 사람처럼 초조한 미소를 띠었다. 그러다 갑자기 책상 위에 연필을 던지고는 박장대소를 하는 것이었다. 그의 표정은 너무나 빨리 변해서, 경멸하는가 싶더니 화를 내고 화를 내는가 싶더니 진심으로 기뻐하는 표정을 지었는데, 마치 자기 감정을 숨길 줄 모르는 어린아이라도 된 것 같았다. 그의 예쁜 얼굴도 마찬가지로 매력을 한껏 뽐내다가 어느새 주름살 가득한 못생긴 얼굴로 변하는 듯 표정 역시 변화무쌍했다.

"브라보, 볼!" 꼽추가 너무 크게 소리를 지른 나머지 등유 램프가 흔들리고 집 안에 있는 그림자 역시 춤을 췄다. "농장의 가축을 자네에게 맡기길 잘한 것 같네. 생각이 소련식이야, 마음에 들어!"

"그러니까 뭐라고 말하는 게 좋을까요? 꺽다리들 말입니다." 그는 조심스럽게 질문을 다시 한번 상기시켰다.

"모스크바에 있는 높은 크렘린 탑처럼 키가 크다고 말해!"

"그런데 난 모스크바에 간 적이 없는데요. 크렘린 탑도 한 번도 본 적이 없고요."

"그건 중요하지 않아. 그냥 날 믿고 그렇게 말하면 돼, 볼. 전 세계에 있는 모든 교회를 합친 것보다 이 탑이 더 아름다워. 빨간 벽돌로 지어진 데다 창문은 크리스털 같고 뾰족탑은 에메랄드빛을 띠고 황금색 무늬가 반짝인다네. 자네가 말하는 쾰른 성당은 탑도 낡았고 군데군데 움푹 패었고 너무 오래돼서 다 허물어져가고 십자가도 부서지고 다 해봐야 천막 하나에 들어갈 정도가 아닌가 말이야……. 이봐, 혹시 자네 지방에서 많이 쓰는 관용어를 말해줄 수 있겠나? 속담이라든지 잰말 놀이나 농담 같은 거 말일세. 그나덴탈에 사는 모든 사람들이 사용하는 말이 있을 것 아닌가?"

"제가 말주변이 없는데. 글로 쓰는 건 더 자신이……." 볼은 난처해했다.

"할 수 없지, 뭐. 자네들 지방에서 자주 쓰는 관용어는 좀 더 똑똑한 사람을 부탁해서 알아내보지. 잘 자게, 동무." 꼽추는 크게 아쉽지 않다는 투로 말했다.

볼은 바흐의 팔에 묶인 밧줄을 풀어주고 출구 쪽으로 그를 밀었는데, 그의 얼굴에는 도둑을 제대로 혼내주지 못한 데서 오는 불만이 묻어 있었다. 한편 바흐는 볼의 힘센 손바닥에서 풀려나는 즉시 자기도 모르게 책상 쪽으로 날아가서 연필을 집어 들고 손에 집히는 종이 위에 그나덴탈의 속담과 격언을 기억나는 대로 끼적이기 시작했다.

'볼가강에 빠진다'는 행방불명된다는 것을 뜻한다.

'볼가강에 물을 가져간다'는 쓸데없는 짓을 하는 것을 뜻한다.

"멈춰!" 꼽추는 뻔뻔한 도둑을 저지하려는 볼에게 명령조로 소리를 질렀다. "서서 보라고!"

'대야를 타고 볼가강을 건넜다'는 지나치게 허풍 떠는 것을 의미한다.

'이 사람은 카스피해까지 가겠어'는 뻔뻔하지만 원하는 것을 이뤄내고야 마는 사람을 일컫는다.

삐걱거리는 연필은 종이 위에 지렁이 같은 글자를 그렸고, 이 글자는 문장을 만들어냈다. 얼마 만에 연필을 잡아보는 것인가! 처음에는 손가락이 말을 안 들어서 글씨가 엉망이었지만 손은 이내 예전의 글 쓰던 일을 기억해냈고, 서서히 글씨도 제 모양을 찾아가고 있었다.

'볼가강에서 많은 물이 흘러갈 것이다'는 어떤 일을 하는 데에 많은 시간이 필요한 것을 나타낸다.

'볼가강이 위로 흐를 때'는 절대 있을 수 없는 일을 가리킨다.

'모든 물은 볼가강으로 통한다'

'모든 강은 라인강으로 통한다'(빈도수가 낮음)

"정말 훌륭해!" 꼽추는 바흐의 어깨 너머로 그가 글씨 쓰는 것을 보면서 흥분한 듯 중얼거렸다. "볼가강에 비유한 것은 아주 좋아. 그리고 아주 옳은 생각이야. 그런데 라인강은 소련에 적합하지 않으니 빼야겠어……."

바흐는 계속해서 글을 써 내려갔고, 거칠어진 손이 오랫동안 잊고 있던 기쁨을 여전히 기억하고 있다는 사실을 깨닫고 스스로도 놀라워하고 있었다. 종이에 더 쓸 자리가 없어지자 다른 종이를 집어 들었고, 거기에 이미 메모가 돼 있었지만 아랑곳하지 않고 그 위에, 비스듬히, 가로질러서, 점점 더 빨리 글씨를 적기 시작했다.

'낙타털과 같은 지역'(스텝 지역을 재미있게 표현함)

'똥을 조금 섞어도 좋아'(역시 익살스러운 표현임)

연필이 갈라지더니 부러졌고, 누군가 바흐에게 다른 연필을 쥐여주었다. 바흐는 연필을 들고(연필은 꼽추가 건넨 것 같았다) 계속해서 썼다. 그는 계속해서 종이를 바꿔가면서 글씨를 써 내려갔다. 입으로 뱉은 말은 아니지만, 다른 사람들도 이해하는 그의 안에 있던 표현들이 그에게서 나와서 종이 위에 차곡차곡 쌓였다. 바흐는 갈증 난 동물이 물을 마시듯이, 하마터면 물에 빠질 뻔한 사람이 가슴을 쓸어내리듯이 조급하고 빠르게 글씨를 써 내려갔다. 집이 불에 타거나 지붕이 내려앉아도 고개도 들지 않고 눈썹도 움직이지 않은 채 나지막한 책상 옆에 구부정하게 서서 하얀 종이 위에 검은 글씨를 써 내려갔을 것이다. 글자는 단어를, 단어는 문장을 엮으면서 말이다. 차례대로 하나하나 써 내려갔을 것이다.

'걸핏하면 싸우려고 드는 것이 꼭 젤만* 사람 같다'

'슈바벤 사람처럼 욕심이 많다'

'그나덴탈 사람처럼 순박하다'

"젤만이 어딘가?" 꼽추는 볼에게 귓속말로 물어봤다.

"볼가강을 따라 아래로 내려가서 포크롭스크 너머에 있습니

---

* 현재의 로브노예 마을.

다."

"그럼 써도 되겠군. 그런데 슈바벤은 빼야겠어."

연필심이 다 닳고 나무만 남았을 때에야 비로소 바흐는 멈췄다. 그 순간 자신이 남자의 입김과 등유 냄새로 가득 찬, 천장이 낮은 농가가 아니라 차가운 바람이 부는 볼가강 가에 있는 절벽 위에 있는 것처럼 머리가 가볍고 호흡이 자유로웠다. 손에도 힘이 생겨서 한 손으로도 연필을 부러뜨리거나 그가 쓴 글을 흥미로운 듯 읽고 있던 꼽추의 멱살을 잡고 들어 올릴 수도 있을 것 같았다.

"달필인 도둑이라." 꼽추는 활짝 웃으며 고개를 들고 말했다. "흥미로운 표현이군."

"이제 알겠습니다." 볼은 책상 위에 있던 등유 램프를 집어 들어 바흐의 얼굴 쪽에 들이대고는 말했다. "처음에는 턱수염 때문에 못 알아봤어요. 이제 보니까 성이 바흐인, 예전에 우리 학교에서 가르치던 선생이군요. 오래전에 우리 마을에서 사라졌었죠. 소문에 의하면 브라질로 갔다고 하기도 하고 외동딸을 아내로 삼았다는 말도 있었죠. 부자가 돼서 금을 쌓아놓고 산다거나 실크 위에서 잠을 잔다고 하기도 하고 벨벳을 덮고 잔다고 하는 사람도 있었어요. 그런데 이제 보니 러시아 사람처럼 턱수염을 길게 기르고 키르기스인처럼 머리를 한 갈래로 땋았네요. 거지 차림을 하고 밤마다 염소젖이나 훔치고 다니는군요. 배울 만큼 배운 사람이."

오랜만에 자기 이름을 듣자 바흐는 흠칫하며 놀랐다. 얼굴에 갖다 댄 등유 램프로 바흐의 얼굴이 따뜻해졌다.

"바흐 선생 맞소?" 꼽추가 실눈을 뜨면서 바흐 쪽으로 자기 얼굴을 가까이 들이대자 얼굴이 더 후끈거렸다.

한쪽 손에 연필을 쥐고 있던 바흐는 있는 힘껏 종이를 눌러서 잘 쓰이지도 않는 연필로 '저는 염소젖이 필요합니다'라고 끼적였다.

"염소젖은 뭐 하게?" 꼽추는 호기심 가득한 눈으로 바흐를 뚫어지게 쳐다봤다(바흐는 이때 마치 미끌미끌한 달팽이 열두 마리가 자그마한 더듬이로 간지럽히면서 얼굴 위를 기어가는 것 같은 기분이 들었다). "애들이 있나? 아내가 아픈가? 사는 곳이 어딘가? 말을 못하는 건가, 아니면 하기 싫은 건가? 속담 아는 거 더 있나? 노래는? 재미있는 표현은?"

그는 대답 대신 조금 전에 종이에 적어둔 '저는 염소젖이 필요합니다'를 연필로 누를 뿐이었다. 그러자 뭉툭한 연필 끝에서 얇은 종이가 뚫렸다.

"볼, 그에게 염소젖을 주게나." 꼽추는 여전히 바흐를 쳐다보면서 그에게 명령했다. "대접 바닥에 깔릴 정도만 주게, 딱 그만큼만. 더 받고 싶으면 내일 또 오면 될 테니까. 그리고 오늘처럼 나한테 재미있는 표현을 써주면 돼."

"호프만 씨, 그를 길들이세요. 그럼 나중엔 헤어 나오지 못할 겁니다."

"길들이지. 꼭 그래야지." 꼽추는 싱글벙글 웃으면서 뭔가 꿈꾸는 것 같은 표정을 지었다.

11

지난 몇 년 동안 그나덴탈은 너무 많이 변했다. 이곳에 사는 사람들도 아주 많이 변해버렸다. 수년 동안 쌓인 피폐함과 슬픔은 집의 정면, 거리, 사람들의 얼굴에 고스란히 묻어났다. 예전에 단정하고 반듯하고 곧았던 거리들은 이제 부서진 건물과 집들로 흐트러졌고, 지붕들은 휘었으며 창문과 문, 대문의 문짝도 흉하게 휘어 있었다. 집들은 군데군데 갈라졌고, 정면들도 군데군데 주름이 진 것처럼 금이 가 있었다. 버려진 마당은 마치 몸에 난 상처처럼 활짝 벌어져 있었다. 시커먼 쓰레기 더미들은 마치 밝은 보라색 종기 같았다. 버려진 벚꽃 동산은 늙은이의 머리카락 같았다. 들판도 텅 비었다. 꽃이나 색깔이 이곳을 버린 것처럼 우울했고 하얗게 칠해놓은 집의 외벽들은 시커멓게 변했으며 창틀, 말라비틀어진 나무들, 땅, 사람들의 창백한 얼굴들, 하얗게 변한 콧수염과 눈썹, 이 모든 것이 하나같이 회색빛을 띠었고, 흐린 날 볼가강 물색과 닮아 있었다. 빨간색 깃발들, 별들, 기치들만이 인심 쓰듯 주변 풍경에 생기를 부여했는데, 마치 죽어가는 노파의 입술에 바른 빨간색 립스틱만큼이나 어색하고 이상했다.

바흐는 매일 염소젖을 구하려고 생쥐처럼 조용히 거리를 돌아다녔고, 그럴 때마다 그나덴탈의 변화에 주목했다. 그의 가슴은 슬픔과 의아함으로 가득 찼다. 처음에는 행성이나 별들이 빛을 잃고 캄캄한 하늘에 흡수되던 밤이나 새벽녘에 꼽추 호프만의 집에 갔다. 호프만은 늦은 시간에도 언제나 생기 있었고 머릿속은 이런저런 생각으로 가득 찼으며 마치 잠을 잘 필요가 없는 사람처럼 보였다. 하지만 얼마 후 호프만은 그에게 날 밝을 때만 오라고 했고, 바흐는 낮에 올 수밖에 없었다.

그나덴탈 주민들 대부분은 바흐가 돌아왔다는 소식을 들어서 그가 거리에 나타나도 놀라지 않았다. 정작 놀란 건 그였다. 그는 성실한 틸다의 궤짝에 레이스 모브캡이나 벨벳 브래지어가 잘 보관돼 있는 것처럼 고향 마을에 대해 너무나도 정확하게 기억하고 있었다. 이제 밝은 태양 아래에서 익숙한 것들과 낯익은 얼굴들을 보면서, 마치 마음속 깊은 곳에 있는 궤짝에서 멋진 모브캡, 브래지어, 망토, 모자, 남성용 긴 코트를 꺼냈는데, 정작 꺼내보니 생각과 달리 좀 벌레가 먹은 쓸모없는 옷들을 발견한 것 같은 기분이 들었다.

창밖으로 고개를 내민 저 노인들은 누구란 말인가? 그가 아는 그나덴탈 사람들인가? 혹은 그들의 아버지, 아니면 할아버지인가? 지난 7년 동안 고향 사람들은 바흐보다 훨씬 늙어버린 것 같은 기분이 든 데다 그들의 얼굴에서 부모의 얼굴을 느꼈고, 자신이 어린 시절로 돌아간 것 같은 묘한 기분이 들었다. 얼굴에 주름이 자글자글하고 입술과 이빨이 앞으로 많이 튀어나와서 땅다람쥐를 닮은 사람이 자기 집 창문 밖으로 바흐를 쳐다봤는데, 화가 안톤 프롬인지, 아니면 과거 그나덴탈에 회색 돌로 교회를 세운 그의 선한 아버지이자 목사님인지 알 수 없었다. 또 다른 창문 밖으로 그를 쳐다보는 사람은 일밖에 모르는 비쩍 마른 콜인가, 아니면 볼가강 왼편에서 겨자와 담배를 재배하기로 유명한 그의 할아버지인가? 세 번째 창문 밖으로 바흐를 보는 사람은 정녕 엉덩이가 수박만 한 에미인가? 하지만 과거의 풍성한 몸은 온데간데없이 비쩍 마른 데다 얼굴은 푸석푸석하고 눈 밑에는 다크서클이 퍼렇게 내려와 있었다. 아니면 성질이 사나워서 사람들이 보는 앞에서 남편을 신발 틀로 때리던, 사람들의 기억 속에만 있는 그녀의 할머니란 말인가? 말없이 인사도 건네지 않고 바흐를 사방에서 쳐다보는 그들은 과연 누구란 말인가? 그나덴탈에 사는 사람들은 산 사람들인가? 아니면 누런 사진 속에 있는 그들의 조상들인가? 그나덴탈에서 아이들이나 젊은이들의 모습은 찾아볼 수 없었는데 실제로 없는지도 모를 일이었다. 그제야 그는 교사의 사택 현관 앞에 겨울 내내 내린 눈이 수북이 쌓여 있는 이유를 알 것 같았다.

얼마쯤 지나자 바흐는 신문도 읽고 그나덴탈 주민들을 관찰도 하고 그를 유난히 좋아하는 호프만의 장황한 설교도 들은 후에 그가 없는 동안 그나덴탈에서 벌어진 일을 정리해보았다. 그렇게 정리하고 나자 그와 클라라가 높은 절벽에서 본 그나덴탈의 모습과 그가 밤에 클라라 몰래 그나덴탈에 갔을 때 본 이상하고 무시무시한 광경은 그곳에서 생긴 엄청난 변화에 비하면 고작 잔물결에 불과하다는 것을 깨닫고 소스라치게 놀랐다. 지금의 그나덴탈은 너무나 많이 변해서 그전의 모습을 찾기가 어려울 정도였다. 자연재해로 많은 것이 파괴되고 훼손된다 하더라도 가장 중요한 하늘, 태양, 땅은 남아 있는 법이기에 이 변화는 지진이나 태풍 그 이상이었다. 오늘날 그나덴탈에는 하늘, 태양, 땅, 그 어느 것도 남아 있지 않았다. 상트페테르부르크에 수립된 새로운 정권은 하늘을 없애고 태양이 존재하지 않는다고 발표했으며, 땅 대신 공기를 내놓았다. 사람들은 이 공기 안에서 살아남으려고 버둥거렸다. 동의를 하고 싶지는 않지만 거절을 할 줄도 모른 채 겁에 질려 입만 벌리고 있었다. 신앙, 학교, 마을 공동체, 이 세 가지는 그나덴탈인들에게 가장 중요한 것인데, 제분업자 바그너의 집과 가축을 앗아 갔듯이 그들에게서 이 모든 것을 앗아 갔다. 교회를 폐쇄했고 헨델 목사와 사모는 북쪽 어딘가로 보내버렸으며(신자들은 쇠스랑과 긴 부지깽이로 무장하고는 이들을 지키려고 했다) 학교 선생님을 쫓아냈다. 새로 선생님을 보내준다고 했지만 끝내 선생님은 보내주지 않았고, 마을 공동체는 구시대적이라며 위원회로 대체했으며, 이 위원회가 그나덴탈 사회를 주도적으로 이끌도록 결정됐다. 콜호스가 생겼는데, 콜호스는 새로워진 그나덴탈의 손발처럼 여겨졌다.

일부 주민들은 새로운 생활이 마음에 안 들어서 떠나기로 결정했는데, 가장 민첩하고 겁이 없는 이들은 미국까지 갔고, 가장 의지가 강한 이들은 독일까지 갔지만, 대부분은 폴란드 국경 지대에서 수개월 동안 힘든 노동에 시달리고 벨라루스, 우크라이나, 독일에 있는 피난민 수용소를 전전하다가 마치 모든 강이 볼가강으로 흘러든다는 것을 증명이라도 하려는 듯이 다시 고향 그나덴탈로 돌아왔다.

이렇게 해서 이제 소련이라는 명칭이 붙은 새로운 그나덴탈은 반쯤 폐허가 되다시피 했고 사람들은 희망을 상실했으며 가축들은 말라갔다. 사람들의 얼굴은 제대로 먹지 못해 말랐고, 자녀들을 그리워했는데, 그들의 무덤은 카스피해 모래 속, 갈리치아, 볼린스코에 폴레시아* 너머에, 몽골의 스텝 지역에, 프리아무르스키** 언

---

*　우크라이나 북부와 벨라루스 남부 사이에 위치한 역사적 지역.
**　러시아에 있는 마을.

덕에 있었다. 이렇게 그들은 활동 무대를 넓혔다. 축사는 비었고, 말이나 황소나 낙타는 콜호스의 공동소유가 되었다. 곡식 창고는 이제 쓸모없었다. 그 안에는 천천히 녹이 슬어가는 골동품, 즉 가축에 찍는 낙인, 마구, 동물 털 빗, 버터 만드는 도구, 분리기 같은 것이 있었다.

새로워진 그나덴탈에서 서류가 잔뜩 쌓인 책상에 앉아 밤이고 낮이고 지칠 줄도 모르고 일을 하는 사람이 있었는데, 그가 바로 꼽추 호프만이었다. 그는 왜 속담과 격언에 집착하는 것일까? 그는 비쩍 마른 바흐가 문지방에 들어서자마자 다양한 표현이 빼곡히 적힌 종이를 그의 손에서 낚아채서는 눈으로 읽어 내려갔고, 만족스러운 듯 얼굴에는 미소를 띠고 하루 치 염소젖과 다음번 염소젖값에 해당하는 깨끗한 종이가 놓인 창가 쪽으로 고개짓을 해서 가져가도록 했는데, 바흐는 그가 도대체 무슨 생각을 하는지 도무지 알 수 없었다.

처음 일주일 동안, 좀 더 정확히는 꼬박 닷새 동안 바흐는 달빛 아래 책상 앞에 구부정하게 서서 어렸을 때부터 익히 들어서 익숙한 200개의 속담과 격언을 질 나쁜 종이 위에 적어 내려갔고, 그 역시 이 일이 마음에 들었다. 그는 그 대가로 염소젖 다섯 컵을 받았다. 바흐는 그나덴탈 사람이라면 누구나 아는 다소 거친 표현들을 적어주는 대가로 무언가를 받는 것이 이상하게 느껴졌고, 양심에 걸렸다. 이렇게 단순하고 꾸밈없는 단어들은 조금만 신경 쓰면 그나덴탈 사람들이 공동 작업을 하거나 시골 축제에 모였을 때 얼마든지 들을 수도 있고, 마음만 먹으면 받아 적을 수도 있었을 것이다. 하지만 호프만은 그가 종이 한 장을 빼곡히 채워 오면 어김없이 기름진 염소젖으로 그 대가를 지불했다. 이것은 마치 공기를 마시고 그 대가를 지불하는 것과 같았다. 바흐 자신이 글을 쓰는 동안, 자기 자신도 자기를 전적으로 의지하는 두 여자도 잊은 채 쓰는 데 몰입하는 그 기쁜 순간에 대한 대가이리라.

***

여섯째 날 저녁 바흐는 딸을 흔들어서 재운 다음 익숙한 듯이 책상 앞에 앉아서 무엇을 쓸지 생각하며 호프만에게 선물 받은 연필을 호프만이 준 종이 위에 놓았는데, 그 순간 이제 더는 쓸 말이 전혀 생각나지 않는다는 사실을 깨달았다. 머리를 짜내고 머릿속으로 그나덴탈의 마당과 이곳저곳을 가보고 자신을 단어를 사냥하는 그나덴탈인이라고 아무리 상상해봐도 더는 아무것도 나오지 않았다. 더 이상 글을 쓰지 못하면 호프만이 지역의 구전 문학에 관심을 가질 거고, 그렇게 되면 더는 아기에게 줄 염소젖을 구할 수도 글을 쓸 종이를 구할 수도 없을 수 있다는 생각을 하자 덜컥 겁이 났다.

잘린 면도 고르지 않고 군데군데 섬유가 튀어나온 데다 솜처럼 찢어지기 쉬운 종이였지만 바흐는 그 어느 때보다 그 종이가 절실했다. 새 공책들과 절반은 사용한 공책들이 쌓여 있던 과거를 돌아보았다. 아무것도 그려지지 않은 종이도 있었고(매일매일 사용하는 종이였다) 줄이 그어진 종이도 있었으며(글씨 연습용 종이였다) 흰색 종이도 있었고(시험 용지였다) 밀랍이 칠해진 종이도 있었는데(책을 싸기 위한 종이였다), 이 종이들은 책상 위와 캐비닛 안에 얼마든지 있었다. 과거에 그가 선생이었을 때 왜 그때 글을 쓰지 않고 오랫동안 산책을 가거나 음식을 먹거나 쓸데없이 잠을 자는 데 시간을 허비했던가! 이제 그는 사람들이나 동물의 이름, 기도문, 지명, 새나 물고기의 이름, 숫자 1부터 1000까지, 종이의 질이 어떻든지 간에, 울퉁불퉁한 종이 위에 연필로 글자가 탄생하는 것을, 자기 몸 안에서 글자가 나오는 것을 보는 것이 소원이었고, 그 어느 때보다 글씨를 쓰고 싶었다.

그는 연필의 뭉툭한 부분으로 미간에 잡힌 주름을 두드렸고 결심한 듯 숨을 내쉬고는 머릿속에서 수없이 갈고 닦은 표현이 아니라 자기가 직접 지어낸 긴 문장을 적어 내려갔다.

그나덴탈에는 1년 열두 달을 부르는 라틴어 명칭 외에도 그나덴탈에서만 사용하는 열두 달을 부르는 명칭이 존재하는데, 이 명칭이 더 오래되었다. 겨울의 첫 번째 달은 신문이나 책에서는 1월이라고 쓰지만, 그나덴탈 사람들은 보통 '얼음 달'이라고 한다. 2월은 그나덴탈에서 '사슴뿔을 모으는 달'이라고 하는데 이들이 러시아로 이주하기 전에 독일에서 농부들이 숲에서 사슴이나 유럽 노루의 뿔을 발견하면 엄청나게 운이 좋은 걸로 간주했고, 그때를 회상하며 지은 이름이라고 한다. 3월은 그냥 '봄의 달'이라고 불렸고, 4월은 '풀이 나는 달'이라고 하고, 5월은 '가축을 목장에 방목하는 시기'라고 불렀다. 그나덴탈에서는 여름 석 달을 농사와 연관시켜서 각각 '밭 가는 달', '벼 베는 달', '추수하는 달'로 불렀다. 9월은 '장작을 준비하는 달'로, 10월은 '포도주 만드는 달', 11월은 '바람이 많이 부는 달'로 부른다. 그나덴탈에서는 12월 내내 크리스마스를 준비하기 때문에 12월은 '그리스도의 달'이라고 부른다.

그는 12월까지 다 쓴 다음 연필을 놓고 의아한 표정을 짓다가 자기가 직접 쓴 문장들을 한참 동안 들여다봤다.

호프만은 그가 쓴 글을 눈으로 훑더니 '선생, 자네 물건인걸!' 정도의 뜻으로 휘파람을 불 뿐이었다. 그리고 대가로 염소젖 한 컵과 함께 종이는 한 장이 아니라 두 장을 주었다.

바흐는 계속해서 글을 썼다. 오랫동안 불필요한 듯 그의 기억 속 깊은 곳에 갇혀서 굳게 닫힌 입술 밖으로 나오지 못하던 단어들이 갑자기 머릿속에 떠오르더니 술술 나오는 것이었다. 단어들은 웅성거리고 움직였다. 글이 너무나도 열정적으로 터져 나오는 통에 바흐의 연필은 자주 부러졌다. 동글동글한 바흐의 필체는 작아지고 늘어지고 글씨는 알아볼 수 없게 되고 끝에 길게 꼬리가 붙고 종이 위에 점선처럼 또는 사선으로 혹은 제비 떼처럼 한쪽 위 방향으로 날아갔다. 가끔 연필이 자기 생각보다 늦는다고 느낄 때면 바흐는 못마땅한 듯 헐떡이기도 했지만, 우려와 달리 생각들은 바흐에게 복종이라도 하려는 듯이, 어서 써달라고 재촉이라도 하는 듯이 그의 생각과 생각을 이루는 단어들이 어딘가로 날아가는 듯하다가 곧바로 반드시 원래 자리로 돌아왔다. 그다음에는 밤이면 밤마다 또다시 여러 차례에 걸쳐서 그에게 돌아왔고, 그땐 이미 준비된 텍스트의 형태를 띠고 있었다.

바흐는 아는 것과 기억하는 것 모두를 쓰고 싶었다. 바흐는 생각보다 기억하는 것이 훨씬 많았다. 끝도 없이 나오는 틸다의 궤짝처럼 써도 써도 그의 기억은 언제든 그의 요구에 응할 준비가 돼 있었다. 말 잘 듣는 연필이 종위 위를 뛰어다녔고, 그러면 좀벌레가 먹은 남성용 코트며 낡은 모자며 찢어진 치마와 브래지어 등 궤짝 속에서 먼지가 쌓인 물건들이 다시금 새것처럼 아름답게 바뀌었는데, 빛을 받으면서 실크가 되고 벨벳으로 변하고 새틴 리본에 박힌 작은 비즈 방울처럼 반짝이는 것이었다.

바흐는 매일 어떤 기억을 끄집어낼지 고민하며 열정적으로 그 나덴탈에 대한 이야기를 썼다. 그것은 묘사하는 것이라기보다는 흩어진 돌과 같은 기억을 모아서 파괴된 도시를 재건하는 것이었다. 그는 다른 주민들의 기억에서 사라졌을 도시의 모습을 형상화하여 종이 위에서나마 폐허가 된 그나덴탈을 다시 아름답게 짓기라도 하려는 듯이 열정적으로 써 내려갔다. 바흐는 글을 쓰는 것이 아니라 글로 도시를 짓고 있었다.

순박한 그나덴탈 사람들의 마음속에 있는 선명하고 깨끗한 색깔들은 사랑스럽다. 문틀과 창틀, 창틀 장식, 창가, 큰 괘종시계, 그릇을 넣어두는 찬장, 이 모든 것은 하늘색, 노란색, 빨간색, 초록색을 띠고 있으며 단순한 꽃무늬가 그려져 있다. 집에서 가장 아름답게 장식된 것은 부부의 침대이며, 이것은 집에서 가장 중요한 가구이면서 집주인의 영원한 자랑이기에 그나덴탈인들은 '천상의 침대'라고 부른다(여기에 부부간의 은밀한 즐거움에 대한 암시가 있는 건지, 정말로 하늘을 연상시키는 침대 위의 아름답고 화려한 장식 자체를 가리키는 것인지는 알 수가 없다).

순진한 그나덴탈인들은 예쁜 것을 좋아해서 자신들이 갖고 있는 페르시아산 모자 끝이나 여자들 모피 코트 깃을 유색 끈으로 장식하고, 말의 멍에나 마당에 있는 개집과 새집에 그림을 그려 넣고, 왈렌키에도 빨간 끈을 다는 등 주위에 있는 모든 것을 장식한다. 그나덴탈 아가씨들이 축제 때 두르는 숄은 무지개와 경쟁이라도 하려는 듯이 정말 화려하고 무늬가 다양하다……

그나덴탈 사람들의 본질적인 특성에 대해서 쓰는 데는 아흐레 밤이 걸렸고, 호프만은 그에게 염소젖 아홉 컵을 줘야 했다. 모기 골짜기부터 시작해서 근처에 악마의 무덤이 있는 목사 호수에 이르는 지명의 기원에 대해 얘기하고 염소젖 다섯 컵을 받았다. 그나덴탈인들의 노래와 골계극을 써주고 염소젖 네 컵을 받았다. 그나덴탈 사투리의 특성을 써주고 염소젖 세 컵을 받았다. 학교 교육 시스템과 교수법, 그나덴탈 학교의 역사, 이 학교에서 강의를 했던 모든 선생님의 이름을 써주고 염소젖 한 컵을 받았다. 겨우내 먹을 수박을 염장하는 방법을 써주고 염소젖 두 컵을 받았다. 어도비 점토로 벽돌을 만들고 이 벽돌로 건물을 짓는 방법을 써주고 염소젖 두 컵을 받았다. 그나덴탈인들과 그들 가족 이야기에 대한 재미있는 일화를 얘기해주고는 염소젖 열 컵을 받았다. 그나덴탈에서 대대로 전해 내려오는 여러 가지 징후에 대한 이야기는 생각보다 광범위하게 많고 그중에서 가장 많은 부분을 차지하는 것은 비나 눈이 내릴 징조였는데 이 이야기를 쓰고 바흐는 염소젖을 무려 열세 컵이나 받았다.

처음에 바흐는 클라라의 머리맡에 앉아 자기가 써놓은 글을 눈으로 보면서 머릿속으로 따라 읽곤 했다. 아주 가끔 마치 '클라라, 내 글 마음에 들어?'라고 묻고 싶은 듯 종이에서 시선을 거두고 고개를 들곤 했다. 하지만 그녀의 얼굴은 여전히 무심한 듯 미동도 하지 않았고, 그럴 때면 바흐는 당황하기도 하고 화도 나서 읽던 것을 멈추곤 했다. 그가 소리를 내서 읽어주지 않아서일까? 아니면 콜바사나 수박 잼 만드는 방법이나 볼가강에서 한밤중에 수영을 한 일이나 그나덴탈 아가씨들의 결혼식 춤에 대해 듣는 것이 힘들어서였을까? 매일 밤 바흐의 펜에서 시끄럽고 덥고 냄새 나는 내용이 태어난 탓일까? 아니면 단지 여전히 그녀와 그들을 둘러싼 세계 사이에서 갈팡질팡하는 그의 우유부단함에 실망했기 때문일까? 이유가 어찌 되었건 얼마 안 있어 바흐는 얼음 창고에 자기가 쓴 글을 가지고 가는 일을 관두었다. 대신 신생아에게 물론 속으로 자기 글을 읽어줬다.

이것도 역시 이상하고 어리석은 행동이었다. 아이는 아는 단어가 없었고, 작고 앙증맞은 눈은 여전히 아이다운 순진함으로 가득 차 있었으며, 얼굴은 젖을 마실 때만 뭔가 집중하는 표정을 지어 보일 뿐이었다. 한편 바흐가 아이를 오른손으로 안고 왼손에는 그가 방금 쓴 글을 들고 방 안을 왔다 갔다 하기만 하면 어린 아이는 어른처럼 진지한 표정을 지었는데, 이는 마치 그가 마음속으로 읽어가는 단어 하나하나에 아이가 귀를 기울이는 것 같은 인상을 주었다. 사실 이건 어디까지나 그의 생각이었고, 아이는 단지 자기 옆에 다른 사람이 있음을 인식했을 뿐일 것이다. 하지만 바흐가 자기가 쓴 글을 속으로 읽어주는 동안 아이는 유목민들이 그나덴탈 최초의 목사의 혀를 자를 때처럼 인상을 썼다. 그가 우유와 볶은 밀로 흰 커피를 만드는 이야기를 할 때는 코를 벌렁거리면서 들었다. 입술도 부르르 떨었다. 입에서 거품도 나왔다. 양쪽 뺨도 실룩거렸다. 그러고는 인상을 찌푸렸다. 실눈도 떴다. 한숨도 쉬고 코를 고는 듯한 소리도 냈다. 2월 말에 바흐가 방금 쓴 재미있는 골계극을 들려줬을 때(그나덴탈 여자들이 밤늦은 시각에 함께 모여 앉아서 코냑을 넣은 펀치와 떫은 도펠퀴멜*을 마시는 모습을 묘사한 것이었다) 아기는 살짝 실눈을 뜨더니 갑자기 입을 크게 벌리고 처음으로 미소를 지어 보였다. 바흐는 그가 무슨 말이든 하면 아기도 그가 하는 말을 따라 할 것 같다는 생각을 했다. 그냥 인상을 찌푸리는 정도가 아니라 그가 발음하는 문장의 억양과 발음을 그대로 따라 할 수도 있지 않을까 하고 말이다.

이제 그들은 클라라의 질책하는 듯한 시선을 피해서 함께 따뜻한 집에 사는 동지 같았다. 하지만 그럴수록 바흐는 클라라에게 더 많이 미안했다. 그러던 어느 날 문득 자신이 단 한 번도 아기를 얼음 창고에 데리고 가서 어미에게 보여준 적이 없다는 것을 깨달았다. 하긴 자기 자신도 글을 쓴답시고 그녀에게 소홀했다. 다음 날 아침 잠이 채 깨기도 전에 클라라에게 용서를 구하러 달려갔다. 하지만 그러고 나서 하루 종일 자기 자신을 원망하며 우울한 표정을 짓고 돌아다녔고, 연필로 깨끗한 종이 위에 글을 적는

---

*   두 배로 독한 보드카.

동안은 양심의 가책으로부터 조금 벗어날 수 있었다.

가장 가까운 의사가 그나덴탈에서 멀리 떨어진 포크롭스크에 있었기 때문에 그들은 의료 혜택을 못 받았다. 따라서 자신들이 터득한 민간요법으로 병을 이겨내는 데에 익숙했다. 물론 이때 그들이 사용한 방법을 진보적이라고 볼 수는 없지만 달리 선택의 여지가 없었기 때문에 그들은 벌써 반세기를 그렇게 자신들의 방식으로 병을 고치고 있다.

몸의 특정 기관이 아플 때는 그 기관과 비슷하게 생긴 것을 복용하는 것이 좋은데, 이를테면 심장이 아프면 자작나무 잎사귀를 먹는 것이 좋고, 방광이 안 좋으면 파슬리를, 빈혈이 있으면 토끼풀의 빨간 잎사귀를 먹는다. 여자들이 냉이 있을 때는 달걀 껍데기를 잘게 부숴서(이때 반드시 하얀 달걀을 써야 한다) 흰색 백합꽃과 함께 우유에 넣어서 끓여 먹는다.

그나덴탈인들이 약을 신뢰하는 경우는 그 약의 쓴 성분으로 질병을 고칠 때로, 정말 쓸 경우에만 복용했는데, 테레빈유, 소금, 윤활유, 이 외에도 바퀴벌레, 개구리, 고슴도치 기름과 개 기름을 먹었다. 종기가 났을 때는 비누로 씻는다(종기를 비누로 씻어내기 위함이다). 상처에 피가 날 때는 곰팡이와 거친 아마 뭉치로 상처를 싸며(지혈하기 위함이다) 거미줄로 감고(상처 난 부위가 아물게 하기 위함이다) 말똥을 바르고(상처를 치료한 부위가 덧나지 않게 하기 위함이다), 상처가 심한 경우에는 풀을 발랐다. 트라코마*에는 침을 바르고, 이가 아프면 비곗덩어리나 양파 조각을 귀에 넣는다. 부스럼이 났을 때는 소똥을 바르고 화상을 입으면 양의 똥을 바르면 된다. 표저가 있을 때는 염증이 생긴 손가락이나 발가락을 잠든 암탉의 꼬리 밑에 집어넣는 것이 가장 좋다.

타지에서 왔고 완벽하게 고급 독일어를 구사하는 괴짜 호프만은 이 메모들로 뭘 했을까? 그에게 맡겨진 식민지 주민들을 더 잘이해하기 위해 외웠을까? 자기 이름으로 책을 출간하기 위해 자료를 수집한 걸까? 솔직히 바흐는 여기까지 생각할 겨를이 없었다. 그는 자기가 쓴 메모를 일말의 망설임도 없이 손이 울퉁불퉁한 꼽추에게 넘겨줬다. 이 덕분에 사라진 그나덴탈인들의 일상이다시 수면 위로 올라와서 시간에 훼손될 수 없게 되었고, 더 이상잊히거나 사라질 수 없게 되었다. 자신이 종이에 쓴 메모를 들고호프만이 아이처럼 기뻐하는 모습을 보면서 바흐는 그 메모가 정말로 가치가 있다는 확신을 가지게 되었다.

얼마 후 호프만은 추수 축제 때 그나덴탈에서 가장 질 좋은 밀을 고르는 전통이라든지 선별한 벼 이삭으로 머리카락을 장식한처녀를 남자들이 어깨에 태우고 마을 전체를 돌아다니는 전통,

---

* 눈병의 일종.

클료츠키와 감자 덩어리가 3월 볼가강의 얼음 덩어리처럼 걸죽한 기름에 둥둥 떠 있는 그나덴탈식 수프를 끓이는 방법이나 엘베강** 가에 작센 왕국 그나덴탈 성당과 똑같은 성당을 짓게 된 일에 대한 메모를 기다렸고, 바흐가 가져오면 즐겨 읽는 데서 그치지 않았다. 이제 호프만은 먼저 궁금한 것을 물어보고 바흐에게 다음 날 올 때 질문에 대한 답변을 적어 오라고 요구했다.

"교회나 미사에 대한 건 더 이상 쓰지 마!" 그는 바흐가 방금 써 온 메모를 흔들며 잔뜩 흥분해서는 방 안을 왔다 갔다 하면서 소리를 질렀다. "망할 놈의 종교 같으니, 이제 종교는 잊힌 지 오래고, 땅속 깊숙이 파묻혔다고! 1년만 지나면 그나덴탈 사람들은 교회의 마지막 목사의 이름을 기억 못 할 거고, 10년 후에는 예수 자체를 기억 못 할 거라고! 생명이 있는 것에 대해, 그러니까 사람들과 그들의 성향에 대해 써 와! 그들이 뭘 믿는지! 그들이 뭘 두려워하는지! 그들이 무엇을 기다리는지, 삶의 목표는 뭔지, 그나덴탈 사람들의 본질을 적어 와! 그들을 까발려서 보여줘! 내 말뜻 알아들어, 바흐?" 바흐는 대꾸하지 않았다. 대신 그다음 날 메모에는 꼽추가 요구한 답변을 적어 왔다.

그들의 소통 방식은 이러했다. 말 많은 꼽추는 마치 제비가 날갯짓을 하듯이 질문을 쏟아냈고, 턱수염이 하얗게 센 바흐는 하

** 체코와 독일을 흐르는 강.

루에 한 번 한 자락의 천을 직조하는 직조 틀처럼 눈 덮인 볼가강 위를 종종걸음으로 왔다 갔다 했다.

……그나덴탈 사람이라면 볼가강 유역에 사는 다른 주민들과 마찬가지로 '커다란 강의 감각'이라는 것이 새겨져 있어서 숲이나 스텝 지역 어디에 있든지 간에 눈을 감고도 볼가강 쪽으로 향하는 길을 찾을 수 있다. 학자들은 이것이 인체의 어떤 기관이나 뇌의 어느 부분과 연관이 있는 것인지 아직까지 밝혀내지 못했다 (여러 시기별로 카잔 대학교, 사라토프 대학교, 페테르부르크 대학교에서 탐험하듯이 이런 시도를 한 적이 있다). 단지 몸 안에 나침반 같은 것이 있어서 사랑하는 사람의 목소리가 들리는 쪽으로 발걸음을 옮기듯이 자기 자신의 목소리에 귀를 기울이고 그쪽으로 가면 되는 것이다…….

매일 그가 써야 하는 단어의 할당량이 늘어났다. 바흐의 생각이 어찌나 빠르고 광범위한지 종이라는 제한된 공간에 얽매일 수 없을 것 같았고 하루에 종이 두 장으로는 턱없이 부족한 지경에 이르렀다. 그다음엔 세 장으로 늘렸다. 그리고 네 장, 다섯 장도 부족할 정도가 되었다.

호프만 역시 마치 허기가 졌을 때 음식을 조금 먹으면 허기를 더 많이 느끼는 것과 같은 이치로 많은 질문을 쏟아냈지만 원래 신중한 사람이라 바흐에게 한꺼번에 종이 한 뭉치를 주지는 않았는데, 바흐가 글 쓰는 데에 몰입한 나머지 다음 날 아침에 그의 집에 오지 않을까 봐 우려되었기 때문이다.

마침 아기도 더 커서 전보다 더 많은 염소젖이 필요하던 차였다. 하루는 그나덴탈에 다녀온 후 아기의 발그레한 볼에 눈물이 마른 흔적을 발견했다. 하지만 시간이 흐름에 따라 이런 흔적도 사라졌는데, 아기가 몇 시간씩 혼자 있는 것에 익숙해진 것 같았다. 아기는 그를 보고 싶어 하는 그리움이 크면 클수록 그를 다시 봤을 때 반가움도 더 커지는 것 같았다.

그나덴탈에 사는 아이들이 좋아하는 놀이는 '스텝 지역에 사는 사람들의 공격'이라는 것인데, 볼에 더러운 먼지를 묻히고 검댕으로 몽골 사람처럼 눈썹을 그린 후에 '키르기스인' 흉내를 내는 아이들이 가는 길에 걸려드는 돼지, 염소들을 올가미로 잡으면서 놀려대고, '마을을 지키는 이'들이 '키르기스인'들을 잡아서 공정한 재판을 하는 식이었다. 그나덴탈에 사는 사람이라면 누구나 이 시끄럽고 교훈적인 놀이를 했다.

진정한 키르기스인들은 식민지 주민들을 괴롭히지 않은 지 100년은 족히 됐고, 이들은 평화롭고 순박한 이웃으로 변했으며, 호밀 빵 한 조각을 가장 맛있는 음식으로 알고, 가을이면 자신들이 기른 낙타 떼를 포크롭스크 시장으로 데리고 간다. 하지만 과거에 그들이 주민들을 괴롭혔던 일에 대한 기억은 놀이와 우화에 남아 있고, 지금까지도 입에서 입으로 전해져 내려온다. 그나덴탈인들은 아이들의 놀이를 통해 우승을 향한 갈망과 표현할 수 없는 애국심과 적들로부터 조국을 지켜야 한다는 것을 가르치고 있었다.

어느 날 아침에 단어들이 빼곡하게 적힌 종이를 들고 지역위원회에 갔을 때 바흐는 창가에서 아기에게 줄 염소젖과 자기가 쓸 깨끗한 종이 옆에 빵 한 덩어리와 달걀 두 개가 놓인 것을 발견하고, 그가 쓰는 글의 양에 따라 보수도 늘어났다는 것을 깨달았다. 그때부터 몇 날 며칠 동안 사냥도 안 가고 낚시도 안 나가고 앉아서 글만 썼다.

이제 그에게 음식은 생선 수프나 밀가루가 아니라 종이와 연필이었다. 호프만이 주는 건과자가 바흐의 팔다리에 힘을 준 것이 아니라 종이와 글 덕분에 한참을 걸어서 강을 건너도 더 이상 허리가 아프지 않았다. 이제 강을 건너는 일은 너무나도 익숙한 인상이 되었고 가끔은 생각을 하느라 자신이 강을 건너는 것도 잊었는데, 볼가강을 건너는 것이 아니라 감자 다리를 따라 군인 개울을 건너는 것 같은 기분이 들 정도였다. 그는 가끔 자신이 글을 쓰는 이유가 아기에게 줄 염소젖이 필요하기 때문인지 구겨진 회색 종이가 필요하기 때문인지 스스로에게 묻곤 했다. 하지만 질문은 늘 질문으로 그칠 뿐이었다.

최근 몇 년 동안 그는 자기 자신을 돌보지 않았다. 이제 그는 과거의 그가 아니었다. 아픈 몸과 상처받은 마음을 갖고 있으며, 아내를 잃고 삶의 의미조차 상실한 인간이었다. 그는 아기가 먹을 젖이며 온기이자 집을 건조시키는 도구였고, 욕심 많은 호프만의 지적 호기심을 채워줄, 그나덴탈에 대한 텍스트를 쓰는 기계였다. 그의 뼈마디가 쑤시고 심장이 아픈 것은 중요하지 않았다. 작은 숟가락이 입 속에 어서 들어오길 바라면서 입을 크게 벌리는 아기가 있고, 역시 바흐가 어서 속히 글을 써 오길 눈이 빠지게 기다리는 호프만이 있을 뿐이었다. 바흐는 마치 자기 자신이 원래부터 존재하지 않았던 것처럼 자신을 잊었다. 가끔 허기진 배가 그에게 꼬르륵거리면서 신호를 보내올 때나 너무 피곤한 나머지 눈이 저절로 감겨서 연필의 도움으로 손이 종이 위에 글을 써 내려가는 것을 볼 수 없게 되었을 때만 자기 자신이 있었다는 사실을 깨닫곤 하는 정도였는데, 그제야 자신의 허기진 배를 채워주고 지친 몸을 침대에 뉘어주는 것이었다. 아기 울음소리가 날 때만 글 쓰는 것을 멈췄고, 새로운 텍스트에 대해 생각할 때가 끊임없는 아기 생각에서 벗어날 수 있는 유일한 시간이었다.

그가 자기 자신을 부인하자 갑자기 힘이 불끈 솟았고 삶이 더 풍요롭고 흥미로워졌다. 바흐가 이렇게 글을 잘 쓸 거라고 전에는 상상이나 했던가? 그가 그나덴탈의 연대기를 쓸 거라고 말이다. 사냥꾼이나 어부라도 된 것처럼 그가 볼가강을 이렇게 신나게 건너다닐 줄은 전에는 상상도 못 할 일이었다. 온통 아기에 대한 걱정과 새로운 생각으로 가득 찬 그의 새로운 삶에서 정작 바흐 자신은 없었다. 불쌍한 클라라에 대한 공간 역시 없기는 마찬가지였다.

그나덴탈의 주민은 바로, 스텝 지역의 모든 다양한 색과 냄새를 알고 스텝 지역의 법칙과 스텝 지역이 만들어놓은 시간 속에 살아가는 아이였다. 순진하고 성실하고 씩씩하고 자족할 줄 아는 자, 그나덴탈인들이 바로 그러했다. 절대적인 힘에 온전히 자신을 맡기고 태양과 땅과 강의 자비를 온전히 바라며 가슴에는 반항과 저항의 씨앗을 완전히 제거한 이들이었다. 운명을 굳게 믿고 신앙심이 두터우며 온갖 종류의 징조를 믿는 그나덴탈인들은 새롭고 진보적이며 실험적인 모든 것을 거부하고 그들의 할아버지가 쓰던 쟁기로 밭을 갈고 가을이면 하늘이 주는 추수를 기다리는 것으로 삶이 구성돼 있다. 그들은 책을 읽지 않지만 자연이 주는 신호는 너무나 잘 알고, 비가 올 징조와 관련된 것만 해도 50개는 알 정도로 해박하다. 사실 그들과 같은 언어로 말하는, 멀리 떨어진 독일 사람들보다 펠트 모자를 쓰고 눈이 옆으로 찢어진 키르기스인들이 본질적으로는 더 가깝다.

바흐는 어느새 단순한 묘사에서 정리와 사색으로 넘어갔고(때는 어느덧 초봄이 되었다), 그 무렵 잠을 거의 자지 않았다. 밤마다 그의 몸은 움직이지 않고 침대에 누워 있었다. 눈을 감아도 빠르고 모호한 그림이 눈앞에 보이는 것 같았고, 머릿속에는 홍수 같은 생각이 끊임없이 흘러넘쳤다. 이따금 아기가 울 때면 침대에서 벌떡 일어나 젖을 먹이고는 또다시 힘없이 침대에 쓰러지듯 누웠지만 이럴 때조차 그의 의식은 여전히 생각 속에 파묻혀 있었다.

바흐는 식민지 주민들의 성향이나 동심의 세계, 볼가강 유역에 사는 독일인들의 노년의 세계, 아기가 태어났을 때 행하는 관습이나 장례식, 그 지역 전통의 원천, 러시아인들과 근처에 사는 키르기스인들과의 관계에 대해 너무도 많은 이야기를 써서 가끔은 자기도 어떻게 해서 이렇게 많은 생각이 머릿속에 들어와 있는지 의아할 정도였다. 그가 종이에 적어야 할 이야기의 주제를 그의 귀에 대고 속삭이는 자는 과연 누구인가?

한번은 바흐가 그나덴탈인들이 특정 이름을 선호한다는 생각이 떠올라서 아기에게 어떤 이름을 붙여주면 좋을지 생각해봤다. 마리아나 카타리나라는 이름은 너무 많고, 에바와 엘리자베타, 주잔나와 소피아라는 이름이 그보다는 적었다. 하지만 이 중에서 마음에 드는 이름은 없었다. 갑자기 그의 머릿속에 떠오르는 이름이 있었으니 그 이름은 '안나'였다. '그래, 안나라고 불러야겠어.' 철자상으로 모든 이름의 제일 앞에 위치하는 이름 말이다. 강물처럼 깨끗하고 밝은 이름이었다. 그래, 안나가 좋겠어. 애칭으로는 '안체'라고 부르면 된다.

하지만 아기가 세례를 받은 지 얼마 안 됐다는 사실이 떠오르자 덜컥 겁이 났고, 아기에게 이름을 지어준 자기 자신을 나무라며 이름을 붙이지 않고 전처럼 그냥 '계집아이'라고 부르기로 결심했다.

독일계 러시아인들이 예카테리나 대제 때부터 살아온 삶을 정의하는 세 가지 전설이 존재했다. 첫 번째 전설은 '약속된 러시아 땅에 관한 것'이며, 이는 러시아 정부가 외국인들을 끌어들일 목적으로 고용한 사람들의 노력으로 탄생한 것이었다. 7년간 지속된 전쟁으로 유럽에서 사람들이 굶주리고 도시들이 폐허가 되고 있는 상황에서 독일 농부들은 먼 러시아에 끝도 없이 펼쳐진 비옥한 토지가 존재한다는 말을 듣고 그 말을 믿었고, 그 사실에 기뻐했다. 행복할 수 있다는 부푼 꿈을 안고 용감하게 여행길에 올랐다. 그들이 들었던 대로 러시아의 스텝 지역은 광활했지만 그들을 기다리는 것은 풍요로움과 행복한 삶이 아니라 엄청난 노동과 생존을 위한 처절한 투쟁이었다.

독일계 러시아인들의 마음을 흔들어놓은 두 번째 전설은 '약속된 미국 땅에 관한 것'이었다. 19세기 말에 많은 사람들은 '브라질, 미합중국, 캐나다'를 듣기만 해도 가슴이 뛰었고, 독일계 러시아인들은 조상들의 과감한 이주에 대해 어렸을 때부터 듣고 자랐기 때문에 이 나라들의 이름에서 운명을 느꼈다. 또한 그들의 순진한 가슴에는 수많은 산과 바다를 지나면 꼭 행복해질 거라는 커다란 꿈과 희망이 꿈틀거렸다. 수천 명에 달하는 독일계 러시아인들이 미국에 대해 "젖과 꿀이 흐르고 젖소들의 뿔 위에 달콤한 빵을 얹어서 집으로 돌아오는 나라"라고 노래하며 미국으로 향하는 증기선에 탔다. 하지만 1, 2년 후에 많은 이들이 미국에 대해 "오, 미국, 미친 나라!"라고 하면서 다시 고향으로 돌아왔다. 또 그들은 "나는 또다시 내 고향으로 돌아가기 위해서라면 어떤 희생이라도 하리라……"라고 했다. 그때 그들이 말한 고향이란 볼가강 유역의 스텝 지역이었다.

많은 독일계 러시아인들의 삶을 변화시킨 세 번째 전설은 '약속된 독일 땅에 관한 것'이었다. 스텝 지역에서의 힘든 노동에 지치고 먼바다 너머에서도 행복을 찾지 못한 이들은 역사적 고향에 눈을 돌렸다. 언제나 손에 잡히지 않는 행복을 갈구하는 이들은 멀고도 얻기 힘든 그 행복을 찾아서 또다시 먼 길을 떠나기로 결심했다. 그들은 또다시 유령과도 같은 포르투나*를 찾아 떠났다. 하지만 독일로 간 사람들 모두가 적응하고 정착한 것은 아니

---

* 고대 로마의 운명의 여신.

며, 자신들도 인지하지 못하는 사이에 라이히스도이체*와 다른 민족으로 변해 있었다. 10년 전이나 100년 전이나 오늘날에도 독일계 러시아인들은 놀랍게도 두 가지 모순적인 특성을 갖고 있었다. 그들은 정착의 어려움과 전통, 거역할 수 없는 운명을 받아들이고 운명에 순응하며 수십 년 동안 밭을 일궜는데, 어느 날 갑자기 멀리서 보일 듯 말 듯 한 행복이 그들로 하여금 자신의 노동의 결과물을 멸시하고 선조들로부터 물려받은 행복에 대한 갈증을 해소하기 위해 먼 길을 떠나도록 했다.

이제 독일계 러시아인들인 우리가 행복은 멀리 있지 않다는 것을 인지해야 하지 않을까? 이제는 순진한 아이의 마음을 벗어버리고 변덕이 심한 세상이 속삭이는 이야기를 거부하고 진정한 어른이 돼야 하지 않을까?

바흐는 연필을 책상에 내려놓았다. 꺼져가는 촛불이 책상 위에 흩어진 종이들을 비추었고, 종이 위에 있는 글씨도 불안한 듯 흔들리는 촛불과 함께 흔들리고 있었다. 그 외의 모든 것은 칠흑 같은 어둠 속에 가라앉았다. 바흐의 등 뒤 어딘가에서 이름 없는 여자아이가 잠을 자면서 뒤척였고, 창밖에는 축축한 봄바람이 불고 비로 변한 눈이 창문을 두드리고 있었다.

* 독일어로 '독일제국 신민'을 뜻한다.

바흐는 자신이 쓴 글을 다시 한번 읽어봤다. 그가 쓴 글은 훌륭했고, 그는 이 글을 정말로 자신이 쓴 것인지 뭔가에 홀려서 쓴 건 아닌지 의아해했다. 놀라운 것은 이제 거기에 아무것도 더 쓸 수 없다는 것이었다. 마치 그가 쓴 마지막 몇 줄에 그가 사람들로부터 떨어져서 말없이 산 몇 년 동안 쌓이고 쌓인 말들 중 남은 말을 모두 쏟아놓은 것 같다는 생각이 들었다. 지난 3개월 동안 바흐는 수없이 많은 종이에 쉼 없이 글을 적었는데, 고향 그나덴탈과 그곳 주민들에 대해 그가 아는 모든 것과 그가 추측하는 것, 그가 의심하는 것, 그가 수없이 많이 생각한 것에 대한 모든 것을 적어서 그의 글을 읽는 데 혈안이 된 꼽추에게 전달했다. 바흐가 묘사한 그나덴탈은 알록달록하고 시끄러웠고, 화려한 옷을 입은 명랑한 사람들로 가득 차 있었으며, 종소리, 여자들의 노랫소리, 아이들의 고함 소리, 가축의 울음소리와 집에서 기르는 날짐승의 노랫소리, 볼가강 위에서 노 젓는 소리, 파도 소리가 들렸고, 신선한 와플과 수박 잼 냄새가 났다. 그것은 그나덴탈의 현재와 과거에 대한 이야기였다. 더 이상은 쓸 이야기가 없었다. 바흐의 머릿속은 두드리면 소리가 날 정도로 완벽하게 텅 비었다. 바흐는 책상 위에 양손을 포개고 텅 비어서 솜털같이 가벼워진 머리를 그 위에 조심스럽게 얹고 방금 막 다 쓴 글 위에 코를 박고 엎드려서 깊은 잠에 빠져들었다…….

"아이의 마음이라……." 호프만은 아침에 그가 내민 글을 눈으로 읽어 내리면서 중얼거렸다. "이 표현 너무 마음에 들어……. 바흐, 자네는 철학자야! 볼가강 저편에서 온 말 못하는 철학자라고!"

흥분할 때면 늘 그렇듯이 호프만은 양손을 뻗어 바흐에게서 받은 종이를 한 장 한 장 넘기면서 흥분을 주체하지 못하고 왔다 갔다 하며 바흐가 준 글을 읽고 또 읽었다.

"아, 자네 말이 옳아, 자네 말에 전적으로 동의하네! 염소젖을 준 보람이 있어……. 자네 모습에는 뭔가 아리스토텔레스와 닮은 것이 있단 말이야……. 내가 그나덴탈에 머무른 수개월 동안 나는 여기 사람들이 뭔가 다르다는 느낌을 받았어. 하지만 그게 정확히 뭔지 알 수가 없었지. 그런데 자네 덕분에 이제 알게 되었어……. 손에 잡히지 않는 행복을 갈구하는 순진한 아이의 마음. 맞아, 바흐, 자네 말이 천만 번 옳아! 이보다 더 정확할 순 없어……. 자네는 볼가강 유역에 사는 플라톤이야! 머리를 길게 기른 헤로도토스야!"

이제 바흐는 호프만이 두서없이 쏟아내는 말에 익숙해져 있었다. 꼽추의 기분은 하루하루 달랐다. 비 오는 날 먹구름처럼 우울해할 때도 있었고, 신랄하고 광기 어린 날도 있었고, 영감으로 가득 차거나 장난기가 있는 날도 있었지만, 호프만의 혀는 늘 변함없이 그의 생각처럼 빨리 움직였다. 이따금 바흐는 그가 그렇게 빨리 말을 할 때면 그 속도를 따라가기 힘들어서 그냥 서서 바닥을 내려다보면서 호프만의 생각이 피루엣*을 다 하고 원점으로 돌아올 때까지 인내심을 갖고 기다렸다. 호프만은 수많은 단어를 빠른 속도로 쏟아냈고, 그가 내뱉는 말은 수많은 감탄과 간투사와 미사여구와 비유로 흐트러지긴 해도 논리적으로 연결된 하나의 완성된 글과 같았다.

"이보게, 자네가 진실을 파헤쳤네! 볼가강 유역에 사는 이 배타적인 사람들의 본모습을 알게 해준 거라고! 마치 통조림 뚜껑을 연 것과 같아서 이제 숟가락을 들고 바닥까지 긁어 먹는 일만 남은 거야……."

이따금 바흐는 호프만이 자신과 나눈 대화를(사실상 대화라기보다는 호프만의 독백에 가까웠다) 바흐가 쓴 글 못지않게 중요하게 여기는 것 같다는 생각이 들곤 했다. 꼽추가 흥분해서 능변을 쏟아놓을 때면 그는 자기가 한 말을 자기가 듣고 평가하고 반대하고 다시 재단하고 다시 설명하는 등 마치 말 없는 바흐의 몸에 대고 자기 생각을 다듬는 것 같았……. 물론 그는 우울한 볼이나 아첨꾼 가우스 같은 사람들을 데려다 놓고 자기 생각을 쏟

---

* 발레에서 한 발을 축으로 팽이처럼 도는 춤 동작.

아놓을 수도 있었을 것이다. 하지만 호프만은 바흐를 선택했다. 바흐는 말을 하지 않았고, 따라서 호프만의 말을 반박하거나 어리석은 지적으로 그의 말을 끊을 일이 없기 때문이거나 그나덴탈에서 수십 베르스타 떨어진 곳까지 통틀어서 아리스토텔레스와 헤로도토스의 차이를 아는 이가 없었기 때문일 것인데(차이를 떠나서 이런 철학자나 역사가가 존재한다는 것 자체를 아는 이가 없었을 가능성이 높았다), 어쩌면 그래서 바흐에게 자기 생각을 쏟아내는 순간을 기다렸는지도 모를 일이었다.

"그럼 이 어린 영혼들의 마음을 움직이려면 어떻게 하는 것이 좋을까? 어떻게 하면 이 덜 자라고 게으른 사람들의 마음을 움직일 수 있을까? 어떻게 하면 수 세기에 걸쳐서 굳어진 이들의 소아증을 근절할 수 있을까?" 호프만은 농가 한가운데에 섰고, 극심한 통증으로 괴롭다는 듯이 인상을 찌푸리더니 이내 인상을 펴고 환한 미소를 지었다. "아니, 바흐, 그들과 대립할 필요 없이 그들을 잘 키워보는 거야! 잘 돌봐주고! 사랑으로 양육하는 거지!"

호프만은 바흐에게 뛰어와서 뜨거운 입김을 내뿜으며 숨을 헐떡이고는 잇몸이 드러날 정도로 입을 크게 벌리고 눈썹을 살짝 움직이면서 말했다.

"자네 자식은 있나? 이런, 이보게, 늙은 올빼미, 지금까지 자네에 대해 아는 게 없군. 하긴 그런 건 이무럼 이때! 만약 자네한테 자식이 있으면 자네는 그 아이들을 때리기만 했을까? 쇠꼬챙이로 때리고 그 애들에게 부츠를 던지기만 했을까? 아니, 바흐, 자네는 그 애들을 다정하게 대하기도 했을 거야. 자네는 그 애들을 일요일에 열리는 장터에 데리고 가서 버터로 만든 장미로 장식된 건과자도 사줬을 거야. 나무를 다듬어서 보트도 만들어주고, 점토를 빚어서 스비스툴카*도 만들어줬겠지." 눈을 크게 뜬 호프만의 눈가는 촉촉했는데, 바흐에게 얼굴을 너무 가까이 들이대는 바람에 바흐는 파란색이 도는 초록색 홍채를 처음으로 자세히 볼수 있었다. "자네는 아마 그 애들의 금발 머리를 쓰다듬고 잠들기전에 볼에 뽀뽀도 해줬을 거고, 또⋯⋯."

하지만 호프만은 자기 말을 채 끝맺기도 전에 말을 멈추고는 갑자기 어떤 생각이 떠오른 듯 손뼉을 치더니 마치 오랫동안 찾아 헤매던 문제의 해답을 알아내기라도 한 듯 행복한 얼굴을 하면서 박장대소를 하는 것이었다. 그러고는 자리에서 벌떡 일어나 책상 위에 흩어진 종이 위에 앉아 짧은 다리를 흔들면서 개구쟁이처럼 바흐를 쳐다봤다.

"바흐, 자넨 왜 옛날이야기를 써주지 않지?"

바흐는 고개를 떨궜다. 그는 정말로 옛날이야기를 쓰지 않았고, 그것이 그나덴탈에 대한 이야기 중 유일하게 쓰지 않은 부분인 것도 같았다. 클라라와 관련된 모든 것은 그에게 너무 괴로웠고, 그

* 러시아 전통 악기로, 주로 동물 모양을 본따 지점토로 빚어 만든다.

녀가 그에게 해준 옛날이야기 역시 괴로운 기억의 일부였다.

"사실 그게 바로 아이들의 마음을 이해할 수 있는 열쇠라고. 아이들은 누구나 옛날이야기를 믿지." 이 말을 하고 나자 호프만의 표정이 어두워졌다. 그의 생각은 머리 위로 천장을 뚫고 온갖 쓸모없는 물건으로 가득 찬 다락방을 넘어서 양철 지붕을 지나 높은 하늘 어딘가에서 유영했다. "그렇다면 이걸 사용하지 않을 이유가 없지 않은가? 사람들도 좋아할 거고. 그래, 그들이 이해하는 언어로 대화를 시도하는 거야!"

이때 창밖에서 누군가 흥겨운 목소리로 누군가를 불러내려는 듯이 소리를 질렀고, 또 누군가는 쩌렁쩌렁 울릴 정도로 큰 소리로 휘파람을 불었는데, 마치 저녁에 데이트하고 싶은 아가씨를 불러낼 때 부는 휘파람 소리 같았다.

"바흐, 이제부터는 옛날이야기를 써줘." 호프만은 여전히 그에게만 보이는 하늘 어딘가에서 눈을 떼지 못한 채 나지막한 목소리지만 명령조로 말했다. "일단 하나라도 써줘. 자네가 아는 옛날이야기 중 가장 좋은 걸로 말이야. 그냥 자네가 어렸을 때 들었던 이야기 그대로가 아니라 그 안에서 의미를 찾고 자네의 생각을 넣어서 완성도 있는 이야기로 만들어 와. 우리에게 필요한 건 조상들이 해준, 먼지가 켜켜이 쌓인 이야기가 아니라 새로 다듬은 크리스털처럼 투명하고 맑은 소리를 내는 그런 이야기야……."

바흐는 고개를 저으면서 '그럴 수 없어요, 안 쓸 거예요!'라고 하고 싶었지만 호프만의 생각은 이미 한참 앞으로 가 있었고, 그의 얼굴은 열정과 영감으로 빛나고 있었다.

"그래, 가장 어린 아기부터 늙은이까지 그나덴탈에 사는 모든 사람들의 마음을 뒤집어엎어보자고! 우리는 이걸 어려운 말로 하지 않고 단순하고 순수한 언어로 하는 거야! 바흐, 옛날이야기와 전설이 바로 그 근원이라고! 어린 시절부터 뿌리내리는 마음의 근간이자 인간의 본질을 받치고 있는 핵심이란 말이야. 그래, 여기에서부터 시작하는 거야! 속담이나 어리석은 노래, 골계극이나 재미있는 이야기처럼 껍데기 같은 글이 아니라 근원 중의 근원에서 시작하는 거야. 우리는 그들의 옛날이야기를 교묘하게 손을 보는 거야, 아무도 모르게 말이야……. 그래, 바흐, 천 번을 생각해도 이 방법이 가장 옳아!" 높은 하늘에서 떠돌던 호프만의 시선이 다시 농가로 돌아왔다. "자네 말고 이 일을 할 수 있는 사람이 또 누가 있겠나? 자네는 글 쓰는 재능을 타고났어! 자네는 마치 솜씨 좋은 사람이 실오리로 아름다운 레이스를 만들어내는 것처럼 단어들로 훌륭한 글을 만들어내고 있어. 자네는 시인이라고!"

호프만은 마치 오래전부터 알려진 무언가에 대해 말하듯 확신에 차서 바흐의 재능을 인정했고, 바흐는 갑작스러운 그의 칭찬에 어리둥절했다.

"여기 이걸 읽으면 영감을 얻는 데 도움이 될 거야." 호프만은 책상 밑으로 기어 들어가서는 거기에서 신문 꾸러미를 꺼내 왔다. "자네가 쓴 민속학적 메모의 결과물을 한번 보라고." 그는 만족스럽다는 듯한 미소를 띠면서 염소젖 한 병과 깨끗한 종이가 든 바흐의 자루에 신문을 찔러 넣었다. "집에 가서 읽어봐. 난 글재주가 없으니 그것만 이해하고 읽어주면 좋겠어."

창밖에서 들리는 고함 소리는 점점 더 커졌다. 누군가 집 옆을 뛰어서 지나갔고 그의 뒤를 따라서 다른 사람들이 계속 지나갔는데, 사람들이 점점 더 많아지는 것 같았다.

"내가 할 수 있었으면 자네한테 부탁하지도 않았을 걸세." 호프만은 한숨을 쉬면서 말했다. 그 순간 그의 예쁜 얼굴이 순식간에 어두워졌고, 콧잔등에 주름이 걸렸다가 다시 사라졌다. "나한테는 글재주가 없어. 혀는 열 명분이지만 손은 혀와는 완전 딴판이야, 내 것이 아닌 것처럼 말이지." 그는 살 많은 혀를 앞으로 쭉 내밀어 보였는데, 혀뿌리까지 통통했고 혀끝은 말려서 위로 올라가 있었다. "두 줄 쓰고 쓴 걸 읽을라치면 필체도 엉망이지만 쓰인 글은 그보다 더 심각해. 진짜 내가 쓴 건지 의심이 들 정도야. 믿기 힘들 테지만 연필은 또 왜 자꾸 손에서 미끄러지는지." 호프만은 우울한 표정을 짓고는 고개를 떨궈서 마디마디가 툭 튀어나오고 휘어진 자기 손을 쳐다보더니 다시 고개를 들고 말했다. "그러니까 바흐, 내 몫까지 애써주게나. 그리고 오늘부터 자네한테 절대로, 절대로 염소젖을 안 줄 거야. 염소젖은 이제 가져갈 만큼 가져가지 않았나? 바흐, 내 말뜻 알아들었나?"

바흐는 고개를 숙이고 시선을 바닥에 고정한 채 서 있었다. 이 순간 또다시 밖에서 들려온 고함 소리가 정적을 깼다. "볼가! 볼가가 녹기 시작했다!" 그는 문 쪽으로 뛰어갔고, 문에 가슴을 부딪히면서 쓰러지는데, 그 순간 농가의 문이 열리면서 문밖으로 쓰러졌다. 그 순간 신선한 봄 내음, 강물, 생선, 해조류 냄새가 그의 코를 찔렀다. 바흐는 현관 계단에서 굴렀고, 눈 녹은 계단을 미끄러져 내려가서는 볼가강 쪽으로 뛰기 시작했다.

***

볼가강은 갈라진 얼음 사이로 시커먼 속을 활짝 열어 보이고 있었다. 얼음이 갈라진 틈은 눈 덮인 볼가강 위를 느릿느릿 뱀처럼 기어갔는데, 볼가강을 사선과 가로로 자르면서 어두운 강물을 드러내며 넓어지는가 하면 떨어져 나간 수없이 많은 얼음 조각으로 표면을 덮으며 시커먼 물을 감추기도 했다. 강은 천천히 그 위에 덮인 얼음을 흔들면서 숨을 쉬려는 것도 같았다. 강의 얼음 구멍에 이불을 넣고 헹구던 여자 몇 명은 두꺼운 털 코트를 걸친 채 녹고 있는 눈 위를 서둘러 걸어서 강가로 향했다. 그들은 축축한 이불을 실은 썰매를 끌고 갔다. 선착장에서는 누군가가 신이 난 듯 휘파람을 불면서 그들에게 손을 흔들고 있었다. 빨리 걷는 바람에 얼굴이 빨개지고 숨을 헐떡이던 마지막 여자가 강가로 뛰어

올라 힘없이 자기 썰매 옆에 넘어졌을 때 바흐는 바보처럼 눈 덮인 강으로 들어가서 볼가강을 건너기 시작했다.

뒤에서 누군가가 그에게 뭐라고 소리를 질렀지만 그는 뒤돌아보지 않았고, 얼마 후에는 그 소리조차 가벼운 바람 소리와 섞여서 들리지 않았다. 그는 종종걸음으로 걸었지만 힘을 아끼기 위해 뛰지는 않았다. 땀을 흘리긴 했지만 빨리 걸어서도 아니고 흩어진 구름 사이로 태양이 빛을 비추어서도 아니었다. 발이 축축한 눈에 닿으면 뽀드득거리는 소리가 나지 않았고, 강 위에 쌓인 눈은 솜처럼 푸석푸석했다. 사방은 고요했고, 얼음 갈라지는 소리만이 정적을 깰 뿐이었다.

조각조각 갈라진 얼음은 마치 물집처럼 여기저기 부풀어 있었다. 바흐는 뒤쪽 어딘가에서 햇빛에 반짝이는 얼음 더미들을 보지 않으려고 했지만 사방에서 얼음 갈라지는 소리가 들려왔다. 그는 빠른 속도로 그곳을 벗어나고 싶었지만 볼가강의 오른쪽 강변까지는 아직 한참 남아 있어서 그래선 안 된다는 것을 알고 있었다. 그래서 배 밑 몸속 어딘가에서 그를 압박하는 공포라는 차가운 기운을 애써 억제하면서 걷고 또 걸었다. 그는 자기가 죽을까 봐 두려운 것이 아니라 좁은 상자에 혼자 누운 채 끝내 제대로 된 장례식도 치르지 못하고 여름이 되면 얼음이 녹아 물속에 잠기게 될 클라라를 생각하자 두려웠다. 그는 텅 빈 집에 덩그러니 혼자 남아 있는 아기를 생각하자 살아야겠다는 생각을 했다.

그의 바로 옆에서 무언가 갈라지는 소리가 들렸다. 발밑이 흔들리더니 얼음이 갈라져 거품이 인 물속이 보였고, 갈라진 얼음 조각이 수많은 빛을 반사하면서 반짝였으며, 조각들 사이로 어두운 초록빛 물이 그 모습을 드러내고 있었다. 바흐는 겁을 낼 틈도 없이 얼음이 부딪히는 소리, 물이 찰랑거리는 소리, 깨진 얼음 조각들이 흘러가는 소리를 뒤로하고 다음 얼음 조각을 향해 뛰었다. 산들이 보였기 때문에 강의 절반을 건너왔다는 것을 짐작했다.

눈이 부실 정도로 따가운 햇살이 비치기 시작했고, 눈구덩이도 반짝이면서 녹아내리고 있었다. 바흐는 잠시 멈춰 서서 호흡을 가다듬고 땀에 젖은 모자를 눌러썼다. 인상을 쓰고 눈을 감았다가 다시 눈을 떴을 때는 오른쪽 강변에 보이는 파란 산들이 차분하게 멈춰 있는 것이 아니라 천천히 흔들리며 그로부터 멀어지고 있었다. 그가 어깨 너머로 보자 눈 덮인 하얀 캔버스는 조각조각 상처투성이였고 휘어지고 군데군데 얼음 조각이 솟아 있었으며 어디론가 왼쪽으로 흘러가고 있었다. 강물은 빠른 속력으로 얼음 조각들을 실어 날랐고, 조각들은 태양 빛을 받자 그 즉시 부서져 버렸다. 바흐는 펠트 모자를 겨드랑이에 끼고 눈이 부셔서 실눈을 뜬 채 뛰기 시작했다.

왈렌키가 물에 젖어 어두운색을 띠게 되었고, 눈이 녹은 곳을 피할 새도 없이 그 위를 걸어갔다. 눈이 사방으로 튀었고, 그는 물에 빠진 왈렌키의 발 부분이 무거워지는 것을 느꼈다. 오른쪽에도 왼쪽에도 얼음과 얼음 사이에 시커먼 물이 드러났다. 그의 등 뒤, 옆구리 쪽, 앞쪽을 포함해서 사방에서 얼음이 신음하는 소리, 사각거리는 소리가 들렸다. 급기야는 얼음이 갈라지는 소리가 너무 커서 바흐는 자신의 숨소리조차 듣지 못했다. 눈 덮인 얼음은 처음에는 아주 작게 흔들렸지만 그런 후에는 크게 흔들리면서 어딘가 빠른 속도로 흘러갔다. 바흐는 있는 힘껏 물과 직각을 이루는 방향으로 가장 가까운 강가를 향해 뛰어올랐고, 그 강가의 끝에는 설탕처럼 하얀 얼음 조각들이 둥둥 떠서 움직이고 있었다.

바흐의 키만큼 큰 날카로운 얼음 조각이 큰 소리를 내면서 바흐의 발밑 어딘가에서 갈라졌다. 갈라진 얼음 조각의 끝이 햇빛에 반짝였고, 바흐는 다른 얼음 조각으로 간신히 뛰어 올라갔다. 그러자 얼음 조각의 평평한 면이 부서졌고, 주위의 다른 얼음 조각들도 부서졌다. 바흐는 이것을 보지 못하고, 얼음 조각에서 얼음 조각으로 토끼처럼 뛰어서 앞을 향해 계속해서 이동할 뿐이었다. 털 코트 자락은 바람에 나부끼고 어깨에 벤 자루는 흔들리고 염소젖이 담긴 병은 그의 척추를 때리고 있었다. 눈앞에 있는 것들이 반짝이고, 나타났다 사라지기를 반복했다. 바늘처럼 날카로운 얼음 조각들과 부드러운 물이 그의 얼굴에 흩뿌려졌다. 다리가 미끄러지더니 뭔가 차갑고 부드러운 데에 빠졌나는 생각이 드는 즉시 바닥이 느껴졌다. 바흐는 엎어져서 바닥을 기어가기 시작했고, 그의 가슴은 차갑고 부드러운 것을 가르며 앞으로 나아갔다. 날카로운 얼음 조각에 목과 볼이 긁혔다. 바위가 있는 쪽으로 나와서 앞으로 엎어진 채 갈비뼈 안과 목과 관자놀이에서 맥박이 격렬하게 뛰는 것을 느끼면서 한참 동안 그 자세로 있었다.

머릿속에는 이런저런 생각이 두서없이 떠올랐는데, 마치 볼가강을 건너겠다는 무모한 시도가 이 모든 생각을 뒤섞어버리기라도 한 것 같았다.

클라라를 아무래도 묻어야겠다고 생각했다.

절대 옛날이야기는 쓰지 않겠노라고 다짐했다.

클라라를 볼가강에 묻는 것이 좋겠다고 생각했다. 지렁이 밥이 되는 것보다는 물고기 밥이 되는 편이 낫겠다는 판단에서였다.

어깨에 멘 자루 안에 든 젖병은 신문지에 싸서 넣었기 때문에 깨졌을 리 없을 거라 생각했다.

또다시 클라라라면 물속에 있는 것을 좋아하지 않았을 것이니, 아무래도 땅에 묻어야겠다고 생각을 고쳐먹었다.

7년 동안 신문을 안 읽었다는 생각도 떠올랐다.

안체가 곧 잠에서 깰 테니 어서 서둘러야겠다고 생각했다.

그는 호흡을 가다듬고 팔꿈치를 바위에 괴고 간신히 몸을 일으켜서 볼가강 쪽을 바라봤는데, 강 위의 얼음은 아까보다 더 작아졌고 더 투명해졌으며 말 잘 듣는 양 떼처럼 강을 따라 흘러갔고, 힘 좋은 초록색 물은 이것들을 카스피해로 실어 나르고 있었다.

12

바흐는 정원 끝 쪽 사과나무 사이에 야생 산딸기 관목과 블랙베리 관목이 자란 곳에 클라라를 묻었다. 하루 종일 땅을 팠는데, 땅이 아직 얼어서 딱딱했고 삽으로 파도 잘 부서지지 않았기 때문이었다. 클라라가 마지막으로 누울 곳을 인내심을 갖고 만드는 동안 클라라에게 익숙한 차가운 흙이 그녀를 에워쌀 생각을 하자 조금은 마음이 놓였다. 그는 그녀에게 빨간색 무늬가 그려진 얇은 무직 치마를 입히고, 끝부분에 꽃 자수를 넣은 면 앞치마를 둘러주고, 깃 부분이 레이스로 장식되고 소매통이 넓은 리넨 블라우스를 걸쳐주는 등 예쁜 옷을 입혀주었다. 머리를 양 갈래로 땋아서 리본으로 묶었는데, 최근 몇 달 동안 머리카락이 억세져 잘 빗겨지지 않아서 힘들기는 했지만 땋은 머리를 프레첼처럼 정수리와 뒤통수에 얹었다. 바흐는 클라라가 자기를 보면 질책하거나 비난할까 봐 그녀의 얼굴을 안 보려고 노력했다.

그는 클라라를 관에 눕히지 않고 곡식 창고의 벽에서 떼어낸 판자 위에 눕혔다. 오리털 이불로 클라라를 덮어주려다가 이불은 안체에게 더 필요할 것 같고 클라라도 따뜻한 이불로 덮어주는 것을 좋아할 것 같지 않아서 솜씨 좋은 틸다가 검은색 실로 짠 레이스 숄만 덮어주었다.

예쁜 클라라가 얼굴에 검은 레이스 숄을 덮은 채 미동도 않고 판자 위에 누워 있을 때 바흐는 마지막으로 클라라를 보기로 마음먹고 한참 동안 쳐다봤지만 클라라는 그에게 작별 인사를 할 마음이 없는 것 같았고, 바흐는 그녀의 얼굴에서 무표정 외에는 아무것도 찾지 못했다. 그는 옆에 앉아서 적합한 단어를 생각해 내려고 했지만 마땅히 떠오르지 않았는데, 자신이 수개월 동안 열정적으로 글을 쓰고 안체를 끊임없이 돌보는 동안 정작 사랑하는 여인과 대화하는 법을 잊은 것 같았다. 그는 눈살을 찌푸리고 양손으로 흙을 긁어서 무덤에 뿌렸다.

십자가는 세우지 않고 볼가강 가에서 커다란 회색 바위를 가져왔다. 거기에 이름도 쓰지 않았는데 바흐 외에는 아무도 그녀를 기억할 사람이 없는 데다 바흐는 묘석에 이름을 적지 않아도 그곳이 그녀의 무덤임을 알기 때문에 굳이 이름을 적지 않았다.

그는 얼음 창고로 가서 클라라가 깔고 누웠던 얼음을 모두 가져다가 하나도 남김없이 볼가강에 쏟았다. 물론 사과나무 밑에 쏟을 수도 있었지만 얼음은 볼가강에서 가져왔으니 볼가강에 돌려주는 것이 맞는다고 생각했다. 그녀를 땅에 묻고 저녁이 되어 땅거미가 깔렸을 때에야 비로소 잠든 안체를 안고 정원으로 데리고 가서 클라라가 죽고 나서 처음으로 그녀에게 딸을 보여주었다. 그는 잠든 아이를 가슴에 꼭 끌어안고 무덤 옆에 세워둔 바위 옆에 잠시 서 있었다.

그는 안체에게 마음속으로 '안체야, 네 엄마의 이름은 클라라이고, 이곳에 묻혔단다. 클라라는 죽었어'라고 말했다.

안체는 눈도 뜨지 않고 코를 찡긋하더니 불편한지 작은 소리로 칭얼대곤 바흐의 겨드랑이에 얼굴을 파묻었다.

***

바흐는 벌써 며칠째 연필을 손에 쥐지 않았다. 연필은 창문 옆 통나무 벽 사이에 있는 틈에 끼워져 있었는데, 그곳이 큰 집에서 연필을 잃어버리지 않고 이빨이 날카로운 쥐로부터 지킬 수 있는 장소라고 생각됐기 때문이다. 저녁이 되면 흔들리는 촛불이 방을 비췄고, 연필의 긴 그림자는 창문 옆에서 마치 느낌표 같은 모양을 하고 여러 면의 벽에서 흔들렸다. 그림자는 바흐를 불렀다. 그럴 때 그의 가슴은 그림자의 부름에 응하면서 더 빨리 뛰었고 오른쪽 손도 더 따뜻해지며 손가락이 움직이면서 어서 속히 글을 쓰고 싶어 했지만, 그는 벽에서 춤을 추는 그림자의 부름을 거부하고 그림자를 못 본 척했다. 물론 연필을 안 보이는 곳, 이를테면 궤짝 같은 데에 넣어서 안 보이게 할 수도 있었겠지만 바흐는 어떤 이유에서인지 그러지 않았다.

그는 지칠 줄 모르는 호프만이 왜 옛날이야기를 원하는지 결국 이해하지 못했다. 단지 현재 삶에 대한 이야기들이 그 가치를 상실했다는 것만 이해했을 뿐이었다. 이제 호프만이 그에게 원하는 것은 지어낸 이야기였다. 하지만 클라라를 떠올리게 하지 않는 옛날이야기는 세상에 없었으며, 그녀에 대한 아픈 기억과 연관이 없는 이야기도 없었다. 바흐는 그런 이야기를 알지 못했다. 모든 이야기, 주인공, 이야기 속 상황은 그가 사랑하는 여인의 모습을 상기시켰다. 그녀의 얼굴은 검은색 레이스로 뒤덮여 있고, 그녀는 이제 사과나무 아래에 미동도 없이 누워 있으며, 사과나무의 구불구불한 뿌리들은 이미 그녀의 몸을 관통했을 터였다.

그는 손가락 사이에 연필을 끼우고, 이를 악물고 고통을 참고 종이 위에 스무 줄 정도의 글을 아무런 의미를 부여하지 않고 미사여구를 고민하지도 않고 글씨체도 엉망으로 해서 서둘러 써보자고 다짐해보기도 했다. 호프만의 집요한 요구로부터 벗어나기 위해 아무 이야기나 써보자고도 다짐했다. 사실 클라라는 바흐에게 수많은 이야기를 해줬고 바흐는 그녀가 해준 대부분의 이야기를 기억하고 있었다. 그 정도의 이야기면 젖이 담긴 큰 드럼통 하나나 젖을 가득 채운 우물이나 젖이 흐르는 볼가강 정도를 받을 수도 있을 것 같았다. 하지만 그는 우울한 표정을 지으면서 벽에 끼워진 연필을 애써 외면했다. 그리고 글을 쓰지 않았다.

볼가강이 속살을 드러내고 볼가강의 오른쪽 강변과 왼쪽 강변을 연결하던 얼음이 완전히 갈라지고 볼가강을 덮었던 얼음이 강물을 따라 이동하던 날, 바흐는 집에 남은 염소젖의 양을 재봤고, 앞으로 일주일 치가 남아 있다는 사실을 깨달았다. 그는 겨울 내내 염소젖을 알뜰하게 모았는데, 타 올 때마다 조금씩 찻잔이나 컵에 옮겨놓았다. 집에 그릇은 많았고 얼음 창고도 있었기에, 모은 염소젖을 얼음 창고에 가져가서 얼려놓았다. 겨울이 끝날 무렵에는 언 염소젖이 담긴 찻잔들이 클라라가 누워 있던 상자 옆에 있는 얼음 보관 상자 안에 일렬로 서서 주인을 기다렸다. 처음에 바흐는 하루에 세 잔씩 녹였고, 그다음에는 안체의 식욕이 왕성해져서 네 잔씩 녹였다. 얼음 창고에 있는 염소젖은 빠른 속도로 없어졌고, 얼마 후에 바흐는 염소젖이 언제 떨어질지, 떨어지면 이기에게 뭘 먹일지에 대한 생각만 하게 되었다.

어느 날 저녁 그는 결심한 듯 말린 빵 껍질을 오랫동안 씹은 후에 티스푼에 뱉어서 아기에게 주었다. 계집아이는 턱을 움직여 입 안에 들어온 낯선 음식을 우물거리면서 인상을 찌푸리더니 끝내 삼키지 않은 음식을 사방에 뱉고는 큰 소리로 울어댔다. 바흐는 아이를 무릎에 앉히고는 겨우겨우 달랬다. 그는 눈물 때문에 여전히 촉촉한 아기의 얼굴에 티스푼을 갖다 댔는데, 이번에는 삶은 귀리를 잘게 으깬 거였다. 안체는 이번엔 맛있는 음식일 거라 생각하며 또다시 입을 벌려서 조금 먹었지만 이번에도 자신이 원하는 젖이 아님을 알고 있는 힘껏 크게 울었고, 아기 울음소리에 바흐의 머릿속은 쩌렁쩌렁 울리는 것 같았다. 그는 아기를 위로 번쩍 안아 올리기를 반복하면서 거실을 왔다 갔다 하고 속으로 아기에게 다정한 말을 속삭이면서 다독였고, 그런 후에 염소젖에 물을 타서 아기의 상한 마음과 허기진 배를 채워주었다.

늘 먹던 음식으로 배를 채우고 진정을 한 안체는 창가에서 흔들리는 그림자를 발견하고 그 그림자를 잡으려고 양손을 뻗었다. 그 즉시 바흐는 연필을 벽에서 꺼내서 손으로 뜬 점퍼의 주머니에 숨겼다.

"안 돼, 안체. 난 할 수 없어. 나중에."

배부른 아기에게 노래를 불러주면서 집 안을 왔다 갔다 하는 동안 생각은 온통 주머니 속 연필에 가 있었다. 바흐의 새끼손가락보다 작을 정도로 짧은 연필이 커다란 못처럼 길고 무겁게 느껴졌다. 아기의 숨소리가 고르고 더 깊어지고 잠이 들어서 몸이 축 늘어졌을 때, 그는 안체를 침대에 눕히고 침실 문을 닫았다. 마치 벽에 칼이 꽂혀 있는 것처럼 온통 신경이 연필에 쏠려 있었기 때문에 문제의 그 연필을 주머니에서 꺼내서는 어깨에 긴 털 코트를 걸치고 집 밖으로 나왔다…….

사방을 에워싼 어둠 속에서 가볍고 투명한 봄기운이 느껴졌다. 절벽 위에 서자 멀리 그나덴탈의 집들에서 새어 나오는 불빛들이 잘 보였다. 아래에는 얼음이 녹아서 몸이 불은 볼가강 물이 흐르고 있었는데, 여전히 얼음 조각이 떠 있었지만 이제 얼음은 작고 부서지기 쉬워 보였다. 조금 있으면 그마저도 사라질 것이고 그러면 강에 배가 다닐 수 있을 것이다. 그리고 바흐 뒤쪽 깊은 숲속에 통나무 벽의 보호를 받으며 어른용 침대 위에서 어린 안체가 자고 있었다. 얼음 창고에는 염소젖이 채워진 마지막 찻잔 두 개가 세워져 있었다. 내일이면 낡은 돛단배를 타고 그나덴탈에 가서 호프만에게 새 단어와 글자들을 넘기는 대가로 염소젖을 받아 오게 될 것이다. 연필을 쥐고 자기 자신의 고통과 마주할 때가 되었다는 것을 직감했다. 바흐는 클라라가 해준 천 개의 옛날이야기들 중 하나를 골라서 써야겠다고 다짐했다.

바흐는 코트의 옷깃을 여미고 서서 볼가강 물이 바위에 부딪히며 내는 찰랑이는 소리에 귀를 기울였다. 그의 머릿속에도 이런저런 생각이 찰랑거리고 있었다.

클라라에 대한 이야기를 쓰면 어떨까? 그가 얼마 전에 죽어가는 그나덴탈을 펜으로 살렸듯이 클라라도 종이 위에서나마 다시 살려내면 어떨까? 땅 밑에 있던 그녀를 파내고 얼굴을 덮은 검은 레이스 숄을 걷어내고 실제보다 더 기쁘고 행복한 운명을 부여해 주는 것은 어떨까? 이미 만들어진 옛날이야기 소재로 클라라에게 새로운 운명을 만들어주는 것은 어떨까? 이야기 속 여주인공에게 클라라와 같은 얼굴선, 목소리, 성격을 주고 외롭게 아버지의 영지에서 종신토록 살다가 허무한 삶을 일찍 마감한 그녀의 실제 삶의 모습과 다른 결말을 이끌어내는 건 어떨까?

가슴속에 뭔가 크고 따뜻한 것이 꿈틀거렸다. 손가락 사이에 끼운 연필로 인해 오른손이 아팠지만 바흐는 계속 서서 상념에 빠져 있었다.

클라라가 그에게 해준 수많은 옛날이야기 중 그녀의 운명에 가장 근접한 이야기는 〈성에 갇힌 아가씨 이야기〉였다. 자신의 아버지로부터 미움을 산 아가씨는 높은 탑에 갇히게 되고, 7년 동안 늙은 유모와 단둘이 탑에서 생활한다. 그녀가 탑에서 빠져나왔을 때, 아버지의 성은 파괴되었고 모든 하인과 그 지역 주민들은 전쟁터에서 목숨을 잃었으며 들판과 숲은 적들이 불태워서 황폐하게 변하는 등 그녀가 7년 만에 마주한 세상은 너무나도 처참했다. 자신의 과거와 연관된 모든 것을 잃은 아가씨는 부유한 왕자가 사는 곳에 도착할 때까지 이곳저곳을 떠돌아다녔고, 왕자는 그녀의 아름다움에 매료되어 아내로 맞이했다.

클라라는 마치 그녀의 삶에서 자기 운명을 보기라도 한 것처럼 〈성에 갇힌 아가씨 이야기〉를 여러 번 해주었다. 성에 갇힌 아가씨와 달리 클라라는 아버지가 그녀를 가둔 집을 끝내 떠나지 못했기 때문에 클라라가 그 이야기를 들려줄 때마다 바흐의 가슴은 죄책감으로 조여들었다. 그녀는 죽는 순간까지 감옥 같은 자신의 집에서 멋진 왕자와는 거리가 먼, 조용한 하인이자 어머니 같은 말 없는 바흐와 단둘이서 외로움을 달랬다. 새로 쓸 이야기에서 바흐는 성에 갇힌 클라라를 꺼내줄 것인가? 사랑하는 여인을 이렇게 기억하는 것이 옳을까? 바흐는 그녀에게 느끼는 죄책감으로부터 조금이나마 벗어날 수 있을까?

볼가강의 아래쪽인지 오른쪽 강변인지 어딘가 멀리서 잠에서 깬 새호리기가 큰 소리로 울었다. 깊은 숲속에서는 올빼미 한 마리가 새호리기의 울음에 응답하듯 서럽게 울었다. 바흐는 털 코트의 옷깃을 여미고 서둘러 집으로 향했다.

옛날 옛적에 에메랄드빛 풀밭과 황금빛 밀밭이 펼쳐져 있고 착한 목동들과 온순한 농부들이 살며 땅에는 꽃이 만발하고 화가들과 시인들이 그 아름다움을 칭송하는 곳이 있었다. 그 마을의 심장부에 물살 센 강 위 높은 절벽 위에 왕의 성이 있었다. 거기에는 절대 권력의 소유자인 왕이 살고 있었다. 그는 청어를 담가두는 커다란 통처럼 뚱뚱했고, 중앙아시아에서 커다란 밀밭을 갖고 있는 농부처럼 머리가 벗어졌고, 턱수염은 소금에 절인 양배추 한 움큼 같았다. 그런 그에겐 눈은 강물처럼 파랗고 볼은 나비 날개처럼 부드러운 딸이 하나 있었다. 그녀는 어머니 대신 유모의 보살핌을 받고 살았는데, 유모는 비쩍 마르고 괴팍한 노파였고 몇 날 며칠 동안 쉬지 않고 실을 잣는 일을 했으며 원래 과묵한 편이지만 어쩌다 한번 말을 하면 듣기 민망할 정도로 험한 말을 하곤 했다…….

바흐가 연필을 쥐고 염소젖이 군데군데 떨어져 얼룩진 책상 위에 회색 종이를 펼쳐놓기가 무섭게 글이 저절로 쓰였다. 연필을 오랫동안 쥐지 않던 손은 연필의 움직임을 따라가는 것을 버거워했다. 우도 그림의 큰 얼굴, 틸다의 주름진 얼굴이 너무도 생생해서 그는 그들의 모습 하나하나를 생생하게 묘사할 수 있을 것 같았다. 바흐는 가을 숲에 있는 노란 나뭇잎의 색이 조금씩 차이가 나듯 우도 그림의 턱수염에 난 털의 색이 조금씩 다르다는 것을 떠올렸고, 틸다의 이마에 생긴 주름은 성실한 그나덴탈 사람들이 자기 밭의 경계를 표시할 때 긋는 삐뚤빼뚤한 밭고랑과 닮았다는 생각이 들었다.

……어느 날 왕이 이웃 나라에 사는 왕자에게 딸을 시집보내려고 했다. 하지만 어린 공주는 시골 학교에서 일하는 가난한 선생에게 이미 마음을 뺏겼다. 공주는 폭군인 아버지의 눈을 똑바로 쳐다보면서 "저는 선생님 말고는 그 누구하고도 결혼하고 싶지도 않고 결혼을 할 수도 없어요!"라고 큰 소리로 겁 없이 말했다. 왕은 화가 머리끝까지 나서 성에서 가장 높은 탑에 딸을 가두라고

명령을 내렸다. 그 탑은 너무 높아서 탑의 뾰족한 꼭대기에는 새들조차 올라가기 힘들 정도였다. 7년 동안 먹을 것과 마실 것만 탑에 넣어줄 뿐이었다. 그녀는 그 탑에 유모와 함께 갇혔다. 그렇게 그들은 땅도 하늘도 못 보면서 탑 속에 갇혀 살았다. 불쌍한 선생은 탑의 울타리 앞에서 사랑하는 여인의 이름을 불렀지만 얼마 후에 왕실의 하인들에게 붙잡혀서 몰인정한 왕의 명령에 따라 나라 밖으로 추방되었다. 아가씨가 갇힌 탑은 너무 높아서 사람들과 여러 생물들이 사는 세상에서 나는 소리가 닿지 않았고, 그녀는 그가 왔다 간 사실도 알지 못했다. 불쌍한 공주의 7년이란 세월은 눈물과 신음으로 얼룩져갔다. 고독한 적막 속에서는 유모가 물레 돌리는 소리만 들릴 뿐이었다. 그렇게 시간은 흘러갔다. 그리고 두 사람은 어느덧 7년이 거의 돼간다는 사실을 깨닫게 되는데……

바흐가 그나덴탈의 현재에 대해 글을 쓸 때는 자기 안에 있는 지식과 생각, 문장을 사용해서 머리가 점점 비는 느낌이 들었지만, 일어나지 않은 일에 대해 글을 쓰는 지금은 오히려 자기 안에 무언가가 채워지는 느낌이 들었고, 소재도 디테일이 살아 있는 독특한 이야기 속 장면들도 필요한 어휘들도 모두 바흐 안으로 들어오는 것이었다. 글을 쓰면 쓸수록 머릿속의 빈 공간이 더 줄어드는 것 같았고, 그럴수록 연필은 종이 위에서 더 빨리 움직였다. 클라라의 모습도 얼굴을 검은 레이스로 덮고 호흡을 멈춘 모습이 아니라 걱정을 할 때면 눈을 반짝이고 자유의 몸이 되기를 기다리며 좁은 탑 안을 이리저리 왔다 갔다 하는 모습으로 변하는 것이었다.

……그들은 무시무시한 감옥에서 해방될 날이 얼마 남지 않았다고 생각했지만, 벽을 내리치는 망치 소리가 들리지 않고 돌멩이 하나도 벽에서 떨어지지 않는 것으로 봐서 왕인 아버지가 이젠 그들을 완전히 잊은 것 같았다. 먹을 것도 거의 다 떨어지고 죽을 날만 기다리던 어느 날 아가씨가 유모에게 말했다. "이제 남은 방법은 벽에 구멍을 내는 거야." 그렇게 말하고는 날카로운 물렛가락을 유모에게서 받아서 벽에 있는 바위와 바위를 연결하는 석회를 긁어내기 시작했다. 그녀가 지치면, 너무 오랫동안 갇혀 지내서 기력이 쇠할 대로 쇠했지만 감옥 안에서 죽기는 싫었던 유모가 물렛가락을 넘겨받아서 긁었다. 얼마 후 그들은 벽에 있던 바위 하나를 없앴고, 그다음은 두 번째, 그다음은 세 번째 바위를 차례대로 없앴다. 7일 낮과 밤을 열심히 판 결과 벽에 커다란 구멍이 생겼고, 그들은 그 구멍을 통해 성 내부와 연결된 경사가 심한 계단으로 나왔다. 아래로 내려온 그들은 드디어 문을 활짝 열고 성 밖으로 나오는데…….

그들이 그토록 기다리던 순간인데, 클라라는 오랫동안 석회를 긁어내다 보니 드레스를 포함해서 온몸이 석회투성이에 머리카락은 헝클어진 상태로 성 밖으로 나와서 차가운 자유의 공기를 들이마시고 주위를 둘러본다. 그녀 뒤로 숨이 겨우 붙어 있는 틸다가 물레를 끌고 온다.

……하늘은 7년 전과 같이 파란데 주위에 있는 모든 것은 7년 사이에 너무 많이 변해버려서 아가씨는 보면서도 자기 눈을 의심했다. 아버지의 성은 폐허가 되었고, 도시와 주위에 있는 시골 마을들은 죄다 불타버렸으며, 들판은 텅 비어 있었다. 아가씨는 숨을 죽이고 한때 아름다웠던 궁전 안에 있는 허물어진 방들을 따라 걸었다. 쪽나무 바닥은 잘게 부서져 있고, 말발굽이 거침없이 밟고 지나간 흔적이 보였다. 황금 접시와 가구는 도둑맞았으며, 벽에서 떨어진 초상화는 바닥에 흩어졌고 그 위에는 성에가 끼어 있었다. 멋진 대리석 조각상들은 부서져서 바닥에 뒹굴고 있었고, 아가씨가 조각상에서 벌어져 나온 새하얀 팔다리, 얼굴, 머리카락 위를 밟고 지나가자 그녀의 가벼운 다리 밑에서 부서져 먼지가 되었는데…….

바흐는 도대체 누구에 대해 쓴 것일까? 불쌍한 클라라에 대한 것일까? 아니면 겨울밤 폐허가 된, 제분업자 바그너의 집에 갔었던 자기 자신을 떠올리며 쓴 걸까?

……그 어디에도 사람의 흔적은 없었다. 적이 침략해서 사람들을 모두 죽이고 왕은 먼 곳으로 내쫓아버린 것 같았다. 가축 역시 한 마리도 남김없이 모두 도축해서 피 묻은 내장들이 산더미처럼 쌓였고 검은 까마귀 떼만이 먹구름처럼 그 위를 선회할 뿐이었다……. 아가씨와 유모는 여러 나라를 돌아다니면서 자비를 구할 수밖에 없었는데, 그 어디에도 그들이 쉴 만한 안식처는 없었다. 빵 한 조각 건네는 사람을 못 만난 그들은 얼마 후 너무 배가 고파서 쐐기풀을 뜯어 먹는 지경에까지 이른다. 허기로 인해 기력이 쇠할 대로 쇠한 아가씨가 소리를 질렀다. "아니, 7년 동안 감옥에 갇혀 있다가 스스로 감옥 밖으로 나온 내가 스스로 돈을 벌어서 먹을 걸 살 생각은 왜 못 했지? 이렇게 구걸하고 굶는 것도 하루이틀이지. 이제부터는 내 힘으로 돈을 벌어야겠어!"

신앙심이 두터운 클라라가 화를 낼 때 얼마나 사랑스러웠던가! 화를 낼 때 빨갛게 달아오른 양 볼은 얼마나 예뻤던가! 눈은 또 얼마나 반짝였던가! 바흐는 그들이 처음 만난 이래로, 어쩌면 평생 단 한 번 화를 낸 그녀의 얼굴을 본 것 같았는데, 그때가 무척 인상 깊었던 기억이 났다.

그 무렵 그들은 엄청나게 많은 사과나무를 가꾸는 주민들이 사는 머나먼 나라의 국경까지 가게 되었다. 아가씨는 그중 한 집에서 일을 하게 되었다. 가을 무렵에는 땅을 깊이 파서 사과나무 묘목을 심고 재와 가축의 분뇨로 거름을 줬다. 추워지기 전에 지방 함유량이 높은 우유를 섞은 석회를 나뭇가지에 발랐고, 송이고랭이와 짚으로 싸주었다. 겨울에는 눈으로 덮어주고 봄이 되면 가지를 치고 땅을 갈고 물을 줬다. 일은 고됐지만 이제 그녀는 유모와 함께 몸을 누일 곳도 생겼고, 배를 곯지 않아도 됐다. 아가씨가 열심히 노력한 결과 1년 후 사과 농장은 그 어느 때보다 풍년을 맞았다. 사과는 아이 머리만 했고, 양귀비꽃처럼 빨갛게 잘 익었다. 그녀는 사과를 조심조심 가지에서 따서 바구니에 담았고, 사과를 담은 바구니가 농장 전체와 집 전체에 쌓아도 넘칠 지경이었다. 그래서 농장 주인은 사과를 팔아 오라고 그녀를 시장으로 보냈다. 아가씨는 짐마차에 사과가 든 바구니를 잔뜩 싣고 자기도 그 위에 타고는 도시로 향했는데…….

바흐는 마차에 탄 클라라가 차가운 바람을 맞을 생각을 하자 몸이 움츠러들었다. 하지만 클라라가 지나가는, 끝없이 펼쳐진 스텝 지역은 상상만으로도 기분이 좋아지는 것이었다. 바퀴 밑에 돌멩이라도 걸리면 마차가 흔들리고 마차에 실린 바구니도 출렁거렸을 것이다. 이 생각을 하자 바흐는 마차 안에 있는 여린 사과에 흠집이라도 날까 봐 인상을 쓰고 안절부절못했다. 얼마 후에 도시의 건물들이 눈에 들어왔고, 말발굽은 포장도로 위를 걷기 시작했다.

……아가씨가 시장 광장에 들어서기가 무섭게 도시 사람의 절 반가량이 잘 익은 사과를 보려고 뛰어나왔고, 모두들 그녀의 노 력의 결실을 보며 감탄하고 너무 감격한 나머지 소리를 질러댔 다. 바로 그곳에서 그녀는 발견했다. 사랑하지만 만날 수 없는 여 인을 그리워하는 마음을 억누르며 7년 동안 지역 학교에서 열심 히 일하고 있던 선생이 바로 그곳에 와 있었던 것이다. "당신은 내 가 사랑하는 여인과 너무 닮아서 그 여인이라고 해도 믿을 것 같 소!" 선생은 사랑하는 여인과 너무 닮은 여인을 봤다고 생각하면 서 큰 소리로 말했다. 그러자 그의 말을 들은 아가씨가 그에게 대 답했다. "제가 바로 당신이 사랑하는 여인이랍니다! 7년 동안 칠 흑 같은 감옥에 갇혀서 오로지 당신을 만날 그날을 생각하며 배 고픔과 갈증과 가난을 견뎌냈어요. 하지만 오늘은 태양이 저에게 도 환한 빛을 비추기 시작했군요. 이제 그 무엇도 그 누구도 우리 를 갈라놓지 못할 거예요……."

무언가 볼을 타고 흘러내린 것 같지만(노동으로 인한 땀? 혹은 눈물?) 바흐는 그 액체를 어떻게 닦아줘야 할지 몰랐다. 클라라는 늘 입는 모직 치마에 줄무늬 앞치마를 걸치고 있었지만 눈부시게 아름다웠고, 땋은 머리에서 흘러내린 금발 머리가 햇볕에 그을린 얼굴의 양 볼에 붙어서 액자 틀 같은 모양을 만들었다. 그녀는 사과 주스가 묻어서 갈색이 된 손바닥을 그에게 내밀면서 미소를 지었다. 바흐는 클라라에게 다가가 짐마차에 가득 실린 사과 바구니에서 나는 향긋한 사과 향을 느끼면서 고된 노동으로 거칠어진 그녀의 양손을 잡고 자기 입술에 갖다 댔다. 그들 뒤에 있던 사람들의 무리 역시 조용히 환호하며 깊이 숨을 쉬었다. 그 순간 교회에서 종소리가 들렸다.

"잠깐만!" 누군가 큰 소리로 그녀를 부르는 소리가 들렸다. 아가씨는 소리가 나는 쪽으로 몸을 돌렸고, 이내 사람들 틈을 비집고 그녀를 향해 다가오는, 비싼 옷을 입은 한 사람을 발견했다. 그녀는 그가 자신의 아버지라는 것을 알아봤다. 수년간 그는 이곳저곳을 떠돌다가 한 지방 관리의 집에 가게 되었는데, 관리는 그를 환대해줬고, 지금 막 잃어버린 자기 땅을 되찾기 위해 적에게 가려던 참이었다. "오, 내 사랑하는 딸아!" 왕이었던 사내는 큰 소리로 말했다. "너를 다시 만나서 너무 기쁘구나! 이제 네가 다시는 가난하게 살지 않도록 너를 돌볼 수 있게 해다오!" "아닙니다, 아버지." 아가씨는 단호하게 거절했다. "이제 저는 제 몸 하나는 간수할 수 있으니 아버지의 도움 없이 제 힘으로 살겠습니다." "그렇다면 너를 위해 좋은 신랑감을 얻을 수 있게라도 해주려무나. 지방 관리가 나와 사돈이 된다면 무척 기뻐할 것이고, 너는 죽을 때까지 풍족한 삶을 살 수 있을 거다." "아니요, 아버지!" 아가씨는 또다시 그의 제안을 거절했다. "저는 더 이상 아버지로부터 도움을 받고 싶지 않습니다. 아버지의 도움 없이 제 힘으로 제가 사랑하는 선생님과 함께 살겠습니다. 그는 자녀들을 가르칠 것이며, 저는 사과를 기를 겁니다." 그리고 그녀가 말한 대로 다 되었다. 자신의 잘못을 뉘우친 아버지는 그 자리에 쓰러져서 죽었다.

"아니, 어떻게 글을 이렇게 잘 쓸 수가 있지?" 다음 날 아침에 호프만은 바흐의 글이 적힌 종이를 흔들면서 너무 기뻐 소리를 지르며 말했다. "자네는 어디에서 영감을 얻어서 쓴 건가? 대리석 팔다리가 다리 밑에서 먼지가 된다는…… 성에 낀 초상화들하며…… 산더미처럼 쌓인 내장들…… 턱수염은 절인 양배추 한 움큼 같았고, 사과는 아이 머리만 했다…… 이렇게 섬세하고 사실적인 묘사는 도대체 어디에서 영감을 얻은 건가? 너무 정확해서 소름이 돋을 지경이야. 나는 이 모든 것을 두 눈으로 똑똑히 봤단 말일세, 이 미친 자야! 자넨 머리카락이 헝클어진 셰익스피어야! 더벅머리 실러라고! 그 덥수룩한 머릿속에는 도대체 뭐가 들어 있는 건가? 어? 악마라도 들어가 있는 건가?" 호프만은 언제나처럼 예쁜 얼굴을 바흐에게 바짝 대고 콧구멍을 벌렁거리며 속눈썹을 움직였다. "잘 썼어. 인정해. 자네가 쓴 이야기 속에는 노동자의 자세도 들어가 있고, 사과나무를 키우는 방법도 들어가 있으니, 이 짧은 글 안에 문화혁명도 있고 농사에 대한 이야기도 있단 말이야. 글을 너무 아름답게 써서 이건 그냥 읽을 게 아니라 한 편의 시처럼 낭독을 해야 한다고. 찬송가처럼 노래를 해야 해! 안 들으려고 하는 놈들은 죄다 이렇게 파리 잡듯이! 퍽! 딱! 이렇게." 호프만은 이제는 완전히 구겨진 종이로 바흐의 가슴을 한 대 치고 짧게 웃더니 진지한 표정을 짓고는 한 손가락으로 바흐의 옷깃을 누르고 몇 번 찌르다 요구했다. "바흐, 계속 써. 더 써 와. 꼭 써 오라고. 안 그러면 그들이 자네를, 그러니까 자네 머릿속에 있는 악마들이 자네를 가만두지 않을 테니까……."

***

때는 봄이었다. 바흐는 글을 써주고 받은 젖병이 든 자루를 등에 메고 걸으면서 지난 한 주 동안 그곳이 눈에 띄게 많이 변한 것을 보면서 놀랐다. 정원의 나무들이 초록색 옷을 입고, 촉촉한 비가 와서 창문 유리와 사람들의 얼굴을 씻기고, 눈이 녹아서 물이 흥건한 거리를 꽃으로 장식한 것이 모두 봄이 한 일인지, 혹은 바흐가 글을 쓴 대로 된 깃인지 알 수 없었다. 가는 곳마다 빠르게 큰 소리로 망치질을 하는 소리가 들렸다. 마치 열두 마리의 성실

322

한 딱따구리가 동시에 나무를 쪼아대는 것과 같은 소음이었다. 이것은 겨울 내내 망가진 지붕, 담장, 집 앞 정원, 배, 별채 주방을 고치느라 나는 소리였다. 집 밖에서 카펫과 돗자리에 묻은 먼지를 털어내는 소리가 들렸고, 마당에 널린 젖은 침구류가 바람에 날렸다. 시장 광장에 있는 우물의 두레박에 연결된 사슬이 오르락내리락하는 소리가 끊임없이 들렸다. 안주인들이 하루에 한 번 겨울 내내 더러워진 집과 마당을 다 씻어내기라도 하겠다는 듯이 물을 계속 길어 나르는 소리였다. 마을 한쪽에서는 뭔가 불만이 있는 듯한 낙타가 울고 있었고, 마을의 또 다른 곳에서는 4월의 날씨를 이해하기 힘들다는 듯이 강아지들이 짖어댔다.

바흐는 물이 흥건하게 고인 웅덩이를 밟으며 웅덩이에 비친 파란 하늘과 하얀 구름을 흩어버리고 사방에서 들리는 시끄러운 소리에 귀를 기울이면서 이 소리가 동면에서 깨어난 삶의 소리인지, 혹은 자신의 연필에 정말 어떤 힘이 있어서 그가 쓴 글 덕분에 마을이 생기를 얻은 것인지 생각했다. 그는 다음 이야기도 클라라에 대해 쓰면 되겠다고 하면서 결단력 있는 여자가 소심한 남자와 행복하게 사는 이야기는 얼마든지 많다고 생각했다. 엄청나게 많이 먹는 거인에 대한 이야기처럼 말이다. 혹은 물레질을 좋아하고 선량한 사람들에게 나쁜 짓을 하는 성질이 고약한 노파나 마녀, 종교적인 이유로 은둔 생활을 하는 여자들에 대한 이야기도 얼마든지 많았다…….

금속이 부딪히는 소리와 뭔가 큰 소리가 들리더니 엄청나게 큰 트랙터가 한쪽 구석에서 등장하고 그 뒤를 아이 몇 명이 소리를 지르며 놀려대면서 쫓아갔다(겨울 내내 이 아이들은 어디 있다가 이제야 밖으로 나온 걸까?). 트랙터를 운전하는 남자는 얼굴에 온통 시커먼 먼지가 묻어 있었다. 이따금 뒤를 돌아보면서 뭐라고 화를 내며 소리를 질렀지만, 트랙터 소리가 너무 커서 그의 목소리는 들리지 않았고, 아이들은 여전히 그의 뒤를 쫓아가며 커다랗고 뾰족한 바퀴가 지나가면서 물을 튀길 때마다 좋다고 소리를 질러댔다. 그나덴탈 최초의 트랙터는 낡아빠진 미국산 '포드슨' 이었는데, 포크롭스크에 있는 밭에 씨를 뿌릴 때 필요하다고 호프만이 강력하게 요구해서 밭으로 일하러 가는 중이었다.

봄 내음을 풍기는 스텝 지역을 따라서 트렁크와 커다란 꾸러미, 바구니, 자루, 보따리를 잔뜩 실은 마차 행렬이 그를 향해 오고 있었다. 사람들이 짐마차 옆에서 걸어왔는데, 그들 중에는 낙천적인 만 집안, 인색한 랑 집안, 신앙심이 두터운 벤더스 집안, 성실한 그리스 집안 사람들이 있었다. 이들은 그나덴탈을 떠났다가 수개월간 기차와 배의 선창, 국경 지대에 있는 피난민 수용소를 전전하다가 다시 그나덴탈로 돌아오는 중이었다.

1924년 봄에만 열한 가정이 그나덴탈로 돌아왔다. 그래서 바흐는 그해를 '귀향민들의 해'라고 부르게 된다.

13

얼마 후에 안체의 얼굴이 펴졌다. 주름지고 포동포동한 살 사이에서 눈이 보이고 볼도 동글동글해지고 피부에 탄력이 생기고 피부색도 더 희고 투명해졌다. 솜털 같은 머리카락도 더 많이 자라서 꼬불꼬불해졌고 양팔은 더 길어지고 단단해졌다. 바흐가 젖을 먹일 때면 바흐의 소매와 턱수염을 낚아채고 숟가락을 잡았다. 바흐는 안체가 양팔을 흔들어서 젖을 쏟을까 봐 속싸개로 단단히 싸려고 했지만 답답했는지 한참 동안 울고 소리 지르는 통에 코날개와 입술이 하얗게 질리고 목소리가 쉬는 바람에 속싸개로 싸는 건 관두었다. 이제 안체는 젖을 배불리 먹고 나면 늘 편안하다는 듯 숨을 내쉬었고, 손가락을 벌려서 주석 티스푼을 두드리며 만족스럽다는 표정을 보였다. 안체는 바흐를 향해 미소를 지었고, 입 밖으로는 젖 거품이 흘러내렸다.

처음 3개월 동안은 겨울이었고 창밖의 세상이 조용해서, 안체가 한참 동안 숙면을 취할 때는 바흐의 연필이 삐걱거리는 소리만이 방 안의 적막을 깰 뿐이었다. 하지만 창밖에서 옅은 빗소리가 들리고 귀리죽을 단풍나무 가지로 젓는 소리가 들리면 안체는 잠에서 깼다. 목소리는 집에서 점점 더 커졌고 더 자주 들렸으며, 그럴 때마다 아이는 자기가 원하는 것을 알리고 그 즉시 들어주기를 요구했는데, 옛날이야기에 등장하는 공주처럼 고집이 세고 제멋대로 행동했다.

아이는 덧창이 활짝 열려서 햇빛이 들어오는 걸 좋아했는데, 그럴 때면 빛이 반사돼서 판자로 만들어진 천장에 그림자가 만들어지는 것을 주의 깊게 바라보곤 했다. 이때 창문 하나는 살짝 열려 있어야 했는데, 그러면 숲으로부터 집 안으로 맑고 다양한 소리가 흘러 들어왔기 때문이었다. 잠을 잘 때는 꼭 바흐의 팔에 안겨서 자려고 했다. 바흐가 뭔가를 못 하게 할 때면 안체는 늘 화를 내거나 불쌍해 보이려고 울먹였는데, 상황에 따라 조금씩 달리 행동했다. 비흐는 아이 우는 소리를 견디기 힘들어했기 때문에 아이가 해달라는 대로 다 들어주었다. 바흐는 과거에 클라라한테 그랬듯이 자신이 이빨도 없고 머리카락도 거의 없으며 키나 몸무게로 봤을 때 집토끼만 한 자그마한 여자아이가 하라는 대로 하면서 살게 될 줄은 몰랐다. 그는 아기의 말에 그냥 복종한 것이 아니라 언제든 복종할 준비가 돼 있었고, 아기가 하라는 대로 하는 것이 기뻤다. 그래서 아침마다 덧창을 활짝 열어놨으며 한쪽 창문은 살짝만 열어놨다. 아이를 재울 때는 늘 품에 꼭 안고 집 안을 돌아다니면서 그가 아는 시를 속으로 읊어주거나 노래를 웅얼거렸다.

시간이 지날수록 안체는 원하는 것이 더 많아졌다. 얼마 안 있어서 안체는 자신이 갖고 놀던 장난감에 싫증을 느꼈고(안체는 클라라가 쓰던 빗, 양념을 잘게 부술 때 쓰는 방망이와 주석 티스푼을 갖고 놀았다) 움직이는 바흐의 손을 갖고 놀고 싶어 했는데, 바흐의 울퉁불퉁한 손가락을 한꺼번에 잡고 만지작거리고 잡아당기고 그런 다음에는 손가락 하나를 잡고 입에 넣고 잇몸으로 한참 동안 빠는 것이었다.

또 안체는 바흐를 바라보는 것을 좋아했다. 바흐가 집에 들어오기만 하면 아기는 몸을 움직여서 엎드리고 고개를 들고는 바흐가 다가와서 안아줄 때까지 '우우우' 하는 소리를 냈다. 바흐가 안아주면 입을 살짝 벌리고 동그랗게 말려 올라간 속눈썹 아래 눈을 가끔 깜빡이면서 그의 얼굴을 뚫어져라 쳐다봤다. 그런 경우 아이의 보드라운 얼굴은 다양한 표정을 짓는 연습이라도 하려는 듯이 살짝 움직였는데, 집중하는 표정도 지었다가 다정한 표정도 지었다가 슬픈 표정도 지었다가 장난꾸러기 표정도 지었다가 사색에 잠긴 진지한 표정도 지어 보였다. 안체가 그의 표정을 따라 한다는 것을 나중에야 알게 되었는데, 바흐의 콧잔등에 살짝 주름이 지면 아기의 눈썹 사이에도 살짝 주름이 잡혔고, 그가 입을 꼭 다물고 있으면 아기는 얼굴을 찡그렸다. 그가 미소를 지으면 아기의 입꼬리도 올라가는 식이었다. 아직 말을 못하는 작은 생명체이지만 아이는 바흐의 표정을 읽고 마치 거울을 보듯이 그대로 흉내를 내고 있었다.

안체는 귀로 듣는 소리 역시 흉내를 냈다. 처음에 바흐는 안체가 왜 이토록 다양한 목소리를 내는지, 쩌렁쩌렁 울리는 아기의 울음소리가 어떻게 해서 이토록 다양한 억양을 갖는지 의아해했다. 그 소리는 흥얼거릴 때도 있고 태평할 때도 있고 사색에 잠긴 것 같은 때도 있고 우울해하는 것이 느껴지기도 하고 매우 화가 난 것 같을 때도 있으며 싸우고 싶어 하는 것같이 생각될 때도 있었다. 어느 날 그는 깨달았다. 그때 그는 겨울 내내 창틀에 쌓인 먼지를 청소하고 있었다. 마당에 쌓아둔 장작에 붙은 썩은 나뭇잎들과 씨앗들과 나뭇가지들을 정으로 긁어내고는 열린 창문 바로 옆에 서서 우연히 안체가 세상과 하는 대화를 엿듣게 되었다. 어딘가 숲에서 흰눈썹울새가 맑고 밝은 소리로 지저귀면 안체 역시 날카롭고 쩌렁쩌렁한 소리로 대답하면서 흉내를 냈다. 하늘을 나는 백학이 울면 안체 역시 한숨을 쉬고 슬픈 듯이 '우우' 소리를 냈으며, 관목에서 화난 쇠박새 한 마리가 허스키한 소리로 '츠츠' 하면 안체 역시 회가 난 듯한 허스키한 목소리로 따라 했다. 안체는 마치 진짜 흉내지빠귀 새라도 된 듯이 숲에 사는 종다리와 꼬까울새처럼 다정하고 부드러운 소리를 흉내 냈고, 회색머리지빠귀처럼 뻔뻔하고 화난 소리를 따라 했으며, 스윈호오목눈이처럼 경계하고 부탁하는 소리를 흉내 냈고, 까막딱따구리와 청딱따구리의 고집스럽고 집요한 소리를 따라 했다. 이렇게 해서 아이는 바흐가 줄 수 없는 것을 집 밖 세상에서 얻어내고 있었다.

그는 안체에게 말하는 법을 가르칠 수는 없었다. 그는 입술을 열고 말 못하는 혀를 움직여보면 어떨까 생각했다. 턱에 힘을 주고 움직이려고 해봤다. 혹시라도 안체를 놀라게 할까 봐 정원 깊숙이 들어가서 잊고 있던 소리를 목 안에서 끌어내기 위해 나무를 보면서 한참 동안 연습을 했다. 마음속 상처로 인해 굳게 닫힌 입술이 거부하는 것인지 그 자신이 원치 않는 것인지 알 수는 없지만 소리가 나오지 않았고 혀 역시 움직이지 않았다. 소리는 돌아오지 않았다.

바흐는 여전히 그가 연필로 쓴 글을 안체에게 마음속으로 읽어 줬고, 안체 역시 바흐에게서 눈을 떼지 않고 그가 마음속으로 읽어주는 소리에 귀를 기울였다. 그는 안체를 품에 꼭 안고 따뜻한 정수리에 입술을 대고 경련하듯이 냄새를 맡았고, 자신이 하는 말을 안체가 이해한다고 믿고 싶어 했다.

'마음에 드니?' 바흐는 마음속으로 안체에게 질문했다.

그러면 안체는 그에게 미소를 지어 보였다.

***

안체는 무럭무럭 자랐고, 곧 바흐는 안체에게 클라라의 침대를
양보했다. 자기는 거실에 있는 긴 의자에서 잠을 청했는데, 그 의
자는 그가 자주 앉거나 누워서 표면이 매끈했다. 우도 그림의 방
에서 잘 수도 있었겠지만 거실에 있는 의자에서 자는 쪽이 더 편
했다. 궤짝이 많고, 레이스 덮개, 숄, 물레, 물렛가락이 널려 있는
좁은 틸다의 방을 아기에게 내어줄 수도 있었지만 그러고 싶지
는 않았다. 아기가 클라라가 쓰던 방에서 자라면서 클라라가 쓰
던 침대에서 클라라가 누웠던 요 위에서 잠을 자고 얼마 후에 클
라라가 입던 옷을 입고 클라라가 쓰던 빗으로 빗질을 하게 될 거
라는 생각을 하면 바흐의 마음이 뭔가 따뜻해졌다. 한 가지 걱정
되는 것은 이제 안체가 혼자 침실에 있다는 것인데, 가끔 굴뚝 안
에 바람이 들어와서 윙윙거릴 때면 안체의 숨소리가 들리지 않아
불안해졌다. 그럴 때면 바흐는 하룻밤에도 몇 번이고 일어나 침
실에 가서 오리털 이불 밑에 있는 아기의 작은 몸을 만져보고 그
안에서 자고 있는 아기를 발견하고는 안도의 한숨을 내쉬고 땀이
배어 나온 아기의 뒤통수에 코를 박고 냄새를 맡고 나서야 다시
자기가 자던 긴 의자로 돌아가는 것이었다.

이제 바흐의 고민이 많아져서 머릿속에서는 벌집 속에 있는 벌
들처럼 질문이 꼬리에 꼬리를 물었다. 안체의 볼이 빨갛게 된 것

은 몸이 안 좋아서 그런 걸까? 아니면 아주 건강하다는 증거일까? 안체가 잠을 자는 동안 속눈썹 위에 생기는 하얀 점은? (집에는 테레빈유도 영국산 소금도 없었기 때문에 바흐는 할 수 있는 한 최선을 다해서 안체를 돌봤다. 이를테면 볼이 빨갛게 될 경우 얼음으로 문질러주고, 아기의 눈에 뭔가가 생기면 자기 침을 발라주는 식이었다.) 또 그가 나무를 하러 가거나 물고기를 잡으러 간 사이에 안체가 침대에서 떨어질까 봐 걱정이 됐다(그는 침대 끝에 베개를 놓고 아기가 떨어졌을 때 충격을 완화하기 위해서 바닥에는 옷을 깔아놓았다). 양념을 잘게 부수는 무거운 절구나 고기 가는 기계의 낡은 손잡이 등을 아기가 갖고 놀다가 얼굴이나 몸에 상처가 나지는 않을까 걱정이 됐다(그는 그것들을 치우고 싶었지만, 안체가 고집을 부리고 자기가 좋아하는 물건들을 돌려달라고 요구했다). 그리고 안체가 좋아하는 염소젖 외에 줄 수 있는 음식은 없을지도 고민했다(그래서 그는 첫 번째 이빨이 나왔을 때는 빵을 잘게 씹어서 주기 시작했고, 이빨이 하나 더 나왔을 때는 신선한 사과를 으깨서 줬다. 이빨이 여름에 비 맞은 버섯처럼 빠른 속도로 나오자 물을 세 번 갈면서 끓인 생선과 신선한 산딸기, 끓는 물을 끼얹은 쐐기풀을 먹였다).

하지만 앞으로가 더 걱정이었다. 여름이 끝날 무렵, 아기의 팔과 등이 더 단단해지고 다리가 길어지고 배가 더 이상 수박처럼 크지 않고 갈비뼈 속에 쏙 들어갔을 무렵에 안체는 기어다니기

시작했다. 안체는 기분이 좋아서 소리를 지르면서 바흐가 옛날이
야기의 초안을 적은 종이가 종종 떨어져 있는 책상 밑으로 들어
갔다(종이를 구기면 소리가 났고, 종이는 조각조각 찢을 수 있고,
그런 다음에는 입 속에 넣고 맛있는 음식처럼 씹을 수 있었다).
모래가 많이 쌓인 클라라의 나지막한 침대 밑으로 들어가기도 했
는데, 모래에는 집에 사는 생쥐가 지나간 흔적이 있었다(모래를
집어서 오랫동안 손가락 사이로 흘러내리도록 할 수 있고, 손가
락으로 흩을 수도 있으며 다시 모을 수도 있고, 있는 힘껏 손바닥
으로 때려서 사방으로 흩어지는 것을 보는 것도 재미있다). 틸다
의 침대 밑에 들어가서 오래된 궤짝과 궤짝 사이에 난 틈에 켜켜
이 쌓인 먼지 냄새를 맡을 수도 있었다(먼지와 거미줄이 맛은 없
었지만 손으로 만지면 부드럽고 촉감이 좋았다). 놀랍도록 기름
진 숯이 있고 송진으로 끈적끈적한 톱밥과 석회 가루가 많이 쌓
인 난로 뒤로도 갔다(처음에 안체는 바닥에 흩어진 이것들을 발
견하고 바닥을 혀로 핥았지만, 얼마 후에는 난로의 측면에 붙은
것을 이빨로 긁어시 핥아 먹는 법을 터득했다).

어느 날엔가 움직이는 즐거움을 알아버린 아기는 더 이상 침대
에 얌전히 누워 있으려고 하지 않았다. 안체는 일어나자마자 바
흐에게 자기를 바닥에 내려달라고 요구했고, 바흐가 바닥에 내려
주면 침대 밑과 난로 뒤에 있는 신기한 것들을 찾아서 기어가는
것이었다. 만약 잠에서 깼는데 바흐가 없으면 안체는 겁도 없이

침대 옆면으로 내려와서 바닥에 깔린 털 코트와 이불을 딛고 자기가 가고 싶은 곳으로 기어갔는데, 새로운 물건에 대한 두려움보다는 호기심이 앞서는 것 같았다.

가끔 바흐는 안체가 겁이 전혀 없는 것같이 느껴질 때가 있었다. 안체는 어둠을 무서워하지 않았다. 한번은 갑자기 촛불이 꺼졌는데도 안체는 전혀 무서워하지 않았고, 가끔 바스락거리는 소리에 바흐가 잠에서 깨면 사방이 어두운데도 안체가 어딘가로 기어가는 것을 발견하곤 했다. 안체는 난롯불도 무서워하지 않았는데, 한번은 난로 입구 바로 앞까지 기어갔다가, 너무 가까이 다가간 데다 호기심 가득한 표정으로 안을 들여다보는 바람에 바흐가 잠시 한눈이라도 팔면 안체가 머리를 집어넣을 것 같았다(바흐는 자기가 없을 때 아기가 불 속에 손을 집어넣지 못하도록 난로 뚜껑을 단단히 닫아두고, 그래도 불안해서 그 앞에 바위가 든 상자를 놓아뒀다). 안체는 뇌우도 무서워하지 않았는데, 겁먹지 않고 양팔을 창문을 향해 뻗으면 바흐가 안아서 아직 다리에 힘이 없는 아이의 엉덩이에 손을 받치고 창가에 세워줬다. 그러면 아이는 창문에 얼굴을 대고 빠른 속도로 흐르는 빗줄기와 하늘에서 반사되는 빛을 유심히 지켜봤고, 천둥소리가 들려도 눈 하나 깜빡하지 않았다.

바흐는 시간이 지나면 다른 모든 사람과 땅에 있는 다른 생명체가 그렇듯 안체도 조심성을 갖게 되길 바랐다. 하지만 시간이

지나면서 안체의 호기심은 더 커졌고 행동도 더 과감해졌다. 한 번은 바흐가 안체의 겁 없음을 고쳐줄 요량으로 난로 앞에 있던 상자를 옆으로 치우고 자기가 그 상자 위에 앉아서 안체가 어떻게 하는지 지켜보기로 했다. 그러자 안체는 난로 입구로 기어가서 입구를 덮은 쇠 뚜껑을 양손으로 잡았고, 그 즉시 뚜껑에서 손을 떼고 겁에 질려서 소리를 지르고 뜨거워하면서 양손을 흔들었다. 하지만 한참 울고 나서 아직 눈물이 채 마르지도 않았을 때 안체는 사악한 뚜껑을 정복하고야 말겠다는 굳은 결심을 하기라도 한 듯 또다시 빠른 속도로 난로 쪽으로 기어갔고, 바흐는 겁이 나서 아기를 안고 방으로 데리고 갔다. 그때부터 바흐는 난로 앞에 세워둔 상자를 치우지 않고 현관문은 단단히 닫아두고 빗장을 걸어뒀는데, 안체가 겁도 없이 밖에 나가서 수없이 많은 위험에 처할까 봐 염려되었기 때문이다.

하지만 낡은 털 코트를 걸어둔 나무 현관문으로 커다란 세상으로부터 들어오는 소리와 냄새를 어떻게 막을 수 있단 말인가? 안체는 방에 있는 모든 구석의 냄새를 맡고 침대 밑을 샅샅이 뒤져보고 궤짝에 달린 못을 수도 없이 핥고 나서 현관문에 관심을 보였다. 처음에는 문지방에 한참 동안 누워서 문과 바닥 사이에 있는 좁은 틈에 코를 대고는 밖에서 안으로 들어오는 다양한 냄새를 맡기 위해 코를 벌릉거려서 풀 냄새, 건초 냄새, 축축한 땅 냄새, 젖은 목재에서 나는 냄새를 맡았다(그래서 바흐는 집에 들어

올 때 여러 번 아기를 밟을 뻔했다). 초가을에 바흐는 아기의 성화에 못 이겨서 밖으로 나갈 수 있게 문을 열어주었다.

전에도 바흐는 안체를 안고 마당과 정원에 나갔고, 숲에 산책을 갈 때도 안고 가긴 했다. 하지만 자유가 주는 기쁨을 알아버린 안체는 더 이상 동행인으로 만족하지 않았고, 팔다리로 기어서 자기 손바닥으로 직접 바닥을 느끼며, 자기 혀로 직접 커다란 세계의 맛을 느껴보고 싶어했다. 그래서 안체는 현관문을 열기가 무섭게 현관 계단에서 풀 위로 뱀처럼 재빨리 기어갔고, 그다음엔 뒷마당으로, 숲으로, 정원으로 정신없이 기어다녔다. 바흐는 그런 아기를 뒤쫓아 다니기에 바빴다.

뒷마당에는 반질반질한 바위에 갈아서 날카로운 날이 반짝이는 도끼가 있었고, 마당에 있는 풀을 손질할 때 썼던 낫과 잡초를 벨 때 쓰는 기다란 칼도 있었으며, 지반을 더 단단하게 할 때 쓰려고 모아둔 날카로운 바위 조각들이 널려 있었다. 숲에서는 9월의 늦더위로 이성을 잃은 땅벌과 말벌과 진회색의 북살무사와 손가락 반만 하고 무는 습성이 있는 개미로 가득 찬 썩은 그루터기들, 경사가 심한 골짜기들, 턱이 얼얼할 정도로 차갑고 얼음이 떠다니는 개울이 안체를 기다리고 있었다. 정원에서는 빨갛게 익은 커다랗고 무거운 사과가 주렁주렁 열려 있어서 이따금 사과 열매가 가지에서 떨어질 때면 그 밑을 지나가는 사람이 얼마든지 다칠 수 있었다······.

바흐는 간격을 좁힌 채로 안체 뒤를 따라다니면서 위험한 물건이나 생명체가 나타나면 즉시 제거했다. 그러다가 지치면 땅 위를 기어다니느라 흙투성이인 계집아이를 들어 올려서 집에 데려갔는데, 그러면 아이는 소리를 지르고 발버둥을 치고 바흐를 물고 한숨을 쉬고는 그를 양손으로 잡고 그의 주름진 목이나 헝클어진 턱수염에 코를 박고 잠이 들곤 했다. 10월이 되어서 비가 온 다음 날이 추워지자 위험하고 피곤한 산책을 멈추었다.

하지만 안체는 늘 굳게 닫힌 현관문에 기대서 일어섰고, 어느 날은 한참 동안 문지방을 손바닥으로 두드리고 문을 열어달라고 소리 지르고는 문틀 모서리를 잡고 화를 내면서 휜 다리로 일어났고, 다리에 힘을 주자 다리가 흔들렸다. 그렇게 안체는 잠시 서서 흔들거리더니 새로운 높이에서 부엌을 바라보고 환호성을 지르며 난로 옆에서 수프를 젓던 바흐를 향해 두 걸음을 걸었다. 그러자 바흐는 냄비에 숟가락을 빠뜨리고 소리를 지르고는 달려가서 안체가 넘어지기 전에 안았다. 그때부터 안체는 걸음을 떼기 시작했고, 바흐는 아이가 가는 곳마다 뛰어가서 넘어지기 전에 잡아주었다. 척추가 끊어질 것처럼 지친 바흐는 양쪽 무릎에 혹도 생겼는데, 한번은 발목을 삘 뻔도 했지만 아기는 잠시도 가만히 앉아 있을 생각을 하지 않았다.

눈이 새하얀 이불처럼 스텝 지역과 숲에 쌓이고 볼가강에 얼음 조각이 떠다니자 안체는 걷기 시작했다. 크리스마스 무렵에는 안체를 위해 바흐가 만들어준 작은 신발을 신고 사각거리는 소리를 내면서 모래가 깔린 바닥 위를 뛰어다녔다. 한편 바흐는 집 안에서 아이가 가는 곳마다 쫓아다녔는데, 허리도 다리도 구부정하고 양팔은 마치 겁먹은 메추라기처럼 양쪽으로 편 채로 뛰어다녔다. 이제 그는 안체를 걱정하는 것을 넘어서서 두려웠다. 안체는 겁이 없었고, 반대로 바흐는 모든 것이 두려웠다. 그는 안체가 문지방에 발이 걸려서 다치지는 않을까, 문틀의 모서리에 머리를 부딪히지는 않을까, 뛰다가 넘어져서 얼굴을 다치지는 않을까, 참나무 책상 끝에 관자놀이를 세게 부딪히지는 않을까 걱정이 태산이었다. 그런데 그 우려가 현실이 될까 두려워 그는 밤마다 긴 의자에서 벌떡 일어나서 홰에 불을 붙이고 문틀의 모서리나 책상에 피가 묻어 있지는 않은지 확인하곤 했다. 하지만 다행히도 그가 우려하는 일은 매번 일어나지 않았다.

낚시를 하러 가거나 호프만을 만나러 그나덴탈에 갈 때 그는 아기를 집에 혼자 두고 갈 수밖에 없었는데, 그럴 때도 안체 걱정뿐이었다. 호기심 많은 안체가 난로 앞에 세워둔, 바위가 든 무거운 상자를 옆으로 옮겨놓고 뜨거운 난로 뚜껑을 손으로 잡고 아파서 자리에서 뛰거나 뚜껑을 제 쪽으로 잡아당겨서 살짝 열린 난로로부터 노란색 불꽃이 새어 나오지는 않을까 걱정되었다. 실제로 두어 번은 너무 걱정이 된 나머지 볼가강의 중간까지 건넜다가 다시 돌아서 집으로 갔고, 땀을 뻘뻘 흘리며 쏜살같이 집 안으로 뛰어 들어가서 숨을 헐떡이며 집 안을 살펴봤지만, 상자는 원래 있던 자리에 잘 놓여 있었고 안체는 잘 자고 있었다.

바흐는 공포로 지쳐갔다. 공포는 장 속에 박힌 못같이, 배를 뚫고 들어온 날카로운 얼음 조각같이 그를 괴롭혔다. 안체가 물렛가락에 찔리지는 않을지 걱정됐다. 책상에서 떨어진 연필에 눈이 찔리지는 않을지 걱정됐다. 문틈에 손가락이 끼지는 않을지 걱정됐다. 기침을 많이 해서 호흡 곤란을 겪지나 않을지 걱정됐다. 열병에 걸리지는 않을지 덜컥 겁이 났다. 온갖 종류의 무서운 생각이 머릿속을 떠돌았고, 이제 바흐는 숨을 쉬는 것도 힘들었다. 무엇보다 그가 가장 두려워한 것은 어느 날 아침 침대에 다가갔을 때 침대가 텅 비어 있는 것, 즉 안체가 사라지는 것이었다.

한편 불안할 때 안체를 만지면 마음이 편안해졌다. 바흐가 머리털이 수북하게 난 안체의 정수리에 빗을 대거나 장밋빛 한쪽 귀를 살짝 흔들기만 해도 공포는 잘게 쪼개졌고 척추 깊숙이 어딘가로 사라졌는데, 가장 강력한 방법은 안체를 안는 것이었다. 그래서 아침마다 바흐는 안체의 머리를 한참 동안 빗겨줬고, 저녁이 되면 신생아인 것처럼 자장가를 불러주면서 안아서 재워주곤 했다. 아기는 무럭무럭 자랐고 안고 다니기에도 버거워졌지만, 바흐에게 안체는 여전히 가벼운 아기였다. 안체가 잠든 후에도 바흐는 한참 동안 안체를 꼭 끌어안고 집 안을 왔다 갔다 했다. 그런 후에는 조심스럽게 안체를 침대에 눕히고 오리털 이불로 잘

싸주었는데, 마치 오리털 이불이 그의 포옹을 대신하기를 바라는 것 같았다. 그런 후에 침대 끝에 앉아서 한참 동안 잠든 아기를 바라봤다.

아기가 잠이 들고 나면 이해할 수도 없고 설명할 수도 없는 묘한 상상에 사로잡히곤 했다. 아기를 꼭 끌어안아서 나뉘어진 두 개의 몸에 있는 피부가 터지고 마치 불 속에서 녹은 철 조각들이 하나가 되듯 두 몸이 하나가 되었으면 하는 생각도 하고, 자기가 가지를 넓게 뻗고 열매를 주렁주렁 달고 있는 사과나무가 되어서 안체가 열매를 하나둘 따서 먹었으면 생각하다가 짐승처럼 아이의 작은 발톱부터 뒤통수까지 온몸을 핥아주고 싶다는 생각도 들곤 했다. 가끔은 자기가 늙은 회색 늑대같이 느껴졌는데, 잠든 안체를 이빨로 조심스럽게 물어서 집 밖으로 데리고 나가서는 영지와 숲을 지나 볼가강을 돌아서 보폭을 넓혀 나뭇잎과 모래를 밟고 바위 위를 지나가는 상상을 했다. 늑대는 그녀를 어디로 데리고 가려 한 걸까? 바흐는 답을 알지 못했다.

지붕 위에서는 바람 소리가 들렸다. 겨울에는 눈과 커다란 얼음 조각이 섞여서 무거운 느낌이었고, 봄에는 습기와 하늘의 전기를 머금은 탄성 좋은 바람이, 여름에는 먼지와 가벼운 나래새의 씨앗이 섞인 건조하고 늘어진 느낌의 바람이 불었다. 바흐는 매일 저녁 바람 소리에 귀를 기울이면서 생각했다. 안체가 지금까지 말을 못하는 것은 그의 잘못일까 하고. 말 못하는 바흐 옆에서 자랐기 때문인지 계집아이도 말을 하지 못했다. 아이는 휘파 람 소리도 윙윙거리는 소리도 낼 줄 알았고, 음매 하는 소 울음소 리도 개 짖는 소리도 낼 줄 알았다. 상대방을 겁주는 소리도 장작 이 타들어가는 소리도 낼 줄 알았다. 입술을 떨 줄도 알았고, 말이 콧김을 내뿜는 소리도 오리가 내는 소리도 낼 줄 알았다. 아이는 바람과 숲과 강과 새와 곤충이 들려주는 소리를 듣고 그대로 흉 내 낼 줄 알았다. 나이팅게일의 지저귐도 아주 잘 흉내 냈고, 다람 쥐 소리와 볼가강의 물결 소리와 2월의 눈 더미 위에 덮인 얼음이 갈라지는 소리도 아주 잘 냈다. 하지만 태어난 지 1년이 지나고 2년이 지나도록 말은 하지 않았다.

그녀가 바흐와 살 때는 말이 필요 없었는데, 말이 없이도 둘은 서로를 잘 이해했기 때문이다. 2년 동안 그들은 그들만의 언어를 만들어냈다. 그것은 단어가 아니라 시선, 스킨십, 얼굴에 나타나 는 미세한 근육의 움직임, 호흡의 빈도와 몸동작으로 이루어져 있었으며 인간의 언어보다 더 섬세했다.

그들은 서로 다른 방에 있을 때도 서로의 호흡을 들었으며, 둘 중 누구든 조금이라도 더 깊이 숨을 쉰다거나 평소보다 좀 더 느 리게 숨을 쉰다면 남은 한 명이 '무슨 일이 생긴 건 아니야?'라는 표정을 하면서 고개를 드는 것이었다. 그들은 서로의 동작에서도 감정의 변화를 알아차렸는데, 이를테면 길음걸이에 사색이 묻어 있다든지 평소보다 좀 더 조급한 제스처를 취한다든지 고개를 평소보다 더 빨리 뒤로 젖혔다든지 어깨를 평소와 달리 돌렸다든지 허리를 평소와 달리 움직였다든지 하는 이 모든 섬세한 동작이 저마다 의미를 갖고 있었다. 이런 동작으로 그들은 서로 무언가를 말하고 있었다. 그들은 서로를 보지 않고도 상대가 어떤 표정을 짓고 있는지 알았기 때문에 말은 더더욱 필요치 않았다.

이를테면 안체가 바흐와 함께 자작나무 진액을 채취하기 위해 숲속을 걷다가 미소를 한가득 머금고 바흐 쪽을 돌아보면(이것은 '봄이에요! 태양 좀 보세요! 좋아요!'를 뜻한다), 바흐는 살짝 인상을 찌푸리고 헛기침을 하고는 입을 앙다무는 것이다(이것은 '이번에는 절대 멀리 가면 안 돼!'를 뜻한다). 바흐가 초를 켜놓고 낡은 모직 치마로 안체에게 입힐 작은 겨울용 조끼를 만들어서는 눈썹을 살짝 움직이면(이것은 '방금 만든 거야, 입어'를 뜻한다) 안체는 그 즉시 가지고 놀던 장난감을 내려놓고 그에게 다가오는 것이었다⋯⋯. 안체가 허리까지 차는 깊이의 볼가강 물속에 들어가서 바흐가 이불 빼는 것을 도와주면서 왼쪽 강변에 보일 듯 말 듯 한 7월의 신기루 같은 것을 보면 그녀의 눈 속에는 장난치고 싶은 생각이 드는 것이다(이것은 '물속에 *빠져서* 물결을 타고 저기로 건너가면 어떨까?'를 의미한다). 그러고는 갑자기 뭔가 생각난 듯 바흐로부터 얼굴 표정을 숨기지만, 바흐는 바로 그 표정의 의미를 깨닫고 젖은 수건으로 있는 힘껏 수면을 내려치는 것이었다(이것은 '생각도 하지 마!'를 의미한다). 그들은 그렇게 늘 서로 대화했고, 하나하나가 중요한 의미를 지니는 그들의 대화는 끊이지 않았다. 그들의 언어는 호흡과 동작으로 이루어져 있었다. 그 둘은 하나의 커다란 귀와 같아서 항상 상대방의 말을 듣고 이해할 준비가 돼 있는 것 같았다.

바흐는 누군가를 이토록 가깝고 섬세하게 느껴본 적이 없었다. 안체는 그에게 자기 자신과도 같았다. 아니, 더 정확히는 바흐 자신 그 이상이었다. 안체와 가까워지면 가까워질수록 젊지 않은 자신의 기력이 쇠하는 날이 올까 봐 전전긍긍했다. 그러면 안체는 어떻게 될까? 그가 그렇게 가고 나면 안체는 말을 가르쳐주지도 않고 가혹하고 커다란 세상에 자신을 두고 떠난 바흐를 원망하지 않을까? 하지만 그렇다 하더라도 그는 안체가 말할 수 있게 도와줄 수 없었다. 그것은 그의 능력 밖이었다. 그의 잘못도 아니었다. 절대. 그의 잘못은 아니었다. 정말이지 그는 잘못이 없었다.

***

늘 똑같은 바흐의 하루는 두 부분으로 이루어져 있었는데, 날이 밝을 때는 안체를 돌보았고, 날이 어두워지면 이야기를 썼다. 무슨 내용을 써야 할지는 당일 아침 혹은 이야기 자신이 자신을 써달라고 그의 기억을 두드리는 전날 밤부터 일고 있었다. 그는 한참 동안 앉아서 지점토 항아리처럼 투박하지만 소재가 다양한 클라라의 이야기 속에서 이야깃거리를 고르곤 했다. 그런 후에 연필을 들고 주인공의 모습과 성격을 메모하고, 냄새와 소리로, 감정과 열정으로 이야기를 더 풍성하게 만들어갔는데, 그러면 단순한 지점토 항아리는 은잔이나 금물병이나 혹은 화려한 그림이 그려진 꽃병으로 변했다.

바흐의 팔레트는 단순해서, 한 면에는 단순한 구비문학적인 플롯이 있고 또 다른 면에는 낯익은 사람들이 있었다. 그의 이야기 속에서 우도 그림은 욕심 많은 거인이나 식욕이 왕성한 거인이나 남에게 자랑하는 것을 좋아하는 방백*의 모습으로 등장했다. 노파 틸다는 못된 마녀나 걸핏하면 싸우며 실을 잣는 여자로 나왔고, 젊은 클라라는 예쁜 공주나 착한 수양딸로 나왔다. 늘 우울한 표정을 짓고 다니는, 콧수염을 기른 볼은 부츠 만드는 사람이나 구두 만드는 장인이나 사냥꾼 아니면 마부로 나왔고, 늘 악하고 멍청했다. 교활한 가우스는 교활한 목동으로 나왔고, 엉덩이가 수박만 한 에미는 싸움 잘하는 아내로 나왔다. 호프만은 꼽추나 난쟁이, 악마 같은 인간, 악마 그리고 산속에 사는 정령이었다. 강도나 악당이나 교활한 배신자는 세 가지 유형이었는데, 무례한 철면피에 주황색 턱수염을 기르고 있으며 눈은 사냥감을 노리면서 빨리 굴리는 사람이거나, 목울대가 툭 튀어나오고 나쁜 사람

---

* 옛날 봉건 제후에게 주어진 칭호 중 하나.

특유의 얼굴을 갖고 있는 청소년이거나, 칼미크 공화국 사람 특유의 광대뼈가 튀어나온 얼굴에 숱이 많은 검은색 턱수염을 기른 사람이었다. 그렇다면 바흐는 어떻게 표현되는가? 바흐는 정직하고 주인을 잘 따르며 주인을 위해 자신을 희생하는 하인이거나 사랑하는 여인을 위해 자신을 희생하는 남자였다. 자신이 쓴 이야기 속에서 자신의 모습은 바로 이러했다.

그는 단순히 이야기를 쓰는 데 그치지 않고 이야기 속에 등장하는 수많은 삶을 살았으며, 그때마다 낮의 근심을 잊을 수 있었다. 낮에는 끊임없이 아기 걱정을 하느라 심장이 지쳤지만, 밤이 되면 왕도 악마도 악당도 두려워하지 않았다. 만약 밤이 없었다면 그의 심장은 마치 오래 신으면 닳는 구두처럼 닳고 닳아서 너덜너덜해졌을 것이다. 낮은 바흐에게 고통과 공포가 있는 실제 삶을 선사했고, 밤은 그에게 낮을 살아낼 수 있는 힘을 주었다.

그는 새벽녘에 책상에서 일어났다. 잠도 안 자고 수많은 모험을 견뎌낸 그는 너무 지쳐서 가끔 몸을 움직일 수 없을 때가 있었는데, 전투에서 부상을 당해서 아프거나 지하 세계나 지상 세계에서 피곤한 여행을 해서 아프기도 했다. 사라진 주인을 그리워하며 자신을 철로 된 고리로 묶어달라고 해서 고리가 감겨 있던 가슴이 한동안 아팠고, 강철 갑옷을 입은 두 다리는 움직이기가 힘들었으며, 이마에는 그가 구한 미인이 그에게 해준 입맞춤의 온기가 아직 남아 있었는데……. 바흐는 밤새도록 글을 쓰느라 무뎌진 연필을 한쪽으로 치워놓고 촛불을 끄고 새벽녘에 아직 밖이 어두울 때 물이 든 양동이 쪽으로 터벅터벅 걸어갔다. 그는 물을 한 컵, 두 컵 떠서 차가운 볼가강 물을 자기 안에 쏟아부었지만, 마치 밤새 술을 마신 후처럼 아무리 마셔도 갈증이 해소되지 않았다. 그런 후에 긴 의자에 누워서 안체가 잠에서 깨서 그의 옆구리 밑에 파고들고는 이빨로 그의 턱수염이나 손가락을 빨 때까지 두어 시간 정도 캄캄한 꿈속으로 빠져들었다.

아침에 바흐가 눈을 뜨고 제일 먼저 보는 사람이 안체였다. 안체의 얼굴은 성숙해지고 더 영리해졌으며 눈은 의미로 가득 차고 얼굴선이 변했다.

안체가 처음 태어났을 때는 어린 사과 열매가 잘 익은 사과를 닮았을 때처럼 클라라를 닮았었다. 1년이 지나자 클라라의 모습이 조금 사라지고, 2년이 지나자 클라라의 모습은 온데간데없이 사라졌다. 바흐는 덜컥 겁이 났다. 시시각각 변하는 아기의 얼굴 윤곽에서 잊고 싶은 4월의 어느 날 그의 집에 침입한 악당들의 흔적을 찾아보았지만 그들의 모습 역시 보이지 않았다. 강인한 외할아버지인 우도 그림도 닮지 않았다. 바흐는 클라라 어머니의 얼굴선이 아기에게 남아 있을지도 모른다고 생각했다.

한번은 이상한 생각에 사로잡혀서 날이 아직 어두울 때 잠에서 깼다. 그는 침대에 잠시 앉아 듬성듬성 난 턱수염을 만지작거리면서 자신의 어리석은 추측을 나무라고 있었다. 그런 후에 자리에서 일어나서 가위를 갖고 마치 풀 묶음을 낫으로 자르듯이 턱수염을 뿌리만 남기고 다 잘라버렸다. 그다음에 마당으로 나가서 새벽 미명의 희미한 달빛 아래에서 부엌칼을 한참 동안 간 후에 날카로운 칼로 자기 얼굴에서 턱수염의 남은 부분을 깨끗이 긁어 냈다. 나무 꼭대기 사이사이로 해가 얼굴을 내밀었고, 바흐는 빗물이 담긴 드럼통에 다가가서 안을 들여다봤다.

어두운 물속에서 준엄하고 낯선 얼굴이 그를 쳐다보고 있었다. 우도 그림의 집에서 산 12년 동안 바흐의 얼굴선은 더 까칠하고 거칠어졌으며 눈은 더 퀭해지고 준엄해졌고 볼과 이마에는 주름이 깊게 패었다. 자기 자신의 모습이라고 하기엔 너무 낯설었다. 다만 물속에 비친 모습을 통해 그가 알아낸 사실은 어린 안체가 닮은 사람은 다름 아닌 바흐 자신이라는 것이었다.

(2권에서 계속됩니다.)

야코프 이바노비치 바흐의 달력

1918년 ― 폐허가 된 집들의 해

1919년 ― 광기의 해

1920년 ― 미처 태어나지 못한 송아지들의 해

1921년 ― 굶주린 자들의 해

1922년 ― 죽은 아이들의 해

1923년 ― 음성 언어를 상실하는 해

1924년 ― 귀향민들의 해

1925년 ― 손님의 해

1926년 ― 유례없는 풍작의 해

1927년 ― 불길한 예감들의 해

1928년 ― 빼돌린 밀의 해

1929년 ― 피난의 해

1930년 ― 분노의 해

1931년 ― 커다란 거짓말의 해

1932년 ― 커다란 댐의 해

1933년 ― 대기근의 해

1934년 ― 대투쟁의 해

1935~1938년 ― 영원한 11월의 해, 물고기와 생쥐의 해

작가의 해설

26쪽 "그나델탈 전체를 통틀어서 그들이 아는 단어는 학교 수업 시간에 배운 100개가 채 안 됐다. 사실 포크롭스크 시장에서 물건을 파는 데는 그 정도 단어면 충분했다."

포크롭스크 마을 혹은 포크롭스크는 엥겔스의 옛 명칭이다. 1922년부터 1941년까지 독일 자치주의 수도였다. 1931년에 철학자인 프리드리히 엥겔스의 이름을 따서 엥겔스로 명칭이 바뀌게 된다.

31쪽 "독일 농부들이 러시아로 이주한 시기의 연대기는 예카테리나 대제의 초청에 따라 최초의 식민지 주민들이 배를 타고 크론시타트에 도착한 날들을 기술하고 있었다."

1762년부터 1763년까지 예카테리나 2세는 두 개의 성명서를 발표하는데, 이것은 외국인들을 러시아제국에 있는 지역 중 황량한 지역에 이주시키는 내용을 골자로 하고 있었다. 이에 따라 1764년부터 1773년까지 볼가강 하류 지역에만 105개의 식민지 지역이 형성되었고, 이것이 볼가강 유역의 독일인 집단 거주 지역의 시발점이 된다.

43쪽 "어렸을 때 어머니가 해주셨던 말씀이 떠올랐다. 어머니는 '너 자꾸 그러면 키르기스 사람이 와서 잡아간다!'라고 겁을 주곤 하셨다."
볼가강 유역에 독일인들이 거주하는 러시아령 식민지가 만들어졌을 때, 그들은 늘 유목민들이었던 키르기스-카이사크족의 침략을 받았다. 카자흐족의 조상을 키르기스족 혹은 키르기스-카이사크족이라고 불렀다. 볼가강 유역에 사는 독일계 러시아인들은 러시아 측의 보호 덕분에 이들의 침략으로부터 벗어날 수 있었다.

89쪽 "마법에 걸린 기사들의 원정과 무시무시한 푸가초프의 난의 차이"
1774년에 있었던 푸가초프의 난 당시에 농민군이 사라토프를 점령하고, 예카테리넨슈타트(현재는 마르크스슈타트로 명칭이 바뀌었다), 포크롭스크 마을, 사렙타(볼가강 유역에 있는 러시아령 식민지)를 포함한 많은 러시아령 식민지를 침략해서 약탈을 일삼

왔기 때문에 볼가강 유역에 거주하던 유순한 독일인들이 엄청난 피해를 입었다.

90쪽 "기수가 겁을 먹었다네…… 뛰지 않고 날아간다네……"
주콥스키*가 번역한 괴테의 시 '마왕'의 일부이다.

148쪽 "폐허가 된 집들의 해"
러시아령 식민지에 거주하는 독일인 지주들이 재산을 강탈당한 일은 안나 야네케의 회고록에서 참고하였다(Janecke A. Wolgadeutsches Schicksal. Leipzig: Koehler und Ameland, 17).

151쪽 "그해를 '광기의 해'라고 불렀다."
1918년부터 1919년까지 볼가강 유역에서는 내전과 관련된 중요한 사건들이 많이 발생하게 된다. 볼가강 하류 쪽에서 붉은 군대가 200대의 배를 거느린 볼가-카스피해 소함대를 형성했으며, 이와 더불어 공군 여단도 결성되었다.

158쪽 "그래서 바흐는 이해를 '미처 태어나지 못한 송아지들의 해'라고 정하기로 했다."

---

*   제정러시아의 시인이자 번역가(1783~1852).

제정러시아 시대이던 1916년 12월에 식량 생산 할당 제도가 도입되었고, 1919년 1월 초에 소련 정권이 집권했을 때에도 내전으로 인해 폐허가 된 상황에서 또다시 도입되었다. 1920년부터 시행된 캠페인은 곡물 외에도 육류와 다른 식료품으로까지 확대되었다. 이와 관련한 내용은 안나 야네케의 회고록을 참고하였다.

162쪽 "바흐는 이 무시무시한 해를 '굶주린 자들의 해'라고 불렀다."
1921년부터 1922년까지 소련의 35개 현에 기근이 일어났다. 볼가강 유역도 예외는 아니었는데, 바로 이곳 볼가강 유역이 기근의 영향을 가장 많이 받은 곳이었다. 이때 기근으로 죽은 자가 500만 명에 달한다.

163쪽 "'죽은 아이들의 해'에 더는 절벽에서 그들을 지켜볼 자신이 없었기 때문이었다."
기아로 인해 대략 150만 명의 농민 자녀들이 부모를 잃고 고아가 되어서 거리를 떠돌며 도둑질을 하거나 구걸을 하는 신세로 전락했고, 상당수가 굶어 죽었다.

192쪽 "이제 우리 공화국이 생겼다고요! 볼가 독일 소비에트 공화국이 생겼다고요!"

1918년 10월 19일에 러시아 소비에트 연방 사회주의 공화국 최초로 볼가강 유역에 독일인 자치주가 만들어졌다. 1923년 10월 13일에 스탈린은 '독일인 자치주를 볼가 소비에트 사회주의 자치공화국에 귀속하는 것에 관한 법안'에 서명했다. 1924년 1월 6일 포스롭스크에서 있었던 제11회 주 소비에트 회의에서 "볼가 독일 소비에트 사회주의 자치공화국이 설립되었음을 공표하는 것에 대한" 결정을 내리게 된다.

195쪽 "고리키에서는 난방을 아끼지 않았고"
모스크바 근교 '고리키'에는 레닌의 별장이 위치하고 있다.

198쪽 "푀르스터, 클렘페러, 노네, 보르하르트, 스트륌펠, 붐케는 모두 지도자가 부르기가 무섭게 독일에서 날아온 겁먹은 한 무리의 새 떼나 다름없는 자들이었다."
오트프리트 푀르스터는 신경과 전문의이며 신경외과학 분야에서 세계적인 권위자로 1922년부터 1924년까지 레닌을 치료했다. 게오르크 클렘페러는 내과의사이며 1922년부터 1923년까지 레닌을 치료했다. 막스 노네는 신경과 전문의이며 1923년에 레닌의 건강 상태 자문 의사였다. 모리츠 보르하르트는 외과의사이며 1922년에 레닌의 쇄골 윗부분에 있는 총알을 제거하기 위해 독일에서 초빙되었다. 아돌프 폰 스트륌펠은 신경병리학자로서

1923년에 레닌의 건강 상태 자문을 맡은 의사였다. 오스발트 붐케는 정신과 의사이자 신경병리학자이며 1923년 레닌의 건강 상태 자문을 맡았다.

202쪽 "심지어 브레스트-리토프스크에서 있었던 평화 회담도 (……) 느린 듯한 진행 속도 역시 계획된 것이었다."

소련과 독일, 오스트리아·헝가리제국, 오스만제국, 불가리아로 이루어진 동맹국은 3개월 보름 동안의 협상 끝에 브레스트-리토프스크 강화조약을 맺으며 1차 세계대전 참전에 종지부를 찍게 된다.

311쪽 "클라라가 그에게 해준 수많은 옛날이야기 중 그녀의 운명에 가장 근접한 이야기는 〈성에 갇힌 아가씨 이야기〉였다."

'성에 갇힌 아가씨'라는 이야기 소재는 독일 전래동화인 〈맬린 아가씨〉에서 따온 것이다. 〈성에 갇힌 아가씨 이야기〉는 길랴로바와 사벨레프가 러시아어로 번역한 그림 형제의 〈맬린 공주〉에서 인용한 것이다.

324쪽 "그래서 바흐는 그해를 '귀향민들의 해'라고 부르게 된다."

소련 시대 초기에는 열악한 생활 여건으로 인하여 많은 이들이 이민을 떠났다. 1924년 봄에는 가뭄이 심해서 파종된 씨앗이 죽었고, 이로 인해 독일 사회주의 공화국으로부터 많은 농민들이 겁을 먹고 탈출을 하게 된다. 한편 중앙집행위원회와 볼가 독일 소비에트 사회주의 자치공화국의 인민위원평의회에서 "볼가강 유역에 볼가 독일 소비에트 사회주의 자치공화국이 건설되는 것과 관련한 사면 혹은 감형에 관해" 내린 결정과 여러 종류의 다양한 프로파간다 덕분에 1924년 4월 5일부터 수많은 독일인들이 역이민을 오고, 독일로부터 독일 사회주의 자치공화국으로 이주하는 독일인들의 수도 급증하게 된다.

은행나무세계문학 에세 • 14

나의 아이들 1

1판 1쇄 발행 2023년 11월 30일

지은이·구젤 야히나
옮긴이·승주연
펴낸이·주연선

(주)은행나무
04035 서울특별시 마포구 양화로11길 54
전화·02)3143-0651~3 ｜ 팩스·02)3143-0654
신고번호·제 1997—000168호(1997. 12. 12)
www.ehbook.co.kr
ehbook@ehbook.co.kr

ISBN 979-11-6737-120-1 (04800)
ISBN 979-11-6737-117-1 (세트)